리빌드 월드 VIII
Rebuild World
上 제3심부
Author 나후세
Illustration 긴
Illustration of the world 와잇슈
Mechanic design cell
The advanced civilization that once dominated the world has crumbled away, and a long time has passed. People rallied the fragments of wisdom and glory scattered all over the world and spent a long time rebuilding human society.

"쿠즈스하라 시가지 유적
중심부로 가는 뒷문 찾기."
"캐럴.
미하조노 시가지 유적에서
뭘 할 생각이야?"
쿠즈스하라 시가지 유적 중심부로 통하는 뒷문을 찾던 아키라와 캐럴은
미하조노 시가지 유적에서 발견한 지하 터널을 따라 이동하다가
뜻밖의 인물들과 마주친다.

“여전히 무모한 짓을 하고 있네.”

>Episode
008
上 제3심부

Character

>아키라 AKIRA

슬럼에서 성공하기 위해 헌터가 된 소년. 도시 간 수송차량 호위 의뢰와 사카시타 중공의 보상으로 막대한 보수와 새 장비를 입수한다.

>캐럴 CAROL

지도상으로도 활동하는 여성 헌터. 고랭크 헌터들을 상대로 한 '부업'으로 하룻밤에 수십억 오럼을 버는 악녀.

"여전히 쌀쌀맞네."

>Author : nahuse >Illustration : gin >Illustration of the world : yish >Mechanic design : cell

리빌드 월드 VIII

The advanced civilization that once dominated the world has crumbled away, and a long time has passed. People rallied the fragments of wisdom and glory scattered all over the world and spent a long time rebuilding human society.

Rebuild World

上 제3심부

Author 나후세 Illustration 긴
Illustration of the world 와잇슈 Mechanic design cell

Contents

제212화 아슬아슬한 이야기

성공을 꿈꾸며 슬럼의 뒷골목에서 뛰쳐나와 목숨을 걸고 유적으로 간 소년은 그곳에서 신비로운 여성과 만난 것을 계기로 좋든 나쁘든 그 미래가 크게 바뀌었다. 흔해 빠진 약자는 수많은 고난을 거쳐 강해졌으며, 올려다볼 정도로 거대한 몬스터조차 해치우는 강자가 되었다.

해지지 않은 옷. 안전한 음식. 지붕이 있는 집. 이것들을 손에 넣겠다고 뒷골목에서 바라던 과거의 꿈은 이미 이루어졌다. 그런데도 소년은 더 큰 힘을 찾아 계속 싸운다.

힘을 바라는 이유는 두 가지. 하나는 알파의 의뢰를 달성하기 위해서. 그리고 또 하나는 죽게 하고 싶지 않은 사람을, 죽이고 싶지 않은 사람을, 죽이지 않아도 되는 힘을 얻기 위해서.

도시 간 수송차량 호위 의뢰를 받는 수준이 되었어도, 그 차량 대열을 습격한 거대한 벌레 무리를 격파하고, 심지어 초인과의 전투에서조차 승리했어도, 소년이 바라는 힘에는 아직도 한참 모자란다.

적은 모조리 죽이면 된다. 그것이 가능한 힘을 원한다. 뒷골목 바닥에서 뒹굴던 약자 시절에 품었던 그 소망은 지금도 이루어지지 않았다. 하지만 지금은 그것을 바라지 않는다. 그 소망을 바꾸면서도 그것을 이룰 힘을 찾아, 아키라는 앞으로도 싸워 나간다.

◆

도시 간 수송차량에서의 격전을 끝내고 집으로 돌아온 아키라는 개조가 끝난 욕실에서 호화로운 목욕을 만끽하고는, 기분 좋은 여운에 젖은 채 침실로 가서 깊이 잠들었다.

다음 날 아침. 기상한 아키라는 침대 위에서 몸을 일으키며 크게 기지개를 켰다. 참으로 오랜만에 쾌적한 아침이었다.

그때 알파가 말을 걸었다.

『안녕. 아키라. 잘 잔 모양이네.』

『안녕. 알파. 응, 끝내줬어. 어제 목욕이 효과가 있었나 본데.』

격전의 피로는 싹 가셨다. 그걸 실감한 아키라는 기분 좋게 웃었다. 그 모습을 본 알파도 미소를 지었다.

『적잖은 비용을 들여 욕실을 개조한 보람이 있었네.』

『응. 앞으로 매일 저 욕실을 쓸 수 있다고 생각하면 오히려 싼 편이지. 나도 참 사치에 익숙해졌는걸.』

물론 그 사치도 고랭크 헌터의 수입을 생각하면 아직은 작고 소박하다. 그래도 아키라는 마침내 어중간한 헌터의 생활 수준에서 크게 벗어났다.

침실에서 나온 아키라가 아침 식사를 준비한다. 요리는 하지 않는다. 가열만 하면 되는 가공식품을 데워 접시에 담는 것으로 끝이다. 그런데도 하루하루의 식사를 기대하는 아키라가 다소 비싼 상품을 고르는 만큼, 그 맛은 싸구려 가게의 요리를 훨씬 능가한다.

그리고 아키라는 그 음식들을 평소처럼 먹으려다가 이전과 달리 조금 복잡한 표정을 지었다.

"어라, 맛이 원래 이랬나?"

그렇듯 조금 이상하게 여기는 아키라의 반응에서 감이 온 알파가 슬쩍 웃었다.

『도시 간 수송차량의 요리에 익숙해져서 아키라도 입맛이 고급이 된 거야.』

도시 간 수송차량의 주된 이용자는 도시의 부유층이다. 그 안에서 나오는 요리 또한 당연히 그들이 만족할 수준이다. 한 번이라면 몰라도, 호위 의뢰 기간 내내 그 요리를 먹었던 아키라의 혀는 부유층을 위한 미식에 익숙해져 버렸다.

『뭐, 이제부터는 더 맛있는 상품을 사면 될 일이야. 그걸로 식비가 100배가 늘어난다고 해도 지금의 아키라에겐 큰 지출도 아니니까.』

"그건 뭐…… 그렇긴 하지만……."

『뭔가 신경 쓰이는 거라도 있어?』

"아니, 그렇게 조금씩 비싼 것만 받아들이는 몸이 되는가 싶어서 말이야."

그렇게 말하며 다소 복잡한 표정을 짓는 아키라에게, 알파가 의미심장하게 미소를 지었다.

『아키라. 수십억 오럼짜리 장비를 갖추고, 수백만 오럼짜리 회복약과 탄환을 엄청나게 많이 쓰는 전투에 익숙해져 버린 시점에서 이미 늦었다고 생각하는데?』

"…………하긴."

맞는 말이라고 생각하면서도 심정적으로 완전히 받아들이기는 어려운 아키라는 쓴웃음을 지었다.

한번 올라간 수준을 낮추긴 어렵다. 생활에서도. 전투에서도. 그 점은 헌터도 똑같았다.

◆

아키라는 이나베의 호출로 병원에 와 있었다. 정밀 검사까지는 아니지만, 나름대로 꼼꼼하게 진찰받았고, 잔류 나노 머신의 수치가 조금 높은 점을 제외하면 건강하다는 진단 결과에 따라 여과 처치를 받았다. 그리고 예전에도 이용했던 병실로 보내졌다.

병실에선 이나베가 히카루와 함께 아키라를 기다리고 있었다.

"기간테스Ⅲ에서 몹시 고생했다고 들었는데, 건강한 것 같아서 다행이군."

"차량 안에서 치료를 받았으니까. 굳이 검사까지 할 필요는 없지 않아?"

"검사를 구실로 호출했어도 고작 구실이라며 아무것도 안 하는 건 이상하니 말이다. 게다가 나도 자네가 건강하다는 것을 확인하고 싶었다. 뭐니 뭐니 해도 그만한 싸움이었으니까. 본인이 모르는 후유증이 있어도 이상하지 않다. 자네도 자기 몸 상태를 확인해서 손해는 없을 텐데?"

"뭐, 그렇긴 하지만……."

이렇게 가벼운 대화를 나눈 후, 이나베가 태도를 바꿨다.

"자, 본론으로 들어가기 전에 자네에게 설명할 것이 있다. 미리 말해두지만, 이것은 사카시타 중공이 관련된 이야기다. 듣고 기분이 언짢더라도 상대가 사카시타 중공인 이상, 언짢게 여기는 선에서 그쳐라. 이번 일로 보수도 나오지 않나. 용납해라."

그토록 단단히 강조하는 이나베의 태도에, 아키라도 긴장했다.

아키라는 도시 간 수송차량 호위 의뢰 중에 엘데라는 초인과 싸우고, 이를 간신히 격파했다. 그때 엘데는 히카루를 사카시타 중공 소속의 구영역 접속자라고 오인하고 있었다.

히카루는 사카시타 중공의 사람이 아니며, 구영역 접속자도 아니다. 본래라면 그런 오해가 있을 리가 없으니까, 엘데의 입에서 그 말을 들은 히카루는 매우 놀라 혼란스러워했다.

하지만 엘데 역시 아무 정보도 없이 오인한 것은 아니었다. 목숨을 걸고 히카루를 납치하려 했을 정도의 근거가, 정보가 있었다. 그리고 잘못된 정보를 믿는 바람에 아키라와 싸우다 죽었다.

잘못된 정보는 사카시타 중공에 의한 공작이었다. 지시한 것은 하머스이며, 실행한 것은 시로다.

사카시타 중공의 기밀 정보. 자기 회사의 매우 우수한 구영역 접속자를, 시설 밖으로 내보내는 일이 거의 없는 중요 인물을 먼 도시까지 은밀하게 수송하는 계획. 그러한 기밀 정보까지 손에 넣을 만큼, 엘데 일당은 정보전에도 뛰어났다.

하지만 시로의 정보 공작은 그들조차 속였다. 이미 습격 작전을 시작한 엘데 일당은 위장 정보에 감춰진 진실을 확인할 시간이 없었다.

그리고 그 공작에 의해 히카루는 사카시타 중공에서 자사 요인을 보호하는 미끼로 이용당했다. 그 탓에 건국주의자 조직의 초인에게 노려지는 끔찍한 일을 겪은 것이다.

아키라는 이나베에게 그 이야기들의 개요를 들었다. 하머스나 시로 같은 개인의 이름은 나오지 않고 단순히 사카시타 중공에 의한 공작으로 정리된 내용이었지만, 조금 언짢은 표정을 지으면서도 납득한 듯 고개를 끄덕였다.

"그런 거였군……."

그런 아키라를 보고, 이나베가 다시 한번 못을 박았다.

"강조하지만, 상대는 사카시타 중공이다. 아무리 못마땅하고 불쾌해도, 그걸 생각하는 이상의 행동은 하지 마라. 알겠나?"

아키라가 복잡한 얼굴로 히카루를 바라본다.

"히카루는 그래도 괜찮은 거야? 멋대로 미끼로 이용당하고, 죽을 뻔했는데."

그러자 히카루는 살짝 얼굴을 찌푸리면서도 웃으며 대답했다.

"솔직히 말하자면 나도 진짜 짜증이 나. 하지만 그 정도 일로 사카시타 중공과 적대할 마음은 안 생겨. 멋대로 저지르고 일이 끝난 후에 통보하긴 했어도, 사정을 은폐하지 않고 우리에게 설명한 데다가 보수도 준다고 하잖아. 이 울분은 보수를 올려서 해소할 거야."

"그런가……."

그 말을 듣고, 아키라도 태도를 누그러뜨렸다.

미끼로 이용당한 것은 히카루지 자신이 아니다. 그 히카루가 납득한다면 이러쿵저러쿵 말할 필요는 없다. 애초에 혼자 도망칠 수도 있었다. 그러지 않고 엘데와 싸우기로 선택한 것은 아키라 자신이다. 그러다가 죽을 뻔한 책임을 사카시타 중공에 요구하는 것은 뭔가 아니다. 아키라는 그렇게 판단했다.

"알았어. 나도 함부로 소란 피우지 않기로 할게. 히카루. 그걸로 됐지?"

"응. 고마워. 그래 주면 좋겠어."

가벼운 어조로 서로 웃는 두 사람 곁에서 이나베가 작게 안도의 한숨을 쉬었다. 그리고 키바야시라면 아키라를 신나게 부추길 거라고 생각하며, 히카루를 아키라 담당으로 삼은 자신의 판단력을 자화자찬했다.

"그렇다면 본론으로 들어가지. 자네들을 습격했던 그 엘데라는 자 말인데, 그는 사카시타 중공 부대의 전력을 기준으로 해도 상당한 실력자였다. 그리고 그만한 실력자를 물리친 이상, 자네는 사카시타 중공의 요인 호위에 크게 공헌한 셈이지. 그 공헌에 대해 사카시타 중공에서 자네에게 보수를 주겠다고 한다. 오늘 자네를 호출한 것은, 그 보수에 대한 구체적인 이야기를 하기 위함이다. 하지만 그 전에……."

이나베가 히카루에게 의미심장한 시선을 보낸다.

"나는 이제부터 아키라와 아슬아슬한 이야기를 할 텐데, 아키라의 담당자로서 동석하겠나?"

"아뇨, 이나베 구획장님께서 직접 찾아오실 정도의 안건입니다. 아키라의 담당자라고는 해도, 저 같은 말단 직원이 알아야 할 일이라고는 생각하지 않습니다. 밖에서 대기하겠습니다."

히카루는 그렇게 말하고는 공손하게 고개를 숙이고 병실을 나섰다.

말없이 히카루를 배웅한 아키라가 미심쩍은 눈으로 이나베를 돌아본다.

"저기, 무슨 이야기를 하려는 거야?"

"아까도 설명했듯 사카시타 중공의 보수에 대한 구체적 이야기다. 다만 그 이야기에는 우다지마도 얽힌다고 할까, 솔직히 말해서 우다지마를 살해할 수단과도 관계가 있지. 저 아가씨는 그걸 눈치채고 자리를 뜬 거다. 도시 간부의 살해 계획이다. 짐작한 정도라면 몰랐다고 넘어갈 수도 있지만, 알아버리면 그럴 수 없으니까 말이지. 관계가 없는 사람의 위치를 유지하려면 모르는 상태를 의도적으로 유지하는 것이 중요하다."

"아하…… 그렇군."

"자네도 주의하게. 자기 담당자라고 방심해서 무심코 입을 놀린다면, 그 시점에서 저 아가씨에게는 알게 된 일에 대한 책임이 생긴다. 그리고 우리에게는 그것에 대처할 필요성이 발생하지. 이 일에 저 아가씨를 끌어들일 생각이 없다면, 본인을 위해서라도 입을 다물고 있게나."

"알았어. 조심할게."

솔직하게, 그리고 진지하게 고개를 끄덕인 아키라를 본 이나베는 히카루에 대한 평가를 조금 더 끌어올렸다. 무관한 사람을 끌어들이는 것은 좋아하지 않는다. 고작 그런 생각일지라도 아키라가 히카루를 배려한 것은 맞기 때문이다.

"자, 본론을 말하지. 먼저 말하겠지만, 이것은 선택지를 제시하는 것에 불과하다. 꼭 그렇게 하라고 강요할 생각은 전혀 없다. 자네의 자유지. 그런 수단이 있다는 것을 알면서 내가 그것을 의도적으로 숨기고 있었다고 자네가 오해하지 않도록 하기 위함이다. 알겠나?"

집요하게 강조하는 이나베의 태도에 아키라가 슬쩍 허둥댔다. 정말이지 대체 무슨 이야기를 하려는 것인지 싶어서 살짝 주저하며 대답한다.

"그, 그래. 그래서?"

"사카시타 중공의 보수 말인데, 간단히 말해 사카시타 중공이 자네에게 빚을 진 셈이다. 단순히 돈이나 헌터 랭크를 요구해도 좋지만, 다른 것을 요구해도 좋다. 솔직히 말하마. 사카시타 중공에 이번 일의 보수로서 쿠가마야마 시티에 압력을 가해달라고 하는 방법도 있다. 그러면 우다지마는 완전히 실각해서 벽 바깥으로 쫓겨나겠지. 자네가 그를 죽일 때의 장해물이 사라진다."

이나베가 아키라를 가만히 바라본다.

"사카시타 중공과의 교섭은 내가 한다. 문제없다. 이젠 자네 의지에 달렸지. 어떻게 하겠나?"

갑자기 들이닥친 선택지에, 아키라는 갈피를 못 잡고 있었다.

◆

히카루는 도시 간 수송차량 호위 의뢰 보고를 이나베에게 했을 때, 키바야시에게 받은 정보도 이야기했다. 물론 이나베가 아키라와 손잡고 우다지마의 실각, 배제, 살해를 계획하고 있다는 점은 제외하고.

이야기를 들은 이나베의 소견은 히카루에게도 흥미로운 것이었다.

우선 키바야시가 제공한 정보는 키바야시가 히카루에게 놓은 덫이라는 추측.

아키라가 몹시 위험한 인물임을 가르쳐 주고, 나아가 아키라와 적대 관계인 우다지마가 같은 차량에 타고 있다고 알려준다. 그러면 그 사실을 알게 된 히카루가 우다지마 습격을 막기 위해 아키라를 차량에서 내리게 할 가능성이 생긴다.

도시 간 수송차량의 호위 요원을 급히 차량에서 내리게 하는 것이다. 당연히 큰 실책이 된다. 그 실책으로 히카루가 아키라 담당에서 제외되면, 아키라로 재미를 보려는 키바야시에게는 호재일 수 있다.

그것과는 별개로 우다지마가 아키라에게 놓은 덫이라는 추측.

우다지마도 아키라의 동향 정도는 조사하고 있다. 딱히 극비 의뢰도 아니다. 아키라가 도시 간 수송차량의 호위 의뢰를 받은 것 정도는 쉽게 감지할 수 있다.

그래서 아키라가 타는 차량에 예약을 넣고, 실제로는 탑승하지 않은 상태로 자신이 거기에 있다는 것을 어떻게든 아키라에게 전달한다. 그 정보에 속은 아키라가 차량에서 우다지마의 방을 습격하면 차량 경비대에 의해 처분당한다.

또한 우다지마가 모종의 이유로 정말 기간테스Ⅲ에 탑승하고 있었다고 해도, 같은 차량에 아키라가 있는 이상 다른 명의로 방을 잡는 정도의 대처는 한다. 탑승객 명부에 우다지마의 이름이 있다는 정도로는 우다지마가 실제로 거기 있었다는 증거가 되지 않는다.

이나베가 그러한 가정을 이야기한 후에 말했다.

"여러 가지를 이야기했지만, 전부 추측에 불과하다. 그리고 그것들이 사실이라고 해도 자네가 그 상황에서 아키라를 확실하게 통제했다는 사실에는 변함이 없지. 흠잡을 데 없는 성과다. 인사고과는 기대해도 좋다. 잘해주었다."

"가, 감사합니다……."

반응이 영 별로인 히카루의 대답에 이나베는 조금 의아한 표정을 지었다. 출세를 약속하는 언질에 가까운 말을 했는데도 상승지향이 강한 사람에게서 기뻐하는 기색을 느낄 수 없었기 때문이다.

그리고 그 태도의 이유가 히카루의 입에서 이어졌다.

"이나베 구획장님. 아키라의 담당이지만, 이번 일로 실력이 부족함을 실감했습니다. 직접 임명해 주셨는데 이러한 말씀을 드릴 수밖에 없어 부끄럽지만, 아키라 담당에서 제외해 주실 수 없을까요?"

이번 일로 히카루는 마음이 꺾여버렸다. 그것을 이해한 이나베가 가볍게 말한다.

"……. 그런가. 유감이군. 뭐, 강요는 하지 않겠네. 강요해 봤자 의욕만 떨어질 테니. 하지만 당장 제외할 수는 없다. 후임을 선정하려면 시간이 걸리지. 게다가 아키라에게서 장비 조달을 부탁받았을 텐데? 그것이 끝날 때까지는 계속해라."

"네. 감사합니다. 이만 물러나겠습니다."

히카루는 작게 안도의 한숨을 쉰 후, 공손하게 고개를 숙이고 퇴실하려고 했다. 하지만 그때 이나베에게서 의미심장한 말을 들었다.

"하나 조언해 주지. 자네는 매우 우수해. 그러니 묻힐 수 없다. 보잘것없는 사람이 될 수 없어. 또한 중립이란 무관계를 의미하지 않지. 그리고 중립이란 자신을 제외한 모든 것과 적대해도 상관없는 강자에게만 허용되는 법이지. 자네는 매우 우수하지만, 그 정도의 강자는 아니야. 앞으로 진로를 잡을 때는 각별히 주의해라."

히카루는 다시 한번 고개를 숙이고 이나베의 집무실을 나섰다. 이나베는 더 말하지 않고 히카루를 배웅했다.

아키라의 병실을 나선 히카루가 어제 있었던 이나베와의 대화를 떠올리며 복도에서 작게 한숨을 쉬었다.

(이나베 구획장의 이야기란, 우다지마 관련의 그거겠지……?)

히카루는 이나베가 아키라와 손잡고 우다지마의 실각, 살해를 포함한 제거를 추진하고 있다는 것을 안다. 정확히는 키바야시에게 받은 정보로, 그럴 가능성이 크다는 이야기를 들었다. 그 정보에는 명확한 증거가 없고, 굳이 따지자면 키바야시의 억측에 불과하지만, 아마도 그럴 것이라고 짐작하고 있기도 하다.

안전한 방벽 안쪽에 사는 선량한 일반인인 히카루는 애초에 살인이라는 행위에 강한 거부감이 있다. 도시 간부들 간의 다툼에 휘말리기 싫기 이전에, 살인에는 엮이고 싶지 않았다.

그렇다고 해도 완전히 무관한 위치를 관철하긴 어렵다. 그것은 히카루도 이해하고 있었다.

자신은 이나베 밑에서 아키라가 헌터 랭크를 올리는 것을 돕고 있다. 게다가 아키라에게 장비 조달을 부탁받았다. 둘 다 우다지마 살해를 부추기는 행위다. 자신은 중립이라고 하거나 혹은 관계가 없다고 호소해도 우다지마가 받아들이긴 어려울 것이다. 그것은 히카루도 알고 있었다.

"중립은 강자에게만 허용된다, 인가……."

아키라라는 고랭크 헌터와의 관계를 이용해 출세하려는 기개는 이미 히카루의 마음속에 없다. 도시 간 수송차량에서의 격전을 피부로 느끼고 좌절했다.

하지만 출세 자체를 포기한 것은 아니다. 앞으로도 다른 수단으로 출세하겠다는 생각은 있다.

그런데도 이나베에게서 들은 강자, 타인이 중립을 허용하는,

허용하게 하는 절대자의 위치로 올라서려는 의욕, 나쁘게 말하자면 자신은 그것이 가능할 것이라는 오만함이 히카루의 마음속에서 완전히 희미해져 있었다.

그것이 희미해지자, 이나베와 우다지마의 싸움에 휘말리고 있는 현재 상황은 히카루에게 아무런 보상도 없는 곤경에 불과했다.

어떻게 해야 무사히 넘길 수 있을지. 그 대처에 히카루는 골머리를 앓고 있었다.

◆

사카시타 중공의 보수를 우다지마를 방벽 바깥으로 쫓아내는 공작에 사용할지 말지. 이나베가 그 선택지를 들이밀자, 아키라는 갑작스러운 일이었던 탓에 놀랐다. 하지만 놀라서 대답을 늦추면서도, 망설이지 않고 답했다.

"사카시타 중공의 보수는 돈과 헌터 랭크로 해줘."

"그래도 되겠나? 강제하진 않겠지만, 절호의 기회이긴 한데?"

"그래. 난 돈과 헌터 랭크가 더 좋아. 일단 말해두겠는데, 난 딱히 그놈을 죽이기 위해서라면 뭐든지 한다거나, 모든 것을 희생해도 좋다거나, 그런 생각은 전혀 없어. 그놈을 죽이기 위해서 사는 건 아니니까."

진심을 알아보려는 듯이 보는 이나베에게, 아키라가 이어서 말했다.

"나는 우다지마와 관계없이 강력한 장비가 필요해. 또다시 초인이 습격하는 사태가 생겨도 죽지 않을 수 있게 말이야. 왜 그런진 모르겠지만, 나는 그런 일이 자주 생겨. 히카루에게 장비 조달을 부탁했지만, 강력한 장비 구입에는 돈 문제뿐만 아니라, 헌터 랭크에 따른 제한 같은 것도 있잖아? 그쪽을 해결하기 위해서라도 돈과 헌터 랭크가 더 좋아."

그리고 아키라는 조금 진지한 눈으로 이나베를 바라보았다.

"나한테도 우선순위가 있어. 우다지마가 빨리 실각하길 바라는 그쪽 사정도 알지만, 그것 때문에 내 장비를 뒤로 미룰 생각은 없어. 미안해."

이나베가 분위기를 누그러뜨렸다.

"아니, 그건 오해다. 처음에 말했듯 나 역시 강요할 생각은 추호도 없다. 문제없다. 알겠다. 사카시타 중공에는 내가 돈과 헌터 랭크를 요구해 두지."

이나베는 아키라의 반응에서 우다지마 살해가 어느 정도의 우선순위를 차지하는지를 얼추 파악했다.

"하지만 그렇다면 사카시타 중공에 장비를 요구할 수도 있지 않나? 원래라면 헌터 랭크에 따른 구입 제한이 있는 물품이라도 사카시타 중공이라면 어떻게든 된다. 성능이 무척 좋은 장비를 손에 넣을 수 있을 텐데."

"아, 그건 말이지. 나한텐 다음 장비를 기령(機領)에서 사야 한다는 계약이 있으니까. 히카루한테도 부탁해 두었고……."

그 정도 계약은 사카시타 중공이라면 어떻게든 할 수 있다. 얼마든지 일방적으로 파기할 수 있다. 그러나 그 상황에서도 이나베는 계약을 어기지 않으려는 아키라의 사고방식, 좋든 나쁘든 융통성이 없는 자세를 지금으로선 호의적으로 받아들였다.

죽이고 싶을 만큼 증오하더라도 주고받은 계약은 준수한다. 그 자세는 아키라와 같은 위치에 있는 자에게 특히 중요해진다. 계약을 중시하지 않는 헌터, 다시 말해 계약으로 제어할 수 없는 무력은 동부의 질서를 수호하는 자들이 봤을 때 몬스터에 불과하기 때문이다.

"그랬지. 알겠다. 그 부분은 히카루에게 맡기자. 하지만 장비 조달에는 시간이 조금 더 걸린다. 그동안 장비 없이 지내면 곤란하니, 여기에 내가 준비한 게 있다."

이나베는 그렇게 말하고 병실 구석에 놓여 있던 대형 케이스로 시선을 돌렸다.

케이스의 내용물은 아키라의 장비다. CA31R 강화복과 LEO 복합총 2정. 강화복과 총 모두 이전 것과 같은 성능이다. 이나베가 기령, TOSON(토손)과 교섭해 수리 중에 사용할 대여품으로서 내놓게 한 것이었다.

수리라고는 해도 강화복은 엘데와의 싸움으로 더 고칠 수 없을 만큼 파괴되었다. 장비 대여에는 이나베도 자신의 권력을 대대적으로 활용했다.

엘데와의 싸움에 사용한 총은 산산조각이 나서 수리하고 자시고 할 지경이 아니다. 하지만 바이크의 확장 암에 장착되어 있던 총은 수리가 가능한 상태로 남아 있었다. 그 덕분에 이나베도 간단한 교섭으로 대여품을 제공받을 수 있었다.

덧붙여 바이크는 도시 간 수송차량의 지붕 위에 방치된 것을 차량 경비대에서 회수해 격납고로 옮겨 놓았다. 그 뒤로 히카루가 수리 신청을 마쳐 현재는 수리 중이다.

이나베가 그 사실들을 아키라에게 이야기한 뒤 말을 덧붙였다.

"당분간의 장비 비용 등은 이쪽에서 처리해 두마. 사용하게."

"그래도 돼?"

"그래. 나도 자네가 죽으면 곤란해서 말이지."

이나베는 가볍게 대답한 후, 조금 진지한 태도를 보였다.

"쓴소리를 하자면, 자네는 도시로 돌아와 이 병실에 오기까지 하루 정도의 짧은 기간이라곤 해도 제대로 된 장비가 없었지 않나. 자네의 집은 도시 안이라고 해도 방벽 밖에 있다. 좁은 의미로 황야로 취급되는 슬럼에 비해 습격의 윤리적인 난이도는 높다고는 하지만, 절대적으로 안전한 건 아니지. 그동안 우다지마에게 습격당했을 우려는 부정할 수 없다. 조심하게."

"알았어."

지적받고 보니 확실히 그 말이 맞다. 자신은 너무 방심하고 있었다. 그렇게 생각한 아키라는 진지한 표정을 지었다. 그때 알파가 끼어들었다.

『일단 말해두지만, 실제로 습격당했더라도 내가 사전에 감지해서 아키라를 도망치게 했을걸?』

『그런가. 고마워.』

아키라를 무방비하게 둔 것은 아니었다. 조금 뒤늦은 변명으로도 해석할 수 있는 알파의 말에 아키라는 평범하게 고마움을 표했다.

그때 이나베가 말을 이었다.

“하나 더 덧붙이자면, 자네가 사카시타 중공의 보수를 우다지마의 실각에 사용했다면 자네에게는 우다지마가 완전히 실각할 때까지 안전을 위해 이대로 입원해 있으라고 할 생각이었다. 이 병원은 도시에서 경영하는 곳이다. 우다지마의 입김이 닿은 자들도 도시의 인간이라면 그러한 장소를 습격하는 것은 주저할 테니까.”

“그랬구나.”

“그래. 그래서 일부러 불러낸 것이다. 사카시타 중공과의 교섭으로 자네의 헌터 랭크가 얼마나 오를지는 모르겠지만, 많이 오를수록 우다지마의 실각을 더욱 앞당길 수 있지. 즉, 그것을 두려워하는 우다지마가 극단적인 행동을 취할 위험도 커진다. 자네가 강력한 장비를 얻으려 한다는 것을 알면 그 위험은 더욱 커질 것이야. 단단히 주의하게.”

“알았어.”

“내가 할 이야기는…….”

히카루가 아키라 담당에서 제외될지도 모른다는 것을 말해야 할까? 이나베는 잠시 망설이다가 지금은 이야기하지 않기로 했다.

“이걸로 끝이군. 자네는 뭔가 없나?”

“나는…….”

『알파. 뭔가 있어?』

『없어.』

"딱히 없어."

"그런가. 그렇다면 히카루를 다시 부르도록 하지. 사카시타 중공의 보수를 돈과 헌터 랭크로 하기로 했으니. 그 점을 고려해 다음 장비 조달에 대해 다시 조율해라."

이어서 이나베는 방으로 다시 불러들인 히카루에게 상황을 설명하고는 먼저 떠났다.

히카루가 아키라를 힐끗 본다.

"무슨 일 있어?"

"별일 없어……."

아키라는 사카시타 중공의 보수로 돈과 헌터 랭크를 선택했다. 이나베는 그렇게 말했다. 선택했다는 말은 다른 선택지도 있었다는 뜻이다. 그렇다면 그것은 무엇이었을까? 히카루는 짐작하는 바가 있었다.

하지만 묻지 않기로 했다. 그대로 화제를 넘긴다.

"어어, 사카시타 중공에서 보수로 받을 돈 말인데, 정말 전부 장비 비용에 대도 돼?"

"응. 탄약값 같은 것도 포함해서 말이야."

"알았어. 사카시타 중공이 얼마나 줄지는 모르겠지만, 5대 기업의 보수잖아. 상당히 큰 액수가 될 건 확실해. 최전선용 장비에는 못 미치더라도 많이 근접한 성능의 물건을 준비할 수 있을 거야."

"그런가. 이걸로 교섭이 더 귀찮아질 것 같아서 미안하지만, 잘 부탁해."

"물론이지. 나한테 맡겨. 나는 아키라의 담당이니까."

적어도 지금은. 아직. 히카루는 그 말을 생략하고, 아키라에게 미소를 지었다.

◆

우다지마가 통신으로 부하로부터 아키라에 대한 보고를 받고 있다.

"아키라는 살아 있고, 지금은 이나베의 입김이 닿는 병원에 있다. 그건 틀림없는 거지?"

"예. 확정 정보는 그게 전부입니다. 죄송합니다. 유감이지만, 부상 상태는 조사할 수 없었습니다."

"알겠다. 계속해서 조사하길 바란다."

우다지마는 통신을 끊고, 얼굴을 험악하게 일그러뜨렸다.

"죽지 않았다고? 제길!"

우다지마는 도시 간 수송차량의 차량 대열이 대규모 습격을 받았다는 것을 알자마자 아키라의 생사를 확인하려고 했다. 이나베와 깊이 연관이 있는 데다 자신을 틀림없이 적대시하는 고랭크 헌터가 죽으면 이나베와의 권력 다툼에서 열세에 놓인 지금 상황도 조금은 나아질 것이기 때문이다.

하지만 확실한 정보는 얻을 수 없었다.

이나베도 정보 공작 정도는 하고 있다. 아키라는 살아 있다. 이미 사망했다. 무사히 집에 돌아갔다. 빈사 상태로 병원에 실려 갔다. 우다지마의 휘하 첩보원들에게는 그러한 정보가 혼재했다.

나아가 현재 쿠가마야마 시티에서는 사카시타 중공에 의한 시로를 찾는 대규모 수색이 도시에 그 목적이 알려지지 않은 채 실행 중이다. 그 탓에 도시 측의 정보 수집 등에 악영향이 생기고 있었다.

우다지마가 부하로부터의 보고 내용을 다시 한번 확인한다.

"아키라의 헌터 랭크는…… 55인가. 이 짧은 기간에 거기까지 올리다니……. 믿을 수 없군. 쩨게르트 시티까지 갔다고는 해도, 고작 일주일 정도로 그만한 성과를 거둔 건가?"

기본적으로 헌터 랭크는 높아질수록 더 올리기 어려워진다.

헌터 랭크가 50인데 실제 실력은 55 정도인 사람이 있다고 치자. 그 사람이 자기 헌터 랭크를 55까지 올리려면, 실력에 걸맞은 지역이라면 1년 단위, 무리해서 조금 더 어려운 지역에서 활동해도 몇 개월 동안의 헌터 활동 성과가 필요하다. 헌터 랭크란 그 사람의 실력을 뜻하는 것이 아니라 통기련에 대한 공헌을 보여주는 지표이기 때문이다.

즉, 원래라면 본인의 무력에 걸맞은 지역에서 일주일 정도 활동한 정도로는 헌터 랭크가 하나도 오르지 않는다. 대유통 관련으로 솎아내기 의뢰를 맡았던 아키라가 그 기간에 몬스터를 대량으로 격파했는데도 헌터 랭크는 이전과 똑같이 50이었다.

그런데 지금은 55다. 도시 간 수송차량 호위 의뢰에서 아키라가 도대체 얼마나 격전을 돌파한 건지. 그것을 모를 우다지마가 아니었다.

자신이 그 정도 실력자를 적으로 만들었다. 그 사실에 대한 이해가 우다지마의 얼굴을 험악하게 일그러뜨리고 있었다.

그때 비올라에게서 연락이 왔다.

“무슨 일이지?”

“어머, 기분이 참 안 좋아 보여. 무슨 일 있었어?”

“너와는 관계없다. 용건을 간단히 말해라.”

“영업하는 거야. 왜, 12시간 정도 전에 말했잖아? 정보를 사지 않겠냐고. 마음이 안 바뀌었나 싶어서.”

“그거 말인가. 바뀌지 않았다. 내용 설명도 없이 200억 오럼이나 낼 수 있겠나.”

어떠한 정보인지 사전 설명 없이 전액 선불로 200억 오럼. 반나절 정도 전에 비올라는 그렇게 장난 같은 거래를 우다지마에게 제안했다. 도저히 받아들일 내용이 아니어서, 우다지마는 그 자리에서 거절했었다.

그리고 비올라도 그때는 매달리지 않고 의미심장한 미소만 남긴 채 물러났었다.

“그거 말인데, 지금이라면 200만 오럼이면 돼. 어때?”

“200만 오럼이라고? 넌 고작 그런 정보를 나한테 200억에 팔려고 한 거냐?”

강한 짜증을 드러낸 우다지마에게 비올라가 고약한 미소로 대응한다.

"천만에. 다만 같은 정보라도 어느 타이밍에 알았느냐에 따라 그 가치는 크게 달라져. 시간이 지나면서 가치가 줄었고, 지금은 거기까지 값이 내려갔을 뿐이야."

우다지마가 인상을 쓰고 잠시 고민했다. 12시간 전에는 200억 오럼의 가치가 있었지만, 지금은 200만 오럼의 가치밖에 없다. 그 정보란 대체 무엇일까. 궁금한 부분이기는 했다.

"좋다. 사겠다. 입금했다."

"구매해 줘서 고마워. 보냈어."

전송된 정보를 본 우다지마가 경악을 드러냈다.

"이, 이건……!"

그건 아키라에 관한 정보였다. 아키라가 도시 간 수송차량 호위 의뢰에서 거의 모든 장비를 잃었다는 증거가 있었다. 게다가 그 상태로 호위도 없이 집으로 갔다는 사실까지 기재되어 있었다.

즉, 그 정보는 경이적인 전투력을 지닌 아키라를 죽일, 하늘의 내린 기회를 알려주는 것이었다.

"이것이! 왜 그때 파는 정보가 아키라의 정보라고 알려주지 않았냐!"

분노가 담긴 우다지마의 말에도 비올라는 전혀 움츠러들지 않고 대답한다.

"농담하지 마. 팔기 전의 당신에게 알려주면 200억 오럼의 가치가 있는 아키라의 정보라는 것만으로 거래가 성사되기 전에 내용을 추측할 거잖아?"

우다지마가 침묵한다. 비올라의 말을 부정하면 그런 것도 간파하지 못하는 무능한 인간이라고 자백하는 꼴이기 때문이다.

"200억 오럼이라는 가격도 가능했다면 숨기고 싶었을 정도거든? 지금의 당신에게 그 가격으로 팔 수 있는 정보는 한정되어 있으니까. 아무리 나라도 판매 가격을 숨기고 거래할 순 없어서 그건 알려줬지만 말이야."

"그렇군. 네 변명은 이해했다. 그렇다면 이 정보가 200만 오럼까지 값이 내려간 이유는 뭐지?"

"그 정보는 500만 오럼이야."

우다지마가 입금하자마자 그 내용이 도착했다. 이나베가 기령, 토손과 교섭했다는 사실. 그리고 아키라가 있는 병실에 두 회사의 장비가 반입되었다는 사실의 증거였다.

장비를 잃은 아키라를 위해 이나베가 새로운 장비를 조달한 것은 명확하다. 즉, 이미 아키라는 무방비한 상태가 아니게 되었다. 지금부터 아키라를 습격해도 어설픈 전력으로는 역습당할 뿐이다. 아키라가 멀쩡한 장비도 없는 상태였다는, 하늘이 내린 기회는 사라진 것이다.

그것을 이해하고 격해진 감정을 억누르려고 이를 악물고 있는 우다지마에게 비올라가 놀리듯이 말했다.

"이만 끊을게. 아, 아무리 그래도 이 정보에 200억 오럼은 너무 비싸다고 생각할 수도 있겠는데, 발등에 불이 떨어진 사람한테 바가지를 씌운 건 부정하지 않아. 하지만 그게 뭐 어때서. 상품은 비싸게 사줄 사람에게 먼저 파는 법. 장사란 원래 그런 거지? 그렇게 된 거야. 잘 있어."

비올라는 그 말만 하고 통신을 끊었다.

우다지마가 테이블을 세게 내리쳤다. 하지만 그게 끝이다. 그것만으로 격해진 자신의 감정을 억제했다.

(만약 그때 200억을 줬어도 같은 정보를 얻었으리라는 보장은 없다. 아무렇지도 않게 다른 정보를 줬을 가능성이 얼마든지 있지. 기회를 놓친 건 사실이지만, 내 판단은 틀리지 않았다.)

비올라가 자신으로 하여금 무가치한 정보에 200억 오럼이나 쓰게 하고, 그것을 성과로 포장해 이나베에게 팔아넘겼을 위험도 있었다.

또한 아무리 아키라가 무방비한 상태였다고 하더라도, 도시 간부인 자신이 방벽 바깥이긴 해도 도시 내 주택지에 대규모 부대를 비밀리에 파견하긴 어렵다. 그것을 생각하면 그 정보에 200억 오럼의 가치는 없다. 그 여자 자신도 바가지를 씌운 가격이라고 말했었다.

우다지마는 그런 식으로 계속해서 자신의 판단을 긍정함으로써 냉정함을 유지하려고 했다.

"아직이다! 아직 역전할 기회는 있다! 나는 끝나지 않았다!"

우다지마는 자기 자신을 고무하고 결의를 새롭게 다지며 기운을 북돋웠다. 눈에 불을 켜고 역전할 기회를 찾아야 할 정도로 궁지에 몰린 현실은 외면하면서.

◆

우다지마와 이야기를 마친 비올라가, 자신의 사무실에서 즐겁게 웃었다.

"조금만 더……라는 느낌이려나."

궁지에 몰린 자는 극단적으로 행동하기 쉬워진다. 무모한 도박에 나서기 쉬워진다. 그것은 도시 간부라고 해도 다르지 않다. 우다지마에 의해 궁지에 몰렸던 시절의 이나베가 아키라를 통해 입수한 구세계의 정보단말을 이용해 유물 출처 위장이라는 부정행위에 손댔던 것처럼.

우다지마도 머지않아 폭발할 것이다. 아마도 얼마 못 가서. 그렇게 생각하며 그것을 더욱 앞당기기 위해, 더욱 대규모로 만들기 위해, 비올라는 고약하게 웃으며 연료를 들이붓고 있다.

아키라라는 초대형 폭발물이 만들어 낼, 전례가 없는 대소동. 그것이 보고 싶다. 그 욕구에, 그 본성에, 거스르지 않고, 거스르려 하지 않으며, 비올라는 웃고 있었다.

제213화 시로의 관광

쿠가마야마 시티의 상위 구획에 있는 특별 임대 구역. 현재는 사카시타 중공이 임대 중인 영역의 한 방에서, 그 사카시타 중공의 중진인 스가도메에게 하머스가 깊이 고개를 숙이고 있다.

"면목이 없습니다."

이어서 동석 중인 마츠바라가 시로의 수색 상황을 보고한다.

시로는 현시점에서도 발견되지 않고 있다. 쿠가마야마 시티 안팎에 설치된 감시 장치의 기록에서는 2812명의 시로를 확인했다. 물론 전부 데이터로만 존재하는 가짜다. 변조된 데이터를 지워도 몇 분 내로 추가된다. 혹시 몰라서 현지에 인력을 보내 조사하게 했지만, 발견하는 데는 이르지 못했다.

그런데도 데이터 변조의 빈도와 정밀도로 미루어 볼 때, 시로가 쿠가마야마 시티 인근에 있다는 것만은 거의 확실하다. 사카시타 중공 소속의 구영역 접속자라는 정보를 숨기고 단순 수배범으로서 회사 외부의 사람들에게도 수색하게 할지는 검토 중.

그 보고를 모두 들은 스가도메가 하머스에게 시선을 보냈다. 그것만으로 하머스의 긴장감이 커진다.

"시로의 탈주는 자네의 실책이 맞다. 하지만 막대한 과실이 있다고는 말할 수 없다. 자네가 시로의 곁을 떠나지 않았다면 막을 수 있던 사태였지만, 자네는 일시적이라곤 해도 시로와 떨어지는 것을 상부에 승인받았지. 그리고 그 허가를 내준 사람은 나다. 자기변호가 조금 있지만, 자네나 나나 그 상황에서 충분히 옹호할 수 있는 판단을 했다고 해두지."

"감사합니다."

사실상의 무죄 판정에 하머스는 안도의 한숨을 쉬었다.

"조금 더 변명하자면, 이 정도의 일은 시로를 시설 바깥으로 내보내기로 한 시점에서 상정할 수 있는 위험 요소였다. 우리 회사는 그걸 용인하고 밖으로 내보낸 것이다. 불필요하게 질책할 일은 아니다."

스가도메가 자기변호를 명분으로 삼아 하머스의 책임을 추궁하지 않는 이유를 이어갔다.

"게다가 시로의 수완도 대단했다. 자네의 치료를 우선하기로 판단한 것은 나지만, 그 판단의 근거가 된 데이터가 변조되어 있었지. 그 데이터에서 자네는 빈사에 가까운 상태였다. 시로와 떨어지는 허가를 내준 것에는 그런 이유도 있었지. 이만한 직책에 있으니 그 정도는 간파해야 한다고 말한다면 나도 할 말은 없지만 말이야."

처분이 너무 약한 것 아닌가. 그런 눈빛을 하머스에게 보내던 마츠바라도, 스가도메의 태도에 자신의 불만을 억눌렀다.

그런 부하를 본 스가도메는 이번 사건의 처분에 관한 이야기를 마쳤다. 그리고 이야기의 내용을 향후 대응으로 바꾼다.

"하머스. 자네의 임무는 시로의 호위와 감시였지만, 현재 그 시로가 탈주 중이다."

"네! 죽을힘을 다해 찾아내겠습니다!"

자신의 실책을 직접 만회하고자 하머스는 진지한 표정으로 대답했다. 하지만 스가도메가 말을 이었다.

"아니야. 자네는 대기하게. 자네의 전투 능력은 실로 훌륭하지만, 그 능력을 사람을 찾는 일에 할당하는 것은 적절하다고 할 수 없다. 적재적소다. 적합한 업무 할당이 정해질 때까지 잠시 쉬고 있게."

"…………알겠습니다."

하머스는 괴로운 표정으로 대답했다. 스가도메가 다시 말을 잇는다.

"쉬라고 했지만, 시로를 발견한 수색반에서 확보 협력을 요청할 수도 있겠지. 휴가라고 생각하고 완전히 긴장을 풀면 곤란하다. 그 점은 유의하도록 하게."

"네!"

만회할 기회는 있다. 하머스는 그 마음을 얼굴과 목소리에도 담아 힘차게 대답했다. 그리고 공손하게 머리를 숙이고 퇴실했다.

스가도메가 살짝 웃으며 마츠바라에게 시선을 옮겼다.

"관대한 처분에 불만이 있나?"

"아닙니다, 그런 일은……."

그것이 굳이 따지자면 거짓말이라는 것도, 그리고 스가도메가 그것을 간파한 것도 마츠바라는 알고 있다. 그래서 이 화제가 이어지지 않게끔 말을 돌렸다.

"그나저나 이번 습격에는 석연치 않은 점이 있습니다. 시로의 신병을 노린 것 같지만, 상공 영역의 몬스터까지 데려와서는 시로가 죽어도 이상하지 않았습니다. 그야 우리 회사의 경비를 돌파하려면 그 정도는 필요하다고 판단한 거라면 할 말이 없지만……."

실제로 습격범들은 그 정도의 소동을 일으키지 않았다면 시로 근처에 도달조차 할 수 없었다. 그리고 그 상황에서도 시로 탈취에 실패했다. 마츠바라의 추측은 틀리지 않았다. 그런데도 마츠바라는 어딘가 납득하기 어려운 기분이었다.

그 마츠바라의 의문에 스가도메가 가볍게 대답했다.

"그 부분은, 저쪽도 시로가 어떻게 되든 상관없었던 거겠지."

"…………네? 아니, 저기, 하지만, 그건 시로의 신병을 노린 습격이었을 터인데……."

당황하는 마츠바라에게 스가도메가 설명을 덧붙여 나갔다.

"어떻게 되든 상관없다는 것은 과장된 표현일지 모르겠군. 시로의 신병 탈취는 작전 전체에서 일부에 불과했고, 그 주된 목적에 비하면 우선순위가 낮은 것이었다는 뜻이다. 물론 상대로서도 성공하는 것이 더 바람직하다고는 생각했겠지만 말이야."

점점 더 혼란스러운 얼굴을 보이는 마츠바라에게 스가도메가 자신의 추측을 더욱 상세하게 풀어나간다.

상공 영역의 몬스터까지 유도하는 작전이다. 당연히 습격 비용은 막대해진다. 그 정도 비용을 투입하여 실시하는 습격 작전의 목적이 단순히 사카시타 중공에 대한 공격이라면 목표가 될 시설 등은 얼마든지 있다. 게다가 굳이 도시 간 수송차량의 차량 대열을 노린 이상, 상대의 목적은 시로의 신병 탈취가 확실하다. 마츠바라는 그렇게 판단했다.

스가도메는 그 상황에서 이번 습격을 시로라는 물자의 쿠가마야마 시티 수송이라는 점을 중시하여 해석한다. 차량 대열에는 시로 말고도 다수의 인형병기 등, 쿠즈스하라 시가지 유적 중심부 공략에 도움이 되는 대량의 물자가 실려 있었다. 그리고 이번 습격을 유적 공략 보급선에 대한 공격이라고 생각하여 마츠바라와는 다른 해석을 내놓는다.

"그것은 아마도 단순한 무력 정찰일 것이다. 습격 자체가 주된 목적이며, 우리가 쿠즈스하라 시가지 유적의 공략을 정말로 재개할 생각인지, 습격 후 우리의 반응에서 떠보기 위한 거겠지."

"……무력 정찰이라고요?! 그것이 말입니까?!"

너무 엄청난 내용에 놀라는 마츠바라와는 정반대로, 스가도메는 침착한 느낌으로 이야기를 계속해 나갔다.

"그렇다. 따라서 시로의 신병은 그다지 중시하지 않는다. 습격에 휘말려 죽더라도 상관없다. 우리가 시로의 대역을 서둘러 준비하는지로도 우리가 얼마나 진심인지를 확인할 수 있을 테니까. 대충 그런 거겠지."

"하, 하지만, 그 정도 규모의 습격이 단순한 무력 정찰이라는 것은, 아무리 그래도 생각하기 어렵습니다만……."

"그 점은 우리가 유적 중심부 공략 재개에 진심일 때를 대비한 보급선 공격도 겸하고 있는 거겠지. 그것을 생각하면 그다지 대단한 규모도 아니다. 우리는 50년 정도 전에도 중심부 공략을 추진하고 있었지만, 그것은 좌절되었지. 그때의 전력에 비하면 이번 습격은 대단한 규모도 아니지 않겠나?"

"그것은…… 확실히 그렇습니다만……."

그 표정을 당혹에서 납득으로 조금씩 바꿔가면서 마츠바라가 새로 생긴 우려를 입에 담았다.

"그렇다면, 이번 습격의 배후에 있는 것은……."

"그 규모의 습격에 들어가는 비용은 엄청나다. 그것을 무력 정찰을 위해 지출할 수 있는 곳은 한정되어 있다. 아마 다른 5대 기업이겠지. 그만한 비용을 들여서라도 우리가 쿠즈스하라 시가지 유적 재공략에 본격적으로 착수했는지 아닌지를 알고 싶었을 거다."

"그렇다면 실행범이 건국주의자라는 것도 의심스러운 겁니까? 타 기업 부대의 위험도 있는 겁니까?"

"아니다. 실행범 자체는 건국주의자일 것이다. 사상이 오염된 자들의 처분을 겸했을 가능성도 있지만 말이다. 후자라고 해도 증거는 나오지 않아. 명확한 증거가 나와도 곤란하지만. 그 부분은 늘 하던 대로 대처한다."

5대 기업은 통기련의 주요 구성원이다. 동부의 통치자로서 연맹을 결성하고, 겉으로는 강력한 협력 관계를 구축하고 있다.

하지만 그 수면 아래에서는 격렬한 교전도 수없이 벌어지고 있다. 몹시 귀한 유물이나 유적 등, 무력을 사용한 실력 행사로 얻을 수밖에 없는 것은 얼마든지 있기 때문이다. 각종 공작에서도 사상자가 끊이지 않는다. 공식적으로 드러나면 전쟁으로 발전할 사건도 드물지 않다.

그러나 5대 기업이 그대로 전면전을 시작했다간 자칫하면 동부가 멸망할 수도 있다. 그것은 사카시타 중공도, 다른 5대 기업도 바라지 않는다.

그래서 결정적인 충돌을 회피하기 위해서 사실은 아니라는 것을 알면서도 해당 사건을 건국주의자의 소행으로 위장하고, 서로 건국주의자에 대한 비난 성명을 발표해 사실을 은폐하는 것이 상투 수단이 되었다. 이를 위해 건국주의자를 위장한 독자적 조직까지 설립하고, 때로는 진짜 건국주의자와 합동으로 작전 행동을 취하는 일조차 있었다.

스가도메는 상황에 따라서는 그런 종류의 작전을 입안하는 위치에 있다. 그러한 배경도 있다 보니 이번 습격도 실제로는 다른 5대 기업의 비슷한 작전 행동이 아닐지 생각하고 있었다.

덧붙여 그 상투 수단에는 폐해도 있다. 건국주의자를 위장하는 이상, 그 공작원은 건국주의자 측의 사상 등을 깊이 이해할 필요가 있다. 그 과정에서 상대의 사상에 이해를 표하고, 공감하며, 건국주의자 진영으로 전향하는 자들이 나오는 것이다.

그러한 자들이 돈으로 배신하는 일은 없다. 5대 기업은 돈을 발행하는 쪽이며, 돈을 지배하는 쪽이기 때문이다. 즉, 전향자는 통기련에 의한 통치에 의문을 품은 자다.

그리고 기본적으로 공작원이라는 것은 비윤리적 수단을 목적의 정당성을 위해 긍정하는 자들이라는 점도 있어서, 건국주의자로 전향해 버리면 매우 곤란한 존재가 된다. 통기련 시점에서의 정당성이 아니라 위장한 건국주의자 시점의 정당성으로 행동하게 되기 때문이다.

그러한 배신자들을 목숨이 걸린 작전에 투입해 처분한다. 건국주의자 시점의 정당성을 위해 기꺼이 죽게 하는 것이다. 이번 습격으로 죽은 적 중에는 그렇게 처분 대상이 된 인물도 포함되어 있을 가능성도 있었다. 스가도메는 그렇게도 생각하고 있었다.

이야기를 들은 마츠바라가 떠오른 우려를 입에 담는다.

"스가도메 님의 추측대로, 그 습격이 우리 회사의 쿠즈스하라 시가지 유적 공략 재개 현실성을 다른 5대 기업에서, 예를 들어 타츠모리나 츠키사다에서 우리 반응으로 확인하기 위한 무력 정찰이었다고 가정하겠습니다. 상대는 어떻게 받아들였을까요? 본격적으로 최심부 공략에 착수했다고 판단할까요?"

"그 부분은 뭐라고 말할 수 없다. 다만 적어도 그렇게 판단했을 확률은 올라갔을 것이다. 우리는 대규모 전력을 제공하면서도 도시 간 수송차량의 차량 대열에 쿠가마야마 시티를 향해 예정대로 정시에 출발할 것을 강요했다. 원래 쿠가마야마 시티는 쿠즈스하라 시가지 유적 공략의 전초기지였다. 유적 최심부 공략을 위해 그 보급선을 수호하겠다는 확고한 의지가 우리에게 있다고 판단한다고 해도 이상할 것은 없다."

태연하게 말하는 스가도메를 향해 마츠바라는 조금 험악한 표정을 지었다. 그리고 미세한 긴장감을 드러내며 물었다.

"그렇다면 그것은 오해인 겁니까? 아니면…… 사실입니까?"

사카시타 중공은 과거 단념했던 쿠즈스하라 시가지 유적의 완전 공략에 다시 착수하는 것인가. 그것이 이루어진다면 무엇을 얻게 되는가. 그것이 다른 5대 기업에서 고작 무력 정찰을 위해 그만한 소란을 일으킬 만큼 가치가 있는 것인가. 그것이 무엇인지를 상층부는 알고 있는가.

기업 간부인 스가도메가 쿠가마야마 시티에 파견된 것은 쿠즈스하라 시가지 유적 공략의 지휘를 맡기 위함인가. 시로의 수송도 그 작전의 일부인가.

자신은 지금 몹시 아슬아슬한 질문을 하고 있다. 마츠바라는 그걸 자각하면서 스가도메의 대답을 기다렸다.

그 질문에 스가도메는 태도를 바꾸지 않고 대답했다.

"그 질문에는 자네가 그 정보를 알 필요성이 생기면 대답해 주지. 자네에게 지금 말할 수 있는 것은 거기까지다."

"알겠습니다……."

적어도 지금의 자신이 알아도 될 정보는 아니다. 마츠바라는 그렇게 이해했다. 그리고 취급하기 어려운 정보에 공연히 손대려 한 것을 무마하고자 화제를 바꿨다.

"그나저나 시로는 왜 탈주한 걸까요? 그렇게 파멸적인 사상의 소유자는 아니라는 보고를 받았는데 말입니다."

자유를 제한했다고는 해도 그것이 본인의 안전을 위해서임을 시로도 알고 있을 것이다. 그리고 그것을 보상하고도 남을 환경을 향유하고 있었을 터이다. 그런데도 이처럼 무모한 행동을 감행한 시로의 행동을, 마츠바라는 전혀 이해할 수 없었다.

스가도메가 농담처럼 가볍게 말했다.

“혼자서 마음 편히 관광이라도 하고 싶은 걸지도 모르겠군.”

“관광, 말입니까. 거참. 시로도 참 사치스러운 사람이 되었습니다. 아무리 우리 회사의 우수한 구영역 접속자라고는 해도, 응석을 너무 받아준 걸까요?”

스가도메의 이야기를 농담으로 받아들이고 마츠바라도 웃으며 맞장구를 쳤다. 그리고 직무에 복귀하고자 퇴실했다.

혼자 남은 스가도메가 방 중앙으로 시선을 보낸다. 그 위치의 바닥에는 입체영상 디스플레이가 설치되어 있었다.

“연결해.”

스가도메의 지시에 따라 디스플레이가 작동한다. 그러자 멀리 떨어진 곳의 인물이 사카시타 중공의 비밀 회선을 통해 마치 그 자리에 있는 것처럼 나타났다.

“진척 상황을 듣겠다. 그녀와의 교섭 루트 구축에 뭔가 진전은 있나?”

표시된 인물이 귀찮아하는 얼굴로 스가도메를 봤다.

“딱히 없어. 금방 되는 일이 아니라고.”

“그런가. 재촉은 안 하겠지만, 진전이 없다면 나도 느긋하게 기다리기 어려워진다. 그 점은 다시 한번 말해두지.”

“네, 네. 알겠습니다요.”

입체영상의 소년이 크게 한숨을 쉬었다. 그는 시로였다.

시로가 탈주한 날 밤, 스가도메는 집무실에서 혼자 일하고 있었다. 그때 방의 입체영상 디스플레이가 제멋대로 작동해 낯익은 인물을 표시했다. 그것을 본 스가도메는 잠시 놀란 뒤 어이없다는 표정을 지었다.

표시된 인물은 시로였다.

"자네도 참 뻔뻔한 사내로군. 약속 정도는 잡아라."

동요하지 않는 스가도메의 태도를 보고, 시로는 의외라는 표정을 지었다. 하지만 곧이어 정신을 바짝 차리고는 웃으며 친근한 목소리를 냈다.

"아니~ 나도 그러려고 했는데, 정규 방법으로는 일이 귀찮아질 것 같아서."

"그렇겠지. 그래서? 탈주에 대해 변명이라도 하러 왔나? 대체 왜 탈주한 거지? 사카시타 중공을 적으로 돌리면서까지 도망치고 싶을 정도로 열악한 생활을 하게 하지는 않았을 텐데, 뭔가 불만이라도 있었나?"

사카시타 중공을 적으로 돌렸다. 그렇게 지적받자, 시로의 뺨에 식은땀이 흘렀다. 그런데도 시로는 가벼워 보이는 미소를 어떻게든 유지하며 농담으로 그러는 것임을 알 수 있게끔 짐짓 호들갑스럽게 고개를 가로저었다.

"아니아니아니, 불만 같은 건 없어. 호화로운 생활을 누리면서 매일 감사하고 있거든? 정말인데? 다만, 뭐랄까, 쭉 시설에서 지내다 보니 숨이 막혀서, 가끔은 느긋하게 관광이라도 하고 싶어졌거든. 안 될까?"

사카시타 중공에서 탈주한 자가 말하는 참으로 뻔뻔한 요구는 당연히 거절당할 것을 전제로 한 것이다. 하지만 스가도메는 화내지도 않고 시원스레 대답했다.

“좋다. 하지만 호위 없이 관광하는 것은 너무 위험하다. 당장 호위를 파견하겠다. 그쪽 위치를 전송해라.”

그러자 시로는 원래라면 통과될 리 없는 요구가 조건부로 통했는데도 오히려 허둥대는 반응을 보였다.

“어? 아~ 근데 그거, 보내는 게 하머스잖아? 좀 껄끄럽다고 할까……. 게다가 남자랑 관광해도 즐겁지 않다고 할까…….”

“그렇다면 여성 호위를 보내겠다. 용모에도 신경을 쓰지. 그걸로 되겠나?”

“아~ 사실 난 낯을 가리는 성격이거든. 그러니까 아무리 미인이라도, 모르는 사람과 함께 관광하면 숨이 막혀서, 저기, 좀.”

스가도메는 탈주자에 대해 원래라면 있을 수 없을 정도로 양보하고 있다. 그런데도 시로는 조바심을 내면서 거부하는 자세로 이야기를 이어나가고 있었다.

“있잖아, 나도 딱히 타츠모리나 츠키사다로 망명하려고 싶다거나 그런 건 아니야. 직성이 풀리면 꼭 돌아갈게. 그러니까 잠시만 눈감아줬으면 좋겠어. 부탁할게. 응?”

“안 된다.”

말에서 밀리고 있다. 그렇게 느낀 시로는 대화의 주도권을 잡으려고 억지 수단을 썼다. 일부러 의미심장한 미소를 띠고 스가도메를 본다.

"이건 다른 이야기인데, 사실 이 방의 보안은 지금 내가 장악했어. 이 디스플레이에도 비밀 회선으로 멋대로 접속했고, 기록에도 남지 않게 했거든."

"그런 모양이군. 우리 회사 시설이 아니니 자네의 침입을 막을 정도로 수준 높은 보안을 요구하는 것은 가혹하겠지."

"아니아니, 나도 여기에 침입하는 건 힘들었거든? 그러니까 그 부분은 안심해도 될 거야."

시로는 가벼운 태도로 말하고는 표정뿐만 아니라 목소리에도 미세한 위압감을 스며들게 했다.

"그래서 말인데, 이 방의 안전은 지금 내가 쥐고 있어. 공조 장치를 조작하기만 해도 실내의 인간을 충분히 죽일 수 있지. 그것을 고려해서 내 외출을 너그럽게 봐주면 좋겠는데 말이야."

지금 너의 생사여탈권은 내가 쥐고 있다. 이 장소만 그런 게 아니라 사카시타 중공의 시설만큼 철저한 보안이 없는 곳에 있는 한 마찬가지다. 시로는 그런 느낌으로 스가도메를 협박했다.

실제로 시로에겐 가능하다. 그리고 스가도메는 그것을 알고 있다. 사카시타 중공의 간부로서 자기 회사의 우수한 공작원의 역량 정도는 파악하고 있다.

그런데도 스가도메는 전혀 흔들리지 않았다.

"필요하다면 하면 된다. 그리고 사카시타 중공을 정말로 적으로 돌린 의미를 몸소 깨닫는 것이 좋겠지."

그 침착한 말투에는 위압감이 조금도 없었다. 날씨 이야기를 하는 것처럼 평범한 목소리였다.

하지만 그것이 오히려 시로를 오싹하게 했다. 스가도메는 변함없이 평범한 태도다. 하지만 그 태도에는 본인의 죽음을 무덤덤하게 받아들일 각오가 있었다. 그리고 피험자가 너무나도 끔찍한 말로를 맞이하는 실험을 무덤덤하게 지시할 수 있는 신경 또한 똑같이 존재하고 있었다.

여기서 더 간다면 자신도 그 말로의 한 사례로 합류할 것이다. 시로는 그것을 이해했다. 허세를 부리면서도 물러섰다.

"농담이 심했습니다. 죄송합니다."

최악의 경우 그런 말로를 맞이할 것은 차량에서 탈주했을 때 이미 각오했다. 하지만 그 각오는 지금 이 자리에서 사용할 것이 아니다. 지금은 물러서야 한다. 목적을 달성하기 위해서라도 사카시타 중공을 진정한 의미의 적으로 만들 이유가 이런 일이어서는 안 된다. 시로는 그렇게 판단하고 식은땀을 흘리면서도 능글맞은 미소를 유지했다.

스가도메가 그 시로의 심리를 간파한 후 잠시 뜸을 들이고 말했다.

"좋다."

그 말을 듣자마자 시로가 숨을 크게 내쉬었다. 위험했다. 그런 감정이 흘러넘치고 있었다.

스가도메가 이야기를 이어갔다.

"이야기를 되돌리겠다. 호위 없이 관광하는 것은 인정할 수 없다. 또한 느긋하게 관광을 즐길 휴가도 자네에게는 주어질 수 없다. 일을 해야 한다."

자기 처지를 이해했다면 당장 돌아와라. 그러한 내용의 말을 듣지 않은 것을 시로가 신기하게 여겼다. 하지만 이어지는 말에 그 의문이 날아간다.

"충분한 성과를 낸다면 자네의 외출은 필요 경비로 인정하마."

지속적인 외출 허가. 사카시타 중공의 간부를 협박하는 짓을 해서라도 얻어내고 싶었던 그 말을 조건부이긴 하지만 상대가 먼저 꺼냈다는 사실에 놀라면서도, 시로는 그 말에 득달같이 달라붙었다.

"뭘 하면 돼?"

"지금 보내마."

시로에게 자료가 전송됐다. 그 목록에 있는 최우선 업무 내용을 보고, 시로는 무심코 얼굴을 딱딱하게 굳혔다.

"츠바키와의 교섭 루트를 만들라는 거, 이건 교섭 담당이 머리만 남고 호위가 전멸했던 그거 맞지?"

"그렇다. 필요한 일이었다고는 해도, 가슴 아픈 일이었다. 그들의 헌신에 보답해야 한다."

"나한테 그런 교섭 능력을 요구해도 곤란한데."

"그 교섭 루트 구축이란 통신 경로에 관한 이야기다."

"내가 구영역 경유로 중개하면 안전하게 교섭할 수 있다는 거야? 그런 녀석들은 구영역 경유로도 죽이려고 덤벼드는데……."

"그 위험성은 문제 삼지 않는다."

"아니, 죽을 위험이 있으니 문제라고."

"그렇지 않다. 문제가 없는 것이 아니다. 문제로 삼지 않는다.

자네가 죽을 위험은 자네가 호위도 없이 밖에 나가 있는 시점에서 고려할 필요가 없어졌다는 의미다."

그렇게 말하면 시로도 반박할 수 없었다. 그게 싫다면 돌아오라는 뜻이기 때문이다.

"교섭이 가능한 통신을 연결해 주면 교섭 자체는 이쪽에서 맡겠다. 자네가 해도 상관없지만 말이야. 그건 자네에게 달렸다. 큰 성과를 올리면, 인정해 주는 경비도 많아진다."

"알았어. 해볼게."

"좋다. 아, 일단 말해두지. 자네의 수색은 중단하지 않는다. 잡혀서 돌아오기 싫다면 빨리 성과를 내라."

"노력은 할게. 잘 있어."

탈주자 신분치고는 좋은 결과를 얻었다. 그렇게 생각하면서도 시로는 여전히 딱딱한 얼굴로 통신을 끊었다.

혼자가 된 방에서 스가도메가 시로와의 대화를 정밀하게 검토한다.

시로의 반응에서 거짓은 느껴지지 않았다. 호화로운 생활에 감사하고 있다. 다른 5대 기업으로 망명할 생각은 없다. 직성이 풀리면 복귀할 것이다. 그 말들은 진심이라고 생각할 수 있다.

그러한 자가 사카시타 중공에서 탈주하면서까지 하고 싶은 일이란 무엇일까. 호위를 거절한 것은 단순히 끌려 돌아가는 것을 두려워했기 때문일까.

시로는 매우 우수한 공작원으로서, 회사의 귀중한 인재로서, 사카시타 중공에 상당히 무리한 요구를 할 수 있는 위치에 있다.

그런데도 아무런 상의도 요구도 교섭도 없이 갑자기 탈주라는 수단을 취한 이유가 무엇일까.

스가도메는 그러한 것들을 생각하며 시로의 행동에 담긴 의도를 탐색했다. 그리고 시로와의 대화 중에서 마음에 걸린 말을 입 밖에 냈다.

"관광, 이라."

시로의 목적이 단순한 관광이 아닌 것은 명확하다. 하지만 사카시타 중공의 간부에게 거짓말하는 위험성을 이해하지 못한다고는 생각되지 않는다. 따라서 거짓말이 되지 않을 정도의 내용, 비유나 수사, 은어나 속어라고 얼버무릴 수 있는 말을 의도적으로 사용했다고 생각할 수 있다. 그렇다면 그 속에 감춰진 것은 무엇일까.

스가도메가 추측을 심화해 나간다. 미세한 정보에서 도출된 그 내용은 시로가 들으면 경악할 정도로 그 진짜 목적에 근접하고 있었다.

진척 보고를 하는 입체영상의 시로에게 스가도메가 대수롭지 않은 것처럼 묻는다.

"관광은 순조로운가?"

고작 그 질문 하나에, 그리고 자신을 가만히 바라보는 스가도메의 시선에, 시로는 미세한 불안과 초조함을 느꼈다. 살짝 눈을 피하며 대답한다.

"아…… 여기저기 구경하고 있어."

"그런가. 빨리 만족하고 돌아왔으면 좋겠는데 말이다."

"아~ 나를 만족시키는 곳이 좀처럼 없어서. 조금만 더 기다려 주라고."

시로는 웃으며 얼버무리려 했다. 스가도메는 그것을 지적하지 않고, 가볍게 못을 박듯이 말했다.

"재촉할 생각은 없지만, 자네는 지금의 자유와 맞바꿔서 자네가 지금까지 쌓은 성과를 소모하고 있다. 시간이 많다고 생각하지 않는 것이 좋아."

"나도 알아. 빨리 성과를 내라고 말하고 싶은 거지? 그게 금방 되는 일이 아니래도."

"다음 보고에서는 좋은 소식을 기대하고 있겠다."

"눼눼, 잘 있어."

시로는 일부러 못마땅한 얼굴로 통신을 끊었다.

스가도메가 진지한 얼굴로 중얼거렸다.

"관광은, 순조롭지 않은가."

총력을 기울여 시로를 확보하긴 아직 이르다. 스가도메는 그렇게 판단했다.

제214화 밀담

히카루는 오늘도 열성적으로 일하고 있었다. 고랭크 헌터인 아키라가 자기 회사 제품을 사용하고 널리 선전해 주기를 바라는 다수의 기업을 상대로 본인의 재능을 구사해 교섭하고 있다.

"네, 그래요! 아키라는 그 도시 간 수송차량 호위 의뢰로 헌터 랭크를 55까지 올렸습니다! 의뢰 전에는 50이었는데, 겨우 일주일 만이거든요?"

자신이 아키라 담당인 것은 아키라의 새 장비 조달을 마칠 때까지다. 아키라에게 구출해 준 은혜를 갚기 위해서, 그리고 아키라 담당에서 신속하게 빠지기 위해서, 히카루는 어려운 교섭에 열을 올리고 있다.

"이게 얼마나 대단한 위업인지는 설명할 필요도 없겠죠? 그 정도의 헌터가 귀사의 제품으로 갈아탈 더없는 기회입니다! 지금이 승부에 나설 때라고 생각하는데요?"

어려운 교섭이라고 해도, 적극적인 것은 아키라를 이용해 자기 회사 제품을 선전하고 싶은 기업 쪽이다. 어려운 부분은 그것을 미끼로 삼아 얼마나 성능이 좋은 장비를 제공하게 할 수 있는가 하는 점으로, 히카루는 각 기업에게 우대 조건을 놓고 경쟁하게 하고 있었다.

"이나베 구획장님도 해당 헌터를 적극적으로 지원하는 자세를 보이고 있습니다. 기령 측도 호위 의뢰로 수리조차 불가능할 정도로 크게 파손된 강화복을 수리 중의 대체품이라는 명목으로 새 제품을 빌려줄 정도로 우대하고 있죠. 지난번 장비 대금도 기령 측에서 부담하고 있습니다. 현재 상황에서는 다음에도 기령으로 결정이 나겠죠. 하지만 확정은 아니에요. 지금이라면 아직 만회할 수 있습니다."

통신 중인 상대 기업의 영업 담당도 히카루가 하는 말에 열심히 귀를 기울이고 있다. 고랭크 헌터를 고객으로 만들 수 있다면, 그것만으로도 매우 큰 매출을 기대할 수 있다. 자기 회사 제품을 눈에 들게 해서 거래를 유지할 수 있다면 이익도 더없이 커진다. 영업 담당으로서도 힘이 들어갈 수밖에 없다.

하지만 우대 조건으로 다른 기업과 한없이 다툴 수는 없다. 영업 담당 본인의 재량권을 넘어서면 상사에게 판단을 구해야 한다. 요구되는 조건이 커질수록 더 높은 위치에 있는 사람의 결정이 필요해진다.

그리고 그만큼 좋은 조건을 강요받는다면 유감이지만 철수할 수밖에 없다는 생각도 떠오르기 마련이다. 그 고민이 영업 담당의 얼굴에 드러나 있었다.

고민하게 해서 우대 조건을 끌어내는 것이 히카루가 할 일이다. 물러서면 의미가 없다. 상대가 흔들리는 것을 간파한 히카루가 조금 진지한 얼굴로 말했다.

"여기서만 하는 말인데요. 아니, 정말로 극비로 해주셨으면 합니다만, 사실 아키라에게 지급될 보수는 그쪽에서도 파악하고 있는 호위 의뢰의 보수가 전부가 아닙니다. 별도의 추가 보수가 있어요."

"그건, 대체 어떤 겁니까?"

"구체적으로는 말씀드릴 수 없습니다. 하지만 여차하면 현시점에서의 보수가 우습게 보일 정도가 됩니다."

"그렇게 말씀하셔도……."

영업 담당의 얼굴에 의심이 강하게 드러난 당혹감이 떠올랐다. 구체성이 부족한 정보를 얼마나 신용할 수 있는지는 상대와의 관계성이 좌우한다. 그리고 히카루와는 그만한 관계를 구축하지 않았다. 즉, 히카루가 하는 말은 현시점에서 봤을 때 더 좋은 조건을 끌어내려고 있지도 않은 것을 슬쩍슬쩍 내비치는, 수상쩍은 것에 불과했다.

그건 당연히 히카루도 알고 있다. 의심에서 더 큰 효과를 끌어내고자 일부러 숨기고 있던 것을 더욱 진지한 얼굴로 전달한다.

"정말로, 발설하지 마세요. 사실 그 보수는, 사카시타 중공에서 나오는 겁니다."

영업 담당의 얼굴에 놀라움이 떠올랐다. 사카시타 중공. 5대 기업의 일각. 그 이름은 사기성 멘트로 꺼내도 되는 것이 아니다. 즉, 구체적으로 말할 수 없는 것은 사실은 거짓이기 때문이 아니라, 사카시타 중공의 기밀에 저촉될 수 있기 때문이라는 생각이 얼굴에 드러나 있었다.

상대는 아슬아슬하게 정보를 제공했다. 히카루는 교섭 상대인 영업 담당이 그렇게 판단한 것을 느끼고, 속으로는 웃으면서 상대에게는 말을 너무 많이 했다는 얼굴로 말을 이었다.

“아무리 그래도 더 말씀드릴 수 없어요. 저에게도 입장이란 게 있으니까요.”

“그 추가 보수로 헌터 랭크가 얼마나 오를 것 같습니까? 58…… 아니, 60 정도입니까?”

“그것도 말씀드릴 수 없습니다. 구체적인 숫자를 말하면 여러 가지 추측이 가능해지니까요. 다만 아키라는 최전선용 장비를 원하고 있다. 그 말만 하겠습니다.”

실제로는 아키라의 헌터 랭크가 얼마나 오를지 히카루 자신도 모른다. 그 교섭은 이나베가 사카시타 중공과 진행 중이기 때문이다. 알 리가 없다.

그런데도 히카루는 애초에 모르기 때문에 말할 수 없는 것을, 알고 있지만 말할 수 없는 것이라고 착각하게 했다. 덧붙여 아키라가 최전선용 장비를 원하고 있다는 점에서 아키라의 헌터 랭크는 그 정도의 물건을 손에 넣을 수 있을 만큼 오를 가능성이 있다고 상대로 하여금 추측하게 했다.

수많은 고랭크 헌터를 상대하는 영업 담당도 그 정도의 인물이 자기 회사 제품을 사용할 아주 좋은 기회를 자기 판단으로 버리는 짓을 도저히 할 수 없다. 이어지는 판단은 히카루가 바라는 것이 되었다.

“알겠습니다. 윗선과 상의해 보겠습니다.”

“감사합니다. 이만 실례하겠습니다.”

히카루가 확장현실로 표시된 상대에게 깊숙이 머리를 숙인다. 그리고 통신을 끊자, 느꼈던 큰 반응에 한숨을 크게 쉬었다.

"좋아. 이 반응이라면 괜찮을 것 같네. 다음으로 넘어가 볼까."

히카루는 그 뒤로도 '여기서만 하는 이야기'를 다른 기업들에도 풀어나갔다. 그리고 모든 기업에서 최고의 반응을 끌어냈다.

일을 일단락한 히카루가 휴식을 취하고 있을 때, 동료 여직원이 말을 걸었다. 그리고 간단한 간식을 집어 먹으며 나누는 잡담 속에서 뜻밖의 이야기를 들었다. 그것은 히카루가 키바야시의 눈에 들었다는 이야기였다. 무심코 의아한 얼굴로 되물었다.

"그게 무슨 뜻인가요?"

"무슨 뜻이긴, 말 그대로의 뜻이지. 그건 그렇고 솔직히 의외였어. 출세욕이 강한 건 알았지만, 설마 키바야시의 유혹에 넘어갈 정도였을 줄이야. 실패하면 어쩌지 같은 생각은 안 했어? 나는 무조건 성공한다고 생각한 거야? 뭐, 실제로 성공한 셈이고, 그 점에선 내가 널 과소평가한 걸까?"

히카루는 조금 혼란스러웠다.

무슨 말을 하는지는 알겠다. 키바야시의 악평. 성공의 기회를 찾는 자에게, 대박 또는 참패밖에 없는 극단적 도박을 희희낙락 제공하는 나쁜 버릇. 자신이 거기에 도전해 멋지게 승리를 쟁취했다. 그래서 키바야시의 눈에도 들었다. 그런 이야기를 하고 있다는 것은 이해할 수 있다.

하지만 히카루는 자신이 그런 짓을 했다는 인식이 전혀 없었다. 당황하며 부정한다.

“잠, 잠깐만요. 그거, 키바야시 씨의 그거 말이죠? 전 그런 유혹에 넘어가지 않았는데요.”

“굳이 숨길 필요는 없잖아. 망한 것도 아니고 대박을 쳤는데. 그리고 그 키바야시가 아끼는 헌터의 담당을 물려받은 거잖아? 이걸로 네 출세도 약속된 거나 마찬가지겠네. 정말 대단해. 내 상사가 되면 잘 부탁할게.”

“아뇨, 정말 아니에요. 아키라 담당도, 지금 진행 중인 장비 조달이 끝나면 그만둘 거예요. 이나베 씨한테도 그런 말을 들었다고요.”

히카루가 하는 말을 한 번은 가볍게 넘겼던 여직원도 두 번이나 같은 태도로, 더군다나 이나베의 이름까지 들먹이며 부정하자 생각을 고쳤다. 히카루가 하는 말을 믿은 뒤, 의아한 표정으로 되물었다.

“그래? 이상하네. 하지만 네 후임을 뽑는다는 이야기는 없는걸…… 나한테는 정보가 돌아오지 않은 걸까? 음…….”

그 말을 듣고 히카루도 당혹감을 얼굴에 드러냈다. 평범한 헌터가 아니다. 아키라 담당의 후임이다. 시간을 들여 신중하게 조정할 필요가 있다. 히카루의 감각으로도 후임 선출 작업이 이미 시작되지 않았다면 이상하다.

그 이야기가 없다는 것은 히카루가 아키라 담당을 계속하게 된다는 뜻이다. 동료도 그렇게 생각했기에 히카루가 키바야시의 유혹에 넘어갔다고 여긴 것이다. 하지만 히카루 자신은 아키라 담당에서 물러날 것이다. 앞뒤가 맞지 않는다. 뭔가 이상하다. 히카루는 그렇게 생각하고 불안해지기 시작했다.

"죄송합니다. 볼일이 생겨서 먼저 갈게요."

"어, 그래. 응. 다음에 봐."

동료 여직원과 헤어져 그 자리를 떠난 히카루가 혼자 있을 수 있는 장소에서 키바야시에게 연락했다. 곧바로 연결되었다.

"히카루냐? 무슨 일이지? 아, 지난번 일은 미안했다. 하지만 그 상황을 극복하다니 역시 대단해. 나도 너라면 해낼 수 있을 거라고……."

히카루가 키바야시의 말을 가로막고 진지한 목소리로 말했다.

"키바야시 씨. 직접 만나서 이야기하고 싶은 것이 있습니다. 시간을 내주실 수 있을까요?"

"이야기? 뭔데? 미안하지만 나도 바빠. 중요한 이야기 같지만, 비밀 회선으로 바꿔서 이야기하면 안 되겠어?"

키바야시는 내키지 않은 태도를 보였다. 하지만 그때 히카루가 굳이 의미심장한 말을 꺼냈다.

"도박에서 이겼다면, 그 정도 억지는 들어줄 수 있지 않나요?"

그러자 키바야시의 태도가 변했다. 매우 즐거운 듯, 기쁨에 찬 미소를 상상하게 하는 목소리가 되돌아왔다.

"그렇게 말한다면 어쩔 수 없지. 알았어. 만나지. 네 예정은?"

"지금 당장에라도 괜찮습니다."

"그렇다면 30분 후에 쿠가마 빌딩 1층 로비에서 보자고."

"기다리고 있을게요. 이만 끊겠습니다."

통신을 끊은 히카루가, 소리를 지르지 않도록 필사적으로 자신을 억누르며 중얼거렸다.

“이 자식이……!”

도박은 제공되고 있었다. 자신도 모르는 사이에. 그 사실을 이해하고 히카루는 험악한 얼굴로 이를 악물었다.

히카루가 약속한 장소에서 키바야시를 기다린다. 단단히 이를 악물 필요는 없을 정도로 냉정함을 되찾았지만, 그 표정에는 강한 짜증이 배어 있었다.

시간에 맞춰 키바야시가 나타났다. 그 얼굴이 왠지 기쁜 기색이어서 도시 간 수송차량에서 히카루에게 자료를 보낼 때의 태도가 완전히 연기였음을 여실히 보여주고 있었다.

숨길 생각이 전혀 없다. 그런 키바야시의 태도에 히카루는 짜증이 더 커졌다. 그런 히카루의 반응에도 키바야시는 즐거운 듯했다.

“나 왔다. 히카루. 그래서, 이야기라는 게 뭔데?”

“그 전에, 한 대 때려도 될까요?”

“되는데?”

히카루가 키바야시에게 주먹을 날렸다. 하지만 방벽 안의 아마추어가 분노에 못 이겨 기세만으로 휘두른 주먹은 본인의 취미, 나쁜 버릇을 위해 몇 번이고 황야에 나간 키바야시에게는 통하지 않는다. 한 손에 간단히 막혔다.

“자, 어디서 이야기할 거지? 여기서 해도 돼? 무슨 이야기를 할지는 듣지 못했지만, 적합한 장소에서 하자고."

"저, 죽을 뻔했어요."

"죽지 않아서 다행이군."

노려봐도, 주먹을 날려도, 키바야시는 조금도 동요하지 않는다. 무슨 말을 해도, 무슨 짓을 해도 기뻐할 것 같은 태도를 본 히카루는 한숨을 푹 쉬고 주먹을 내렸다. 그리고 진지한 얼굴로 말했다.

"적합한 장소라면, 전부 말해 줄 거예요?"

"전부 말할 순 없지만, 도박의 승자가 그 권리를 주장하는 듯하니 적합한 장소라면 제법 위험한 이야기도 해주지. 그러려고 일부러 왔으니까."

"그래요? 그러면 적합한 장소는 키바야시 씨가 정해 주세요."

그때 키바야시가 의미심장하게 되물었다.

"그래도 돼?"

취급하기 까다로운 정보를 말하려면 그만한 장소가 필요하다. 같은 화제라도 길거리와 밀실에서는 이야기할 수 있는 내용이 현저하게 달라진다.

그 장소의 선택을 키바야시에게 맡긴다는 것은 무엇을 어디까지 이야기할지도 키바야시에게 맡긴다는 뜻이다. 자칫하면 알려졌다는 이유만으로 목숨이 오락가락하는 정보마저 알게 될 위험이 있었다.

그것을 이해한 후에 히카루도 대답했다.

"상관없어요. 맡기겠습니다."

이미 자신은 도시 간부가 헌터와 손잡고 다른 간부의 죽음을 포함한 제거를 계획하고 있다는 매우 위험한 정보를 알고 있다. 정확히는 키바야시에게 들어서 알고 있다.

그렇다면 이제 와서 겁먹어 어쩌겠는가. 자신의 상황을 정확히 파악하고, 그 정보를 바탕으로 현재 상황을 헤쳐 나가려면 위험을 감수하고서라도 우선은 알아야 한다. 히카루는 그렇게 생각하고, 각오를 다지고, 굳이 발을 들이려 하고 있었다.

그렇듯 무리무식무모와도 통하는 히카루의 태도를 본 키바야시가 더 두드러지게 웃는다.

"그렇군. 그렇다면 이쪽이다."

히카루는 앞장서는 키바야시를 따라가려고 했다. 하지만 무심코 발걸음을 멈췄다.

은밀한 곳으로 안내될 줄 알았던 히카루는 방벽 안쪽 어딘가, 정보 유출 방지 대책이 마련된 회의실 같은 곳으로 갈 것으로 예상하고 있었다. 하지만 키바야시가 가려는 곳은 하위 구획 쪽, 방벽 바깥 방향이었다.

원래부터 히카루는 시즈카의 가게에 가는 것만으로도 호위를 부를 정도로 방벽 바깥의 치안을 믿지 않는다. 게다가 도시 간 수송차량 호위 의뢰에서는 도시의 방벽 안쪽과 같은 수준의 치안 유지가 이루어지고 있을 터인 차량 안에서도 목숨이 위태로울 정도로 위험한 일을 겪었다. 그 경험 탓에 히카루는 방벽 바깥으로 나가는 것에 작은 트라우마가 생겼다.

발걸음을 멈춘 히카루에게 키바야시가 살짝 놀리듯이 말했다.

"뭐 해? 이쪽이야. 무섭다면…… 그만둘까?"

키바야시는 히카루의 태도를 이상하게 여기지 않는다. 방벽 안에서 안전하게 살던 사람이 별생각 없이 황야에 나갔다가 트라우마가 생기고, 그 뒤로는 방벽 안쪽에 병적으로 틀어박히게 되는 일은 흔히 있는 이야기였다.

그런데도 그만큼 큰소리를 쳐 놓고 여기서 주저앉는다면 말할 가치도 없다고 생각하고 있었다. 그 속마음을 숨긴 채 히카루의 반응을 살폈다.

그리고 히카루가 호응한다.

"갈게요."

그렇게 말하고 걷기 시작했다. 겁도 없이, 가 아니다. 겁이 나더라도 그 두려움을 뛰어넘는 의지로, 히카루는 물러서지 않고 발을 앞으로 내디뎠다.

키바야시는 무척 즐거운 눈치였다.

히카루가 키바야시에게 안내받은 곳은 방벽과 비교적 가까운 장소에 있는 하위 구획의 레스토랑이었다. 어느 정도는 고급 가게이지만, 분리된 방이 아니었다. 히카루는 도저히 기밀 정보를 이야기할 장소로 여길 수 없었다.

"키바야시 씨. 이런 데서 이야기할 건가요?"

"그래. 방벽 안의 회의실보다 이런 장소가 적합할 때도 있는 법이지. 아, 물론 비밀 회선을 사용하면서 말이야. 이걸 써."

키바야시가 비밀 회선의 접속 코드를 전송했다. 히카루는 그것을 보고 조금 아리송한 표정을 지었지만, 좌우지간 그대로 접속했다.

『이거, 쿠가마야마 시티의 코드는 아니죠?』

『당연하지. 도시 코드를 사용하면 대화 내용이 도시 측에서 훤히 보일걸? 지금부터 할 이야기는 그런 이야기다. 그쪽도 더미로 쓰지만 말이야.』

히카루가 도시 코드로도 키바야시와 접속한다. 그러자 도시 측의 비밀 회선과 키바야시가 제공한 비밀 회선으로 각각 다른 자료를 받았다.

『자, 여러모로 알고 싶겠지만, 먼저 내가 전체적으로 이야기하는 게 빠르겠지. 자세한 질문은 듣고 나서 해.』

"아, 뭐라도 주문하겠어?"

『알겠습니다. 잘 부탁합니다.』

"그러네요. 주문하죠."

공기를 통한 음성 전달. 도시의 비밀 회선. 그것과는 또 다른 비밀 회선. 그것들을 전부 이용한 히카루와 키바야시의 밀담이 시작되었다.

히카루는 키바야시에게서 전체적인 이야기를 끝까지 들었다. 이미 알고 있었던 사실이나 예상했던 내용도 있었지만, 그것들에 대해서도 더 자세한 정보를 얻음으로써 사태를 더 자세히 이해할 수 있었다.

슬럼을 지배했던 양대 조직 항쟁과 그 배경. 이나베가 실행했던 유물 출처의 위장 공작. 아키라와 카츠야를 전면에 세운 이나베와 우다지마의 권력 투쟁. 거기서 이어지는 아키라와 이나베에 의한 우다지마의 제거 및 살해 계획에 대해서도, 히카루는 막연한 추측이 아닌 정확도가 높은 정보에 의한 사태 파악을 마쳤다.

또한 히카루 자신은 몰랐지만, 아키라의 헌터 랭크를 대폭 올린 것으로 두 사람의 계획에 크게 가담했음도 이해했다. 그 탓에 우다지마에게 찍혔을 것도 같이 이해했다.

그리고 동료들의 오해도 파악했다. 자신이 이나베의 지시로 출세에 눈이 멀어 키바야시의 도박에 응해 아키라 담당을 키바야시에게서 물려받고, 아키라에게 도시 간 수송차량 호위 의뢰를 받게 했다. 그리고 도박에서 승리해 아키라 담당의 지위를 정식으로 손에 넣었다. 그렇게 여겨지고 있었다면 그 태도도 수긍할 수 있다며 한숨을 쉬었다.

『키바야시 씨. 그때 저한테 도시 간 수송차량 호위 이야기를 한 건, 진짜로 단순히 아키라가 그 호위 의뢰를 받도록 부추기려고 한 거군요?』

『그래. 진짜 그게 다야. 아키라를 우다지마와 같은 차량에 태우려고 생각하지는 않았다고. 애초에 아키라가 도시 간 수송차량 호위 의뢰를 받게끔 부추겼다고는 해도, 그 차량을 선택한 건 너 아닌가?』

『그렇지만…….』

『만에 하나 내가 히카루라면 그 차량을 선택할 걸 예상했어도 거기에 우다지마를 태우게 할 순 없지. 아무리 나라도 도시 간부의 예정에 간섭할 순 없으니까.』

앞뒤는 맞는다. 히카루는 그렇게 생각하면서도 눈앞에 있는 인물의 태도 때문에 순순히 받아들이기 어려웠다. 하지만 이어지는 말에 수긍한다.

『그때는 상황을 이 지경으로 만들 생각은 없었다고 말했는데, 웃음을 참느라 힘들었을 뿐이지, 말한 것 자체는 거짓말이 아니었거든?』

『그러신가요.』

아주 즐겁게 웃는 키바야시를 향해 히카루는 몹시 비꼬는 투로 말했다. 그리고 작게 한숨을 쉬고 말을 이었다.

『그러면 결국 그 차량에 우다지마 씨는 타지 않았단 거군요. 그 말을 믿고 차량 안에 남은 탓에 제가 얼마나 고생했는지…….』

가짜 정보에 놀아난 탓에 끔찍한 일을 겪었다. 그 생각을 얼굴에 드러내는 히카루에게 키바야시가 가볍게 말했다.

『우다지마라면 타고 있었는데? 돌아오는 길은 몰라도, 가는 길에는 거의 틀림없이 말이지.』

『어……?』

『그러니까 그런 정보를 보내서라도 너를 그 자리에 남게 해서 아키라를 돌보게 한 거야.』

키바야시가 추가 자료를 보냈다. 그것을 본 히카루는 놀랐다. 당황스러울 정도였다. 기재된 정보가 사실이라면 우다지마는 같은 차량에 별도의 명의로 따로 방을 잡고 있었다.

『이게 무슨 뜻이죠? 아키라가 타고 있다는 건 저쪽도 사전에 알고 있었을 텐데…….』

『글쎄. 거기까지는 조사하지 못했어. 다만 실제로 타고 있었던 이상, 우연히 아키라와 마주쳐 공격당할 우려를 알면서도 그럴 만한 이유가 있었겠지.』

키바야시도 그 점은 정말로 몰라서 의아한 표정을 짓고 있었다. 하지만 그 부분은 본인에게 중요도가 낮은 일이므로, 마음을 바꿔 이야기를 이어갔다.

『뭐, 나로서는 아키라가 차량 안에서 우다지마를 습격하는 전개도 시시하다고는 말하지 않겠지만, 그 녀석에게 기대할 정도의 대소동은 아니지. 그 녀석이 차량 경비대에게 살해당하든, 반대로 역습하든, 그 정도로 이야기가 끝날 것 같으니까. 그렇게 별로 즐겁지 않은 사태를 막으려고 너한테 힘써 달라고 한 거지.』

그때 키바야시가 히카루에게 아키라의 정보를 제공한 진짜 이유는 그런 거였다. 완전히 키바야시의 오락이었고, 취미였으며, 악질적인 삶의 보람을 위한 것이었다. 그렇게 생각한 히카루가 언짢은 표정을 지었다. 그와 동시에 키바야시는 아주 기쁜 듯이 웃었다.

『그리고 넌 정말 잘했지. 정말로 대폭소였어. 가는 길에 자이언트 버그 무리와 싸운 것도 대단한데, 사카시타 중공의 구영역 접속자를 노린 습격자와 싸우고, 게다가 이기다니! 네가 아키라를 그토록 잘 제어할 줄은 몰랐다고!』

웃는 키바야시와 정반대로 히카루는 왠지 질린 기색을 보이고 있었다. 그것은 아키라가 키바야시에게 비슷한 이야기를 들었을 때의 모습과 매우 흡사했다.

『넌 내가 네 실력을 무시한다고 생각해서 불만이 있었던 것 같은데, 사과하마! 네가 옳았어! 앞으로도 아키라와 함께 나를 즐겁게 해줘. 기대하마!』

키바야시가 진심으로 기대하는 눈으로 보자, 히카루는 무심코 싫은 듯이 얼굴을 찡그렸다.

『거절하겠어요. 저는 이제 아키라 담당에서 물러날 거니까요.』

『아, 그건 무리야.』

『네?』

『히카루. 아키라를 그 정도로 관리할 수 있는 인재를 이나베가 놓아줄 리가 없잖아.』

예상 밖의 대답에 놀란 히카루의 얼굴에 당혹감이 번져갔다.

『아뇨, 아키라의 새 장비 조달을 마지막으로 담당에서 물러나도 된다고, 이나베 씨한테 진짜로 허락을 받았는데요…….』

『그 이야기를 믿었어?』

『믿고 자시고…….』

당혹감을 더욱 강하게 드러내는 히카루에게 키바야시가 즐거운 투로 말한다.

『좋아. 그 부분도 특별히 잘 설명해 주지. 나는 네가 마음에 들었으니까. 편애해 주마.』

이전에 비슷한 말을 아키라에게 했을 때처럼, 키바야시는 웃는 얼굴로 설명하기 시작했다.

사카시타 중공은 엘데의 습격 사건으로 아키라에게 보수를 지급했지만, 정확히는 아키라와 히카루에게 지급했다. 아키라에게는 엘데 격파의 보수 차원으로. 그리고 히카루에게는 자기 회사의 구영역 접속자를 보호하기 위한 미끼로 멋대로 이용한 것에 대한 위자료 차원으로.

다만 그 당시에 아키라와 히카루에게 보수를 주는 방식에는 차이가 있었다. 고용된 헌터인 아키라에 대해서는 아키라라는 개인에게 줬다. 그러나 히카루에 대해서는 히카루가 쿠가마야마 시티의 직원이라는 점에서, 쿠가마야마 시티에 준 것이다.

그 이야기를 들은 히카루가 놀라서 얼굴을 일그러뜨렸다.

『그, 그 이야기…… 전 모르는데요.』

『그런 정보를 윗선에서 융통성 있게 바로바로 친절하게 알려줄 거라고 생각해? 순진하군. 그런 정보가 자신에게 잘 들어오도록 스스로 정보망을 만들어 둬야지.』

히카루는 광역경영부 소속이지만, 결국에는 말단 직원에 불과하다. 도시 상층부의 동향까지 파악할 정보망은 없다.

하지만 그것은 순진한 생각이라고 지적하며, 키바야시가 이야기를 이어갔다.

히카루에 대한 보수는 본인에게 신속하게 전달되지 않을지라도, 언젠가는 히카루에게도 알려질 일이다. 이나베는 그 시간차를 이용할 것이다.

돈과 헌터 랭크가 보수인 아키라와는 달리, 도시 직원인 히카루에게 주는 보수는 조직 내에서의 지위 개선이 된다. 쉽게 말해서 출세다. 한편, 고랭크 헌터 담당에서 제외되는 것은 기본적으로 강등으로 간주된다.

그것을 사카시타 중공의 시점에서 보면 자기들이 보수를 준 당사자가 출세하기는커녕 강등된 셈이다. 사카시타 중공이 쿠가마야마 시티에서 자신들을 무시했다고 판단해도 이상하지 않다.

이나베는 그것을 구실로 히카루를 붙잡을 것이다. 아키라의 새 장비 조달을 마친 히카루에게 그 사실을 설명하고, 나도 사카시타 중공의 요청에는 도저히 거역할 수 없다고 사과하며 아키라 담당의 연임을 히카루에게 지시할 것이다.

틀림없이 그렇게 될 것이다. 키바야시는 그렇게 단언했다.

그 말을 들은 히카루는 머리를 감싸 쥐었다. 키바야시의 설명은 부족한 부분이 없었고, 히카루 자신이 생각해도 그렇게 될 확률이 매우 높았기 때문이다.

『그, 그러면, 어떻게 해야……. 아! 키바야시 씨가 대신 아키라 담당이 되어 주면…….』

『난 사카시타 중공이 얽힌 인사를 뒤집을 순 없어. 이나베라도 불가능하겠지. 그래서 좋은 구실이 되는 거라고.』

떠올린 방안이 즉시 무산되자 히카루가 고개를 푹 숙였다. 아키라 담당을 계속한 탓에 또다시 그런 소동에 휘말리는 것이 아닌가 하는 불안이 얼굴에 여실히 드러나 있었다.

그런 히카루에게 키바야시가 웃으며 말했다.

『해결해 줄까?』

"해결할 수 있어요?!"

통신 경유가 아니라 무심코 직접 소리를 낼 정도로, 히카루는 키바야시의 유혹에 매달렸다.

"그래. 조건은 있지만."

그렇게 유혹하듯이 말하는 바람에 히카루는 눈앞의 남자가 매우 악질적인 인물이라는 것을, 악평이 있는 인물이라는 사실을 떠올렸다. 그런데도 구원의 손길을 무시할 수는 없다.

"뭐, 뭔데요……?"

"아키라의 새 장비 조달을, 나도 거들게 해줘."

히카루가 자신도 모르게 의아해했다.

"뭘 꾸미고 계신 거죠?"

"이상하게 말하지 마. 아키라에게 최대한 좋은 장비를 주고 싶은 거야. 나는 그 녀석을 편애하니까. 그 녀석이 고성능 장비를 손에 넣을 수 있게 도와주겠다는 거지. 물론 그 녀석의 장비가 고성능이 될수록 큰 소동도 일어나기 쉬워져서 내가 즐거워질 건 부정하지 않겠지만 말이야. 그래서? 어떻게 할 거야?"

히카루의 대답은, 더 물어볼 것도 없었다.

제215화 악녀의 부업

도시의 하위 구획에 있는 고급 호텔, 그 방에서 캐럴이 오늘도 부업에 힘쓰고 있었다. 상대는 도라스라는 헌터였다. 헌터 랭크는 63. 틀림없는 고랭크 헌터다.

어중간한 헌터와는 수입의 규모가 다른 고랭크 헌터는 당연히 지급 능력도 비교할 수 없다. 일반적으로 1박에 수십만 오럼이나 하는 방에 장기간 숙박할 수 있는 경제력을 보유하고 있다.

하지만 일이 끝나고 돈을 줘야 할 시간이 된 도라스가 짓고 있는 표정은 캐럴이 지금까지 수없이 상대해 온 시시한 헌터들과 큰 차이가 없었다.

"저기, 역시 너무 비싸지 않아?"

첫 번째 요금은 1만 오럼이었다. 딱히 공짜로 해도 상관없지만, 이런 장사를 하는 이상 무료로 하면 곤란하다. 그러니 대가로 한 잔 사주면 됐다. 술집에서 만나 담소를 즐긴 여성의 유혹을, 도라스는 가벼운 마음으로 받아들였다.

하지만 그 첫 번째 만남에서 어떻게 보면 승부가 나버렸다. 고랭크 헌터로서 수많은 유혹을 겪어 여자 놀음에 익숙했을 터인 도라스였지만, 캐럴과의 경험은 지금까지의 경험을 한 번에 빛바래게 할 정도로 훌륭하고, 푹 빠지게 했다. 다시 만날 약속을 잡고, 그대로 관계를 유지하고 말았다.

그리고 그것이 약점으로 잡혔다. 첫 번째에는 겨우 1만 오럼이었던 요금이 만날 때마다 올라간다. 그것도 엄청나게 말이다.

곧바로 술을 사주는 정도로는 부족하게 되었다. 나아가 호화로운 식사 비용으로도 부족해지기 시작한다. 계속해서 만남이 이어지면서 고급 호텔의 숙박료로도 상쇄할 수 없게 된다. 그리고 지금은 100만 오럼 정도는 잔돈처럼 취급할 수 있는 도라스가 돈을 내기 힘들 정도가 되었다.

아무리 생각해도 너무 비싸다. 조금만 더 싸게 해 달라고. 지금까지 상대한 손님들에게서 몇 번이나 들어 익숙해진 불평을, 캐럴이 웃으며 흘려넘긴다.

“싫다면 안 내도 돼. 나는 당신한테서 돈을 받아낼 수 없으니까. 마지막 한 번 정도는 울며 겨자 먹기로 넘어가 줄게.”

“…………안 낸다고는 안 했어.”

내지 않을 거면 당신과의 관계는 끝이다. 그런 소리를 들으면 아쉬워진다.

일이 끝나고 냉정함을 되찾은 머리로 아무리 생각해도 비싸다고 생각하고, 다음에는 더욱 값이 오를 것을 알면서도 관계를 끊을 수가 없다.

밤을 거듭할수록 자극이 더해지는 듯 이해할 수 없는 시간을 얼굴을 찌푸리고 싶어지는 할증 요금으로 제공하는 악녀에게, 도라스는 푹 빠져 있었다.

그 악녀가 웃으며 말한다.

“그래. 그렇다면 오늘은…… 잔돈을 쳐내고 20억 오럼으로 할게.”

“20억이라…….”

하룻밤에 20억 오럼. 제아무리 도라스가 고랭크 헌터라고는 해도 그 정도의 돈을 하룻밤을 위해 내는 것은 도저히 불가능하다. 게다가 캐럴은 매번 일시불을 요구하는 바람에 그 어려움이 더욱 가중되고 있었다.

본래라면 캐럴과의 관계는 진즉에 파탄이 났어도 이상하지 않다. 그런데도 관계는 계속되고 있었다. 그것을 가능하게 하는 수단을, 도라스는 이번에도 사용하기로 한다.

“알았어. 그렇다면…… 우선은 이것이겠군.”

도라스가 캐럴의 정보단말에 데이터를 전송한다. 그것은 고랭크 헌터만이 알 수 있는 귀중한 정보 목록이었다.

자기 몸을 만끽한 대가로 자릿수가 다른 돈을 청구하고 있는 캐럴이지만, 오럼으로 받는 것은 그 일부에 불과했다. 첫 번째 만남에서 한 잔 사게 한 것처럼, 청구액에 맞는 거라면 뭐든지 좋다. 그렇게 말하며 현금이 아닌 대가를 인정하고 있었다.

그래서 도라스는 하룻밤의 대가를 치르기 위해 캐럴과 함께 쿠즈스하라 시가지 유적의 제2심부에 가서 지도상인 캐럴의 유적 조사 등을 돕기도 했다. 또한 헌터 랭크를 올리는 것을 돕거나, 헌터 랭크로 구입 제한이 걸려 있는 강력한 장비를 캐럴 대신 사주기도 했다.

고랭크 헌터를 전속 호위로 붙이는 것은 원래라면 수천만, 혹은 억 단위의 돈이 움직여도 이상하지 않다. 보통이라면 하룻밤을 함께 보낸 여성에게 진 빚은 그걸로 해결된다.

하지만 캐럴에게 줄 대가는 끝없이 늘어난다. 그리고 다소 할증된 호위 비용으로도 대금을 상쇄할 수 없게 된 도라스는 그것을 보충하고자 평범한 사람들은 입수하기 어려운 정보를 캐럴에게 제공하기로 했다.

정보의 가치는 애매모호하다. 10억 오럼의 조사 비용이 들었던 정보라도 그 내용에 10억 오럼의 가치가 있다고는 할 수 없다. 자칫하면 단돈 1오럼의 가치조차 없을 위험도 있다. 물론 그 반대도 있다. 그리고 어떤 사람에게는 가치가 없더라도 다른 사람에게는 매우 귀중한 가치가 있는 경우도 있다.

즉, 이 정보에 그만한 가치가 있다고 상대가 인정하기만 하면 그 가격은 얼마든지 올릴 수 있다. 도라스는 자신과 같은 고랭크 헌터가 아니면 알 수 없는 정보를 헌터로서는 격이 낮은 캐럴에게 비싼 값에 팔아넘기고 있었다.

캐럴이 제시된 정보 목록 중에서 최근 고랭크 헌터들의 동향이나, 쿠즈스하라 시가지 유적 중심부의 최신 지도 등을 골라낸다. 그리고 그 총액이 4억 오럼 정도 되었을 때, 제공할 수 있는 정보의 목록에서 흥미로운 것을 발견했다.

"…………이건?"

도라스가 의미심장한 표정을 지었다. 정보의 값을 부풀리기 위한 잔꾀다.

"그거? 그건 비싸. 그래. 10억 정도다."

"헤에. 10억? 흥미로운걸. 가르쳐 줘."

상대의 잔꾀를 알면서도 캐럴 역시 즐거운 듯 평소처럼 미소를 지었다. 손님을 홀리는 매혹적인 미소 아래에 있는 것은 아무것도 눈치채게 하지 않으면서.

그것은 사카시타 중공이 쿠가마야마 지방에서 구영역 접속자를 열심히 찾고 있다는 정보였다.

제공된 자료를 얼추 살펴본 캐럴은 그 내용에 충분한 신빙성이 있다고 판단했다. 그러면서도 도라스에게는 가볍게 의심하는 듯한 미소를 지었다.

"으~음. 내용에 트집을 잡는 건 아니지만, 이게 정말이야? 구영역 접속자가 매우 귀하다는 건 나도 알지만, 어중간한 기업이라면 또 몰라도 사카시타 중공이라면 구영역 접속자 정도는 몇 명이나 거느리고 있잖아? 그렇게 열심히 찾아야 할 대상이야? 다른 일에 대한 위장 공작 같은 건 아닐까?"

그렇게 의심받아도 도라스는 전혀 흔들리지 않았다.

"그렇게 생각하는 것도 이상하진 않지. 하지만 나는 위장이 아니라고 봐. 실은 말이야, 사카시타 중공이 쿠즈스하라 시가지 유적의 완전 공략을 재개하는 것이 아니냐는 소문이 있어. 최근 쿠가마야마 시티에 나타난 헌터 중에도 그걸 기대하고 온 녀석들이 많지."

사카시타 중공의 간부가 비밀 임무를 띠고 쿠가마야마 시티에 왔다는 이야기가 있다. 얼마 전 도시 간 수송차량의 차량 대열이 대규모 습격을 받았는데, 그 차량에는 쿠즈스하라 시가지 유적 공략에 필요한 중요 물자가 실려 있었고, 그것을 노린 것이라는 소문도 있다.

제아무리 건국주의자라도 도시 간 수송차량의 차량 대열을 습격하는 건 일반적으로 생각할 수 없다. 뒤집어 말하자면 그만한 이유가 있었다는 뜻이다. 사카시타 중공이 유적 공략을 재개할 가능성이 크다. 도라스는 그렇게 자신의 지론을 이야기했다.

그 말을 들은 캐럴이 말했다.

"헤에. 그럼 사카시타 중공이 50년 전처럼 쿠즈스하라 시가지 유적의 대규모 공략에 착수할 가능성은 있다는 걸까. 근데 그 이야기가 사카시타 중공에서 구영역 접속자를 열심히 찾는 것과 무슨 관계가 있어?"

"그 전제에서 생각하면 여러 가지가 추측이 떠오른다는 것이지. 그 뭐냐, 유적에서 헌터가 갑자기 사망한다는 이야기가 있지? 어중간하게 구영역 접속자로 각성한 녀석이 유적에서 대량의 데이터를 수신하고 과부하로 뇌사하는 그거 말이야."

"있지. 그래서?"

"그거 말인데, 죽었다는 이야기만 눈에 띄어서 그렇지, 죽지 않고 무사했던 녀석도 의외로 많다고 하더군. 뭐, 많다고 해도 찾아보면 있을 정도라는 뜻이지만 말이야."

"헤에. 그래서?"

빨리 결론을 말하라고 보채는 듯한 캐럴의 태도를 보고, 도라스가 이야기를 진행했다.

"그런데 말이지? 살아남은 녀석 중에는 구영역 접속자로 완전히 각성한 녀석도 있고, 완전히 쓸모없게 된 녀석도 있어. 물론 어중간한 상태 그대로인 녀석도 있는데, 개중에는 유적에 접속하는 정보가 뇌에 새겨진 녀석도 있다는 이야기지."

뇌사 직전의 과부하로 뇌의 통신 기능에 문제가 생겨 그 사람의 통신 능력은 구영역 접속자로 부를 수 없을 정도로 저하되었다. 하지만 그 문제가 반대로 잘 작용해 유적의 보안을 일종의 버그로 돌파할 수 있게 되었다.

그러한 사람은 특정 유적, 다시 말해 본인이 죽을 뻔했던 유적 한정으로 탁월한 구영역 접속자조차 얻을 수 없는 정보를 입수할 수 있다고 한다. 사카시타 중공에서 찾고 있는 구영역 접속자란 그런 사람이 아닐까. 도라스는 그렇게 자신의 추측을 이야기했다.

"우수한 지도상이 구영역 접속자로 오해받는다는 이야기도 아마 그러한 배경에서 퍼졌겠지. 유적에서 아무도 도달하지 못한 장소의 지도가 어째서인지 은밀하게 팔리고 있다. 그런데 가짜는 아닌 듯하다. 그렇다면 그 지도는 대체 어떻게 만들었을까, 하는 이야기의 해답 중 하나인 셈이지."

캐럴은 도라스의 이야기를 흥미롭게 듣고 있었다. 그리고 희망적 관측을 입에 담는다.

"과연. 사카시타 중공은 쿠즈스하라 시가지 유적의 완전 공략을 위해 유적의 정교한 지도를 어떻게든 손에 넣고 싶다. 그것 때문에 이전부터 쿠가마야마 시티에 명령하여 유적에 헌터를 많이 보내게 하고 있었다. 그리고 마침내 유적 접속 정보가 뇌에 새겨진 구영역 접속자가 탄생한 징후를 포착했다. 즉, 사카시타 중공에서 찾는 건 그 사람인 거네?"

"아마도. 하지만 나는 그게 다가 아니라고 생각해. 다른 유적의 접속 정보를 가진 사람도 찾고 있을 거야."

"왜……?"

"유적 최심부로 가는 루트는 여러 개 있어도 괜찮지 않겠어? 현실적인 진행 루트를 늘리려고 다른 유적의 접속 정보도 찾고 있겠지."

요노즈카역 유적에 있는 거대 지하 터널은 쿠즈스하라 시가지 유적과 연결되어 있을 것으로 예상된다. 지금은 황야로 몬스터가 넘쳐나지 않게 쿠가마야마 시티에서 봉쇄하고 있지만, 그것도 사카시타 중공이라면 열 수 있다.

쿠즈스하라 시가지 유적의 최심부를 목표로 지금도 연장 작업이 계속되고 있는 후방 연락선을 사용하는 것보다 그 지하 터널을 사용하는 것이 더 안전하게 최심부로 갈 수 있을지도 모른다.

또한 비슷한 지하 터널이 다른 유적에도 존재할 가능성은 얼마든지 있다. 미하조노 시가지 유적에는 공장 구역이 있어, 대량의 물자를 제조하고 있다. 그것을 운반하는 것에 지하 터널을 사용하고 있을지도 모른다. 시내 구역도 당시에는 많은 사람이 살고 있었을 것이다. 간편하게 다른 도시로 갈 수 있는 교통기관 정도는 있어도 이상하지 않다.

다른 유적이나 미발견 유적에도 유사한 시설이 존재할 가능성이 있다. 아마 사카시타 중공은 그것들을 모두 최대한 조사할 작정일 것이다. 그렇기에 쿠가마야마 지방에서 구영역 접속자를 그렇게 열심히 찾고 있는 거겠지. 도라스는 그렇게 결론을 내렸다.

그 이야기를 다 들은 캐럴이 속마음을 숨기고 미소를 지었다.

"꽤 재미있는 이야기였어. 그래, 이 내용이라면…… 부가 정보도 포함하고, 사카시타 중공 관련 정보라는 것도 고려해서…… 14억 오럼으로 쳐줄게."

"오? 좋아. 이제 2억이군. 그렇다면 다음은……."

도라스는 다소 욕심을 부려 10억 오럼의 가치를 예상했던 정보에 14억 오럼이나 되는 높은 값이 매겨진 것에 기분이 좋아져 웃었다. 하지만 이어지는 말에 그 표정도 일그러졌다.

"그러니까 남은 2억은 오럼으로 줘."

"어어……."

무심코 불평하는 목소리를 흘린 도라스에게 웃으면서, 캐럴은 살짝 어이없다는 듯한 표정을 지었다.

"있잖아, 오럼 말고 다른 대가를 인정한다고는 해도 조금은 오럼으로 줘야지. 2억이라면 대금의 겨우 10분의 1이잖아?"

"그건 그렇지만……."

하룻밤 20억 오럼에 비하면 저렴해도, 상식을 초월하는 고액인 것은 맞다. 엄청난 수입을 자랑하는 고랭크 헌터라고는 해도 대금을 일이나 정보로 치르는 것에 익숙해진 도라스에게는 싸게 느껴지지 않았다.

그러자 캐럴이 자기 몸을 가리키며 유혹하듯이 미소를 지었다.

"나도 이 몸에 거금을 쏟아부었어. 유지비도 엄청나게 들어. 하지만 그만한 가치가 있다는 것은 내 몸을 실컷 만끽하며 잘 확인했잖아? 즐긴 만큼 조금은 부담해 주지 않을래?"

도라스가 쓴웃음을 지었다.

"그 몸을 유지하는 데 2억으로도 부족한 거야? 그럴 만도 하네. 알았어."

그 몸에 얼마를 쏟아부었는지는 모르겠지만, 그 정도가 든다면, 다른 여자들과는 다르다는 뜻이다. 도라스는 그렇게 생각하며 캐럴의 계좌에 2억 오럼을 송금했다.

"고마워. 뭐 연애 감정과 관계없이 여자를 품은 거잖아. 낼 돈은 내줘야지."

볼일은 다 끝났다는 듯이 캐럴이 옷을 입는다. 고랭크 헌터용의, 구입하려면 헌터 랭크 제한이 있는 강화복이다.

독특한 구세계풍 디자인이라서 익숙하지 않은 사람은 그 성능을 인정하면서도 입기를 주저하게 하는 물건이지만, 캐럴은 이전부터 그런 디자인의 강화복을 전혀 아랑곳하지 않고 착용하고 있었다. 그 익숙한 분위기 덕분에 동쪽 영역에서 온 여성 헌터로도 보인다.

이 분위기에 끌린 것이 시작이었다. 도라스가 그런 생각을 하면서 가벼운 어조로 말했다.

"연애 감정이라…… 싸게 해 달라고 하면 유혹해서 함락하라 이건가?"

"그런 뜻은 아니야. 나도 사귀는 사람에게 돈을 받진 않지만."

"있어? 사귀는 사람이."

"없어."

"흐음……."

도라스는 그렇게 흥미가 없는 듯 대답했다. 하지만 캐럴은 도라스의 목소리에서 그 속마음을 간파하고 요염하게 웃으며 말한다.

"안됐지만, 난 입이 싼 남자는 취향이 아니야."

"너무한걸."

돈 대신 정보를 팔고 있는 도라스는 확실히 어떻게 보면 진짜 입이 가벼운 남자이긴 했다. 하지만 대금으로 쩔쩔매게 해서 그런 짓을 시키는 사람은 캐럴이다.

그 당사자가 그래서 넌 내 취향이 아니라는 말을 들으니 도라스도 쓴웃음을 지을 수밖에 없었다.

옷을 갈아입은 캐럴이 웃으며 말했다.

"나는 이제 가 볼게. 또 불러 줘. 그래, 다음은 30억……이라고 말하고 싶지만, 오럼으로 2억이나 냈었으니, 다음은 25억으로 해줄게."

"이러니저러니 해도 올리는 거냐. 거기까지 값이 오르면 아무리 나라도 정신을 차려서 다시는 안 부를지도 모르는데?"

"다음에 또 봐."

다음에도 반드시 부를 것이다. 그렇게 말하는 듯한 표정과 목소리를 남기고, 캐럴은 떠나갔다.

혼자 남은 도라스가 침대 위에서 한숨을 푹 쉬었다.

"나도 참 엄청난 악녀에게 걸렸군."

돈을 여자에게 쏟아붓다가 파산하는 헌터는 결국 그것밖에 못 버는 이류에 불과하다. 그렇게 생각했던 도라스였지만, 최근에는 그 생각을 고쳐야 할지 고민하기 시작했다.

자신이 완전히 이용당하고 있다. 그것을 알면서도 도라스는 캐럴과의 관계를 끊지 못하고 있다.

캐럴은 그런 악녀였다.

자기 방의 커다란 침대에 걸터앉아 캐럴이 매우 험악한 표정을 짓고 있다. 집으로 돌아온 뒤로 쭉 그런 상태였다. 그 얼굴에는 도라스와 함께 있을 때의 여유가 눈곱만치도 없다. 강한 초조함이 더욱 강한 두려움과 함께 배어 있었다.

"큰일이야……."

너무 비관적으로 생각하고 있다는 낙관적인 시각, 희망, 바람은 이미 최악의 상황에 대한 상상에 짓눌리고, 덧칠되어 버렸다. 그 상상에서, 일어날 수 있는 미래에서 벗어나고자 캐럴은 머리를 감싸고 오로지 해결책만 생각했다.

◆

아키라는 쿠가마야마 시티로 귀환한 뒤로 집에서 공부와 훈련의 나날을 반복하고 있었다. 오늘도 차고 안에서 알파와 모의전을 하고 있다.

도시 간 수송차량에서의 격전을 거쳐 아키라는 한층 더 강해졌다. 일주일 정도의 짧은 기간이기는 했지만, 그 가혹하고 농밀한 경험은 아키라의 심신을 강렬하게 담금질했다. 절망적인 죽음의 땅을 질주하고, 무수한 죽을 고비를 빠져나가, 아주 작은 승산을 놓치지 않고 붙잡아 승리한다. 그것을 가능케 하는, 신들린 전투 감각을 더욱 날카롭게 벼리고 있었다.

고성능 강화복을 입는 것만으로는 얻을 수 없는, 일종의 강함의 본질. 그것 또한 격전을 돌파한 아키라가 얻은 것이었다.

그리고 그 아키라에게 알파의 발차기가 작렬한다. 판정은 즉사. 아키라는 머리가 요란하게 날아가 바닥에 나뒹굴었다.

물론 이것은 훈련이다. 머리 없는 시체는 알파와 같은 영상 속 존재다. 현실이라면 어떻게 되었을지를 재현한 것에 불과하다.

불운의 격파에 실패한 자신을 본 아키라가 가볍게 한숨을 내쉬었다.

“알파. 이번에는 몇 초 버텼어?”

『5초 정도야.』

“5초인가……. 나로서는 잘한 편……이라고 생각하면 안 되겠지.”

『잘한 편이기는 해. 실전에선 죽어서 잘한 편이면 안 되지만.』

“그렇지.”

실제 경과 시간은 겨우 5초이지만, 체감시간의 조작을 한계까지 실시한 상태에서의 5초다. 어지간한 전투보다 지쳐서, 아키라는 찬찬히 숨을 골랐다.

"좋아. 알파. 다음이다."

다시 알파와 조금 거리를 두고 마주 선다.

『아키라. 시작할게. 5, 4, 3…….』

조금 전의 알파는 맨손이었지만, 사용하는 무기는 매번 변경하고 있다. 다양한 총이나, 블레이드 같은 것도 사용한다. 또한 1대 1의 전투로 한정하지 않고, 알파가 10명 정도로 늘어나 싸우는 일도 있다. 그리고 그 어느 경우에도 종합적인 전력은 엘데와 동등하게 되도록 조정하고 있었다.

아키라는 그 알파, 혹은 알파들과 알파의 서포트 없이 싸우고 있었다. 당연히 제대로 된 싸움이 성립할 리가 없어서 몇 초 살아남을지 하는 싸움이 되고 있다. 그리고 5초 살아남으면 잘한 편이라는 성과밖에 내지 못하고 있다.

생존하고, 반격의 실마리를 잡고, 반격하고, 승리한다. 지금은 그 첫걸음 단계에서 주저앉았다. 갈 길은 멀었다.

양손에 든 LEO 복합총을 축 늘어뜨린 초기 상태로 아키라가 알파를 주의 깊게 관찰한다.

(또 맨손인가. 지난번에는 어설프게 맞서 싸우려 했던 게 문제였어. 좋아. 이번에는 선제공격하며 거리를 벌려야지.)

엘데와 동등한 수준으로 설정된 알파는 일반적인 사격으로 쓰러뜨릴 수 없다. 하지만 확장입자가 살포된 설정은 아니므로, 고속 필터 효과는 발생하지 않는다. 그렇다면 맞서 싸울 수 있을지도 모른다고 생각했다가 실패한 것을 바탕으로, 아키라는 전투 시작 신호를 기다린다.

『……2, 1, 0.』

그리고 시작 신호 직후, 알파에게 총을 겨누기도 전에 아키라는 미간을 총에 맞고 즉사했다. 깔끔하게 구멍이 난 시체가 바닥에 나뒹굴었다.

알파에게는 총이 없었을 터였다. 그렇게 생각하고 놀라는 아키라에게 알파가 그것을 보여주려는 듯이 손을 움직인다. 아무것도 없는 것처럼 보이는데도 무언가를 쥐고 있는 듯한 손에 영상으로 된 총이 추가로 표시되었다.

그것으로 아키라도 이해한다. 자신을 쏜 것은 그 총이며, 알파는 광학 위장으로 눈에 보이지 않는 총을 소지한 설정이었음을.

"어…… 알파, 그거 반칙 아니야?"

『반칙 아니야. 똑바로 간파할 수 있게끔 확장감각 데이터도 보냈어. 그리고 5초나 유예를 주었는데도 아키라는 그것을 간파하지 못했다. 그래서 죽었다. 그것뿐이야. 실전이 아니어서 다행이지?』

엘데만큼 강한 자가, 그러한 잔꾀까지 쓴다. 그것을 비겁하다고 말하기는 쉽지만, 목청껏 비난한다고 해도 적은 그것을 사용한다. 그 잔꾀에 죽지 않으려면 똑바로 간파하고 대처해야 한다.

도시 간 수송차량에서 광학 위장을 사용한 팔을 가진 상대와 싸웠을 때는 알파가 간파해 주었다. 하지만 알파의 서포트를 받을 수 없을 때는 자기 힘으로 간파해야 한다. 실전에서 실패하면 죽는다. 할 수 있게 되어야 한다. 아키라도 그렇게 다시 생각하고, 자신을 채찍질하며 의식을 전환했다.

"알았어. 다음이다."

순식간에 승부가 난 탓에 지치지는 않았다. 아키라는 곧바로 다음을 시작한다.

『이번에는 좀 더 알기 쉬운 총으로 해 줄게.』

알파의 양손에 대형 총이 나타난다. 그 긴 총열과 눈에 띄는 총구를 보고, 아키라도 확실히 알기 쉽다고 생각했다.

하지만 다음 순간 알파가 10명으로 늘어나 아키라를 에워쌌다. 모두가 양손에 동일한 총을 들고 있다.

『시작한다. 5, 4, 3…….』

10명으로 분산된 탓에 각 알파의 전력은 10분의 1 이하로 떨어졌다. 그래도 10명의 알파가 가진 20정의 총의 사선을 간파하지 못하면, 아키라는 벌집이 될 것이다.

자신을 깔끔한 원형으로 포위한 알파들의 위치를 정보수집기를 통한 확장감각으로 인식한다. 그 각각이 가진 총의 위치와 총구의 각도를 포착한다. 지금은 아래를 향한 사선이 일제히 자신에게 겨눠지는 순간에 그 모든 사격에서 벗어나기 위해 의식을 벼려낸다.

체감시간을, 그리고 의식상의 현실 해상도를 조작한다. 시간이 매우 느리게 흐르고 자신과 알파 이외의 모든 것이 하얗게 물드는 세계에서, 아키라는 한계까지 집중하며 그 순간을 기다렸다.

『……2, 1, 0.』

확장현실 속에서 무수한 탄환이 날아다닌다. 현실이라면 차고를 집째로 한순간에 날려버릴 탄막이 미친 듯이 날뛴다. 그리고 그것이 잦아들었을 때, 아키라는 벌집이 되어 바닥에 쓰러져 있었다. 생존 시간은 2초. 격파한 알파는 1명. 전력 격차를 고려하면, 제법 잘한 결과이긴 했다.

그런데도 아키라는 못마땅한 듯이 중얼거렸다.

"아직 멀었나."

누워 있는 아키라를, 알파가 목덜미를 잡고 들어 올린다. 엄밀하게는 그렇게 보이도록 강화복을 조작했다. 양발이 바닥에서 떨어져 약간 떠 있지만, 공중에 포스 필드 아머(역장 장갑)의 발판을 생성할 수 있는 강화복이라면 가능하다. 그리고 아키라와 눈높이를 맞추며 미소를 지었다.

『확실히 아직 멀었네. 하지만 한 명은 해치웠으니까, 나쁘진 않았거든?』

"참 고맙네."

아키라가 쓴웃음을 지으며 바닥에 선다. 합격점에는 미치지 못했지만, 가망이 있다는 평가라며 긍정적으로 받아들이기로 했다.

『아키라도 제법 지친 것 같으니, 지금부터는 가볍게 넘어가는 식으로 할까.』

"알았어."

실전이라면 회복약을 대량으로 복용하고 속행할 테지만, 지금은 훈련이다. 죽음 속을 달리는 듯한 과부하 훈련이 아니라, 중간중간 가벼운 휴식을 넣으면 계속할 수 있을 정도의 부하로 억제하여 모의전을 속행한다.

다음 알파의 설정은 체감시간 조작이나 현실 해상도 조작을 사용하지 않는 아키라와 비슷한 정도의 강함이다. 그런데도 아키라와 알파는 보통 사람이 눈으로 포착할 수 없을 만큼 빠른 속도로 전투를 벌이고 있다. 이기거나 지거나 하면서, 잡담을 섞어 교전한다.

"그건 그렇고, 결국 엘레나 씨 일행과 합류하지 못한 건 좀 아쉬웠어."

한동안 기다리면 월등히 강력한 새 장비가 손에 들어온다. 도시 간 수송차량 호위 의뢰의 보수도 있어 당장 돈을 걱정할 일은 없다. 헌터 활동을 곧장 재개해야 할 이유는 없다.

그런데도 아키라는 쿠가마야마 시티에 돌아왔으니 팀을 이루어 솎아내기 의뢰를 속행하고 있는 엘레나 일행과 합류할 생각이었다. 하지만 그 뜻을 엘레나에게 전하자, 아키라는 격전을 막 끝냈으니 푹 쉬라는 말을 듣고 말았다.

그것을 아쉬워하는 아키라에게, 알파가 가볍게 말했다.

『그렇게 아쉬워할 바에는 억지로 합류하면 되는데. 일단 그 팀은 아키라의 팀이니까, 도중에 참가할지 말지 결정할 권리는 아키라에게 있었다고 생각하는데?』

"그야 뭐, 그렇긴 하지만…… 자꾸 떼쓰면 아키라가 안 쉰다고, 시즈카 씨에게 혼내 달라고 부탁할 거라는 말을 들었으니까……."

그런 말을 들으니 아키라는 물러설 수밖에 없었다. 또한 팀을 지휘하는 쿠로사와도 아키라처럼 강한 사람이 갑자기 참가하면 문제가 생긴다며 은근슬쩍 거절했다. 게다가 팀은 곧 해산할 예정이라는 것도 들었다.

대유통도 슬슬 끝날 무렵이며, 솎아내기 의뢰도 함께 종료된다. 게다가 애초에 이 팀은 아키라가 성과를 벌게 하려고 히카루가 결성한 것이다. 그 이유가 사라진 시점에서 팀을 존속할 의미는 흐릿해졌다.

물론 아키라 일행이 본인들의 의지로 팀을 유지하는 것은 전혀 상관없다. 하지만 지금까지와 같은 쿠가마야마 시티의 대규모 지원은 없다. 아키라 담당에서 물러나고 싶은 히카루도 이미 마무리 뒤처리를 마쳐놓은 상태였다.

그러한 이유도 있어 아키라는 새 장비를 손에 넣을 때까지의 기간을 훈련과 공부에 사용하기로 한 것이다.

『정말이지 아키라는 시즈카에게 꼼짝도 못 하는구나.』

"괜찮잖아. 그만큼 신세를 지고 있으니까…… 좋았어!"

잡담을 나누며 계속하던 총격전에서 이번에는 아키라가 승리했다. 여러 번 피격된 알파가 머리의 포스 필드 실드(역장 장벽)을 관통당하고, 이마에 구멍이 뚫린 채 바닥에 쓰러진다. 하지만 아키라가 패배했을 때와는 다르게 시체 영상을 유지하진 않는다. 일어서는 묘사조차 생략하고, 곧바로 무사한 상태로 아키라 앞에 선다.

『3연패는 방지했네. 다음은 블레이드 전투로 할까.』

"알았어."

아키라가 총을 치우자, 빈손에 블레이드가 나타났다. 그것을 쥐고 자세를 잡는다. 알파도 총을 지우고 블레이드로 바꿨다.

『시작한다. 5, 4, 3, 2, 1, 0.』

시작 신호와 동시에 아키라와 알파가 덩달아 거리를 좁힌다. 그리고 확장현실로만 존재하는 블레이드를 힘차게 휘둘렀다.

긴 칼몸이 부딪친다. 그 타격감이, 알파의 강화복 조작으로 마치 그 칼날이 진짜 있는 것처럼 아키라에게 전해진다.

충격으로 튕겨 나간 아키라가 곧바로 자세를 바로잡는다. 그리고 도약하여 머리 위에서 알파를 공격한다. 생각 없이 뛰어오르면 그 뒤로는 관성에 따라 공중을 움직이기만 해서 불리해진다는 생각은 그 공중을 발판으로 삼을 수 있는 사람에게는 의미가 없다. 땅바닥 위에서만 싸울 수 있는 사람에게는 매우 기묘하게 보이는 위치와 자세로 블레이드가 휘둘린다.

알파는 그 일격을 자신의 블레이드로 쳐내서 방어한다. 그리고 굳이 강하게 발생시킨 충격변환광으로 눈을 부시게 하고 아키라를 벤다.

하지만 아키라는 강한 빛에 시각을 일시적으로 잃어도 정보수집기를 통한 확장감각으로 알파의 움직임을 포착하고 있었다. 다가오는 블레이드를 피하고, 파고들어, 다시 베어 넘긴다.

그대로 격렬한 공방이 이어진다. 내지르고, 피하고, 막고, 반격한다. 그 고속 전투를 계속하면서 잡담도 이어간다.

"아, 맞다. 알파. 새 장비를 입수할 때까지는 유적에 가지 않고 훈련할 예정인데, 그 뒤로는 어떻게 할 거야?"

『쿠즈스하라 시가지 유적의 제2심부로 갈 생각이야.』

"거기인가……."

아키라는 이전에 제2심부에 간 적이 있었다. 하지만 몬스터가 너무 강해서 반쯤 도망치듯 돌아왔었다. 그것도 제1심부와의 경계에 가까운 장소에서. 안으로 갈수록 난이도가 높아지는 유적에서, 제2심부의 초입에서 발걸음을 돌린 것이다. 당시의 아키라에게는 그것이 한계였다.

아키라가 그때를 떠올리며 조금 복잡한 표정을 지었다.

"뭐, 괜찮겠지……?"

지금의 자신은 그때보다 강하다. 게다가 강력한 새 장비를 입수하고 갈 것이다. 그러니 괜찮을 것이다. 그렇게 생각하면서도, 아키라는 과거 고전했던 기억 때문에 단언할 수 없었다.

그렇게 미묘한 불안을 입에 담은 아키라에게 알파가 웃으며 대답한다.

『괜찮아. 지금 그 주변은 도시에서 부른 고랭크 헌터들의 사냥터가 됐지만, 아키라도 그 고랭크 헌터잖아? 게다가 도시 간 수송차량에서 그만큼 싸울 수 있었으니까. 예전에 제2심부에서 싸웠던 몬스터 정도는 지금의 아키라가 고전할 상대가 아니야.』

알파에게 그 말을 듣고, 아키라도 조금 약해지는 마음을 떨쳐냈다. 자신감을 담아 웃으며 대꾸한다.

"그런가. 그러네."

『응, 그래. 그 장소에서 지금의 아키라가 어디까지 갈 수 있는지 시험해 보자. 새 장비의 성능에 달렸긴 하지만, 충분한 위치에 도달할 수 있다면 아키라에게 슬슬 내 의뢰를 본격적으로 시작하게 할 거야.』

그 말을 들은 아키라가 놀랐다.

알파의 의뢰. 알파가 지정하는 유적의 공략. 장소도 이름도 모르지만, 터무니없이 고난도이며, 과거의 자신으로는 거기에 도달하는 것조차 불가능하다고 들었던 유적. 그런 유적을 공략하기 위해서, 그 힘을 손에 넣기 위해서, 자신은 지금껏 싸웠다.

아직 드디어 그때가 왔다고 말할 수는 없다. 하지만 조금만 더 하면 된다고 말할 수 있는 데까지는 올 수 있었다. 그 생각에 아키라가 힘차게 웃었다.

"그렇군. 그렇다면 힘내야겠네!"

그 의지를 담아 아키라가 블레이드를 휘두른다. 한 방에 알파의 몸통을 두 동강 냈다.

하지만 알파는 웃고 있다.

『응. 힘내.』

그리고 웃으며 상반신만으로 블레이드를 휘둘러 아키라의 목을 베어 떨어뜨렸다.

드러누운 머리 없는 시체와 바닥에 뒹구는 머리를 보고, 아키라가 조금 아쉬운 듯이 말했다.

"무승부인가."

『아니. 아키라의 패배야.』

"왜?"

『승리 조건의 차이야. 적 역할인 나는 같이 죽어도 이기는 거지만, 아키라는 죽으면 패배야. 죽어도 되는 싸움을 하는 게 아니니까. 안 그래?』

"그렇지."

상대가 같이 죽을 각오로 덤벼든다고 해서 자신도 어울려줄 수는 없다. 같이 죽을 수는 없다. 살아남아야 한다.

유미나와의 싸움에서도 그렇게 해서 살아남은 거니까.

아키라는 그렇게 생각하고, 자신의 안일한 인식을 자각하며 의식을 전환했다.

"알았어. 내가 졌어. 다음엔 이길 거야."

『말한 대로 실천해 줄 거지?』

"알았대도!"

훈련을 재개한다. 실력은 호각이지만, 적은 살아서 돌아갈 생각이 없다. 그래서 발생하는 불리함을 뒤집을 힘을 얻고자, 아키라는 열심히 싸웠다.

오늘 하루의 훈련을 마친 아키라는 오늘도 그 피로를 욕실에서 풀고 있었다. 욕조에 몸을 담그고 가득한 목욕물에 몸을 맡긴 채, 거금을 들여 얻은 호화로운 입욕 체험을 흐느적거리는 소리까지 흘리며 만끽하고 있다.

"아~ 좋다~."

같은 욕조에 몸을 담그고 있는 알파가 그런 아키라의 반응을 보고 웃는다.

『그건 물에 넣은 회복약에 대해 말하는 거야? 그렇다면 일반적으로 사용하는 것이 더 잘 들을 것 같은데?』

틀린 말은 아니라고 생각하면서도, 아키라는 영혼이 물에 녹은 듯한 얼굴로 대답한다.

“괜찮잖아. 해보고 싶었어. 이러면 캐럴도 싸구려 욕실이라고는 말 못 하겠지.”

돈을 많이 벌면서 너무 싸구려 욕실을 쓴다. 예전에 아키라는 캐럴에게 그런 말을 들은 적이 있었다. 그리고 캐럴의 집 욕실 설비를 듣고, 확실히 그 내용물에 비하면 싸구려 욕실이라는 말을 들어도 어쩔 수 없다고 생각했었다.

그 이야기 속에서 아키라가 가장 놀랐던 것은, 물에 회복약을 섞고 있다는 부분이었다. 신체강화 확장자인 캐럴의 몸 관리를 겸하고 있다고는 하지만, 진짜 사치를 부린다고 생각했고, 세상에는 그런 입욕도 있다는 것에 흥미를 느끼기도 했다.

그리고 리모델링이라고 불러도 손색없을 정도로 개조한 아키라의 욕실에는 그런 종류의 기능도 달려 있었다. 그것을 떠올린 아키라는 훈련으로 지친 탓도 있어 바로 시험해 본 것이다.

캐럴은 부업을 위해 자신을 가꾸어야 할 필요가 있다. 손님을 매료하는 아름다움을 유지하기 위해 비싼 돈을 쏟아붓고, 온몸을 회복약이 든 물에 구석구석 담가 피부의 정말 미세한 상처까지 없애 그 부드러운 알몸을 빛나게 할 의미가 있다.

아키라는 그럴 필요가 조금도 없다. 그런데도 단순한 흥미로 회복약을 푼 물에 몸을 담가 쓸데없이 피부에 광을 내고 있었다.

물론 그 정도의 낭비로는 고랭크 헌터의 지출에 영향을 주지 않는다. 헌터 랭크 55의 수입으로 생각하면 충분히 소박한 사치를, 아키라는 진심으로 만끽하고 있었다.

『아키라. 그 캐럴에게서 통화 요청이 왔어.』

"응? 알았어. 연결해 줘."

그대로 알파를 통해 캐럴과 이야기한다.

"캐럴. 미안하지만, 지금은 목욕 중이야. 길어질 것 같으면 나중에 하자."

『이렇게 예쁜 내가 연락했는데도 여전히 쌀쌀맞네. 이야기하는 것만으로도 아키라네 집 싸구려 욕실에 있는 것보다는 즐거울 것 같은데?』

그렇게 놀리듯이 말하는 캐럴에게 아키라가 조금 우쭐한 투로 말한다.

"유감인걸. 우리 집 욕실은 더 이상 싸구려 욕실이 아니거든. 돈을 들여서 개조했어. 너희 집 욕실에 지지 않을 정도로…… 아니, 이건 이겼을걸!"

『헤에. 그렇구나. 하지만 아키라가 하는 말이니까. 그런 말을 할 수 있는 것도 우리 집 욕실을 경험하지 못해서 그런 거 아니야?』

"너야말로 우리 집 욕실을 경험하지 못했으니까…… 그 이야기는 접어두고, 용건은?"

이야기가 딴 데로 새는 것을 깨달은 아키라는 얼른 용건을 듣기로 했다. 캐럴도 본론으로 들어간다.

『실은 아키라와 직접 만나서 이야기하고 싶은 것이 있어. 시간 좀 내줄 수 있어?』

"무슨 이야기인데?"

『그 설명도 포함해서, 직접 만나서 이야기하고 싶어.』

"괜찮지만……."

욕조에서 의식이 녹아들고 있는 아키라는 깊이 생각하지 않고 승낙의 뜻을 전했다. 그대로 반쯤 익은 머리로 상의하여 내일 캐럴의 집에서 만나기로 했다.

『그러면 내일 봐. 기다릴게. 아, 모처럼이니, 온 김에 우리 집에서 목욕도 하고 가지 않을래?』

"그러지 뭐……. 내일 보자."

캐럴과의 이야기를 마친 아키라는 욕조에서 한 번 되찾았던 의식을 다시 물에 녹이기 시작했다. 표정을 풀고 힘 빠진 소리를 흘린다.

"아……."

그런 아키라를, 알파는 웃으며 보고 있었다.

제216화 호위 의뢰

아키라가 캐럴의 집을 방문했다. 맞이한 캐럴은 총과 강화복으로 단단히 무장한 아키라를 보고 슬쩍 쓴웃음을 지었다.

"어서 와, 아키라. 기다렸어. 그런데 여자 집에 강화복을 입고 오다니. 아키라답긴 하지만, 외출복 정도는 없어?"

"부정은 안 하지만, 이건 조심하기 위해서야. 사정이 있어서 요새 좀 뒤숭숭하거든."

"흐응. 아무렴 어때. 들어와."

캐럴의 집은 하위 구획의 주택이기는 하지만, 돈을 잘 버는 사람들이 사는 고급 맨션에 있기도 해서 구조가 호화롭다. 방도 많고, 넓으며, 각종 설비도 갖췄다. 욕실을 제외하면 아키라의 집과는 비교할 수 없는 주거 공간이다.

그 내부를 흥미로운 듯이 보는 아키라지만, 기가 죽지는 않았다. 도시 간 수송차량의 객실에서 숙박했던 경험 등으로 고급 방에 내성이 생겼다. 자택 욕실을 개조할 때 동급 수준의 집으로 이사할 것을 권유받았지만, 자신이 이런 집에 살아도 주체하지 못할 것 같다고 생각하며 차분하게 있었다.

거실로 안내받은 아키라가 실내복 차림의 캐럴에게서 마실 것을 받는다.

캐럴은 노출을 최대한 억제한, 품위 있는 옷을 입고 있다. 하지만 그 옷으로는 캐럴의 농염한 매력을 억누르기에는 부족하여, 숨길 수 없는 매혹적 분위기가 노골적이지 않은 색기로서 주위에 흘러나오고 있었다.

아키라는 그것을 전혀 아랑곳하지 않고 이야기를 시작한다.

"그래서? 직접 만나서 이야기하고 싶다는 게 뭐야?"

아키라의 반응은 캐럴도 예상했던 바다. 아랑곳하지 않고 이야기를 시작한다.

"실은 아키라에게 호위를 부탁하고 싶어."

"호위? 어딘가 고난도 유적에라도 가게? 미안하지만, 나는 지금 헌터 활동을 휴업 중이야. 새 장비를 입수하고, 바이크 수리도 끝나고 나서……."

"아, 잠깐만. 먼저 내가 설명하게 해줘. 자세한 이야기는 그 뒤에 하자."

캐럴은 그렇게 말하며 아키라의 말을 멈추고는, 호위 의뢰에 관해 설명하기 시작했다.

캐럴에게 호위 의뢰의 개요를 모두 들은 아키라는 어딘가 당황한 표정을 짓고 있었다. 의뢰의 내용은 아키라에게는 조금 이상하게 느껴지는 것이었다.

호위라고 해도 주위를 항상 경계할 필요는 없다. 무슨 일이 생겼을 때 즉시 대처할 수 있는 거리에 있어 주기만 하면 된다. 기간은 미정이지만, 그동안은 기본적으로 아키라가 하고 싶은 대로 행동해도 상관없다. 집에서 쉬고 있든, 유물 수집이나 몬스터 토벌을 하든, 심지어 다른 의뢰를 받아도 상관없다. 캐럴의 동행을 허락하는 한에서 자유롭게 해도 좋다.

호위 비용은 하루 100만 오럼. 그 기본요금과는 별도로, 전투 등이 있을 때는 추가요금을 낸다. 금액은 그때마다 적의 위험도 등을 고려하여 협의한다. 또한 1개월마다 1억 오럼을 낸다.

덧붙여 호위 의뢰를 받은 중에는 캐럴의 몸에 마음껏 손대도 좋다.

그 이야기를 들은 아키라는 마지막 부분은 자신에게 보수가 되지 않는다고 생각하면서 다른 의문을 물었다.

"저기, 캐럴. 애초에 이 호위 의뢰는 무엇을 위해서야? 어디의 누구로부터, 혹은 무엇으로부터 캐럴을 지키면 되는 거야?"

"그건…… 나도 모르겠어."

"모르겠다니……."

무심코 어리둥절한 표정을 지은 아키라에게 캐럴이 웃으며 대답했다.

"뭐, 그거야. 사실 이 의뢰는 조심하기 위해서랄까, 단순히 내가 너무 의식하는 거라서 전부 괜한 걱정일 수도 있어. 습격당할 것을 전제로 주위를 항상 경계하라고 부탁하진 않았잖아? 그건 그런 이유가 있어서 그래."

"하지만 만약을 위해 호위를 고용하려고 생각할 정도로 불안한 거잖아? 뭐가 불안한 건데?"

"아~ 그 부분은 설명하기 어려워. 제대로 설명하려면 정보료가 필요한 부분에 손대야 하거든. 그래서 말할 수 없어."

아키라는 그 설명으로 그런가 하고 넘어갈 수도 있었다. 하지만 지금은 납득보다 당황이 앞서는 바람에 계속해서 물었다.

"정보료가 얼마 정도인데?"

"글쎄. 어디까지 말하느냐에 따라 다르긴 한데…… 100억 오럼 정도일까?"

"100억?!"

예상 밖의 금액이 나오자, 아키라는 무심코 소리를 높였다. 캐럴이 그 반응을 즐기듯 웃는다.

"아아, 그 정도로 위험한 정보라는 뜻은 아니야. 그 정보에 100억의 가치가 있다고도 말하지 않아. 동등한 정보를 진지하게 조사하려고 하면 그 정도 경비가 들어도 이상하지 않다. 그런 의미에서 100억이야. 그 정보를 원하는 사람에게 그 경비를 근거로 100억 오럼의 판매가를 매기는 사람도 있을 수 있겠지……라는 정도일까?"

"그, 그렇구나……."

그런데도 엄청난 액수가 붙을 정보임에는 틀림없다. 아키라는 그렇게 생각하고 놀라움을 감추지 못했다. 그러자 캐럴이 유혹하듯이 미소를 지었다.

"듣고 싶어? 좋아, 말해 줄게. 다만, 나의 호위를 맡는다는 전제로 그 보수에서 상쇄한 만큼 말하겠지만. 어떻게 할래?"

"아니야. 안 해도 돼. 호위를 맡는다면 그 부분이 조금 궁금한 거야. 모른 채로 의뢰를 거절하면 그만이니까."

"그렇게 나오나. 으음. 아키라도 조금은 교섭에 익숙해졌네? 만만치 않게 되었어."

캐럴의 가벼운 아첨에 아키라가 살짝 우쭐한 듯 웃었다. 물론 그 시점에서 캐럴에게 넘어간 것이다. 아키라의 교섭 능력은 아직 멀었다.

캐럴이 이야기를 이어갔다.

"아무튼 그건 그렇고, 잘되면 아무것도 안 하고 한 달에 1억 3천만 오럼이야. 나도 꽤 괜찮은 일을 제시했다고 생각하는걸?"

새삼 그렇게 들으니 아키라도 확실히 그 말이 맞다고 생각했다. 캐럴의 숨겨진 사정이 궁금한 것은 사실이지만, 그것을 용인할 만한 액수라고도 생각하고, 나아가 너무 조건이 좋은 제안이라고 느껴서 반대로 의심했다.

"그 조건으로 꽤 괜찮은 일이야?"

"고랭크 헌터를 한 달 동안 고용한다고 생각하면 쌀지도 모르지만, 아까도 말했듯이 잘되면 아무것도 안 해도 되니까, 그 정도 아닐까?"

"하긴 그런가?"

아키라가 고민한다. 이 정도 일의 시세는 그런 종류의 지식에 어두운 아키라는 잘 모른다. 그렇다면 그것을 아는 사람, 예를 들어 히카루 등에게 상담하는 것이 좋을지 모른다고 생각했지만, 우선은 바로 옆에 있는 가까운 사람에게 묻는다.

『알파. 어떻게 생각해?』

『일단 거짓말은 안 하는 것 같아. 그 이전에 아키라는 캐럴의 호위를 맡고 싶어?』

『그 부분도 포함해서 어떻게 생각하는지 물어본 거야. 캐럴이 거짓말한 게 아니라면 한 달에 1억 3천만이야. 제2심부에 간다면 탄약값도 들고, 새 장비 성능이 미묘하다면 더 고성능 장비가 필요해질 테니까, 돈은 필요하겠지……. 아, 캐럴을 데리고 제2심부에 가는 건 곤란할까?』

캐럴이 제2심부는 너무 위험하니 가지 말아 달라고 할 때는 아키라도 의뢰를 거절할 수밖에 없다.

"캐럴. 먼저 말해두지만, 나는 조만간 쿠즈스하라 시가지 유적의 제2심부에 갈 생각이야. 아까 조건대로라면, 거기에 캐럴도 따라가야 할 텐데……."

"응. 상관없어."

"그 경우에 호위 비용은 어떻게 되는 거야? 내 사정으로 제2심부에 가는데도 내는 거야?"

"물론이지. 제대로 추가요금으로 낼게."

캐럴은 시원스럽게 대답했다. 그리고 말을 잇는다.

"가능하다면 나를 안내인으로 고용한 다음, 그 보수로는 상쇄할 수 없었던 만큼을 비용을 내는 방식으로 해 줬으면 좋겠어. 제2심부에는 나도 몇 번인가 가서 싸워 봤으니까, 너무 짐짝이 되지는 않을 거야. 게다가 광범위한 지도도 있으니, 꽤 깊은 데까지 안내할 수 있을걸."

그 말을 들은 아키라는 의외라는 표정을 지었다. 그리고 조금 복잡한 얼굴로 말하기 어려운 것을 말하듯이 이어갔다.

"이런 식으로 말하면 기분이 상할 것 같은데, 거기는 나도 한 번 간 적이 있거든. 그때 내가 도망쳐서 돌아왔을 정도로 고난도일 텐데……."

캐럴의 실력으로는 제2심부에서 제대로 싸울 수 없을 것이다. 간단히 말하면 그렇듯 다소 실례되는 말을, 아키라는 일단 조심스럽게 해 봤다.

그리고 캐럴은 아키라의 의문을 예상했기에 웃으며 대답했다.

"무슨 말을 하고 싶은진 알겠어. 하지만 괜찮아. 거기는 지금 다른 지역에서 온 고랭크 헌터들의 사냥터가 됐잖아? 지금의 나는 그들과 섞여 싸울 수 있을 정도로 강해. 뭐, 전부 엄청나게 비싼 고성능 장비 덕분이라는 건 부정하지 않겠지만."

"그렇게 대단한 장비를 가지고 있다니……. 하지만 그런 고성능 장비는, 헌터 랭크 제한이 있어서 못 사지 않아?"

"보통은 그렇지. 정공법이 아니면 방법은 있어."

"헤에."

『알파.』

『거짓말은 안 했어.』

『그렇다면 정말로 거기서도 싸울 수 있을 정도로 강한 건가. 대단하네.』

심하게 의심한 것은 아니었지만, 일단 알파에게 확인을 요청했는데도 거짓이 아니었기에, 아키라는 살짝 놀라면서도 납득한 듯 고개를 끄덕였다.

『알파. 다시 한번 묻지만, 어떻게 생각해? 전력 면에서 문제가 없다면 괜찮지 않을까?』

『글쎄. 나도 완강하게 말릴 생각은 없어. 캐럴의 호위를 맡으면 확실하게 최소 수입을 더 늘릴 수 있으니까. 제2심부에서 짐이 될 때는 그만큼 호위 비용을 듬뿍 더 받으면 되겠지.』

『결정됐군.』

한 번은 그렇게 결심한 아키라지만, 이어지는 말에 결심이 흔들렸다.

『굳이 우려를 말하자면, 왜 아키라에게 호위를 부탁하는지가 조금 마음에 걸리는걸.』

『왜……?』

『아키라가 소동에 휘말리기 쉬운 인물이라는 걸 캐럴도 알고 있을 테니까.』

전부 괜한 걱정일 수도 있다. 그런데도 조심하기 위해 호위를 고용한다. 그렇게 생각하는 사람이 아키라처럼 예측할 수 없는 사태에 휘말리기 쉬운 사람을 굳이 호위로 고를까? 아키라 때문에 괜한 걱정이 진짜 걱정거리가 될지도 모른다고 생각하진 않는 걸까? 보통은 다른 사람을 고용하지 않을까? 굳이 아키라를 고용하는 이유는 무엇일까?

알파는 그렇게 자신의 우려를 간단히 설명했다.

그리고 아키라는 그 설명에 납득하고 말았다. 조금 복잡한 표정으로 캐럴을 본다.

"아키라. 무슨 일 있어?"

"아니……."

의문이 완전히 해소될 때까지 물어볼 수도 있다. 상대가 잘 대답해 줄지도 모른다. 하지만 그 내용을 신뢰할 수 있는지는 알 수 없다. 정확히는 그것을 판별할 능력이 자신에게는 없다. 의심스러운 부분을 집요하게 추궁한다고 해도, 결국은 능숙하게 얼버무릴지도 모른다. 그렇다면 뭘 물어봐도 의미가 없다.

그렇게 생각한 아키라는 질문의 내용을 좁히기로 했다. 진지한 얼굴로 캐럴에게 묻는다.

"캐럴. 기분 상하게 할 것 같으니까 먼저 사과할게. 대답해 줘. 이 호위 의뢰에 나를 함정에 빠뜨린다거나, 속인다거나, 그런 생각은 없는 거지?"

이 질문에 거짓말로 대답하고 자신이 그것에 속는다면 이젠 어떻게 할 방법이 없다. 그 경우 캐럴이 다른 모든 질문에 솔직하게 대답했다고 해도 그것은 전부 자신을 함정에 빠뜨리는 수단일 것이다. 그리고 자신은 그것을 간파하지 못할 것이다.

그러니 이것으로 판단하자. 거짓말을 듣고도 간파하지 못한다면 지금까지 알파에게만 의지해 교섭 능력을 갈고닦지 않은 자기 탓이다. 아키라는 그렇게 생각하고 진지한 눈으로 캐럴을 봤다.

그런 아키라의 진지한 태도에 응하듯 캐럴도 진지한 태도로 대답한다.

"말의 의미에 따라 달라. 함정에 빠뜨린다는 의미가 내가 아키라의 손해를 기대하고 있다는 의미라면, 그런 생각은 조금도 없어. 하지만 이런 녀석들과 싸우게 될 줄은 몰랐다, 캐럴에게 속았다, 그렇게 아키라가 생각할 상황은 생길 수도 있어. 그 위험은 나도 부정할 수 없어. 그 점을 단언할 수 없으니까 의뢰를 받을 수 없다면, 나도 포기할게."

물어봐야 할 것을 묻고, 말해야 할 것을 말한 두 사람이 서로의 눈을 가만히 바라본다. 흐르는 침묵이, 감도는 긴장감이, 두 사람이 그만큼 진지하다는 것을 알려주고 있었다.

그리고, 아키라가 먼저 분위기를 누그러뜨렸다.

"알았어. 맡을게."

그것으로 캐럴도 표정을 풀었다. 작게 안도의 한숨을 쉰다.

"고마워."

"이상하게 의심해서 미안해. 키바야시라는 녀석이 내 교섭 능력은 아마추어 수준이니까, 이대로 가다간 잡아먹힐 거라고 경고한 적이 있거든. 조금 공들여 의심해 본 거야."

"괜찮아. 신경 쓰지 마. 의심하고도 믿어 준 거라면 오히려 기뻐."

"그런가."

정말로 신경 쓰지 않는다는 것을 전하듯이 밝게 웃는 캐럴을 보고, 아키라도 마음이 편해졌다.

"그러면 내 호위를 맡아주었으니, 줄 건 줘야지."

캐럴이 정보단말을 조작해 아키라의 계좌에 보수를 송금했다.

그것을 확인한 아키라가 살짝 놀란 얼굴로 캐럴을 봤다. 송금된 금액은 1억 3천만 오럼. 1개월분 보수를 선지급했다.

"괜찮아? 이렇게 큰돈을 선금으로 주고. 내가 먹고 튀면 어쩌려고?"

"글쎄. 그때는, 실망하겠지."

"실, 실망하다니……."

그런 문제가 아니지 않나? 그렇게 생각하며 당황하는 아키라에게, 캐럴이 웃으며 말을 이었다.

"나는 아키라를 믿고 호위를 부탁한 거야. 그런데 아키라가 도망친다면 내가 사람을 볼 줄 몰랐던 거고. 그것뿐이야."

그리고 다음은 의미심장하게, 살짝 도발하듯 미소를 지었다.

"그러니까 아키라. 기대해도 되지?"

그것을 보고, 아키라도 웃으며 되받아친다.

"알았어. 기대해줘."

"부탁할게."

기대하는 자와 기대에 부응하려는 자는, 속마음을 드러낸 표정으로 서로를 보고 있었다.

이어서 캐럴이 가볍게 말한다.

"뭐, 이런 말을 하고 나서 할 말은 아니지만, 애초에 그 기대에 부응하는 상황이 생기지 않으면 좋겠어. 괜한 걱정으로 끝나는 게 가장 좋아."

"맞는 말이야."

아키라와 캐럴이 덩달아 웃었다. 그렇듯 느슨해진 분위기 속에서, 이번에는 캐럴이 유혹하듯이 미소를 지었다.

"그러면 돈 이외의 보수도 줄까. 아키라. 약속대로 마음껏 손대도 좋아. 실컷 즐겁게 해줄게."

"안 할 거야. 그 이전에 그 보수는 필요 없어."

"여전히 쌀쌀맞네. 아무렴 어때. 내키면 언제든지 말해. 거래는 성립됐으니, 나를 마음껏 안을 권리는 이미 아키라 거야. 그 권리를 행사할지 말지는, 아키라 마음대로 해."

질색하는 아키라의 얼굴을 보고도 캐럴은 전혀 아랑곳하지 않았다.

"아, 맞다. 아키라. 내가 아키라의 집으로 갈까, 아니면 아키라가 우리 집에서 살까? 어떻게 할래?"

의아한 얼굴을 하는 아키라에게, 캐럴이 설명을 덧붙였다.

1개월분 보수는 이미 치렀다. 즉, 호위 의뢰는 이미 시작되었다. 아키라는 캐럴의 곁에 있어야 한다. 당연히 잠든 사이에도.

그 말을 들은 아키라도 납득했지만, 어느 쪽으로 할지는 바로 대답하지 못했다.

"나는 어디든 괜찮아. 아키라 마음대로 해."

"그렇게 말해도 말이지……."

망설이는 아키라를 보고, 캐럴이 살짝 놀리듯이 의기양양하게 웃는다.

"정 그렇다면 우리 집 욕실을 써 보고 결정할래? 한동안 같이 살 건데. 쾌적한 입욕을 즐길 수 있는 곳이 아키라한테도 좋지 않겠어?"

우리 집 욕실이 아키라의 집 욕실보다 더 훌륭하다. 그렇게 말하는 것처럼 어딘가 도발적으로 웃는 캐럴을 보고, 아키라는 그 도발에 넘어갔다.

고급 맨션의 설비에 무엇을 요구할지는 사람마다 다르지만, 캐럴은 입욕이라는 행위에 신체강화 확장자인 자신의 신체 관리 기능까지 요구했다. 그래서 집 욕실의 질은 다른 곳보다 월등히 뛰어났다.

그것을 체험한 아키라가 넓은 욕조에 몸을 담그며 표정을 살짝 굳혔다.

"이, 이건……! 아니야. 지지 않았어. 지지 않았다고……."

이겼다고 단언할 수 없는 시점에서, 나아가 지지 않았다고 말하고 있는 시점에서, 어떻게 보면 승부가 갈린 셈이다.

함께 있는 알파가, 조금 어이없다는 투로 말한다.

『명확한 우월성이 없다면, 어느 쪽이든 상관없겠네. 그래서 아키라, 어떻게 할 거야?』

『어떻게 할까…….』

입욕 체험의 차이로 선택할 수 없다면 캐럴을 자기 집에서 살게 할지 남의 집에서 살지 둘 중에 하나를 택해야 한다. 어떻게 할지, 아키라는 망설이고 있었다.

그때 캐럴이 나타났다. 아무렇지도 않게 알몸으로 욕실에 들어와 아키라와 같은 욕조에 몸을 담갔다.

"그러니까 말이야. 들어오는 게 정상이야?"

"뭐가 어때서. 아키라는 내 알몸에 관심이 없잖아?"

"그런 문제가 아니잖아……."

어이없다는 듯이 그렇게 말할 때, 아키라는 알파가 모습을 감춘 것을 깨달았다.

『알파. 왜 모습을 감춘 거야?』

『아키라가 나에게 반응했는데, 그것을 캐럴이 오해하면 귀찮아지잖아?』

『아, 그러셔…….』

여기서 선불리 반박했다간 알파에게 추가로 놀림을 당하는 데다, 정말로 귀찮은 일이 생길 수도 있다. 아키라는 그렇게 생각하고 쓸데없는 말을 하지 않기로 했다. 그리고 의식을 전환하기 위해 다른 화제를 캐럴에게 던진다.

"저기, 캐럴은 왜 나에게 호위를 부탁한 거야?"

이미 호위 의뢰를 맡았다. 어떻게 대답하든 아키라는 한 번 맡은 의뢰를 그만둘 생각이 없다. 단순히 소박하게 의문이 생겨서 물어봤다.

그리고 캐럴도 아키라의 태도에서 그것을 이해했다. 진심으로 대답한다.

"처음 만난 날에도, 내가 아키라를 호위로 고용했잖아? 그때 나를 잘 지켜줬으니까."

"그것뿐이야?"

'그런 걸로 결정한 거야?' 라는 의미가 강하게 담긴 아키라의 말을 듣고, 캐럴이 기분 좋게 웃는다.

"그것뿐이라니…… 진짜 쉽게 말하는구나."

아키라가 그때 일을 떠올린다.

"뭐, 쉽지는 않았지."

미하조노 시가지 유적의 공장 구역에서 대량의 기계형 몬스터에 습격당하고, 캐럴의 안내로 간신히 탈출했다. 그리고 탈출 때 사용한 비행 컨테이너가 공중에서 포격을 당해 거기에서도 탈출하고, 빌딩 측면에서 다각 전차와 싸우게 되었다.

아직 약한 시절 자신이 알파의 서포트 덕분에 간신히 죽을 고비에서 빠져나온 경험이다. 그 밖에도 비슷한 수준의 죽을 고비와 그것을 뛰어넘는 죽을 고비를 엄청나게 많이 경험한 탓에 조금 인상이 흐릿해졌다고는 해도, 확실히 쉬운 일은 아니었다. 캐럴이 지적해서 아키라도 그렇게 생각했다.

"그래. 쉽지 않았어. 그 어려운 상황에서도 아키라는 나를 버리지 않고 끝까지 잘 지켜줬어. 그러니까 아키라에게 다시 호위를 부탁한 거야. 아키라라면 또 잘 지켜줄 것 같으니까."

그것은 자신의 실력이 아니다. 아키라는 그렇게 생각하면서도 부정하는 것만으로 사고를 끝내지 않았다. 이번에도 잘 지킨다면 캐럴에게는 같은 일이다. 그리고 자신은 알파의 서포트를 포함한 실력을 자신의 실력으로 과시해야 한다. 그렇게 생각하고, 우선 자기 자신에게 보여주듯이 웃으며 대꾸했다.

"그런가. 뭐, 이번에도 잘 일할 생각이야. 그 점은 안심해."

"든든하네."

그렇게 웃는 아키라에게, 캐럴도 거짓 없는 미소를 돌려주었다. 하지만 그때 일부러 불만을 말했다.

"그렇게 믿고 의지할 만한 사람이니까 나도 특별히 추가 보수를 두둑이 챙겨 줬는데, 그 부분은 아키라가 평가를 안 해주는 걸. 그 보수는 필요 없다니, 좀 너무한 거 아니야?"

"그런 말을 들어도 말이야. 그렇게까지 말한다면, 그 추가 보수에는 어느 정도의 가치가 있는 거야?"

"그러게…… 최소한 200억 오럼 정도는 돼."

"거짓말하긴."

눈곱만큼도 믿지 않는다. 아키라는 그것을 얼굴로도, 목소리로도, 말로도 여실히 드러냈다.

캐럴도 그 정도 반응은 예상할 수 있다. 즐거운 듯이 웃으며 반박했다.

"거짓말이 아니거든? 요전번에도 하룻밤에 20억으로 상대해 줬으니까."

"아니아니아니, 10분의 1이 되었다고 해서 믿을 거라고 생각하는 거야?"

"뭐, 아무리 그래도 전부 오럼으로 받은 건 아니야. 대부분은 유익한 정보로 받고, 오럼으로 받은 건 2억뿐이야."

당초 금액의 100분의 1. '충분히 현실적인 금액이지?' 라고 말하듯, 캐럴은 아키라를 보고 웃었다.

100분의 1이라면 가능성이 있다고, 아키라는 한순간 넘어갈 뻔했다. 그러나 정신을 차리고 고개를 가로저었다.

"아니, 그래도 2억이잖아? 말도 안 돼."

"정말인데. 슬프네. 아, 맞다. 아키라는 거짓말을 간파하는 요령이 있잖아? 그걸로 간파해 봐."

눈곱만큼도 믿지 않았던 아키라도 그 말을 들으니 반신반의하게 되었다. 그 요령을 쓰는 척 연기하며 진지한 얼굴로 캐럴의 눈을 가만히 바라본다.

『알파…….』

『거짓말은 안 하고 있는 것 같아.』

『진짜냐!』

사실이라는 놀라움을 무심코 얼굴에 드러낸 아키라를 보고, 캐럴은 승리를 뽐내듯 미소를 지었다.

"믿어 준 모양이네."

"의심해서 미안해. 하지만 보통은 믿을 수 없잖아?"

"마음은 이해해. 그러니 한번 체험해 보지 않을래? 그러면 아키라도 납득할 수 있을 거야."

캐럴은 그렇게 말하며 요염한 미소로 아키라를 유혹했다. 하지만 아키라의 반응은 단순히 흥미가 없었을 때보다 더 나빠져 있었다.

"싫어. 그 정도가 되면 뭔가 무섭거든? 잘 모르겠지만, 위험한 중독성이나 의존성 같은 거라도 있는 거 아니야?"

"너무하네."

캐럴은 쓴웃음을 지으며 명확한 답변을 피했다.

입욕을 마친 아키라의 몸에 맺힌 물방울을 탈의실 벽에서 흘러나오는 바람이 날려 보낸다. 그 감각을 즐기고 있는 아키라의 옆에서는 캐럴도 물방울만 남은 자기 알몸에 바람을 쐬고 있었다.

"아키라. 결국 어느 집으로 할 거야?"

"아~ 아직 생각 중이야."

"그래? 천천히 생각해도 좋지만, 밤까지 결정이 안 나면 오늘은 자고 가고…… 응?"

"왜 그래?"

"비올라에게서 통신이 왔어. 게다가 무시하면 귀찮아지는 마크까지 붙어서 말이야."

캐럴이 탈의실에 설치된 정보단말을 원격으로 조작해 비올라에게 연결한다.

"비올라. 용건이 뭐야?"

"재미있는 정보가 들어왔어. 사지 않을래? 일단 100만 오럼이면 돼."

캐럴이 입금을 마치자, 즐거운 기색인 비올라의 목소리가 이어진다.

"거기, 앞으로 10분이면 포위될 거야. 상대는 로트 브레이크라는 대규모 헌터 팀. 도시에서 쿠즈스하라 시가지 유적 중심부 공략을 위해 초빙한 팀이지. 리더는 제로스라는 사람이고, 헌터 랭크는 77. 그 사람이 부대를 이끌고 그곳으로 가고 있어."

"포위하는 이유는……?"

"1000만 오럼 추가로 어때?"

"다음에 다시 연락할게."

캐럴은 통신을 끊었다. 그리고 아키라를 본다.

"아키라. 확인차 물어볼게. 뭔가 짚이는 데가 있어? 있더라도 자세한 이야기는 안 해도 돼. 있는지 없는지만 알고 싶어."

『알파. 뭔가 있어?』

『아키라를 노린 것이라는 전제에서 생각한다면, 우다지마의 사주라고도 생각할 수 있어. 우다지마는 제2심부 공략을 열심히 추진하고 있는 것 같으니, 초빙된 헌터 팀과 연관이 있겠지. 병원에서 이나베를 만났을 때도 일부러 아키라의 장비를 준비해 줄 정도로 우다지마를 조심하라고 했잖아?』

그 설명에 납득한 아키라의 표정이 살짝 험악해진다. 그리고 그것을 본 캐럴의 얼굴도 조금 난처해졌다.

"짚이는 데가 전혀 없는 얼굴은 아니네."

그리고 캐럴은 굳이 밝게 웃었다.

"하긴, 나도 아키라도 아닐 가능성도 얼마든지 있지만. 괜한 걱정이길 기대하면서 대비해 두자."

아키라도 웃으며 대답했다.

"그래야지."

알몸인 아키라와 캐럴이 탈의실을 나선다. 입욕을 마친 두 사람이 입은 옷은 실내복이 아니라 강화복이 되었다.

캐럴이 독특한 구세계풍 강화복을 착용하면서 쓴웃음을 짓고 푸념을 늘어놓았다.

"그나저나 아키라를 호위로 고용한 당일에 이런 일이 생기다니, 운이 좋은 건지, 나쁜 건지……."

"운이 좋은 걸로 치면 되지 않겠어? 호위가 있을 때 생긴 일이니까."

운이 나쁘다고 해도, 해치우면 그만이다. 그렇게 생각하고, 아키라는 일부러 의기양양하게 웃었다.

아키라가 웃는 것을 본 캐럴도 쓴웃음을 진짜 웃음으로 바꿨다.
“그러네. 그렇게 생각하기로 할까.”
아키라를 고용하길 잘했다. 그렇게 생각하며 웃고 있었다.

제217화 하룻밤에 100억 오럼

비올라의 정보를 듣고 무장을 마친 아키라와 캐럴은 그대로 캐럴의 집에 머물러 있었다.

이미 10분이 지났다. 정보에 따르면 맨션 포위는 완료되었을 것이다. 하지만 포위를 돌파하고 도망칠 필요가 있다고는 단정할 수 없다. 자신들과는 무관할 가능성은 아직 있다. 또한 자신들을 목적으로 한 포위라고 해도 교전이 확정된 것은 아니다. 이쪽에서 섣불리 움직여 상대의 경솔한 행동을 유도하는 것은 위험하다. 아키라와 캐럴은 그렇게 생각하고 있었다.

그때 맨션 경비로부터 연락이 왔다. 로트 브레이크가 캐럴을 만나고 싶으며, 나아가 맨션 밖으로 나와 달라고 말하고 있다는 내용이었다.

캐럴이 작게 한숨을 쉬었다.

“상대는 나한테 볼일이 있는 모양이네.”

“그런 것 같군. 그래서? 어떻게 할 거야?”

“가자. 대화로 끝날 수도 있고, 여기서 싸우면 방이 엉망이 되잖아. 아키라. 그래도 될까?”

최악의 경우 싸워야 할 때는 이 장소가 좋은지, 아니면 바깥이 좋은지. 아키라가 원하는 쪽을 골라 주길 바란다. 그런 의도로,

캐럴은 웃으며 말했다.

"알았어. 가자."

아키라도 웃으며 대답했다.

◆

로트 브레이크에 의한 맨션 포위는 싱겁게 완료되었다.

물론 포위라고 해도 넓은 부지를 수백 명이 에워싸서 완전히 봉쇄하는 그런 것은 아니다. 맨션 주위에 십여 명이 드문드문 서 있는 정도다.

그런데도 맨션 경비원들이 그 포위를 방해할 수는 없었다.

경비의 질도 고급 맨션의 필수 조건이다. 배치된 경비원은 어지간한 헌터보다 강하고, 인원도 많다. 게다가 비상시에는 다른 경비회사에도 지원을 요청할 수 있다.

하지만 상대는 고랭크 헌터다. 하위 구획에서 우수한 정도의 무력으로는 맞설 수 없는 존재다. 마음대로 하게 내버려둘 수밖에 없었다.

그러나 경비 측도 그것을 이유로 사태를 방치할 생각은 없다. 경비부대 대장은 할 수 있는 일은 최대한 하겠다며 맨션 앞에 있는 제로스의 근처에서 상대의 무력행사를 억제하려고 했다.

"포위는 묵인했다. 부디 일을 더 키우진 말아주게."

험악한 표정으로 그렇게 부탁한 남자에게 제로스도 일단은 배려하는 태도를 보인다.

"알아. 나도 평화롭게 끝나는 것이 제일이라고 생각해. 나머지는 상대의 태도에 달렸지."

"그런가……."

제로스의 대답은 상대의 태도에 따라서는 평화롭게 끝낼 생각은 없다는 뜻이다. 조금도 안심할 수 없다. 하지만 압도적인 무력 차이 때문에 강하게 나설 수도 없다.

평화롭게 해결되기를. 경비부대 대장은 그렇게 기도할 수밖에 없었다.

그때 아키라 일행이 나타났다. 단단히 무장하고 있는 아키라 일행을 보고, 제로스가 웃지 않고 의미심장한 목소리를 흘렸다.

"헤에……."

제발 살려줘. 경비부대 대장은 입 밖에 내지 않고 한탄했다.

맨션 밖으로 나온 아키라가 제로스와 경비부대 대장을 발견한다. 그러자 확장시야에 두 사람의 정보가 표시되었다.

이것은 알파의 서포트가 아니라 캐럴의 서포트다. 캐럴이 보유하고 있는 각종 정보가 정보수집기 등과의 연동으로 아키라에게도 표기되었다.

경비부대 대장은 그 무력의 기준으로서 헌터 랭크 30 수준으로 표시되어 있다. 그리고 제로스 쪽에는 헌터 랭크 77이라고 나와 있다.

그것들은 모두 캐럴이 보유하고 있는 정보에 불과하다. 그 정보가 정확하다는 보장은 없으며, 나아가 그런 정보를 바탕으로 표시한 수치에 불과하다.

그런데도 도시 간 수송차량의 차량 대열 선두에 있을 정도의 실력자가 상황에 따라서는 적대하는 위치에서 눈앞에 있다는 것에 아키라는 무의식중에 경계를 강화했다.

제로스도 그 경계를 눈치챘다. 그러면서 시선을 캐럴에게 돌린다.

“네가 캐럴이군?”

캐럴은 조금도 주저하지 않고 웃으며 대꾸한다.

“그렇긴 한데, 무슨 일로 왔어? 그 이전에, 당신은 어디의 누구야?”

알고 있는 것도 모르는 것도, 허실을 섞어서 캐럴은 웃고 있었다.

“나는 제로스. 로트 브레이크라는 헌터 팀의 대장을 맡고 있다. 너는 최근 우리를 염탐하고 있지? 그 이유를, 네 배후에 누가 있는지 포함해서 전부 말해 줘야겠다.”

“무슨 소리를 하는지 모르겠는데.”

“이 상황에서 시치미 뗄 셈인가?”

“당신이야말로, 시시한 신경전이 아니라면 알아들을 수 있게 똑바로 설명해 주지 않을래?”

경비부대 대장이 평화롭게 끝날 분위기가 아니라는 것을 감지하고 허둥하기 시작한다. 적어도 그가 본 캐럴의 태도는 헌터 랭크 77의 실력자에게, 어지간한 도시는 개인적으로 협박할 수 있는 사람에게 보여도 될 태도가 아니었다.

경비부대 대장이 허둥대는 것을 보고, 아키라도 만일의 경우를 고려한다.

『알파. 위험할 때는 캐럴을 데리고 도망칠 테니까, 그때는 서포트를 부탁해.』

도시 간 수송차량에서 히카루를 구출했을 때와는 달리, 지금은 캐럴을 데리고 도망칠 수 있다. 엘데 때처럼 도박에 나서듯 제로스를 쓰러뜨릴 필요는 없다. 그렇다면 탈출이 제일이다. 아키라는 그렇게 판단했다.

『알았어.』

웃으며 대답한 알파의 말을 듣고, 아키라도 이 판단에 문제가 없다고 안심했다. 그대로 우선은 사태의 추이를 침착하게 지켜본다.

캐럴과 제로스가 말없이 대치한다. 제로스는 날카로운 시선으로 캐럴을 보고 있지만, 캐럴의 미소는 흐려지지 않는다. 그것을 본 제로스가 먼저 태도를 바꿨다. 부하에게 무선으로 지시를 내린다.

"그놈을 데려와."

부대원에게 끌려온 것은 바바로도라는 헌터였다. 아키라의 확장시야에는 헌터 랭크 60이라고 표시되어 있다.

바바로도는 캐럴을 보고 어딘가 멋쩍은 표정을 지었지만, 그것도 제로스의 시선을 받자 곧바로 딱딱해졌다.

그리고 제로스가 바바로도의 얼굴을 붙잡고 캐럴에게 말했다.

"이놈을 알고 있지?"

"알아."

"네가 이놈에게서 우리 정보를 샀다. 그렇지? 아니라고 해도 나는 믿지 않는다. 그 부분은 이놈이 잘 실토하게 했지. 그러니 나는 이 녀석을 믿는다."

"엄밀히는 달라. 나랑 잔 대가를, 그 사람이 정보로 치렀을 뿐이야."

"우리 정보를 입수했다는 것은 인정하는 건가?"

"그래."

제로스가 바바로도에게서 손을 놓았다.

"그렇다면 다시 묻겠다. 우리를 염탐한 이유를, 네 배후에 누가 있는지 포함해서 전부 말해 줘야겠다."

"당신들을 염탐한 적은 없어."

캐럴은 태연하게 대답했다.

제로스가 한숨을 푹 쉬었다. 그리고 분위기가 확 달라진다.

"평화롭게 끝내려고 했는데 말이야."

경비부대 대장이 몹시 허둥댄다. 아키라도 험악한 표정을 짓고, 캐럴을 데리고 도망칠 기회를 엿보기 시작한다.

일촉즉발의 분위기가 감도는 가운데, 캐럴만이 여유로운 미소를 짓고 있었다.

"착각하지 마. 거짓말은 안 했어. 내가 저 사람에게서 당신들 정보를 받긴 했지만, 그건 딱히 당신들을 염탐하려고 그런 게 아니야."

"무슨 뜻이지?"

"로트 브레이크의 정보가 필요하다고, 나는 한마디도 하지 않았어. 애초에 정보가 필요하다고조차 말하지 않았지. 나랑 잔 대가가 된다면 뭐든지 좋다고 말했을 뿐이야. 유적 탐색을 돕든, 중고 장비든, 고랭크 헌터와의 연줄이든, 유적의 지도를 포함한 정보든, 뭐든 좋다고 말이야. 거기서 로트 브레이크의 내부 정보를 고른 것은 그야. 내가 아니라고."

제로스는 잠시 생각한 후, 바바로도의 머리를 다시 붙잡았다.

"바바로도. 어때? 저 여자에게 우리 정보가 필요하다는 말을 한 번이라도 들었나?"

"그, 그건……."

"최대한 양보해서 저 여자에게 비슷한 말을 들었다고 해도, 그런 뜻으로 해석한 건 너인가? 여자랑 잔 대가로 팀의 기밀을 고른 것은 저 여자인가, 너인가. 어느 쪽이지?"

바바로도는 대답하지 않았다. 그것은 이미 자백한 거나 마찬가지였다.

제로스가 슬쩍 한숨을 쉬었다. 그리고 바바로도의 머리를 붙잡은 채 시선을 캐럴에게로 되돌렸다.

"최대한 양보해서 직접 요구하지 않았다고 해도, 네가 마지막으로 이놈에게 청구한 금액이 100억 오럼이라고 들었는데? 그건 이미 우리의 기밀 정보를 넘기라고 말한 것과 마찬가지 아닌가?"

그 말을 들은 아키라는 사레가 들렸다. 하룻밤에 100억 오럼. 상식을 깬다고 할 수밖에 없는 금액이었다.

아키라의 반응에 제로스도 마음은 이해한다는 표정을 지었다. 분위기를 살짝 누그러뜨린다.

캐럴도 아키라의 반응을 즐기며 슬쩍 웃었다. 그 느낌으로 대답한다.

"아니야. 틀렸어. 내 몸에 그만한 가치가 있을 뿐이야. 그리고 난 마지막 한 번은 대가를 안 치르는 걸 인정하거든. 큰돈을 요구하고 있다는 건 나도 아니까. 그런데도 나한테 더는 못 내겠다고 애원하지 않고 다음을 원해서 대가를 치른 건 본인이야. 내가 아니야."

바바로도에게는 대가를 치르지 않는다는 선택지도 있었다. 팀의 기밀 정보를 넘기지 않을 수도 있었다. 그런데도 그러지 않은 것은 바바로도다. 그러니 100억 오럼과 로트 브레이크의 기밀 정보를 연결하는 것은 억지다. 캐럴은 그렇게 말하고 있었다.

제로스가 복잡한 표정을 지었다.

(이건, 아닌가?)

제로스에게 중요한 것은 캐럴이 자신들과 적대하는 팀에 고용된 사람이고, 바바로도를 함정에 빠뜨려서 로트 브레이크의 기밀을 훔치러 온 건지 아닌지다. 그게 아니라면 다른 부분이 다소 불명확해도 문제없었다.

그리고 캐럴이 한 일은 함정치고 너무 허술하다. 봉으로 잡은 상대가 뜻밖의 정보를 줬을 뿐이며, 자신들의 기밀 정보를 의도적으로 노렸다고 보기는 어렵다. 제로스는 그렇게 생각하기 시작했다. 하지만 의혹은 완전히 가시지 않았다.

"하지만 말이야. 100억은 너무하잖아. 뭔가 다른 목적이 있었다고 여겨져도 이상하지 않을 텐데?"

"다른 목적은 없어. 믿을 수 없다면 증명해 줄 수도 있는걸? 당신도 협력해 준다면."

"오호. 뭘 하면 되지?"

조금 흥미로운 듯한 모습을 보인 제로스에게, 캐럴이 웃으며 고했다.

"당신도 시험 삼아 나를 사면 돼. 100억 정도는 당장……은 어렵겠지만, 당신이 납득할 정도라면 금방이야."

진심으로 말하고 있다. 캐럴의 눈을 보고, 제로스는 이해했다. 그리고 캐럴의 목적이 팀의 기밀 정보가 아니었다는 것도 왠지 모르게 납득했다. 숨을 슬쩍 내쉬고, 분위기를 단숨에 누그러뜨렸다.

"알겠다. 팀의 정보를 노렸다는 것은 오해인 것 같군. 의심해서 미안하다."

"오해가 풀려서 다행이야. 그래서 어때? 이것도 인연이잖아. 시험해 보지 않을래?"

"미안하지만 사양하지. 자제심에는 자신이 있지만, 나는 네게 빠져서 사고를 친 녀석에게 책임을 물려야 하니까 말이야."

"그래? 아쉬워라."

캐럴과 제로스가 가볍게 나누는 대화는 이제 교전의 위험이 없어졌음을 주위에 알려주고 있었다. 경비부대 대장은 노골적으로 안도했고, 아키라와 제로스의 부하들도 경계를 풀고 분위기를 누그러뜨렸다.

그 와중에 바바로도만이 고개를 푹 숙이고 있었다. 바바로도는 오해가 풀리지 않는 상황이 자신이 피해자가 될 수 있어서 달갑기 때문이다.

처음과는 매우 달라진 상황에서, 제로스가 다시 캐럴에게 교섭을 제안했다.

“자, 오해는 풀렸다고는 해도, 그리고 입수 경로가 어떠하든 간에, 네가 팀의 기밀을 알고 있다는 사실에는 변함이 없다. 이쪽에서 조사한 바로는 정보를 다른 데 유출한 낌새도 없는 것 같으니, 이대로 입 다물고 있어 준다면 고맙겠는데.”

“그 부분은 교섭이 필요해. 보수로 받은 것을 당신네 사정만으로 무가치하게 만들 수는 없어. 당신도 목숨 건 일의 대가를 누군가가 멋대로 무료로 만들면 싫을 거잖아? 아무리 그래도 100억을 내라고는 안 하겠지만.”

다시 복잡한 표정을 짓는 제로스를 보고, 경비부대 대장이 또다시 허둥하기 시작한다.

하지만 제로스는 또 소란을 부릴 생각이 없었다. 일한 대가가 사라지는 불쾌함은 이해할 수 있다. 그리고 상대는 가격 흥정에 응하겠다고도 말했다. 그것들을 고려하면 타협할 수 있는 범위였기 때문이다.

하지만 100억을 반값으로 해도 50억, 90퍼센트를 깎아도 10억이다. 차원이 다르게 돈을 많이 버는 고랭크 헌터 팀인 로트 브레이크라고 해도 그만한 지출을 경솔하게 정할 수는 없다. 뭔가 좋은 방법이 없을지 생각한다.

그리고 아키라가 눈에 띄었다.

"저 녀석은 네 호위인가?"

"맞아."

"이번 일을 예견하고 고용했던 건가?"

"그건 비밀."

"흐음."

가볍게 대답한 제로스가 바바로도의 머리를 붙잡고 제안했다.

"좋다. 그렇다면 저 녀석과 이 녀석의 한판승부는 어떤가?"

"무슨 뜻이야?"

"이 녀석이 이기면 그 호위는 쓸모없다는 뜻이다. 이 녀석은 팀을 배신했다. 그 속죄는 하게 해야지. 요컨대 험한 꼴을 볼 건데, 그 탓에 이 녀석이 너를 원망해 나중에 너를 습격할 수도 있다. 그것을 우리가 막아주지. 그 대가와 상쇄하는 건 어떻겠나?"

"그렇구나. 그 제안을 들을지 말지랑 상관없이, 아키라가 이겼을 때는?"

"그때는 네 요구대로 교섭이 필요하다. 서로 중개인이라도 준비해서 차분히 교섭하자."

캐럴이 살짝 진지한 얼굴로 아키라를 본다.

"아키라. 어떡할래? 솔직히 말해서 괜찮다면 받아들이고 싶은데, 싫다면 그래도 상관없어."

"내가 거절하면 어떻게 되는 거야?"

"상대의 요구대로 저 사람을 억제하는 보수로 상쇄하겠지.

100억 오럼의 가치가 사라지는 건 아깝지만, 고랭크 헌터 팀과 쓸데없이 트러블을 일으키는 것보다는 나아."

즉, 캐럴은 아키라의 판단으로 100억 오럼의 가치를 없애도 된다고 말하고 있었다. 아키라는 그것을 진짜 뜻밖으로, 그리고 조금 기쁘게 여겼다. 그것을 얼버무리듯이 가벼운 투로 묻는다.

"혹시나 해서 물어보겠는데, 이기면 나한테 호위 비용을 챙겨 주는 거야?"

"승패에 상관없이 줄게. 이기면 더 얹어 주기도 할게."

캐럴은 가볍게 도발하듯이 웃으며 말했다. 그것에 아키라도 힘껏 웃으며 받아친다.

"할게."

이로써 다소 변칙적이기는 하지만, 아키라는 캐럴의 호위로서 당장 일하게 되었다.

맨션 포위는 로트 브레이크의 기밀 정보를 노리는 적대 팀에 대처하는 조치로서 실시되었다. 그 오해가 풀린 것으로 포위는 해제되었다. 주위에 배치되어 있던 사람들도 지금은 아키라와 바바로도의 대결을 관전하려고 제로스에게 모여 있다.

"저 여자가 캐럴…… 하룻밤에 100억 오럼이라는 여자인가. 으음. 확실히 미인이긴 하지만…… 100억은 아니지."

"1억도 아니지. 무지막지하게 호화롭게 놀고 싶을 때, 많이 줘서 1000만 정도 아닐까?"

"그러게. 바바로도는 무슨 생각을 하는 건지. 저 녀석이 그렇게 여자 버릇이 나빴던가?"

"그렇지는 않았을 텐데……. 뭐, 익숙하지 않아서 오히려 빠져든 걸지도 모르지."

"그래서 위험한 여자에게 홀려 이 사달이 난 건가. 흔한 이야기지만, 우리 팀에서 실제 사례가 나오다니. 한심한 이야기야. 너도 조심하라고."

"너나 조심해."

앞으로 싸울 당사자들보다 캐럴에게 관심을 주고 잡담하는 남자들 앞에서, 심판인 제로스가 아키라와 캐럴에게, 주로 아키라에게 가볍게 말했다.

"죽고 죽일 생각은 아니다. 총은 없는 격투전으로 되겠지?"

아키라는 가볍게 고개를 끄덕이고 장비하고 있던 총을 캐럴에게 건넸다.

"전력을 다하지 말라는 의미는 아니지만, 사고가 일어나지 않을 정도로 조절해 달라고. 내 신호로 시작하자. 그럼 두 사람 모두 시작 위치로……. 아, 조금 가까운가? 좀 더 떨어져."

제로스는 자연스러운 태도로 아키라 일행에게 거리를 벌리게 했다. 그리고 바바로도에게 통신으로 못을 박았다.

『바바로도. 알고 있겠지? 네 처분을 조금이라도 좋게 만들고 싶다면, 죽을힘을 다해 이겨라.』

『아, 알았다고.』

알파가 아키라에게 가볍게 물었다.

『아키라. 어떻게 할 거야? 일단은 자기 힘으로 해볼래?』

『아니, 잘 서포트해 줘. 훈련이 아니야. 봐주지 않겠어. 게다가 간신히 이기면 상대의 생각이 바뀔 수도 있으니까.』

자신은 캐럴의 호위로서 여기에 있다. 그렇다면 적을 격퇴할 수 있다는 사실을 보여줄 것이 아니라, 적이 습격을 주저하게 할 힘을 보여줄 필요가 있다. 아키라는 그렇게 생각했다.

『알았어. 그런 거라면, 확실하게 이기자.』

자신의 힘을 아키라에게 다시 한번 보여주기 위해, 알파도 웃으며 동의를 표했다.

아키라와 바바로도의 사정은 각자 다르지만, 이 대결에 진심으로 임하고 있었다. 거리를 두고 대치하는 두 사람에게 제로스가 신호를 준다.

"시작!"

다음 순간, 8미터는 떨어져 있던 바바로도의 주먹이 아키라에게 다가왔다. 한순간에 거리를 좁힌 것이 아니다. 팔이 고속으로 늘어나 있었다.

아키라는 그것을 몸을 옆으로 틀어서 회피한다. 대기를 가르는 매서운 소리가 바로 옆에서 울렸다. 하지만 아키라는 조금도 동요하지 않는다. 비슷한 소리는 지금까지 몇 번이나, 총탄으로도 포탄으로도 들었기 때문이다.

한순간에 늘어난 팔이 한순간에 수축해서 원래 길이로 돌아간다. 그대로 오른팔을 끌어당긴 자세를 취한 바바로도가 즉각 다음 공격을 가한다. 처음 보면 당하는 일격에 간단히 대응한 것을 보고 놀라면서도 동요해서 움직임을 흐트러뜨리는 모습은 보이지 않는다. 더욱 날카로운 공격을 날린다.

다시 주먹이 아키라를 덮친다. 이번에는 좌우 팔의 연속 공격. 묵직하고, 단단하며, 건물의 잔해 정도는 순식간에 분쇄하는 위력의 일격이 끊임없이 쏟아져 나왔다.

이에 아키라는 피하고, 비껴내고, 막아내며 대처한다. 교묘하게 궤도를 바꿔 주먹을 내지르는 바바로도의 기량은 달인의 경지에 이르렀다. 하지만 그것도 초인의 경지에 이른 자의 맹공을 경험한 아키라에게는 위협이 아니다. 문제없이 대응했다.

바바로도는 험악한 표정을 지으면서도 다시금 다음 공격을 날렸다. 양팔을 한 번 몸 쪽으로 되돌리고 힘차게 휘두른다. 길게 늘어난 팔이 자유로이 신축하는 채찍처럼 변화해 종횡무진의 움직임으로 아키라를 덮쳐들었다.

아키라와 바바로도의 공방을 본 캐럴이 살짝 험악한 얼굴로 제로스에게 불평했다.

"격투전 아니었어?"

몬스터와 기꺼이 접근전에 나서는 사람은 헌터 중에서도 소수파다. 하지만 헌터들이 접근전 기술을 경시하는 것은 아니다. 전투 능력의 향상이나 몬스터에 접근당했을 때의 대처에도 얼마든지 도움이 되기 때문이다.

또한 총기나 날붙이를 사용하지 않는 맨손 격투전은 상대를 죽이지 않고 자신의 힘을 보여주는 데도 적합하다.

다혈질인 사람들도 있다. 말다툼이 커져서 무력을 이용한 싸움으로 발전할 수도 있다. 그런데도 살인으로 이어지지 않고 주먹다짐에 그침으로써 사망자를 내지 않고 결판을 내고 싶을 때는 암묵적으로 격투전이 된다. 헌터의 무기란 몬스터를 죽이기 위해 사용하는 강력한 것이다. 그것을 사람에게 사용해 놓고 죽일 생각이 없었다는 말은 통하지 않기 때문이다.

캐럴도 제로스가 그 암묵적인 조건에 따라 격투전을 제안했다고 생각했다. 하지만 팔을 8미터 너머에 있는 상대에게 닿을 정도로 늘리고, 나아가 굵은 채찍처럼 조종하는 바바로도의 전투 스타일은 캐럴이 봤을 때 암묵적인 격투전에서 일탈한 것처럼 느껴졌다.

그 캐럴의 불평에 제로스가 시원스레 대답한다.

"격투전 아닌가? 총도 블레이드도 사용하지 않았지? 그야 바바로도는 사이보그 신체를 활용해서 맨몸으로는 불가능한 방식으로 싸우고 있지만, 상대도 서포트 암이 달린 강화복을 입고 싸우고 있잖아. 비슷한 거 아닐까?"

캐럴은 얼굴을 찌푸렸지만, 반론하지 않았다. 한 방 먹었다고는 생각했지만, 격투전의 정의를 확인하지 않은 잘못을 상대방에게 요구해 봤자 의미가 없기 때문이다.

물론 제로스 자신도 그 주장은 억지가 있다고 생각한다. 그러나 입장의 차이로 밀어붙였다. 무력은 자신들이 압도적으로 유리하다. 억지에 가까운 내용이라도 밀어붙일 수 있음을 알고 있었다. 정론이 통한다면 교섭에 무력이 필요해질 일은 없다. 고랭크 헌터라는 특대급 무력을 총괄하는 자로서, 제로스는 그것을 잘 알고 있었다.

그러면서도 표정이 딱딱해진다.

"뭐, 네 불평도 바바로도가 우세하다면 이해하겠지만 말이야."

바바로도를 유리하게 하려고 잔꾀를 썼다는 자각은 있다. 격투전이라고 해서 상대가 총이나 블레이드를 사용하지 못하게 하고, 게다가 바바로도에게 유리한 거리에서 대결을 시작하게 했다.

그런데도 바바로도가 명백히 열세였다.

바바로도는 필사적으로 싸우고 있었다.

상대는 공격에 애를 먹고 있다. 자신의 공격을 막는 것이 고작이고, 거리를 좁히지도 못한다. 그렇다면 이대로 뭉갠다. 지금은 어떻게든 버티고 있지만, 제대로 된 일격을 한 대라도 맞으면 끝이다. 이대로 더 몰아붙이면 된다. 그렇게 생각하며 처음에는 금방 이길 줄 알았다.

하지만 유효타가 전혀 박히지 않는다. 모두 피하고, 흘리고, 걷어낸다. 긴 팔을 자유자재로 움직이는 채찍처럼 휘둘러 내리치려 하지만, 아키라에게 궤도를 읽혀 주먹에 의해 격추당한다. 그 순간 다른 쪽 팔로 주먹을 날리지만, 아슬아슬하게 회피당한다. 간신히 피한 것이 아니라, 꿰뚫어 보고 있는 것은 명확했다.

(강해! 제로스의 잔꾀로 내게 유리한 거리에서 시작하지 않았으면 위험했을 거야! 하지만 이 거리를 유지하면 이길 수 있어! 절대로 가까이 오게 하지 않겠다!)

지면 자신은 끝장이다. 끔찍한 말로가 기다리고 있다. 이겨야만 한다. 무슨 수를 써서라도. 그 생각으로 바바로도는 죽을힘을 다한다. 하지만 그 생각이 초조함을 낳고, 그 초조함이 바바로도의 달인급 기량을 미세하게 흐트러뜨렸다.

그 빈틈을 아키라가 파고든다. 직선으로 날아온 상대의 주먹에 자기 주먹을 맞춰 요격한다. 포스 필드 아머로 강화한 주먹이 서로 부딪히고, 충격변환광이 세차게 튄다.

팔이 채찍처럼 유연할 때라면 아키라에게 요격당해도 바바로도의 자세는 흐트러질 일이 없다. 그러나 찌르기의 위력을 키우려고 주먹을 맞추는 것이 아니라 꽂아 넣듯이 하기 위해 팔 전체를 단단하게 만든 순간을 노렸다. 요격의 충격이 단단해진 팔을 통해 몸통으로 전해지고, 바바로도의 자세가 크게 흐트러진다.

(위험해……!)

이 자세는 치명적이다. 긴 양팔을 이용한 공격은 아키라의 접근을 억제하는 견제도 겸하고 있다. 하지만 이렇게까지 흐트러진 자세로는 그 견제가 불가능하다. 자세를 바로잡기 전에 아키라가 거리를 좁힐 것이다.

질 것이다. 그렇게 생각한 바바로도는 표정을 매우 험악하게 일그러뜨렸다.

하지만 그렇게 되지는 않았다. 바바로도가 자세를 바로잡는 동안에도 아키라는 그 자리에 있었다. 양팔을 보통 길이로 되돌리고 자세를 취한 바바로도가 자신도 모르게 의아한 얼굴로 아키라를 봤다. 그리고 표정을 더욱 험악하게 일그러뜨리며, 이미 눈치챘으면서도 확인하듯이 아키라에게 묻는다.

"왜 공격하지 않았지?"

"쓸모없다고 생각하지 않게, 제대로 호위 일을 해두려고."

아키라와 바바로도의 싸움을 구경하는 사람들도, 아키라가 무슨 소리를 하는지 의미를 파악하지 못한 채 의아한 표정을 지었다. 하지만 일부 사람은 눈치채고 납득한 듯 쓴웃음을 지었다.

그리고 아키라가 말을 이었다.

"앙심을 품고 나중에 습격할 수도 있는 거잖아? 그렇게 생각하지 못할 싸움을 보여줘야지."

상대는 공격에 애먹고 있는 것이 아니었다. 자신의 공격에 대처하는 것이 고작이어서 거리를 좁히지 못하고 있는 것이 아니었다. 단순히 거리를 좁히지 않았을 뿐이며, 마음만 먹으면 초반 공격을 아까처럼 요격하고 그대로 이길 수도 있었다.

바바로도도 아키라에게 물어보기 전에 거기까지는 눈치채고 있었다. 그리고 왜 그렇게 했는지 설명을 듣고, 그것도 이해한다. 보복의 의지를 꺾기 위해서다. 습격해도 소용없다는 것을 깨닫게 하기 위해서다. 그걸 위해서 명확한 실력 차를 보여주려는 것이다.

쉽게 쓰러뜨리면, 방심했다고 생각할지도 모른다. 상대의 방심이나 빈틈을 노려 이기면, 그 점만 조심하면 다음은 이길 수 있다고 생각할지도 모른다.

무리다. 어쩔 방법이 없다. 이길 리가 없다. 자신이 그렇게 생각하게 하게끔, 그렇게 이기는 싸움을 보여주기 위해서, 상대는 당장 이길 수 있는 대결의 승부를 일부러 지연시키고 있다. 다시 싸울 마음이 생기지 않을 정도의 패배감을 자신에게 안겨주기 위해서. 바바로도는 그렇게 이해했다.

바바로도의 해석은, 그것이 얼마나 정확한지는 별개로 하더라도 방향성 자체는 맞았다. 아키라는 캐럴의 호위로서 적이 될 수 있는 자에게 자기 힘을 과시하듯 싸우고 있었다. 정확히는 알파의 서포트를 포함한 자신의 대외적 실력을.

가령 상대의 역량을 정확하게 간파하는 자가 있더라도, 그것으로 간파할 수 있는 것은 아키라 자신의 진짜 실력이다. 알파의 서포트를 포함한 실력을 싸우기 전에 파악할 수는 없다. 그리고 아키라 정도의 상대라면 방심만 안 하면 어떻게든 될 거라고 여길지도 모른다. 아키라는 그렇게 생각하고 있다.

그렇기에 알파의 서포트를 받는 자신의 실력을 지금 이 자리에서 과시하고 있다. 바바로도가 앙심을 품더라도 습격은 포기하도록 하게끔. 그래서 알파에게도 확실히 서포트해 달라고 부탁했던 것이다.

제로스가 한숨을 푹 쉬었다.

"바바로도. 슬슬 그만둘까?"

"헛소리하지 마! 아직이다! 아직 안 끝났어!"

움츠러든 자신의 마음을 질타하듯 바바로도가 큰 소리로 되받아쳤다. 그 대답을 듣고, 제로스가 이번에는 아키라에게 말했다.

"그런가. 이봐, 이대로 질질 끌어도 소용없겠지. 10초로 끝내자. 그래서 결판이 안 나면 무승부다. 그래도 될까?"

"알았어. 좋아."

"좋다. 바바로도! 알고 있겠지만, 넌 무승부로 안 된다는 걸 잊지 마라."

"알았다고!"

"그렇다면 10……!"

제로스가 남은 시간을 알리자마자, 바바로도는 다시 양팔을 길게 늘여 채찍처럼 휘둘렀다. 하지만 이번에는 아키라를 공격하려는 동작이 아니다. 아키라가 거리를 좁히지 못하게 하려는 것이다.

바바로도는 눈치채고 있었다. 제로스가 남은 시간을 10초로 제한한 것은 바바로도를 이기게 하려는 잔꾀다.

바바로도는 제로스에게 무승부로는 안 된다는 말을 들었지만, 그건 아키라도 마찬가지다. 이겨야 마땅하다. 상대가 아키라의 실력을 이해하게끔 싸우고 있다. 그렇게 큰소리를 떵떵 친 이상, 아키라에게 무승부는 용납되지 않는다. 즉, 어떻게든 10초 내로 이겨야 한다.

그리고 그 상황에서 바바로도가 시간 끌기에 전념하면 느긋하게 싸울 수 없는 아키라는 결판을 서두르는 만큼 강공책을 취할 수밖에 없다.

그 빈틈을 노려라. 그러한 지시임을, 바바로도는 이해하고 있었다.

양팔을 잔여 에너지나 몸의 파손도 고려하지 않고 온 힘을 다해 휘두른다. 장기전에서는 부하가 너무 강해 불가능한 재주이지만, 고작 10초의 단기 결전이라면 문제없다. 위력과 속도가 월등하게 상승된 두 개의 채찍이 아키라와 바바로도 사이를 미친 듯이 날뛴다.

(자, 와라! 입만 산 놈이 아니라면 말이지!)

그리고 그것에 응하듯이 아키라가 움직인다. 대기를 찢어발기는 채찍의 폭풍 속으로 단숨에 뛰어들었다.

강철을 파고드는 수준을 넘어 찢어발기는 위력의 채찍이 아키라의 좌우에서 동시에 쇄도한다. 보통 사람이 눈으로 좇을 속도가 아니다. 어중간한 헌터라면 눈치채기도 전에 정통으로 맞고 장비째로 찢겨 날아갈 것이다.

아키라는 그 채찍의 궤도를 간파하여 요격했다. 주먹으로 때리고, 쳐낸다. 눈 깜짝할 사이에 십여 번이나 휘둘리는 속도라도 체감시간을 조작 중인 아키라에게는 완전히 느리다. 정지한 물체를 때리듯이 정확하게 쳐내고 있었다.

그 충격으로 바바로도의 긴 팔이 크게 밀려난다. 그 팔이 다시 자신을 덮치기 전에 아키라가 바바로도와의 거리를 좁힌다. 8미터 정도는 아키라의 강화복이라면 단걸음에 도달할 수 있다. 달리기 시작하는 첫걸음에 지면을 박차듯이 반쯤 도약하여 한순간에 바바로도를 공격 범위 안에 넣었다.

바바로도의 긴 양팔은 아직 밀려나간 기세로 허공을 헤매고 있다. 아키라를 요격하기 위해 자신의 근처까지 되돌릴 여유는 없다. 즉, 그 양팔은 사용할 수 없다.

하지만 그것은 바바로도의 예상대로였다.

(이때다!)

다음 순간 바바로도의 등 뒤에서 추가로 두 팔이 힘차게 나타나 그대로 아키라를 후려친다. 이 팔은 사이보그인 바바로도가 등의 부품으로 위장해 숨겨둔 것이다. 신축은 되지 않지만, 그 출력은 매우 높다.

게다가 바바로도는 늘어난 양팔이 아키라에게 튕겨 나가고도 이번에는 잔여 에너지를 쥐어짜 자세를 유지하고 있다. 그 덕분에 최대한 강하게 주먹을 휘두를 수 있다.

(이 타이밍에 이걸 피할 수 있겠냐! 이겼다!)

바바로도는 승리를 확신하며 온 힘을 다해 아키라에게 주먹을 휘둘렀다.

하지만 그 주먹은 허공을 갈랐다.

(뭐?!)

절호의 타이밍에 날린 바바로도의 주먹을 피하고, 아키라가 상대의 품으로 파고든다. 그리고 먼저 바바로도에게 발차기를 날린다.

바바로도의 두 발은 포스 필드 아머에 의한 접지 기능으로 마치 지면과 하나가 된 것처럼 단단하게 밀착한 상태였다. 하지만 아키라는 그것을 자신의 강화복 출력을 한계까지 끌어올린 초인급 발차기의 위력을 통해 억지로 떼어냈다. 두 발이 지면에서 떨어진 바바로도가 발차기의 충격으로 제자리에서 두 바퀴 회전한다.

이어서 아키라가 양손을 깍지 끼고 바바로도에게 내리친다. 몸통에 맞은 바바로도는 지면과 격렬하게 충돌했다. 포장되어 단단한 지면이 움푹 들어가고, 무수한 균열이 주위에 방사형으로 퍼져 나갔다.

그런데도 바바로도는 전투 불능 상태에 이르지 않았다. 오랜 경험에 따라 반사적으로 일어서려고 한다.

하지만 그보다 먼저 아키라의 발차기가 꽂힌다. 바바로도의 움직임이 멈추고 승패가 갈렸다.

"졌다. 내 패배다."

아키라의 발차기는 바바로도의 머리 바로 옆의 지면을 관통하고 있었다. 의도적으로 빗나가게 한 것이며 대결을 속행한다면 아키라도 다음엔 바바로도의 머리에 내리꽂을 필요가 있었다. 맞으면 중상은 확정이다. 자칫하면 죽을 것이다.

하지만 바바로도는 그것을 맞고 싶지 않아서 패배를 인정한 것이 아니었다. 패배를 인정할 수밖에 없었던 결정타는 바바로도가 마지막에 숨겨진 팔로 공격했을 때, 그것을 회피당할 때 본 아키라의 표정이었다.

그 얼굴에, 놀라움은 없었다.

그것이 숨겨진 팔 공격을 예측했기 때문인지, 아니면 예상 밖이었다고 해도 처음 보고도 아키라가 문제없이 대처할 수 있는 것에 불과했는지, 바바로도는 알 수 없다.

하지만 둘 중 어느 쪽이든 바바로도의 마음을 꺾기에는 충분했다. 그 상황에서 그것에 완벽하게 대처하는 녀석은 못 이긴다. 그렇게 생각한 것만으로 바바로도의 투지는 사라졌다. 앙심을 품더라도, 나중에 습격하는 일은 사라졌다.

바바로도의 투지가 완전히 사라진 것을 감지하고, 아키라도 긴장을 풀고 한숨을 쉬었다. 그때 캐럴이 다가와 웃으며 아키라의 승리를 축하한다.

"아키라. 수고했어. 역시 대단해."

바바로도가 쓰러진 채 토라진 듯이 말했다.

"캐럴 너, 이런 녀석을 고용할 정도로 돈을 긁어모은 거냐? 얼마야? 얼마에 고용했어?"

자신을 꺾은 사람이다. 캐럴에게 엄청나게 많은 돈을 뜯어냈길 바란다. 그만큼 비싼 값에 고용된 사람에게 진 거라면 포기할 수 있다. 바바로도는 그런 생각에서 깊이 생각하지 않고 물어봤다.

"아키라. 말해도 돼?"

"응? 그래. 상관없어."

"한 달에 1억 3천만 오럼이야."

"1억 3천만?! 이 자식이! 그런 푼돈에 고용되지 말라고!"

싼 거구나. 아키라는 자신도 모르게 그렇게 생각했다.

그때 캐럴이 말을 이었다.

"추가로 호위 의뢰 중에는 나를 마음껏 안아도 된다고 했어."

"그런 거였냐!"

납득하는 거구나. 아키라는 자신도 모르게 그렇게 생각했다.

조금 늦게 제로스도 다가왔다. 그리고 캐럴에게 말했다.

"졌군. 어쩔 수 없다. 네가 알고 있는 우리 팀의 기밀 정보 취급에 대해서는, 네가 요구한 대로 교섭이 필요하다. 나중에 이쪽 중개인을 시켜 너에게 연락하도록 하겠는데……."

제로스는 이 자리에서 교섭의 절차를 진행하려 했지만, 캐럴이 그것을 막는다.

"잠깐 기다려. 금방 이쪽으로 올 거 같으니까."

"누가?"

찾아온 사람은 비올라였다. 여전히 고약하게 웃으며 능글맞은 태도로 아키라 일행을 본다.

"캐럴. 상황 보러 왔어. 결국 어떻게 됐어?"

나는 사정을 모른다고 암묵적으로 말하는 비올라에게, 캐럴이 웃으며 시원하게 부정한다.

"어차피 어딘가에서 보고 있었을 거잖아? 그건 상관없고, 뒷일은 잘 부탁해. 좋은 느낌으로 잘 정리해 봐."

사정을 모르는 사람이 들으면 대체 무엇을 부탁받는지 알 수 없는 말에, 비올라가 웃으며 대답했다.

"나한테 내던질 거면 처음부터 전부 나한테 맡기면 되는데."

"그렇게 하면 비싸지잖아? 아무튼 부탁할게. 아키라. 가자."

"그, 그래……."

교섭 능력이 부족한 아키라는 캐럴과 비올라가 굳이 말할 필요도 없다고 생략한 내용까지 정확하게 파악할 수 없었다. 살짝 당황하면서도 일단 두 사람 사이에서는 제대로 전달된 것이라고 생각해 캐럴의 뒤를 따라 맨션으로 돌아갔다.

당연하다는 듯이 수상쩍은 여자가 나타나자, 제로스가 조금 의심스럽게 본다.

"캐럴 측의 교섭인은 네가 맞겠지?"

"맞아. 잘 부탁할게. 그러면 일단 장소를 바꿔서 이야기하지 않을래?"

"알았다."

기이한 분위기를 풍기는 악녀를 본 제로스는 팀의 교섭인에게 맡기기 전에 자신도 잠깐 이야기해서 상대방의 인물됨을 파악해 두기로 했다. 그리고 그것과는 별개로 바바로도를 슬쩍 노려봤다.

"바바로도. 졌으니까, 각오해라."

이미 일어선 바바로도가 침착한 얼굴로 작게 한숨을 쉬었다.

"알았어……. 마음대로 해."

바바로도는 납득할 수 있는 패배를 받아들였기 때문에 선선한 태도를 보였다.

제로스는 가볍게 고개를 끄덕이고, 이번에는 경비부대 대장을 봤다.

"피해 보상금이나 수리비를 원한다면, 그쪽도 교섭인을 내세워라. 필요 없다면 상관없지만."

"아, 알았다. 바로 윗선에 전달하지."

고랭크 헌터를 상대하는 교섭은 내가 할 일이 아니다. 경비부대 대장은 그렇게 생각하고 곧바로 상사에게 연락했다.

그 후, 제로스 일행도 그 자리를 떠났다. 최악의 경우 고랭크 헌터들의 요란한 살육전으로 발전할 수도 있었던 사태는 고급 맨션 앞의 지면이 다소 파괴된 것만으로 끝나는, 매우 평화로운 결과로 끝났다.

제218화 현재의 아키라를 대접하는 방법

캐럴의 집으로 돌아온 아키라는 간단한 샤워로 땀을 씻어낸 뒤, 이제는 진짜로 실내복으로 갈아입었다. 캐럴의 집에 남자가 입을, 게다가 소년에게 맞는 옷이 있다는 사실에 대해서는 일일이 캐묻지 않았다.

같이 샤워한 캐럴도 실내복으로 갈아입는다. 그 옷은 알몸으로 자는 사람이 취침 전에 간단히 걸치는 것처럼 얇아서 매우 야릇했다. 맨살도 드러나 전투의 흥분이 남은 사람에게는 매혹의 효과도 훨씬 커진다.

하지만 아키라의 반응은 변함이 없었다. 캐럴이 작게 한숨을 쉬었다.

"그래서 말인데, 아키라. 일단 오늘은 자고 갈 거야?"

"응? 아, 그렇지. 그렇게 할게."

"그래. 그러면 식사라도 하자."

캐럴이 재빨리 식사를 준비한다. 간단하게 조리한 요리밖에 없지만, 부자들을 위한 재료를 사용한 음식이며, 맛도 방벽 안쪽의 수준에 도달했다. 그 맛을 만끽한 아키라는 자기 집에서 지낼지 캐럴의 집에서 지낼지 하는 선택지 중에서 생각이 후자 쪽으로 다소 기울었다.

그리고 취침 시간이 되었다. 아키라는 캐럴의 요청에 따라 호위로서 그 곁에 있어야 한다는 이유로 같은 침대에서 자게 되었다. 얇고 하얀 시트만 덮은 채 속옷도 안 입고 누운 캐럴의 옆에서 눈을 감는다. 그리고 곧바로 잠이 들었다.

아키라는 결코 여성에게 흥미가 없는 것이 아니다. 그것은 캐럴도 알고 있다. 이전에 미하조노 시가지 유적에서 함께 유적 탐색을 했을 때 아키라가 엘레나 일행에게 보인 반응에서도 그것은 명확하다.

그 몸으로 많은 남성을 사로잡은 매혹의 악녀는 그렇다면 자신에게 대체 무슨 문제가 있는 걸까 하며 조금 토라진 듯이 작게 한숨을 쉬었다.

◆

결국 아키라는 그대로 캐럴의 집에서 지내게 되었다.

자기 집도 아니고 캐럴도 곁에 있으니까 알파를 상대로 모의전을 하긴 어렵다. 그 대신 공부나, 체감시간 조작과 현실 해상도 조작 훈련 등을 한다.

캐럴과 함께 동영상 감상이나 게임 등도 즐긴다. 시간을 때우기도 좋아서 느긋하게 지내고 있었다.

그때 키바야시에게서 연락이 왔다.

"아키라. 지금 당장 쿠가마 빌딩으로 올 수 있겠냐?"

"지금 당장? 진짜 뜬금없네."

“강요하진 않아. 늦어도 돼. 볼일이 있다면 일주일 뒤든 1개월 뒤든 괜찮다. 하지만 네가 늦어질수록 새 장비 조달도 늦어진다고. 그런 용건이야.”

그 말을 들으니 아키라도 거절할 수 없었다.

“알았어. 바로 갈게. 그런데 왜 새 장비 건으로 너한테 연락이 오는 건데?”

“나도 네 장비 조달에 협력하고 있기 때문이지.”

아키라는 침묵했다. 그 침묵에 담긴 것을 감지한 키바야시가 즐겁게 웃었다.

“걱정하지 말래도. 딱히 뭔가 꿍꿍이가 있는 건 아니야. 내가 뭐랬어? 나는 널 편애하고 있댔지? 네가 최대한 고성능인 장비를 사용했으면 할 뿐이라고.”

“그래……?”

그 부분은 아키라도 믿을 수 있었다. 아마 키바야시는 아키라의 장비가 고성능이 될수록, 그만큼 고성능 장비가 필요한 싸움에 휘말릴 것으로 생각하는 거겠지. 그것을 즐기기 위해서 진심으로 최대한 고성능인 장비를 준비하려고 하는 것이리라. 아키라는 그렇게 생각하고 괜히 더 말하지 않았다.

키바야시가 기분 좋게 말한다.

“좋아. 기다리고 있으마. 서두르라고.”

아키라는 캐럴에게 사정을 설명하고 함께 쿠가마 빌딩으로 향했다.

캐럴의 차를 탄 아키라가 쿠가마 빌딩에 도착했다. 빌딩 앞에 선 히카루가 기다리고 있었다.

히카루는 아키라가 여자를 데리고 온 것에 다소 놀랐지만, 아키라 일행을 빌딩 상층에 점포를 둔 고급 레스토랑 슈테리아나로 안내했다.

덧붙여 히카루도 면식은 없어도 캐럴에 대해서는 아키라의 자료를 열람하여 알고 있다. 부업으로 돈을 벌고 있다는 것도, 그 부업 때문에 적잖은 헌터가 파멸한 것도, 악질 정보상과 엮인 것도 파악하고 있다. 캐럴이 그러한 악녀인 것은 사실이라고 알고 있다.

하지만 간섭하지 않는다. 아키라 자신도 1000명 정도를 살해했을지도 모르는 위험인물이기 때문이다. 그러한 교우 관계도 있을 것이라며 그 사정에서 관심을 끊었다.

"그건 그렇고, 역시 아키라 정도로 대단한 헌터가 되면 간단한 회의에 부르기만 해도 장소를 슈테리아나 같은 고급 가게로 잡는구나."

"흐응. 그렇구나."

아키라는 말로는 가볍게 대꾸하면서도, 속에서는 가볍지 않은 것을 느끼고 있었다.

자신을 불러낼 때는 이 정도 장소는 되어야 실례가 아니다. 그런 뜻이라고 생각하며, 아키라는 자신이 헌터로서 성공했다는 것을, 어떻게 보면 예전보다도 더 강하게 실감하고 있었다.

슈테리아나에 도착한 뒤에는 입구에서 총을 맡기고 가게 안으로 들어간다. 원한다면 알맞은 옷도 빌려주지만, 그것은 거절하고 강화복 차림으로 있었다. 캐럴도 아키라와 마찬가지로 강화복 차림으로 안에 들어간다.

점원이 안내한 곳은 가게 안쪽에 있는 넓은 방이었다. 슈테리아나의 손님 중에서도 부유한 사람들이 이용하는 방으로, 기업 간부들의 회식 등에도 사용된다. 즉, 그런 사람들의 영역이다.

이미 그 방에 있던 키바야시가 아키라를 웃는 얼굴로 맞이한다.

"왔군. 여자를 데리고 올 줄은 몰랐는데."

"딱히 상관없잖아. 나도 사정이 있어. 그래서? 왜 불렀어?"

"그래. 일단은 여기서 한 시간만 기다려 줘."

아키라가 미심쩍은 표정을 짓는다.

"지금 당장 오라고 불러 놓고서 한 시간을 기다리라고? 무슨 뜻이야?"

"진정해. 이유 없이 급하게 부른 건 아니야. 네가 오고 나서 한 시간이라는 것에 의미가 있어. 맛있는 밥이라도 먹으면서 기다리라고. 동행한 사람 것까지 내가 사마. 마음껏 주문해."

아키라는 이해할 수 없는 호출에 불만을 느끼지만, 그것도 슈테리아나의 요리 앞에서는 사라졌다. 순순히 자리에 앉아 메뉴판에 손을 뻗었다.

캐럴은 그런 아키라를 보고 재미있다는 듯이 미소를 짓고는 자신도 자리에 앉았다.

주문을 마치고 잠시 기다리니 요리가 나왔다. 키바야시는 그동안 히카루와 함께 잠시 자리를 비웠다가 혼자 돌아왔다.

“키바야시. 히카루는?”

“그 아이는 다른 손님을 맞이하고 있어.”

“다른 누가 또 오는 거야?”

“그래. 네가 자기 회사 제품을 사용해 주길 바라는 기업의 담당자들이지. 몇 명이나 올지는 몰라. 한 사람도 안 올 리는 없을 거라고 생각하지만. 만약 그렇게 된다면 그때는 그때지.”

그것도 그것대로 즐길 수 있다는 얼굴인 키바야시를 보고, 아키라는 더 묻길 그만두었다.

“자, 오늘 너를 부른 이유를 간단히 설명해 주마. 먹으면서 들으라고.”

아키라는 고개를 끄덕이고 먼저 요리에 손을 댔다. 그리고 그 엄청난 맛 때문에 집중력을 혀에 모조리 빼앗길 것 같으면서도 키바야시의 이야기를 들을 몫을 어떻게든 힘겹게 짜냈다.

그런 아키라를 본 키바야시가 웃으며 충고한다.

“앞으로 네가 누구와 어떤 교섭을 하더라도, 교섭 장소를 이곳으로 하자고 제안하면 거절하는 게 좋겠군.”

아키라가 쓴웃음을 지었다. 부정할 수 없었다. 이 요리를 먹으면서 교섭에 집중할 수 있을 정도로 아키라의 입맛은 고급스럽지 않다.

유례없는 성공으로 많은 사람을 놀라게 한 고랭크 헌터는 입맛만은 평범한 헌터인 채로, 그 엄청난 수입에 비하면 보잘것없는 값인 요리에 농락당하고 있었다.

키바야시가 아키라를 부른 이유는 새 장비를 조달할 기업을 결정하는 자리에 아키라도 동석하게 하기 위함이었다.

아키라의 헌터 랭크는 사카시타 중공의 보수로 대폭 상승할 예정이다. 키바야시는 각 기업에 얼마나 오를지를 예상하게 하고, 최소한 그에 걸맞은 장비를 제공하도록 말해두었다.

하지만 아무리 자기 회사 제품의 선전을 위해서라고 해도, 고랭크 헌터용의 매우 비싼 장비를 선전 효과만 믿고 밑질 정도로 값싸게 제공했다가 아키라가 황야에서 죽기라도 하면 큰 손해가 된다.

그것을 알면서도 높은 헌터 랭크로 계산한 기업은 그만큼 아키라를 높게 평가했다는 뜻이다. 그러한 기업과는 아키라도 장기간에 걸쳐 긍정적으로 거래할 것이다. 키바야시는 그러한 감언이설로 각 기업이 최대한 고성능인 장비를 제공하게 하려고 했다.

그리고 아키라의 헌터 랭크는 키바야시가 아키라에게 연락하기 조금 전에 갱신되었다. 하지만 헌터 오피스의 개인 페이지 등에는 아직 반영되지 않았다. 키바야시가 헌터 오피스 직원의 권한으로 막고 있었다. 반영하면 각 기업에도 상승한 아키라의 헌터 랭크가 전달되기 때문이다.

반영은 앞으로 각 기업의 대표가 모인 자리에서 한다. 새 장비의 내용에 대한 세부 조정은 조달 기업이 결정되고 나서 그 담당자와 진행한다.

아키라가 늦은 만큼 새 장비 조달도 늦어진다고 말한 것은 그런 뜻이다. 키바야시는 그렇게 설명을 마무리했다.

설명을 다 들은 아키라가 때마침 눈앞에 있는 접시를 비웠다. 단련된 몸은 여전히 영양을 원하고 있으며, 그 접시를 옆으로 치우고 다음 접시에 손을 댄다. 메뉴에 적힌 이름만으로는 재료나 조리법을 알 수 없는 요리를, 슈테리아나의 요리라면 맛없을 리가 없다는 생각으로 과감하게 주문하고, 도전하고 있었다.

"그래서? 결국 내 장비를 입수하려면 앞으로 얼마나 걸리는 거야?"

"그건 조달처로 결정된 기업에 달렸지. 오늘 중으로 입수할 수도 있고, 1개월 뒤일 수도 있다."

"왜 그렇게 차이가 나는 건데?"

"다른 도시의 창고에서 가져오려면 그만한 수송 기간이 필요하지. 쿠가마야마 시티에 온 고랭크 헌터에게 판매하려고 물품 자체는 이미 근처 창고에 있고, 너한테 전달하는 데 30분 걸린다고 해도, 어느 제품을 얼마에 팔지 정하는 데 한 달이 걸려도 이상하지 않아. 광고 효과를 기대하고 반값에 판다고 해도 200억짜리 물품이라면 100억이거든? 곧장 결정하긴 어렵겠지."

"그, 그렇구나……."

이미 아키라는 50억 오럼이나 하는 고성능 장비를 사용하고 있다. 게다가 그 장비로는 성능이 부족하다고 해서 다음 장비를 원하고 있는 이상, 키바야시가 말한 200억 오럼이라는 금액도 너무 극단적인 것은 아니다. 이해할 수 있는 숫자이긴 했다.

그런데도 100만 오럼이 푼돈이 아닌 아키라의 금전 감각으로는 말 그대로 자릿수가 다른 돈이다. 고작해야 자신의 장비를 조달하는 일이 그 정도의 거액이 움직이는 사건이 되고 있다. 그 사실에 아키라는 새삼 가벼운 긴장을 느끼고 있었다.

아키라가 요리를 다 먹고, 디저트도 해치우고, 식후 커피를 마시기 시작할 무렵, 조금 떨어진 테이블에는 각 기업 관계자가 모두 모여 있었다. 그쪽 테이블에는 요리가 없다. 마실 것만 있을 뿐이다.

기업 관계자들을 방으로 안내하고 나서 다음 사람을 맞이하러 가는 것을 반복하던 히카루가 마지막으로 이나베를 데리고 돌아왔다. 그것은 마감 시간을 알리는 것이기도 했다. 아키라가 오고 나서 한 시간이 지난 것이다.

키바야시가 자리에서 일어나 아키라의 테이블에서 기업 테이블로 옮긴다. 그리고 친근하게 웃었다.

"오래 기다리셨습니다. 급한 호출인데도 찾아주신 여러분은 해당 헌터도 높이 평가할 겁니다. 적어도 제시간에 오지 못한 분들보다는 말이죠."

이 자리에 참석자를 내보내지 못한 기업은 다음에 새 장비를 조달할 기회가 있다고 해도 문전박대를 당할 것이다. 키바야시는 은연중에 그렇게 말하며 이 자리에 모인 사람들의 노고에 감사했다.

"자, 여러분께선 이미 해당 헌터가 다음에 사용할 장비에 걸맞은 헌터 랭크를 예상해 주셨겠지만, 변경은 아직 접수하고 있습니다. 가장 근접한 헌터 랭크를 제시한 분이, 해당 헌터의 새 장비 조달 교섭권을 얻게 됩니다. 괜찮습니까? 변경 접수는 지금 이 자리가 마지막입니다. 괜찮겠습니까?"

각 기업의 대표들은 진지한 표정으로 침묵했다.

"괜찮은 거군요? 그러면 헌터 오피스 직원으로서, 해당 헌터의 헌터 랭크 갱신을 처리하겠습니다. 시작합니다."

각 기업 대표들의 확장시야에는 이미 아키라의 헌터 오피스 개인 페이지가 표시되어 있다. 아키라와 캐럴도 자신의 정보단말에서 같은 것을 보고 있었다.

그리고 표시 내용이 갱신된다. 그와 동시에 각 기업 대표의 표정이 경악으로 가득 찼다.

아키라의 헌터 랭크는, 70이었다.

이건 제아무리 아키라라도 놀라움을 감출 수 없다. 헌터 랭크의 상식에 어두운 부분이 있는 아키라도 아무리 그래도 이것이 본래 있을 수 없는 일이라는 것 정도는 이해할 수 있었다.

『알파. 헌터 랭크 70이면, 헌터로서는 어느 정도야?』

『글쎄. 도시 간 수송차량에서 자이언트 버그 무리와 싸웠을 때를 기억해? 그 차량 대열 선두에 배치되는 헌터들의 헌터 랭크 하한선이 대략 70 정도라고 할 수 있어. 나는 그때 아키라에게도 조만간 그 정도는 되어야 한다고 말했지만, 생각보다 빨랐네.』

『그, 그러네…….』

즐거운 듯이 웃고 있는 알파에게 아키라는 고작 그것밖에 대답하지 못했다. 그리고 조금 굳은 얼굴로 키바야시를 본다.

키바야시는 마치 그 얼굴이 보고 싶었다고 말하듯이 웃음으로 반응했다.

올라갈수록 더 올리기 어려워지는 헌터 랭크가 55에서 70까지 한 번에 상승하는, 아키라조차 알 수 있는 이상 사태의 이면에는 그럴 만한 사정이 있었다.

아키라는 사카시타 중공의 보수를 돈과 헌터 랭크로 해달라고 이나베에게 부탁했었다. 하지만 그것은 키바야시의 개입으로 헌터 랭크 상승으로만 변경되었다.

사카시타 중공은 5대 기업으로서 자기 회사에 공헌한 사람에게는 후한 태도를 보여야 한다. 보수로 돈을 요구받으면 최소한 '역시 사카시타 중공이다' 라고 여겨질 만한 거액을 줄 필요가 있다. 하지만 그 사카시타 중공도 자금이 무한정 있는 것은 아니다.

그러나 헌터 랭크 상승뿐이라면 돈을 줄 필요가 없어진다. 또한 헌터 랭크의 대폭 상승이라는 보수는 사카시타 중공의 체면을 유지하는 데 충분하다.

그런데도 55에서 70으로 상승할 이유로는 부족하다. 거기에 키바야시의 수완이 더해진다. 아키라의 보수뿐만 아니라, 히카루의 보수도 합친 것이다.

이로써 히카루는 사카시타 중공의 보수를 근거로 한 쿠가마야마 시티에서의 승진 기회를 잃었다. 즉, 아키라 담당을 계속할 필요가 없어졌다. 일반적으로 생각하면 명백한 손해이지만, 아키라 담당에서 물러나고 싶은 히카루에게는 문제없다.

덧붙여 히카루는 그때 이나베에게 정말로 괜찮겠느냐는 말로 만류당했다. 하지만 히카루는 자신은 생명의 은인인 아키라에게 고성능 장비를 조달하기 위해 할 수 있는 모든 것을 하겠다고 약속했다고 말하며, 자신의 보수를 아키라를 위해 사용하는 것을 이나베에게 인정받았다.

사카시타 중공의 보수를 2인분이나 쓰면 헌터 랭크가 대폭 올라갈 이유가 된다. 하지만 55를 70으로 만드는 이유에는 아직 부족하다.

헌터 랭크도 고랭크 헌터의 수준이 되면 몇 년이 걸려 1을 올리는 것이 고작인 사람이 태반이다. 어중간한 헌터까지 포함하면 평생을 바쳐도 오르지 않는다.

그러한 환경에서 헌터 랭크가 단숨에 15나 올랐다. 그 이유는 아키라가 도시 간 수송차량에서 보여준 싸움에 있었다.

헌터 랭크는 엄밀히 말하자면 그 사람의 실력을 뜻하는 것이 아니다. 헌터 활동 등을 통해서 이룬 통기련에 대한 공헌도를 보여주는 것이다. 하지만 실력의 지표로도 활용되기도 한다. 헌터 랭크 조정 의뢰 같은 것이 존재하는 데는 그런 이유가 있다.

그리고 엘데를 물리친 아키라의 실력은 헌터 랭크 55의 수준에서 명확하게 벗어나 있다. 과거에 헌터 랭크 조정 의뢰를 받았던 아키라이지만, 당장에라도 추가 조정이 필요한 상태다.

그래서 사카시타 중공은 이번 건을 일종의 헌터 랭크 조정 의뢰로 취급하기로 했다.

특례이자, 특별 대우이기는 하다. 하지만 애초에 이번 건은 사카시타 중공이 아키라 일행을 멋대로 미끼로 취급했던 것에 대한 보수이며, 사카시타 중공에 대한 막대한 공헌의 대가인 것이다.

그리고 애초에 헌터 랭크는 통기련에 대한 공헌도를 보여주는 것이라는 전제에 입각하면, 통기련의 주요 구성원인 사카시타 중공에 대한 공헌은 그대로 통기련에 대한 공헌이며, 그 공헌에 보답하는 것은 사카시타 중공으로서 당연하다고도 해석할 수 있다. 적어도 외부에서 납득할 만한 이유가 된다.

그런데도 70까지 올리는 것은 너무 지나친 것 아닌가 하는 의견은 사카시타 중공 내부에도 있긴 했다. 하지만 가볍게 조사해 보니, 해당 헌터는 터무니없는 랭크 사기 헌터의 상태가 계속 이어지고 있었다. 사카시타 중공은 그 점을 고려해 단기간에 세 번째 헌터 랭크 조정 의뢰가 발생하지 않게끔 아키라의 헌터 랭크를 굳이 높게 조정하기로 했다.

이러한 이유로 아키라는 랭크 70의 헌터가 되었다. 그리고 헌터 오피스 직원으로서 사전에 그것을 알았던 키바야시를 폭소하게 했다.

키바야시도 이번 건으로 아키라의 헌터 랭크가 엄청나게 오를 것은 예상했었다. 그런데도 키바야시의 예상은 최고 65 정도였다. 그랬던 자신의 예상을 아키라가 아무렇지도 않게 대폭 넘어선 만큼, 키바야시는 박장대소하고 있었다.

예상 밖의 사태에 동요를 감추지 못하는 각 기업 관계자에게, 키바야시가 접객용 표정으로 되돌아가 말했다.

"이어서 교섭권을 획득하신 분을 발표하겠습니다."

각 기업 관계자의 강한 시선이 키바야시에게 집중된다. 그들은 대부분 아키라의 헌터 랭크를 잘해야 60 정도로 예상했었다. 그랬던 것이 지금은 70이다. 교섭권을 얻었을 경우의 이익은 비약적으로 높아졌고, 그것을 얻지 못했을 경우의 손실도 불어났다. 숨을 죽이고 발표를 기다린다.

그리고 키바야시가 승자를 고했다.

"기령 대표님. 축하합니다. 부디 저쪽 테이블로 이동해 주시기 바랍니다."

그 선고를 들은 기령 측 관계자들에게 기쁜 표정은 없다. 하지만 진지한 얼굴로 자리에서 일어나 아키라가 있는 테이블로 이동했다.

"다른 분들은 퇴실해 주십시오. 오늘은 먼길을 와주셔서 진심으로 감사합니다."

패자들은 서로 얼굴을 마주 보았다. 그리고 그중 한 명이 키바야시에게 말했다.

"본인에게 인사 정도는 할 수 없겠나?"

"인정할 수 없습니다. 이 자리에서는 그 권리를 포함하여 기령 측에 우선권이 있습니다. 그렇게 정했을 터입니다."

"하지만……."

매달리는 남자에게, 키바야시가 진지한 얼굴로 고했다.

"이 자리는 여러분이 당락과 관계없이 앙금을 남기지 않도록, 여러분의 요구로 헌터 오피스 입회하에 진행되고 있습니다. 약속

파기는 추천하지 않습니다."

남자가 아쉽다는 듯이 한숨을 쉬었다. 기업의 중역인 그 남자도 헌터 오피스의 이름이 나오면 아무 말도 할 수 없었다. 포기하고 퇴실하기 시작한다. 다른 사람들도 그 남자의 뒤를 따랐다.

이나베도 함께 방에서 나가려고 한다. 하지만 그 전에 뒤에서 대기 중이던 히카루에게 말을 건다.

"나머지 일은 부탁하마. 나는 저들을 달래야 해서 말이지."

"아, 알겠습니다."

키바야시도 히카루에게 말을 건다.

"히카루. 나도 여기까지야. 이제부터 힘내라고."

"어?! 키바야시 씨도요?!"

"이제부터는 쿠가마야마 시티의 영역이겠지? 나는 헌터 오피스 직원 신분으로 여기에 있으니. 간섭할 수 없다고. 넌 아직 아키라 담당이잖아? 힘내라고."

추가로 이나베도 말을 이었다.

"키바야시의 말대로, 아키라의 장비 조달이 끝날 때까지는 자네가 아키라의 담당이다. 할 수 있는 모든 것을 한다고 했지? 잘 해 보게나."

키바야시와 이나베가 그 말만 남기고 떠나갔다.

"네네. 알겠습니다요!"

히카루는 반쯤 자포자기해서 작은 목소리로 말하고는, 직무를 완수하기 위해 아키라가 있는 테이블로 향했다.

◆

자신의 장비 조달과는 무관한 동행인이 있기도 해서, 아키라는 기령 측과의 교섭을 히카루에게 맡기고 도중에 빠져나왔다.

그런데도 아키라에게 중요한 부분의 교섭은 잘 마쳤다. 새 장비의 납품은 내일로 했다. 그것도 최소 헌터 랭크 70에 걸맞은 장비를 준비할 것을 기령 측에서 확약한 것이다.

거기까지 결정된 이상 아키라도 나머지 세부 교섭은 히카루와 기령 사이에서 마음대로 느긋하게 결정하게 해도 상관없다. 캐럴과 함께 한발 먼저 슈테리아나를 나섰다.

덧붙여 기령에서 키바야시에게 제시한 헌터 랭크는 65다. 사실 65도 너무 높다. 기령도 일반적으로 판단했다면 다른 기업들과 마찬가지로 60 전후를 제시했을 것이다. 그것을 65까지 대폭 끌어올린 이유에는 이나베와의 뒷거래가 있었다.

이나베는 기령이 도시 간 수송차량 전투에서 장비를 잃은 아키라에게 수리 중인 장비를 위한 대여품 명목으로 장비를 제공하게 하는 등, 상당히 강압적인 짓을 했다.

그 대가로 이나베는 다음에도 기령이 아키라에게 장비를 제공하게 될 때는 자신이 지급 담보를 서겠다고 약속했었다. 아키라의 헌터 랭크에 비해 과도하게 고성능인 장비를 제공하는 바람에 그 대금이 아키라의 지급 능력을 크게 초과해도 자신이 전부 떠맡겠다고 확약했던 것이다.

이로써 기령은 광고 효과가 빛바랠 정도로 과도하게 고성능인 장비를 아키라에게 제공해도 큰 문제가 되지 않았다. 그래서 제시하는 헌터 랭크를 대폭 끌어올린 것이다.

기령은 그 생각을 바탕으로 아키라의 갱신 후 헌터 랭크를 확실히 넘을 것이라고 예상되는, 65라는 숫자를 제시했다. 그 숫자와 갱신 후 숫자의 차액을 이나베에게 빚으로 남겨 쿠가마야마 시티의 장비 납품에 파고들기 위함이었다.

그러나 결국 65로는 아키라의 헌터 랭크를 넘을 수 없었다. 기령의 대표로 이 자리에 참석한 중역은 그 사실에 매우 놀라면서도, 아키라 일행에게는 그 경악을 일절 들키지 않고 교섭을 진행했다. 자신들은 처음부터 70을 제시했었다고 약삭빠르게 행동해, 히카루의 세세한 추궁을 피했다.

기령이 아키라에게 헌터 랭크 70에 걸맞은 장비를 내일까지 준비하겠다는 파격적 조건을 제시한 것에는 그러한 사정이 있었다.

물론 아키라는 그 사정을 모른다. 추측하기도 어렵다. 하지만 예상보다 더 강력한 장비를 입수하게 되었다는 사실에는 변함이 없어서, 집으로 가는 차 안에서 기분 좋은 모습을 보였다.

운전석에 있는 캐럴이 웃으며 말한다.

"그나저나 헌터 랭크 70이라니. 놀랐어. 거기까지 오르다니, 아키라는 도시 간 수송차량에서 대체 뭘 한 거야?"

"자세한 이야기는 할 수 없지만, 엄청나게 강한 녀석과 싸웠어. 보통이라면 무조건 졌을 거야. 이길 수 있었던 건 완전히 운이었지."

"헤에. 운이 좋았네."

"아니지. 그런 녀석과 싸우게 된 거니까, 운이 없었던 거 아닐까?"

"하지만 이겼고, 그래서 헌터 랭크도 70이 되고, 그 덕분에 강력한 장비도 얻게 되었잖아? 결과적으로는 좋았던 거 아닐까?"

"그렇게 말해도……."

아키라도 캐럴이 무슨 말을 하고 싶은지 안다. 하지만 행운으로 여기긴 어려웠다. 그 속마음이 얼굴에 드러나, 아키라의 표정이 조금 난처하게 변했다.

그것을 본 캐럴이 웃는 얼굴로 말을 이었다.

"뭐, 전화위복이란 말이 있잖아? 힘든 일을 겪은 만큼, 얻은 것도 큰 거야. 그거면 되잖아? 운이 없었다는 말로 끝내는 것보다는 정신 건강에도 좋을 거야."

아키라가 표정을 누그러뜨린다.

"그러네……."

불운하다는 말로 끝내지 않고 캐럴이 말한 대로 불운을 이겨내고 행운을 얻었다고 생각하는 것이 좋다. 불운과 행운은 표리일체. 그렇게 생각하면 지금까지 이어졌던 불운도 행운을 얻을 기회가 이어졌다는 뜻이니까 딱히 나쁘진 않을지도 모른다. 아키라는 그렇게 생각하기로 했다.

그대로 집까지 차를 얻어 탄 아키라는 한동안 캐럴의 집에서 살기 위해 갈아입을 옷 등을 챙기기 시작했다. 준비라고 해도 대단한 건 아니다. 며칠 입을 속옷과 실내복이 조금 있는 정도다.

트렁크 하나에 다 들어갈 만큼 적은 옷을 보고, 캐럴이 쓴웃음을 지었다.

"그나저나 아키라는 그렇게 비싼 강화복은 살 마음이 있으면서도, 외출복이나 평범한 옷은 전혀 없는걸. 사지 않을 거야?"

"아니, 옷에는 딱히 관심이 없으니까……."

패션 센스가 별로라는 자각도 있다 보니, 아키라는 자진해서 옷을 살 의지가 부족했다.

"집도 봐. 여기는 헌터 랭크 30 정도인 사람이 사는 데잖아? 아키라는 70이니까, 좀 더 좋은 데 살아도 될걸?"

"아니, 어제까진 55였으니까……."

"그렇다고 해도 말이야. 헌터 랭크 50이 되면 살 집은 물론 살 도시까지 바꾸는 헌터도 있는데……. 아키라는 물욕이라든가, 뭐든 좋으니 욕심 같은 게 없어? 집에 있는 가구도, 아마도 원래부터 있던 걸 테니까, 새로운 걸 사진 않았잖아. 내 몸에도 손대지 않을 정도니 성욕도 없을 것 같고……. 욕심이 너무 없는 것도 불건전하다고 생각하는데?"

"그런 말을 들어도 말이지."

아키라에게도 욕심은 있다. 멀쩡한 옷을 입고 싶다. 맛있는 요리를 먹고 싶다. 지붕이 있는 집이 갖고 싶다. 그러한 욕심으로 헌터가 된 것이다.

그리고 그 욕심은 이른 단계에서 채워졌다. 게다가 옛날 생활 터전이 가혹한 슬럼 뒷골목이다 보니 그 이상을 바라는 욕심이 약해졌다. 예외는 목욕 정도다.

또한 오래 살다 보면 애착도 생긴다. 고생해서 구한 집이라면 더욱 그렇다. 더 좋은 입욕을 위해 이사가 아닌 욕실 개조를 원했던 것도, 그러한 마음이 있었기 때문이었다.

그러한 이유도 있어 아키라는 돈을 엄청나게 잘 버는 고랭크 헌터라고 도저히 생각되지 않을 만큼 소박하게 생활하고 있다. 그런데도 아키라는 그 생활에 만족하고 있었다.

하지만 그때, 알파가 표정을 험악하게 굳혔다.

『아키라. 경계해.』

아키라가 즉시 임전 태세를 취한다. 그것을 보고 캐럴도 단숨에 경계를 강화했다.

"아키라. 왜 그래?"

"아니, 잠깐……."

다음 순간, 아키라의 집이 외부에서의 공격에 의해 날아갔다. 포탄처럼 거대한 탄환이 특대형 총에서 주위의 피해 따위는 전혀 아랑곳하지 않고 연사되어 아키라의 집을 산산조각 냈다.

아키라가 가혹한 싸움을 거쳐 얻은 것이, 또 하나 사라졌다.

제219화 폐허 공방전

아키라의 집은 잔해도 안 남기고 날아갔다. 거기에서 조금 떨어진 노상에는 트레일러가 한 대 서 있었고, 그 위에는 인형병기용 총과 블레이드를 들고 있는 바바로도가 있었다.

'인형병기용처럼 거대한 무기' 가 아니다. 명확하게 인형병기용 무기다. 본래는 크기 차이 때문에 일반적인 체형인 사람은 들 수 없다. 그것을 쭉 늘린 팔을 무기의 손잡이 부분에 휘감아 억지로 들고 있었다.

아키라의 집을 날린 것은 그 대형총에 의한 연사였다. 그리고 그것을 주저하지 않고 실행한 남자는 지금의 공격으로 아키라를 죽였다고 판단하지 않았다. 휘말린 다른 가옥의 잔해나 파괴를 면한 건축물에 가린 곳을 주의 깊게 경계한다.

다음 순간 남자의 예상대로 아키라가 그곳에서 튀어나왔다. 고속으로 이동하면서 양손에 쥔 총을 남자에게 연사했다. 남자는 거대 블레이드를 방패 삼아 그 충격을 막아내면서, 인형병기용 총을 다시 연사했다.

특대형 탄환이 주위에 떨어져 운 나쁜 가옥을 분쇄해 나간다. 도시의 하위 구획. 방벽 바깥이라고는 해도 도시 안. 그런데도 방벽 안 사람들은 그곳이 황야라며 외출 때 호위를 데려간다. 그것이 납득되는 격전이 시작되었다.

적의 공격을 감지한 아키라는 그 자리에서 있는 힘껏 이탈했다. 캐럴을 반쯤 끌어안다시피 하며 강화복의 신체 능력으로 집 벽을 부수고, 온 힘을 다해 적의 사선을 헤집고 대형 탄환을 회피한다.

그리고 캐럴과 함께 집에서 튀어나오자마자 근처 가옥의 뒤로 이동했고, 캐럴을 사선에서 벗어나게 하고자 자신은 일부러 모습을 드러냈다. 캐럴에게서 떨어지면서 양손에 쥔 총을 남자에게 겨눈다.

그제야 아키라는 남자를 확인했다. 예상외의 상대에게 놀라움을 드러낸다.

『저 녀석은……! 제길! 결국 습격한 건가!』

나중에 습격하지 못하도록 힘의 차이를 알려주려고 했는데, 너무 도발했던 걸까? 지나쳤다. 그렇게 생각하며 후회하는 아키라였지만, 알파가 그것을 부정한다.

『아키라. 아니야.』

『아니라니…… 실제로 공격하고 있잖아?』

『그런 뜻이 아니야. 저건 몸은 지난번에 싸웠던 바바로도라는 남자의 것이지만, 내용물은 다른 사람이야.』

『다른 사람? 어떻게 된 거야?』

요컨대 저 몸에 들어간 뇌는 바바로도가 아니라 다른 사람이다. 그건 아키라도 알 수 있다. 하지만 다른 누군가가 바바로도의 몸으로 습격한 이유는 알 수 없다. 무심코 당황하는 아키라에게, 알파가 다시 말한다.

『아키라. 그건 이긴 다음에 생각해. 중요한 것은 겉모습은 같아도 다른 사람이라는 거야. 지난번에 쉽게 이긴 상대라고 오인하고 방심하면 안 돼.』

『알았어…….』

체감시간 조작 중의 염화(念話). 실제 시간으로는 한순간에 이루어진 대화로, 아키라는 마음을 다잡았다. 방심하지 않고 적을 총격한다. 대량의 에너지를 투입한 무수한 C탄(차지 불릿)을, 두 정의 LEO 복합총에서 힘차게 쐈다.

하지만 상대는 거대 블레이드를 방패로 삼아 막아낸다. 거인의 몸집으로 휘둘러도 부서지지 않는 인형병기용 블레이드는 위력뿐만 아니라 견고함도 인간용 물건보다 월등히 뛰어나다. 게다가 이 블레이드는 고랭크 헌터가 탑승하는 강력한 인형병기의 무기였다. 두꺼운 강철판도 관통하는 C탄에 맞아도 찌그러지지 않는다.

그리고 동급 수준의 성능을 가진 총으로 반격당한다. 포탄과 맞먹는 크기의 탄환을, 격하게 연사한다. 아키라는 그것을 필사적으로 회피한다.

그렇게 거대한 탄을 저만큼 갈기면 잔탄을 금방 소진하지 않을까 같은 안일한 생각은 하지 않는다. 동부에는 확장탄창이라는 것이 존재하며, 아키라 자신도 그 혜택을 누리고 있다. 탄약 소진을 기대할 수 없음을 잘 알고 있었다.

거리를 두고 총격전을 벌이면 불리하다. 그렇게 판단한 아키라가 남자와의 간격을 좁힌다. 상대는 연사하는 와중에도 단순히 탄을 마구 뿌리는 것이 아니라 제대로 아키라를 노리고 있다. 사선을 잘못 간파했다간 죽음을 면할 수 없다.

일직선으로 날아오는 무수한 대형 탄환을 아슬아슬하게 회피한다. 바로 옆을 스쳐 지나가는 물체로부터 전해지는 충격파를 강화복의 포스 실드 아머로 막아낸다.

나아가 양손의 LEO 복합총으로 적의 대형총을 노린다. 인형병기용 무기인 만큼 단단하고, 명중해도 파괴할 수는 없다. 하지만 흔들리게 할 수는 있다. 연속으로 맞혀서 상대의 조준이 자신과 캐럴에게 맞지 않도록 자꾸 흐트러뜨린다.

그 총격전의 여파로 더 많은 가옥이 완전히 파괴되고, 분쇄되어 간다. 겨우 두 사람의 실력자가, 게다가 양쪽 다 그 장소의 파괴가 목적이 아닌데도, 도시의 하위 구획이 광범위하게, 무자비하게 파괴되어 간다. 고랭크 헌터의 관리에 실패했을 때 발생할 수 있는 피해의 실제 사례가 또 하나 생겨나고 있었다.

그리고 후퇴하면서 총으로 쏴대는 남자를 아키라가 따라잡았다. 하지만 그것은 남자의 블레이드가 닿는 거리로 아키라가 뛰어들었다는 의미이기도 했다.

곧바로 블레이드가 휘둘린다. 거대한 질량이 그 무거움을 느끼게 하지 않는 속도로 아키라에게 다가왔다. 게다가 빠르기만 한 것이 아니다. 긴 팔을 손잡이에 감아서 잡았는데도 날아드는 칼날에는 검술의 고등 기술을 명확하게 보여주는 예리함이 있었다.

맞으면 아키라는 죽는다. 알파가 아키라의 강화복 포스 필드 아머를 신들린 듯한 조정으로 강화하려고 해도, 한순간에 두 동강이 날 것이다. 그 정도의 위력이 있다.

하지만 맞으면 즉사인 공격이라도 아키라는 피하는 것에 익숙해졌다. 극도의 체감시간 조작 속에서 엄청난 박력으로 다가오는 블레이드를 보고도, 아키라는 조금도 당황하지 않는다. 허공을 차고, 가속하며, 거대한 칼날을 피한다. 그리고 인형병기용 무기로는 공격할 수 없는 위치, 상대의 지척으로 파고들어서 양손에 쥔 총을 남자에게 겨누었다.

하지만 남자도 동시에 양손에 든 총을 아키라에게 겨누고 있었다. 길게 뻗어서 인형병기용 무기를 잡은 양팔이 아니라, 등 뒤에 달린 보통 길이의 양팔로 인간용 총을 쥐고 아키라를 조준하고 있었다.

아키라와 상대 모두 이미 회피가 불가능한 상태다. 맞는 것을 전제로 연사한다. 총 4정의 총에서 발사된 총탄이 두 사람 사이의 좁은 공간을 가득 메웠다.

피격의 충격으로 아키라가 튕겨 나갔다. 그 정도 경상으로 끝난 것은 즉시 최대한의 회피 행동을 취한 뒤 상대의 총탄을 자신의 총탄으로 마구 요격하고, 나아가 강화복의 포스 필드 아머의 출력을 정밀하게 제어해 방어력을 한순간만 비약적으로 끌어올린 덕분이다.

그중 어느 하나라도 부족했다면 아키라는 죽었을 것이다. 그리고 알파의 서포트가 전제라고는 하지만, 그 모든 것을 해낼 실력이 아키라는 몸에 배어 있었다.

남자는 고위력의 C탄을 온몸에 뒤집어썼다. 인형병기용 무기를 들고 있는 탓에 아키라처럼 회피 행동을 취할 수 없었기 때문이다. 하지만 쓰러지지는 않았다. 피격의 충격으로 자세가 무너지고 몸 곳곳이 움푹 파이긴 했지만, 그게 끝이다.

원래 바바로도의 몸에는 이 정도로 강력한 포스 필드 아머가 없다. 하지만 남자는 인형병기용 무기에 장착된 에너지 팩의 에너지를 그것을 쥔 팔을 통해 자기 몸의 포스 필드 아머를 강화하는 데 사용함으로써 그 방어력을 비약적으로 상승시키고 있었다.

출력 조정을 아주 조금이라도 실수하면 과부하로 몸이 터졌을 것이다. 그 몸의 원래 주인이었던 바바로도에게는 불가능한 고등기술이지만, 남자에게는 가능했다.

남자의 지척, 인형병기용 무기로는 공격할 수 없는 위치에서 밀려난 아키라가 곧장 자세를 바로잡고 다시 상대에게 접근하려고 한다. 하지만 남자 역시 재빨리 자세를 바로잡고, 거대한 총과 블레이드로 아키라를 공격하려고 한다.

그 한순간의 공방을 제압한 것은 어느 쪽도 아니었다.

허공을 관통하며 태워버리는 고출력 레이저가 남자의 거대한 총에 명중한다. 일격에 대파까지는 가지 않았지만, 총을 보호하는 강력한 포스 필드 아머를 돌파하고 총신을 파손시켰다. 게다가 그 충격으로 남자의 자세를 다시 크게 무너뜨렸다.

쏜 것은 캐럴이다. 사용한 것은 레이저도 사출할 수 있는 가변식 복합총. 그 위력을 키우고자 크게 전개해서 쏘고 있었다.

쿠즈스하라 시가지 유적의 제2심부에서도 장비 덕분에 싸울 수 있다고 호언장담한 만큼, 캐럴의 장비는 성능이 매우 좋다. 아키라의 LEO 복합총으로 맞혀도 부서지지 않았던 대형총을 확실하게 파손시켰다.

캐럴이 아키라에게 통신을 연결하고, 겁없이 웃으며 의기양양하게 말했다.

『무심코 참견했는데, 방해됐어?』

남자가 자세를 무너뜨리면서도 거대한 총으로 캐럴을 겨눈다. 재빨리 아키라가 그 총에 발차기를 날렸다. 발사된 특대형 탄환은 발차기의 충격으로 조준이 흐트러져 캐럴과 동떨어진 위치로 날아갔다.

『아니, 대환영이다! 계속 쏴줘!』

남자가 다시 휘두른 블레이드를 피하면서, 아키라가 남자의 보통 총을 노리고 연사한다. 그 총으로도 캐럴을 공격할 수 없게끔 대량의 총탄을 연달아 퍼부었다.

『괜찮아? 다음에는 아키라에게 맞을지도 모르는데?』

캐럴은 가볍게 농담하듯 되물었지만, 질문의 내용은 농담이 아니었다.

아키라를 일부러 맞힐 생각은 조금도 없다. 하지만 절대로 맞지 않는다는 보장도 없다. 아까 총격은 아키라가 남자의 근처에서 멀리 밀려난 직후였기에, 최악의 경우라도 아키라에게는 맞지 않을 확신이 있었기에 가능했던 일이다. 아키라와 남자의 고속 전투는 그 정도로 빨랐다.

자신은 아키라를 지원할 생각이었지만, 아키라도 그렇게 받아들였는지는 알 수 없다. 아키라에게 방해가 될 것 같다면, 더 이상의 개입은 삼가겠다. 그렇게 생각하는 캐럴에게, 아키라가 능청스럽게 웃으며 대답했다.

『괜찮아! 맞을 것 같으면 내가 피할게! 신호 없이 마음껏 쏴 줘!』

자신감 넘치는 아키라의 말을 들은 캐럴이 놀라움을 얼굴에 드러냈다. 하지만 곧바로 그 표정을 힘찬 미소로 바꿨다.

『역시 헌터 랭크 70! 말하는 게 다르네! 알았어! 잘 피해야 해!』

이만한 위력이다. 아키라의 강화복으로는 막아낼 수 없다. 자신이 잘못 쏘면 아키라가 죽는다. 고속 전투 중인 표적을 노리면 그만큼 오발의 위험도 커진다. 그것은 캐럴도 알고 있다.

하지만 아키라는 알아서 피할 수 있다고 말했다. 그렇다면 자신이 겁먹고 총격을 삼가는 것은 아키라에 대한 모욕이다. 캐럴은 그렇게 생각하고, 아키라를 믿고 다음을 쐈다.

매서운 위력을 보유한 레이저가 다시 허공을 일직선으로 관통하며 태워버린다. 그리고 남자의 거대한 총에 명중했다. 총의 파손이 심해지고, 총 본체를 보호하기 위해 포스 필드 아머의 출력을 올리는 바람에 에너지도 많이 소비한다.

남자도 두 번이나 기습을 허용하진 않는다. 하지만 피할 수는 없었다. 아키라가 방해했기 때문이다.

캐럴의 지원 사격을 얻은 아키라는 공격의 주된 목적을 상대의 행동 방해로 전환하고 있었다. 혼자 힘으로 해치울 필요가 없다면 행동의 자유도도 높아지고, 무리수를 둘 필요도 없어진다. 확장탄창으로 풍부해진 탄환을 명중의 충격으로 상대의 자세를 무너뜨리는 것에만 사용하고, 캐럴이 공격당하지 않도록 하는 데 집중한다.

남자도 필사적으로 저항한다. 하지만 인형병기용 무기를 두 개나 들고 있는 탓에 움직임의 정밀함에서는 아키라보다 떨어지고 있다. 아키라가 블레이드를 피하고, 가까이 다가와서 거대한 총을 발로 걷어찬다. 남자는 그 가까운 거리에서 아키라와 보통 총으로 총격전을 벌이는 것이 한계다. 캐럴을 노릴 여유는 도저히 없다.

그리고 강화된 포스 필드 아머도 아키라의 공격은 막을 수 있지만, 캐럴의 공격은 막을 수 없다. 인형병기용 무기에 달린 에너지 팩을 사용하여 방어를 강화해도 캐럴의 공격에는 그것을 능가하는 위력이 있었다.

또한 아키라를 방패로 삼는 것도 불가능하다. 캐럴의 사선상에 아키라가 있더라도, 발포하는 순간에 아키라는 그 사선에서 기민하게, 그리고 정확하게 벗어나 있었다.

그대로 변칙적인 2 대 1이 이어지며 남자는 궁지에 몰리기 시작했다. 이미 캐럴의 공격을 여섯 번이나 맞았다. 그런데도 쓰러지지 않는 것이 남자의 실력과 장비의 성능을 보여주고 있다. 그런데도 한계는 가까웠다.

그리고 그 한계는 일곱 번째 피격보다 더 일찍 찾아왔다. 아키라의 발차기가 대형총에 꽂힌다. 파괴가 아닌 조준을 흐트러뜨리기 위한 일격 정도는 원래의 강도라면 충분히 버틸 수 있다. 하지만 이미 에너지가 고갈되고 있던 포스 필드 아머로는 그 정도 충격도 버티지 못했다.

대형총이 대파되어 날아간다. 그 총을 쥐고 있던 남자의 긴 팔도 함께 뜯겨 날아갔다.

이 시점에서 남자의 승리는 사라졌다. 인형병기용 무기가 절반이 되면서 몸의 포스 필드 아머의 출력도 반감되었기 때문이다. 전체 무게도 반감된 만큼 민첩성은 올라갔지만, 그런데도 아키라에게서 방해를 받으면서 캐럴의 공격을 피할 정도는 아니었다. 다음 피격으로 몸이 확실히 파손되고, 움직임이 둔해진 사이에 추가 공격에 당해 그대로 쓰러질 것이다.

그렇다면, 하고 남자는 즉시 결사적 행동으로 넘어갔다. 같이 죽어서 무승부를 노리는 것이다. 남은 에너지를 거대 블레이드에 쏟아부어 위력을 비약적으로 상승시킨다.

인형병기용 블레이드는 인형병기의 사용을 전제로 만들어진다. 즉, 사용 시에 발생하는 여파를 사용하는 기체가 맞아도 인형병기의 견고함이라면 별로 문제가 없다는 설계다.

하지만 그 여파도 사이보그인 남자에게는 큰 문제다. 최대 출력의 블레이드에는 흘러나오는 에너지만으로 남자 자신도 죽일 수 있는 위력이 있다. 에너지를 블레이드에 쏟아부은 탓에, 몸의 포스 필드 아머도 출력이 떨어졌다. 들고 있기만 해도 5초면 남자가 죽는다. 휘두르면 그 여파로 몸도 분쇄된다.

하지만 이대로 가면 자신의 몸이 아키라 일행의 총격으로 파괴될 것이다. 이젠 몸의 손상을 걱정할 필요가 없다. 남자는 그 판단으로 거대 블레이드를 힘껏 휘두르려고 한다. 주입된 에너지로 블레이드가 발광하고, 빛으로 변한 칼날이 아키라에게 쇄도한다.

하지만 남자의 결단은 한 수 늦었다.

캐럴의 일곱 번째 총격이 빛의 칼날에 명중한다. 파괴할 수는 없다. 한계까지 위력을 높인 블레이드의 강도는 그만큼 강도가 올라가 캐럴의 레이저로는 파손은커녕 흠집 하나 낼 수 없다.

하지만 날아드는 블레이드의 기세를 늦추고 칼날의 궤도를 왜곡할 위력은 있었다. 그 틈에 아키라가 양손에 쥔 총으로 남자를 노린다.

에너지를 블레이드에 돌리는 바람에 포스 필드 아머의 출력이 격감한 몸으로는 아키라의 총격을 견딜 수 없다. 무수한 C탄을 맞고, 남자는 한순간에 산산조각이 나 날아갔다.

사용자를 잃은 블레이드가 휘둘러진 기세에 따라 엉뚱한 곳으로 날아간다. 그리고 그 앞에 있던 불행한 건물들을 십여 채 날려 버리고 나서야 겨우 지면에 떨어졌다.

아키라가 숨을 크게 쉬었다. 강적이었다. 그 마음을 피로가 짙은 태도로 표현하고 있었다.

하지만 알파는 웃으며 말했다.

『편하게 해치울 수 있어서 다행인걸.』

『편하게? 어딜 봐서?』

아키라는 무심코 못마땅한 표정을 지었지만, 알파는 미소를 띤 채 말을 이었다.

『도시 간 수송차량에서 싸운 것에 비하면 편했잖아?』

『그걸 기준으로 삼지 마…….』

확실히 이 남자는 강했다. 하지만 엘데에 비하면 부족했고, 이기기 위해 도박에 나설 필요도 없었다. 게다가 이번에는 캐럴의 지원 사격도 있었다. 그런 의미에서 보면 아키라의 승리는 순조로웠고, 편하게 이겼다고 표현할 수도 있었다.

『하긴, 호위인데 호위 대상의 지원 사격이 있었으니까. 그 부분은 알파가 말한 대로 편하게 해치웠다고 해 두지.』

그때 캐럴이 다가왔다.

"아키라. 괜찮아?"

"응, 괜찮아. 지원해 줘서 고마워. 덕분에 편하게 해치울 수 있었어."

웃으며 말하는 아키라에게 캐럴이 살짝 놀란다.

"편하게…… 그렇게는 안 보였는데."

"평소엔 더 고생하거든."

"저게 덜 고생한 거야? 헌터 랭크가 70이 될 만하네."

자조를 섞어서 쓴웃음을 짓는 아키라에게, 캐럴은 살짝 동정하듯 웃었다. 그리고 그 표정을 진지한 것으로 바꾼다.

"그나저나 바바로도가 습격하다니. 비올라는 뭘 하고 있는 거야. 그런 짓을 못하게 교섭할 수 없었던 거야?"

이것은 비올라가 뭔가 실수해서 생긴 일이다. 그렇게 판단하고 분개하는 캐럴에게, 아키라가 슬쩍 말했다.

"아니, 습격한 건 바바로도라는 녀석이 아니야. 몸은 그 녀석 거지만, 내용물은 다른 사람이야."

캐럴이 의외라는 표정으로 아키라를 본다.

"그래? 아키라. 어떻게 알았어?"

그것은 알파가 알려주었기 때문이지만, 그것을 캐럴에게 말할 수는 없다. 하지만 아키라는 캐럴에게도 설명할 수 있는 이유를 따로 가지고 있었다.

"전에 싸웠을 때보다 강했어. 내용물이 같은 녀석이라면 더 편하게 이겼을 거야."

"그랬구나……."

그렇다면 누가 무슨 이유로 습격한 걸까. 그것도 하필 바바로도의 몸으로. 아키라와 캐럴의 머릿속에는 똑같은 의문이 떠오르고 있었다.

◆

전투를 마친 아키라 일행에게, 다양한 사람들이 찾아왔다.

우선은 아키라의 집이 있는 구역의 치안 유지를 맡고 있는 민간 경비회사의 직원이었다. 아키라 일행을 자극하지 않도록 떨어진 장소에 차를 세우고, 혼자 무장하지 않은 채 내려서 두 손을 슬쩍 들고 천천히 다가오는 식으로 매우 신중한 대응을 보였다. 마치 일촉즉발의 적대 조직을 상대로 정전 교섭을 하러 온 교섭인 같았다.

아키라와 캐럴은 일단 그 사람에게 사정을 설명했다. 물론 사태의 전모는 자신들도 잘 모른다. 아는 것만을 이야기했다.

이어서 키바야시, 히카루, 이나베 등, 도시 관계자 중에서 아키라와 관계가 깊은 사람들이 찾아왔다. 키바야시와 히카루라면 또 모를까, 도시의 간부인 이나베는 원래라면 방벽 바깥의 주택지가 다소 파괴된 정도의 일로 일부러 현장에 찾아가는 일은 없다. 하지만 아키라가 관련된 일이라는 말을 듣고, 다른 용무를 취소하고 발걸음을 옮긴 것이었다.

아키라는 그 일행에게도 마찬가지로 자신도 아는 것만을 설명하고, 주택 임대업자와의 소통 등을 전부 히카루에게 부탁했다.

히카루는 아직 아키라의 담당자다. 주위의 참상을 보고 떨떠름한 표정을 짓고 있었지만, 거절할 수는 없다. 내일 아키라 담당에서 물러날 수 있다는 것에 속으로 진심으로 안도하면서, 그대로 업무를 시작했다.

같은 참상을 보고도 키바야시는 즐거운 듯이 웃고 있었다.

"그나저나 아키라. 또 성대하게 저질렀군."

"내가 아니야. 우리를 습격한 놈들이 저지른 짓이라고."

아키라는 그렇게 말하며 일단은 자신도 피해자임을 표명했다. 물론 변명으로서 통할지 아닐지는 말한 본인도 미묘하다고 생각하고 있었다.

"거참, 기왕이면 내일 습격하지. 그러면 새 장비로 싸울 수 있었을 텐데……."

운이 없었다. 아키라는 그 생각을 얼굴에 드러냈다. 그때 키바야시가 가볍게 말한다.

"그러니까 오늘 습격한 거 아닐까?"

"그런 거야……?"

"그렇게도 생각할 수 있다는 뜻이다. 헌터 랭크 70을 호위로 두고 있는 사람을 죽이려고 하는 자라면, 그 정도 정보 수집은 하겠지. 아니지, 몇 시간 전까지만 해도 55였으니까, 너무 깊이 생각한 걸지도 모르겠군."

이나베가 캐럴에게 물었다.

"이쪽에서도 조사해 보겠지만, 습격자의 신원 등에 짐작이 가는 바는 없는가? 아키라를 호위로 고용했으니, 습격 자체는 예상하고 있었겠지?"

"정확히 말할 순 없어. 여러모로 원한을 산 건 나도 알고, 얼마 전에도 로트 브레이크에서 쳐들어온 참이니까."

"그런가."

이나베가 확인하고 싶었던 것은, 이 습격이 캐럴이 아닌 아키라를 노린 것이었을 확률이 어느 정도일지 하는 점이었다. 캐럴에게 습격자의 정체에 짐작이 가는 바가 없다면, 아키라를 노린 습격일 확률이 높아지기 때문이다.

캐럴도 이나베가 그러한 의도로 물어본 건 안다. 그러면서도 정확히 말할 수 없다고 대답해 아키라를 노린 습격이었을 가능성도 완전히 부정할 수는 없음을 알려주었다.

한편으로 캐럴은 다른 것도 생각한다.

습격의 목표가 자신이었다고 해도, 아키라를 호위로 고용한 이유로 발생한 일이라면 그 목적은 자신의 신병 구속이지 살해는 아닐 것이다.

하지만 이번에는 확실하게 죽이려고 했다. 결과적으로 죽인다고 해도 로트 브레이크 때처럼 사전에 어떠한 통고 정도는 있어야 했는데, 그것조차 없었다.

그만한 실력자가 자신에게 이 정도 습격을 실행할 이유는 무엇인가. 그 점에서 캐럴은 정말로 짐작이 가는 바가 없었다.

"비올라. 너는 뭔가 짚이는 데가 없어?"

소동의 소식을 접하고 찾아온 비올라도, 제로스와 바바로도를 데리고 와 있었다. 아키라 일행이 보여준 전투 기록에서 상대가 정말로 바바로도의 예전 몸을 사용한 것을 확인하자, 비올라는 재미있다는 듯이 미소를 지었고, 제로스는 표정을 험하게 굳혔으며, 바바로도는 억울한 누명을 쓴 사람처럼 인상을 구겼다.

그 말을 들은 비올라가 평소처럼 고약하게 웃으며 대답한다.

"없어. 바바로도의 몸을 판 것은 나지만, 나는 업자에게 팔았을 뿐이야. 그 뒤로 어디에 흘러갔는지는 몰라. 물론 그 부분은 지금부터 조사하겠지만."

제로스도 말을 꺼냈다.

"우리 쪽에서도 조사를 하겠다. 누군지는 모르겠지만, 일부러 바바로도의 몸을 썼다. 우리 소행으로 오인하게 하려는 다른 팀의 공작일 위험도 있으니까."

그때 아키라가 진지한 얼굴로 비올라를 봤다.

"비올라. 나도 부탁해. 이번 일은 제대로 조사해 줘. 습격한 녀석은 죽였지만, 배후에 누가 있다면 알고 싶어."

"상관없지만, 정식 조사 의뢰로 부탁하는 거라면, 받아야 할 걸 받아낼 건데?"

"얼만데?"

"조사해 봐야 알아. 위험한 상대가 뒤에 있다면 조사도 그만큼 힘들어지고, 경비도 많이 드니까. 애초에 헌터 랭크 70을 습격할 정도니까. 제대로 조사해 주길 바란다면 착수금은 두둑이 내놔야지. 보수에 따라 내 의욕도 달라질 건데?"

아키라가 복잡한 얼굴로 끙끙댔다. 명분은 납득할 수 있다. 하지만 새 장비 대금에 가진 돈을 쏟아부을 예정이라 남는 돈이 없다.

어떻게 할지 고민하는 아키라를 본 비올라가 자신에게 유리한 조건을 제시하려 했다. 하지만 그 전에 아키라가 한 가지 묘수를 떠올렸다.

"그럼 이렇게 하자. 잘 조사할 수 있다면, 그 보수로서, 너를 살려두길 잘했다고 생각해 주겠어. 게다가 착수금으로, 오해로 죽이기 전에 한마디 해주지. 이러면 어때?"

거절하면 죽이겠다. 그렇게 말하는 것과 다름없는 아키라의 말에 비올라는 오히려 즐거운 듯이 웃었다.

"그렇게 말한다면 나도 의욕을 낼 수밖에 없겠네. 알았어."

"부탁할게."

"아, 그래도 하나 가르쳐 줘. 습격당하는 일 정도는 아키라라면 드물지도 않을 텐데. 그 정도 일에 그런 조건을 내거는 건 나한테 엄청 크게 쓰는 것 같거든. 그렇게까지 해서 알고 싶은 이유를 물어봐도 될까?"

내가 너를 살려두길 잘했다고 생각하게 해라. 슬럼 양대 조직의 대항쟁 사건으로 비올라가 아키라와 했던 그 거래는 아직 성립되지 않았다. 어떤 의미로는 집행유예 상태다.

셰릴의 조직 운영에 깊이 관여하며, 그 경제적 발전에 크게 공헌한 뒤에도 아키라는 비올라를 망설임 없이 죽일 수 있다. 비올라가 죽은 탓에 셰릴의 조직 운영에 치명적인 악영향이 생길지라도, 다음에는 오해라도 죽이겠다고 단언할 정도로, 비올라의 생존에 가치를 두지 않고 있다.

그런 아키라가 이 정도 일에 이만한 조건을 내거는 것은 비올라에게 상당히 의외로 느껴졌다. 뭔가 숨겨진 속셈이 있는 것은 아닌지 무심코 탐색할 정도로.

그 비올라의 의문에 아키라가 불쾌한 얼굴로 대답한다.

"그렇게 신기해? 집이 날아갔는데? 그것도 얼마 전에 개조한 참이었는데?"

대답 자체는 비올라가 납득할 것은 아니었다. 하지만 아키라의 분노에 거짓이 없다는 것 정도는 쉽게 간파할 수 있었으므로, 아키라는 그런 인물이라고 해석하고 장단을 맞춰 아키라를 달랬다.

"아차, 그랬었지. 미안해. 잘 조사할 테니까 용서해 줘."

"부탁해……."

아키라도 평정심을 잃은 자신을 깨닫고, 분노를 억누르고 그 말만 했다.

그리고 한숨을 크게 쉬었다. 눈앞에 펼쳐진 광경, 폐허조차 아닌 집의 흔적은 그만한 상실감을 아키라에게 느끼게 했다.

◆

집을 잃은 아키라가 캐럴의 집 욕조에서 숨을 내쉰다. 고급 입욕 체험을 하고 있지만, 내쉬는 숨에는 음울한 느낌이 있었다. 함께 있는 캐럴에 대한 반응도 한층 더 무뎌졌다. 알파가 모습을 드러내도 문제없을 정도로.

헌터 랭크 70이라고는 생각되지 않는 그 모습에, 캐럴은 쓴웃음 섞인 미소를 지었다.

"아키라. 그렇게까지 그 집이 마음에 들었어?"

"그렇지. 고생해서 겨우 구한 내 집이었으니까."

"그렇구나. 그러면 진짜 나쁜 짓을 했네. 미안해."

캐럴은 미소를 지으면서도 진심으로 사과했다. 아키라가 그 태도를 조금 의외로 여기며 대답한다.

"응? 딱히 캐럴 탓은 아니잖아. 나쁜 건 그런 데서 습격한 녀석이야. 캐럴은 잘못 없어. 지원도 해 줬고, 덕분에 살았어."

"그렇게 말해 주니 다행이야. 뭐, 다음 집이 정해질 때까지는, 여기를 자기 집처럼 생각하고 편히 있어. 아키라도 우리 집 욕실의 질에 불만은 없는 것 같으니까."

결국 아키라도 캐럴의 집 욕실이 아키라의 집보다 낫다고 인정하고 있다. 그래서 캐럴의 집과 아키라의 집 중에서 캐럴의 집을 선택했다. 내가 이겼다. 캐럴은 그러한 의도를 담아서 우쭐한 기색으로 미소를 지었다.

"그렇지. 다음 집은 그 부분도 잘 생각해서 결정할게."

다음엔 이긴다. 아키라는 그 생각을 담아, 힘차게 웃으며 받아쳤다.

그리고 다른 것도 생각한다.

자기 집이라는, 자신이 죽을힘을 다해 겨우 손에 넣은 것을 진짜 잃었다. 하지만 지금의 자신이라면 같은 고생을 하지 않아도 더 좋은 것을 구할 수 있다. 그만큼의 힘을 손에 넣었다.

내일이면 새 장비도 손에 들어온다. 그 장비에 충분한 성능이 있다면 알파의 의뢰인 유적 공략도 드디어 본격적으로 시작하게 될 것이다. 집을 잃은 것은 유감이지만, 지금은 그것을 한탄하며 멈춰 있을 때가 아니다.

힘내자. 그런 마음으로 아키라는 의욕을 되찾는다. 그 아키라의 시야에 들어오는 두 명의 미녀, 실재하는 쪽도 실재하지 않는 쪽도 아키라의 의욕을 감지해 기쁜 듯이 미소를 띠고 있었다.

제220화 푼돈 졸업

쿠가마야마 시티의 방벽에는 거대한 물자 반입구가 여러 개 있다. 그곳에서는 타이어만으로 아키라의 키를 훌쩍 뛰어넘는 대형 수송차량이 빈번하게 오가며, 대량의 물자를 도시 바깥에서 방벽 안으로 공급하고 있다. 당연히 관계자만 출입이 가능하며, 도시 방위대가 철저히 경비하고 있다.

아키라는 그 반입구 안에 있는 창고로, 캐럴과 함께 새 장비를 수령하러 와 있었다.

그리고 그 아키라를 맞이한 것은 시즈카였다. 평소처럼 밝게 웃으며 아키라를 본다.

"아키라. 어서 와……라고 해도 될까?"

"괜찮지 않을까요? 오늘은 여기를 카트리지 프리크의 지점으로 치죠."

"그래. 그렇다고 치자. 그러면 다시. 아키라. 카트리지 프리크 2호점에 어서 와."

시즈카의 가게인 카트리지 프리크는 예전에는 헌터들을 위한 흔한 만물상이었다. 망할 정도로 썰렁하지는 않지만, 2호점을 낼 정도로 번성하지도 않았다. 그 정도의 가게다.

그 가게에 아키라라는 손님이 늘어난 후에도 가게의 번잡함은 크게 바뀌지 않았다. 단골이 한 명 늘어난 정도로는 오차 수준에 불과하다.

하지만 크게 바뀐 것은 있었다. 그것을 시즈카가 웃으며 아키라에게 고했다.

"그렇다고 해도, 우리 가게도 참 불건전한 장사를 하게 되었는걸. 상품을 점포에 입고조차 하지 않고 옮기기만 하는데, 그것만으로 엄청나게 벌려. 이래 보여도 양심적으로 경영하려고 마음먹었는데 말이야."

기령에서 새 장비를 사기로 한 아키라지만, 엄밀히는 기령의 상품을 사기로 결정한 것이며, 아키라는 어디까지나 시즈카의 가게에서 장비를 주문하여 사고 있는 것이다.

헌터 랭크 70의 장비다. 당연히 엄청나게 비싸다. 여느 물품이라면 가게가 망할 정도의 양심적인 이문만 뗀다고 해도 자릿수가 다른 이익이 될 정도로.

"괜찮지 않을까요? 시즈카 씨네 가게에는 초보 헌터 시절부터 신세를 졌잖아요. 많이 버세요."

웃으며 대답한 아키라가, 이전 장비 구입 때의 일을 떠올린다.

"그리고 그 왜, 시즈카 씨도 전에 주문 대행은 이익이 별로라고 했었잖아요. 그때 제가 다음을 기대해 달라는 식으로 말했고, 시즈카 씨도 기대하고 있다고 했었죠? 꽤 오래 기다리게 했지만, 드디어 그때가 왔다고 치죠."

"그런 일도 있었지. 미래의 큰손을 잘 모신 보람이 있었네. 역시 난 대단하다고 말해둘까."

아키라와 시즈카가 가볍게 농담하듯 스스럼없이 웃는다. 아키라의 헌터 랭크가 70이 되어도, 장비 대금이 억을 가뿐히 넘겨도, 시즈카의 가게가 여전히 평범한 헌터를 위한 가게여도, 두 사람은 이전과 마찬가지로 웃고 있었다. 언제까지나 그러고 싶다고 바라는, 아키라의 소망대로.

"그러면 오늘도 잘 모셔야지. 자, 아키라 님. 오늘 상품은 이겁니다."

시즈카는 그렇게 말하고 창고에 놓인 아키라의 새 장비 세트를 손으로 가리키더니, 그것들에 대해 설명하기 시작했다.

아키라의 새로운 강화복은 HC31R 강화복, 제품명 로스카텐. 고랭크 헌터용의 단일 제품으로도 강력한 물건이며, 그것에 고성능 확장부품을 조합함으로써 더욱 강화했다. 가격도, 신체 능력도, 포스 필드 아머의 강도도, 고가형 인형병기와 맞먹는 수준이다. 포스 필드 실드도 전개할 수 있다. 통합된 정보수집기도 훨씬 더 정밀하다.

옵션 제품도 같이 있다. 방호 코트와 백팩, 그리고 블레이드가 두 자루다.

후드가 달린 롱 코트는 매우 튼튼할 뿐만 아니라, 어느 정도 움직이는 것도 가능하여 서포트 암 대신으로도 사용할 수 있다. 게다가 고도의 위장 기능도 탑재했다. 그 성능은 일반인이라면 눈앞에 있어도 맨눈으로 인식하지 못하며, 일반적인 정보수집기 탐색으로도 탐지할 수 없을 정도로 뛰어나다. 백팩에도 동등한 기능이 있다.

곡선형의 검은 외날 블레이드는 초보자가 휘둘러도 강철을 자를 정도로 예리하다. 몸체를 보호하는 데도 사용되는 포스 필드 아머의 출력을 높임으로써, 절삭력을 더욱 강화할 수도 있다. 안티 포스 필드 아머 기능도 표준으로 탑재하고 있다. 게다가 베는 성질을 띤 지향성 에너지를 방출할 수 있어서, 칼날이 닿는 거리 밖에 있는 적도 쉽게 양단할 수 있다.

새로운 총은 RL2 복합총이다. 가변식 총이며, 하나의 총구로 일반탄, C탄, 소형 미사일, 그리고 AF 레이저건처럼 레이저도 쏠 수 있다. 게다가 이번에는 조달하지 못했지만, 대멸탄두(對滅彈頭)도 대응한다. 이 총을 기령을 통해 4정 조달했다.

바이크도 수리가 끝나 이 자리에 운송되었다. 탑재되어 있던 에너지 탱크는 헌터 랭크 70으로 구매할 수 있는 대용량 탱크로 변경되었고, 블레이드 생성기에도 이전 것보다 더 고성능 액체 금속을 주입했다. 서포트 암에 달았던 총도 수리를 마쳤다.

각종 확장탄창과 에너지 팩 등도 헌터 랭크 70용 물품을 조달했다. 동급 수준의 회복약도 시험용 샘플로서 손에 넣었다.

거기까지 설명을 마친 시즈카가 손에 있는 자료를 다시 보고 쓴웃음처럼 보이는 미소를 지었다. 총은 한 정에 20억 오럼이나 한다. 강화복은 옵션을 포함해 100억 오럼을 넘는다. 소모품에도 모두 엄청난 가격이 적혀 있었다.

"총 218억 오럼. 역시 터무니없는 금액이야. 아키라. 괜찮니?"

이 금액은 통상적인 금액이며, 시즈카의 가게에 치를 액수다.

일단 가게의 계좌로 들어간 후, 가게의 이익을 제외한 금액이 즉시 기령에 입금된다.

그리고 가게에는 이나베가 돈을 지급한다. 아키라에게 자기 회사 제품을 선전하게 한다는 전제로 한 광고료 할인은 보이지 않는 데서 이루어지며, 시즈카의 가게 회계 처리에는 나오지 않는다.

시즈카도 그 속사정을 부분적으로나마 들어서 218억 오럼을 전부 아키라가 내는 것이 아님을 알지만, 그래도 이만한 금액이다. 도저히 평소처럼 웃을 수는 없었다.

아키라도 조금 어색하게 웃으며 대답한다.

"그, 그게, 괜찮아요. 어떻게든 할 거예요. 어떻게든."

광고료만큼의 할인을 제외하더라도, 아키라의 지급 능력을 완전히 초과하는 금액이다. 이나베가 대신 내주지 않으면 절대로 돈을 낼 수 없다. 물론 아키라도 반드시 갚을 생각이지만, 자신만만한 표정은 지을 수 없었다.

기령의 중역과 함께 옆에서 이야기를 듣고 있던 이나베가 시즈카를 향해 말했다.

"걱정하지 마십시오. 그라면 괜찮을 겁니다. 저도 그렇게 판단했기에 이전부터 투자하고 있습니다. 문제없습니다."

도시 간부에게 실례가 되지 않도록, 시즈카는 공손하게 고개를 숙였다.

"그렇게 말씀해 주시니 저도 안심할 수 있습니다. 아키라. 앞으로도 힘내렴. 하지만 무리하면 안 되거든?"

"네. 조심할게요."

아키라는 확실하게 웃으며 고개를 끄덕였다.

아키라와 동행한 캐럴과 시즈카를 따라 이곳에 온 엘레나와 사라는 조금 떨어진 곳에서 아키라와 주변 사람들을 보고 있었다.

엘레나가 시즈카를 보며 살짝 쓴웃음을 짓고 사라에게 말했다.

"시즈카도 고생이 참 많아. 도시 간부나 기령의 중역까지 있는 자리에 끌려오다니."

"뭐, 어쩔 수 없지 않을까? 아키라의 장비를 조달하면서 오늘 하루만으로 10억도 넘게 벌었잖아? 거물을 상대하긴 힘들겠지만, 그 정도는 해야지."

그렇게 말하고 사라 역시 가볍게 쓴웃음을 지었다.

"게다가 상대의 비위를 건드리면 안 되는 건 시즈카가 아니라, 시즈카를 상대하는 사람들 같고."

"그런 것 같네."

헌터 랭크 70의 헌터. 쿠가마야마 시티 경영진 대파벌의 수장. 이름난 기업의 중역. 그런 사람들이 고작 하위 구획에서 개인적으로 작은 가게를 경영하는 점장의 눈치를 보고 있다. 사정을 모르는 사람에게는 불가사의하게도 보일 광경이다.

원래라면 아키라의 장비는 지난번과 마찬가지로 시즈카의 가게에서 받을 예정이었다. 하지만 어제 아키라의 집이 날아가고, 장비를 받는 자리에는 이나베 등의 중요 인물도 출석하는 바람에, 경비상의 문제로 급히 이 장소로 변경되었다.

따라서 원래라면 시즈카는 이 자리에 있을 필요가 없다. 점포를 사용하는 것도 아니다. 그 가게의 점장이 없어도 장비를 수령할 수 있다.

그런데도 시즈카가 왜 이 자리에 있는가 하면 이나베와 기령이 참석해 줄 것을 부탁했기 때문이다. 그리고 그것은 자신들이 결코 시즈카를 경시하는 것이 아니라고 아키라에게 보여주기 위함이었다.

시즈카도 그 정도는 이해하고 있다. 아키라를 위해서라도 기고만장해서 상대의 기분을 상하게 하는 짓도, 반대로 너무 아첨하여 아키라의 기분을 상하게 하는 짓도 하지 않고, 침착하게 대응하고 있었다. 그리고 그 적절한 대응은 이나베와 다른 참석자들에게도 좋은 인상을 주었다.

엘레나가 시선을 시즈카에게서 아키라로 돌린다.

"그나저나…… 헌터 랭크 70이라……. 대단하네."

사라도 살짝 아쉬운 듯이 웃으며 고개를 끄덕였다.

"그래. 정말이지. 대단해."

엘레나와 사라의 헌터 랭크는 45다. 이이다 상업구 유적에서 싸움을 마쳤을 때는 40이었던 것을, 이 단기간에 그만큼 올렸던 것이다. 일반적인 헌터의 기준으로는 충분히 경이로운 일이며, 보통은 있을 수 없다.

이것은 엘레나 일행이 대유통 관련 솎아내기 의뢰에서 아키라와 함께 크게 벌어들인 성과이기는 하다. 본인들의 실력에 따른 것이라고 말하기 어려운 부분도 확실히 있었다.

그런데도 엘레나 일행의 지금 실력은 다른 곳에서 온 고랭크 헌터들을 제외하면 쿠가마야마 시티에서는 일류 수준에 충분히 도달해 있다. 동부 전체 기준의 일류를 목표로 더 동쪽으로 가려는 헌터가 아니라면 성공했다고 해도 과언이 아닌 도달점에 이르렀다는 뜻이다.

자신들은 충분히 강해졌다. 충분한 돈도 얻었다. 여기가 한계. 여기가 경계선. 더는 목숨을 걸고 나아갈 필요가 없다. 여기까지 온 것을 자랑해도 좋다. 자신들이 헌터로서 그만한 경지에 이른 것을, 엘레나와 사라도 이해는 하고 있다.

그런데도 그 경계선을 훌쩍 뛰어넘어 훨씬 높은 곳에 도달한 사람이 있고, 게다가 그 사람이 자신들의 후배뻘임을 생각하면, 여러모로 복잡한 감정이 생길 수밖에 없다.

엘레나가 그 감정의 일부를 살짝 씁쓸한 투로 입 밖에 냈다.

"이젠 진짜로 선배 행세를 할 수 없게 되었네."

사라도 같은 감정이 있었다. 하지만 엘레나와 다르게 말한다.

"괜찮잖아. 계속하자고. 선배 행세."

의아해하는 얼굴로 보는 엘레나에게, 사라는 살짝 당당하게 웃어 보였다.

"멀어지는 건 격이 낮은 사람이 들러붙어서 눈에 거슬린다든가, 아키라가 그렇게 생각하고 나서 해도 늦지 않잖아?"

아무래도 실력 차이가 너무 벌어졌으니까, 이제부터는 아키라와 함께 헌터 활동을 하기 어려울 것이다. 분수를 알고 조금 거리를 두는 것이 좋을지도 모른다. 엘레나의 말에는 그런 의미도 포함되어 있었다.

사라는 엘레나의 생각을 간파하고, 거리를 둘지 말지는 아키라가 정하면 된다고 생각했다. 단순히 자신들이 기가 죽어 거리를 두는 거라면 또 몰라도, 자신들이 아키라의 생각을 멋대로 해석하여 소원해질 필요는 없다. 그리고 나는 스스로 아키라와의 관계를 끊을 생각은 없다. 그런 뜻으로 절친에게 말하고 있었다.

그리고 그 절친의 말을 듣고 엘레나는 표정을 부드럽게 풀었다. 시시한 고민을 떨쳐낸 것처럼 밝고 힘차게 미소를 지었다.

"……. 그래. 사라. 그렇게 하자."

"응. 엘레나. 그러면 돼. 아, 하지만 전혀 도움이 안 되는 상태로 아키라와 함께 헌터 활동을 할 생각은 없어. 그러니까 보류했던 대답을 할게. 더 전진하겠어. 그렇게 알아줘."

그 말을 들은 엘레나는 살짝 놀란 후, 이번에는 당돌하게 미소를 지었다.

"알았어. 앞으로도 열심히 하자. 그렇다면 먼저 나노 머신을 다 쓰면 죽는 사라의 허약한 몸을 어떻게든 해야겠네. 돈이 많이 들겠어."

"무슨 소리야. 헌터 활동에 돈이 드는 건 당연하잖아?"

"그러게."

사라는 어릴 때 사정이 있어 빈사 상태에 빠졌고, 치료 차원에서 나노 머신을 투여해 신체강화 확장자가 되었다. 그것은 죽기 직전의 몸을 소모성 나노 머신의 힘으로 억지로 움직이고 있는 것과 같다. 나노 머신의 고갈은 사라의 죽음을 의미한다.

고갈되어도 죽지 않도록 사라의 몸을 완전히 치료하려면 일반적인 수단으로는 벌 수 없을 정도로 많은 돈이 필요했다. 엘레나와 사라에게 헌터 활동이란 그 돈을 벌기 위한 수단이었다.

그리고 헌터로서 성공하여 그 돈을 모두 번 엘레나와 사라에겐 두 가지 선택지가 있었다. 헌터를 그만둘 건지, 계속할 건지.

몸을 완전히 치료하면 사라는 신체강화 확장자가 아니게 된다. 즉, 예전처럼 헌터로서 싸울 수 없게 된다.

그대로 헌터를 그만둔다면 그래도 된다. 하지만 계속하려면 강화복을 사든, 신체강화 확장 처치를 다시 받든, 추가 예산이 필요하다. 먹고사는 데 지장이 없을 정도로 헌터 활동을 계속할 건지, 헌터로서 더 높은 곳을 목표로 할지에 따라서도 필요한 예산이 달라진다.

예전처럼 싸울 수 없게 된 사라를 집에 남기고 엘레나만 헌터 활동을 계속한다는 선택지는 없다. 그만두든 계속하든 두 사람이 함께다. 그 상황에서 어떻게 할지. 그 결단을, 엘레나는 사라에게 맡기고 있었다. 오랜 소원인 건강한 몸을 손에 넣은 후의 생활은, 사라 자신이 결정해 주기를 바랐기 때문이다.

사라는 그 결단을 보류하고 있었다. 치료비는 확보했으니 급하게 결정할 필요는 없다. 천천히 결정하면 된다. 엘레나가 한 말도 있어서 조바심을 내지 않고 결정하려고 했다.

그리고 오늘, 사라는 그것을 결정했다. 헌터를 그만두면 아키라와 소원해진다. 어중간한 헌터인 채로는 아키라에게 선배 행세를 할 수 없다. 그렇다면 자신들도 헌터로서 더 전진하겠다.

힘든 일도, 잃은 것도 많았던 헌터 활동이지만, 얻은 것도 있었다. 그것을 잃지 않기 위해서, 스스로 놓아버리지 않기 위해서, 간단히 추월당한 후배를 더 따라잡을 수 없다고 해도, 자신들이 먼저 멀어지지 않기 위해서, 엘레나와 사라는 웃으며 앞으로 나아가기로 했다.

헌터로서 더욱 높이 올라가기로 한 엘레나 일행을, 캐럴은 곁눈질로 관찰하고 있었다.

(모르겠는걸. 확실히 미인이고, 헌터로서 실력도 나쁘지 않다고 생각하지만, 그 정도라면 나도 뒤지지 않는다고 할까, 앞서고 있다고 생각하는데. 그런데 왜 아키라는 저 사람들한테 반응하고, 나한테는 반응이 없는 걸까?)

캐럴이 시선을 아키라에게 돌린다. 그곳에는 시즈카와 기분 좋게 이야기하고 있는 아키라가 있었다. 딱 봐도 여자를 대하는 태도다.

그리고 캐럴은 시즈카와 엘레나 일행의 공통점을 찾아보았다.

(으음. 아키라가 초보 헌터였을 때부터의 인연이라서 그런가? 즉, 교류 기간이 중요? 아키라는 여성 관계에 한해서는 엄청나게 낯을 가린다는 걸까? 그렇다면 나를 호위하는 동안 아키라도 익숙해져서 내게 관심이 생긴다거나…….)

크게 벗어나지 않은 곳까지 도달한 캐럴의 사고를, 정보단말에 도착한 알림이 중단시켰다. 그것은 도라스가 보낸 것이었다.

새 장비 조달을 마친 아키라는 곧바로 그것들로 장비를 바꿨다. 새로운 강화복으로 갈아입고, 방호 코트를 착용한다. 두 자루 블레이드와 두 정의 총을 장착하고, 탄약류를 채운 백팩을 등에 멨다. 바이크의 서포트 암에 달린 총도 RL2 복합총으로 교환했다. 지금 당장에라도 황야로 나설 수 있는 상태다.

그런 자신의 모습을 보고, 아키라가 이전에 알파에게서 들었던 말을 떠올린다.

『내 장비도, 드디어 푼돈을 졸업한 건가.』

지불 통화가 오럼인 동안에는 100억도 푼돈이다. 아키라는 아직 1200만 오럼 정도의 돈으로 심하게 동요하고 있을 무렵에 알파에게 그런 말을 들은 적이 있었다.

동부에는 기업 통화로는 살 수 없는 특별한 제품, 콜론으로만 구매할 수 있는 매우 고성능의 장비가 있다. 그런 장비에 비하면 1200만 오럼 정도의 푼돈으로 살 수 있는 물건 따위는 성능이 너무 떨어져 언급할 가치도 없다.

알파는 아키라에게 그렇게 말했었다. 그 알파도 새 장비를 착용한 아키라를 보고 기쁜 듯이 미소를 지었다.

『그래. 드디어 제대로 된 장비를 손에 넣었어.』

오럼으로 산다고 해도 100억이 넘는 가격대의 장비라면 콜론으로만 살 수 있는 것에 필적하는 성능을 가진 물품도 나온다.

아키라의 장비는 218억 오럼. 여기에는 그만한 힘이 있고, 그 힘을 장비할 정도의 사람이 있었다.

『218억 오럼의 장비를 그 정도로 평가하는 건가. 즉, 알파가 지정하는 유적을 공략하려면 최소한 그 정도 장비가 있어야 한다는 뜻이지? 알파를 처음 만난 내가 들으면 졸도했을 것 같아.』

『비밀로 해두길 잘했지?』

『정말이지.』

그때 아키라가 문득 생각나 방호 코트의 위장 기능을 사용해 보았다. 그러자 코트로 가려진 부분이 눈에 보이지 않게 된다. 머리도 후드로 덮지 않은 얼굴만이 공중에 떠 있는 것처럼 보인다. 실제로는 가시광선만이 아니라, 자외선이나 적외선에서도, 심지어 반향정위로도 탐지하기가 매우 곤란해져 있었다.

"시즈카 씨. 어때요?"

시즈카가 아키라의 가슴 언저리에 손을 뻗는다. 감촉은 있지만, 아무리 눈에 힘을 주고 봐도 맨눈으로 실체를 인식할 수 없었다.

"대단해. 아키라. 악용하면 안 되거든?"

"네. 물론이죠."

순순히 대답한 아키라에게, 시즈카는 살짝 놀리듯이 미소를 지었다.

"몰래 훔쳐보는 짓도, 절대로 하면 안 된다?"

"안 해요."

아키라는 위장 기능을 해제하고 후드를 벗으며 조금 아이 같은 태도로 대답했다.

그 반응을 본 시즈카가 웃으며 아키라를 달랬다.

"미안해. 너무 놀렸어."

그리고 시즈카는 아키라의 머리를 다정하게 쓰다듬었다. 완전히 애 취급이지만, 아키라는 그러지 말라며 손을 뿌리칠 수는 없다. 그대로 쓰다듬게 두고 있었다.

그런 아키라에게 알파가 끼어들었다.

『아키라는 내 알몸을 마음껏 볼 수 있으니까, 몰래 훔쳐볼 필요는 없겠지.』

『조용히 있어.』

『그건 그렇고, 역시 만지는 게 효과가 있는 모양이네.』

『조용히 있어…….』

알파에게 섣불리 반응하지 않기 위해 아키라는 살짝 빨개진 얼굴에 힘을 줬다.

그때 캐럴에게서 알림이 도착했다. 아키라는 그것을 이유로 시즈카에게 쓰다듬는 것을 멈춰 달라고 하고는, 알림 내용을 확인한다. 부업 때문에 잠시 자리를 비울 것이며, 끝나면 연락하겠다는 내용이었다.

호위로서 항상 가까이 있도록 하고 있지만, 캐럴 쪽에서 멀어지겠다고 하니 안전할 것이다. 게다가 캐럴의 부업 현장에 동석하고 싶지는 않다. 그렇게 생각하고, 아키라는 알겠다는 뜻으로 답장했다.

그 뒤로 아키라는 지금까지의 장비들을, 새로운 강화복의 부속품이자 유지보수 기능이 달린 격납기기 등과 같이 자율 주행식 소형 컨테이너에 실었다. 새 장비 세트의 수령 절차는 이것으로 완료되었다.

이제는 바이크로 렌탈 컨테이너와 함께 돌아가기만 하면 끝이다. 캐럴이 연락할 때까지 다른 사람들과 잡담하며 시간이나 때우자. 아키라가 그렇게 생각하고 있을 때, 키바야시가 히카루를 데리고 나타났다.

"아키라. 장비 수령은 끝났냐? 잠시 할 이야기가 있으니까 이리 오라고."

"무슨 이야기인데?"

키바야시가 의미심장하게 웃었다.

"나는 어제 일로. 히카루는 너희 집의 임대 이야기가 있다."

"알았어."

그렇게 말하면 아키라도 그렇게 대답할 수밖에 없다. 시즈카를 걱정시킬 순 없기 때문이다.

키바야시는 어제 아키라가 습격을 받은 사건에 대해, 굳이 '어제 일' 이라고만 말해서 관계자가 아니면 자세한 사정을 알 수 없는 방식으로 이야기했다.

나아가 만약 아키라가 나중에 말하라는 식으로 거절하면 격렬한 전투로 아키라의 집이 날아간 것, 나아가 주변의 주택도 광범위하게 같이 날아간 것, 그 탓에 집 임대에 관한 이야기가 필요해진 것도 포함해 시즈카가 있는 이 자리에서 말하겠다. 키바야시는 표정으로 그렇게 말하고 있었고, 아키라도 그것을 간파했다.

"시즈카 씨. 죄송합니다. 볼일이 생겨서 이만 가볼게요."

"그래. 아키라. 다음에 또 봐."

"네."

짧지만 진심으로, 언제 죽어도 이상하지 않은 헌터 활동을 하면서도 살아서 다시 만날 것을 약속하며, 아키라와 시즈카는 서로 웃었다.

아키라가 키바야시 일행과 함께 그 자리를 떠났다. 그러자 아키라를 배웅하던 시즈카가 있는 곳으로 엘레나 일행뿐만 아니라 기업의 영업 담당자들도 찾아왔다.

그들의 목적은 시즈카도 쉽게 짐작할 수 있다. 아키라 덕분에 오늘은 엄청나게 돈을 벌었다. 그러니 그들을 상대하는 것도 업무의 일부겠지. 그렇게 생각하고, 시즈카는 웃으며 일하기로 했다.

키바야시 일행과 함께 그 자리를 뜬 아키라가 문득 뒤돌아보자, 자신을 배웅해 준 시즈카에게 많은 사람이 모여 있었다.

“키바야시. 저 사람들은 뭐야?”

“네 새 장비 조달 경쟁에서 패배한 영업 담당자들이지. 장비 수령이 끝나면서 기령을 우선하는 제약도 사라졌으니까. 헌터 랭크 70을 고객으로 둔 가게의 점장에게, 곧바로 몰려간 거야.”

아키라는 인상을 살짝 굳혔다. 그것을 본 키바야시가 웃으며 말을 잇는다.

“걱정하지 말라고. 네가 뭘 걱정을 하고 있는지는 묻지 않겠지만, 저 사람의 비위를 상하게 하든, 네 비위를 상하게 하든, 네 다음 장비 조달에 불리해진다는 것 정도는 저들도 잘 알아. 저 사람의 이익이 되는 내용으로 이야기를 진행할 테지.”

키바야시는 그렇게 말하고 더 가라고 아키라에게 손짓으로 재촉했다. 아키라와 함께 다시 걷기 시작한다.

"뭐, 저들이 네가 아니라 저 사람에게 모여든 데는 이유가 조금 더 있지만 말이야."

"어떤 건데?"

"우선 이 자리에서 너한테 다음 장비는 우리 회사 제품으로 부탁한다고 말하면, 이 녀석은 또 금방 장비를 부숴 먹을 것이라고 말하는 것과 마찬가지라서 네 심기를 건드릴 우려가 있지. 그래서 말하기 어려운 너한테 직접 말하지 않고 말하기 쉬운 저 사람에게 말한다. 그런 이유가 하나."

방벽 내부의 통로를 지나가며 키바야시가 이야기를 이어갔다.

"그리고 또 하나. 지금 너한테 몰려들어 시간을 빼앗으면 네가 이제부터 만날 사람의 시간도 빼앗게 된다. 그건 좀 곤란하지. 그래서 이 자리에서 네게 교섭을 시도하는 건 그만두고, 지금은 네가 편애하는 가게의 점장이나 네가 드물게 팀을 짤 정도로 친해 보이는 헌터와 좋은 관계를 만드는 것을 우선하자. 대충 그런 거겠지."

"이제부터 누군가를 만나는 거야?"

"그래. 지금은 어제 일의 관계자라고만 말해두지. 저쪽도 할 말이 있을 거야. 자세한 것은 본인에게 직접 들어."

"알았어."

다음은 히카루가 이야기를 꺼낸다.

"어, 음, 아키라. 그, 아키라네 집 말인데…… 일단 아키라에게 배상 책임이 없도록 했어."

아키라의 집 임대 계약은, 기본적으로 강도 등에 알아서 대처하는 내용이다. 그 상황에서 주변 집에 피해를 주지 않고 싸울 의무는 없다. 또한 자택이 날아간 것에 대한 배상은 집세에 포함된 보험으로 충당할 수 있다. 그 이상을 요구한다면, 아키라가 아니라 습격자에게 해야 한다.

여기는 방벽 바깥. 자기 몸을 지킬 책임은 개인에게 있다. 그리고 대규모 습격을 미리 방지할 책임은 그 지역의 치안 유지를 담당하는 조직에 있다. 해당 지역 집을 빌린 아키라에게는 책임이 없다. 히카루는 임대업자와 그러한 이야기를 했다.

그리고 임대업자는 그 이야기를 받아들일 수밖에 없었다. 히카루의 말이 옳은지 아닌지는 전혀 관계없다. 쿠가마야마 시티, 그리고 헌터 랭크 70과 다투고 싶은지 아닌지의 문제다. 선택의 여지 따위는 없다. 하지만 업자 측에서도 최소한 양보할 수 없는 것은 있었다.

"그래서 있지? 미안하지만 이사만 해주면 안 될까? 요컨대 그 장소에는 살지 않았으면 좋겠다는 뜻인데."

아키라의 집은 주변 집과 함께 날아갔지만, 그 토지에는 머지않아 새로운 집이 지어질 것이다. 임대 계약을 해지하지 않은 이상, 거기에 다시 아키라가 사는 것이 불가능하진 않다. 하지만 임대업자로서는 제발 그러지 않으면 좋겠다.

그리고 히카루도 업자가 너무 딱하게 느껴져서, 그 부분은 아키라가 타협해 주기를 바랐다.

아키라도 자신이 나가 주기를 바라는 상대의 마음은 안다. 하지만 그것과는 별개로 끙끙거렸다.

"으음. 그야 그런 일이 있었으니 나에게 나가 주길 바라는 건 알겠지만. 그렇게 되면 이사할 곳은 어떻게 되는 거지?"

"고랭크 헌터용 임대 물건이 있어. 다른 도시에서 쿠즈스하라 시가지 유적 중심부 공략을 위해 초대한 사람들을 위한 곳이야. 거기는 안 될까?"

"안 될 건 없지만, 일단 말해두는데, 집세가 1000만 오럼을 넘는다든지 하는 곳을 소개받으면 곤란한데."

"아까 200억 오럼짜리 거래를 마친 것에 비하면 대수롭지 않은 수준 아니야?"

"아니, 그런 말을 들어도……."

헌터 랭크 70이 사는 집이라고 생각하면 집세가 1000만 오럼을 넘겨도 이상하지 않다. 또한 그런 집이 있는 지역이라면 경비의 질도 좋아지므로, 지난번 같은 소란도 일어나기 어려워진다.

하지만 그것을 알고 있어도, 히카루가 옳다고 해도, 아키라의 금전 감각으로는 그런 집에 살기 어려웠다.

그때 키바야시가 끼어들었다.

"뭐, 다음에 어떤 집에 살게 되든 이전 장소에서 옮기는 것은 확정이라고 보면 되겠지. 그 근처는 랭크 30 정도의 헌터가 사는 곳이다. 70인 녀석이 살 곳은 아니야. 당분간은 그 캐럴이라는 여자의 집에서 살 거잖아? 다음 집을 어떻게 할지는 그동안 천천히 생각하면 될 텐데?"

“그렇지. 그렇게 할게.”

그 말을 들은 히카루가 작게 한숨을 쉬었다.

아키라의 장비 수령이 끝난 것으로 히카루는 본래대로라면 아키라 담당에서 물러날 예정이었다. 하지만 어제의 습격 소동으로 그 예정이 변경되었다. 이나베의 지시에 의해 이번 소동이 수습될 때까지, 최소한 맡고 있는 안건이 없어질 때까지 계속하게 된 것이다.

습격 자체의 조사는 키바야시가 신나게 맡았으므로, 히카루가 맡고 있는 안건은 아키라의 집 문제를 처리하면 끝난다.

“아키라. 집 자료는 보낼 테니까, 마음에 드는 것이 있으면 바로 연락해 줘.”

“응? 그래. 알았어.”

“꼭 연락해야 해? 한밤중이라도 눈치 보지 말고 연락해.”

“알았다고.”

히카루는 웃으며 강조했고, 아키라도 가볍게 웃으며 대답했다.

키바야시는 즐거운 듯이 웃고 있었다.

제221화 드래곤 리버

어제 습격 소동의 관계자와 만난다. 키바야시가 그렇게 말하고 아키라를 데려간 곳은 슈테리아나였다. 입구에서 총 등을 맡기고 안으로 들어가자, 두 명의 남녀가 앉은 자리에 안내받았다. 아키라는 그중에서 여성을 본 적이 있었다.

키바야시가 아키라에게 그 두 사람을 소개한다.

"소개하지. 이 녀석은 타츠카와. 드래곤 리버라는 헌터 팀의 대장이다. 이쪽은 멜시아. 그곳의 부대장을 맡고 있지."

"타츠카와다. 잘 부탁해."

"멜시아야. 또 만났네."

"어어, 아키라야."

간단한 자기소개를 마치고 아키라 일행이 자리에 앉는다. 그리고 우선 타츠카와가 점원을 불러 적당히 이것저것 가져다 달라며 고급 가게에 어울리지 않는 주문을 마쳤다. 그러고 나서 키바야시가 이야기를 진행하려고 한다.

"이제 이야기를 시작해 볼까. 타츠카와. 어떻게 할 거야? 역시 개요 정도는 내가 말할까?"

"아니, 전부 이쪽에서 이야기하겠어. 너한테 맡기면 분명 이야기를 쓸데없이 재미있고 우습게 만들려고 할 테니까."

"그럴 생각 없다고. 너와 너 사이 아니야."

"나와 너의 사이니까 못 믿겠다는 거야."

"너무한걸."

키바야시에게 질색한 표정을 짓는 타츠카와와 그것을 웃어넘기는 키바야시. 두 사람의 어딘가 스스럼없는 대화는, 아키라에게 왠지 익숙한 것을 느끼게 했다.

타츠카와가 가볍게 한숨을 쉬고 아키라를 본다.

"먼저 말해두지. 우리는 너와 싸울 생각이 없고, 굳이 따지자면 피해자인 처지야. 그 전제하에 이 자료를 보면서 들어줘."

단거리 통신으로 보내온 자료를 아키라가 확장시야에 표시한다. 그곳에는 지난번 습격에서 남자가 사용하고 있던 인형병기용 장비가 실려 있었다.

"어제 너를 습격한 녀석이 사용한 무기는 우리가 도난당한 물건이다."

무심코 어리둥절한 표정을 지은 아키라에게, 타츠카와와 멜시아는 그 습격이 드래곤 리버와 무관하다는 것을 이야기하기 시작했다.

습격자는 아키라의 총격을 맞고 내용물째로 날아갔지만, 사용하던 인형병기용 거대 무기나 그 운반에 사용한 트레일러는 비교적 원형을 남겼다.

조사를 위해 그것들을 회수한 키바야시는 인형병기용 무기가 드래곤 리버의 소유물이라는 것을 밝혀냈다. 그 자리에서 타츠카와에게 연락하여 상황을 설명했다.

그 말을 들은 타츠카와는 곧바로 멜시아에게 확인하게 했다. 그러자 데이터상으로는 창고에 있어야 할 장비가 없었다.

이것은 장비의 사용 기록이 변조되었다는 것을 의미한다. 그리고 이런 종류의 변조는 외부인보다 내부인이 하는 것이 더 간단하다. 즉, 자칫하면 아키라의 습격에 드래곤 리버의 사람이 협력했을 위험이 생겼다.

그 시점에서 즉시 팀원 모두의 위치를 확인했다. 그 결과, 행방불명인 사람은 없었다. 그 보고를 멜시아에게 들은 타츠카와는 일단 안도했다. 행방불명인 사람이 있다면 바바로도의 몸속에 있던 인물일 위험이 있었기 때문이다.

"그런고로 너를 습격한 녀석이 사용했던 장비가 우리 인형병기의 물건이었다는 건 인정하고, 누가 어떻게 훔쳤는지는 모르겠지만, 보기 좋게 도둑맞은 탓에 네가 끔찍한 일을 겪은 건 알아. 그 부분은 우리도 실수를 인정하지만, 우리도 장비를 도둑맞은 피해자고, 우리가 너를 습격한 건 아니야. 그 점은 알아주면 좋겠어……. 이 정도인가?"

타츠카와가 시선을 주자, 멜시아가 말을 이었다.

"그렇지. 나머지는 뭐, 이 이야기를 네가 믿을지 말지지만, 이렇게 말하긴 좀 그렇지만, 만약 우리가 주범이랄까, 너를 습격한 게 우리였다면, 아마 너는 죽었을 거야. 그러니 아니라고 생각해 주지 않을래?"

그것은 어떤 의미에서 아키라에게 가장 설득력 있는 설명이었다. 멜시아의 힘은 아키라도 도시 간 수송차량에서 보았다. 오늘의 새 장비라면 붙어 봐야 알겠다 정도는 말할 수 있겠지만, 아무리 그래도 어제의 장비로는 승산이 있다고는 생각되지 않았다.

"알았어. 믿을게."

타츠카와가 가볍게 안도의 한숨을 쉬었다.

"알아줘서 다행이군. 뭐, 우리도 조사는 계속할 거고, 뭔가 알게 되면 너한테도 알려주지."

본론이 끝났을 때 마침 요리가 나왔다. 그 뒤로는 식사를 하면서 잡담을 나누었다.

그 잡담 중에, 멜시아가 이번 사건에 대한 의견을 제시했다.

"나도 좀 생각해 봤는데, 이번 사건에서 습격당한 건 아키라지만, 노린 건 우리였을 가능성도 있는 거 아니야?"

"무슨 뜻이지?"

"우리에게서 훔친 무기로 아키라를 습격한 녀석이 로트 브레이크의 바바로도라는 녀석의 몸을 사용했잖아? 우리와 로트 브레이크의 싸움을 부추기려 노린 공작이었을 수도 있어."

드래곤 리버는 이번 습격에 바바로도의 몸이 사용된 것 때문에 로트 브레이크의 공작을 의심한다. 로트 브레이크는 드래곤 리버의 장비가 사용된 것 때문에 드래곤 리버의 공작을 의심한다. 그렇게 서로가 상대의 공작이라고 의심하게 하여 싸우게 하는 것이다.

쿠즈스하라 시가지 유적 중심부 공략의 상위 팀들이 서로 싸워 무너진다면, 어부지리를 얻을 곳은 많다. 그렇게 생각하면 가능성은 있다. 멜시아는 그런 느낌으로 말했다.

"이런 말을 해서 미안하지만, 헌터 랭크 70을 호위로 둔 사람을 노린 습격치고는 너무 조잡한 느낌도 드니까. 습격 자체가 목적이고, 호위 대상의 생사는 안중에도 없었을지도 몰라. 뭐, 그렇게도 생각할 수 있다는 거지만."

"만약 그렇다면, 나는 그런 이유로 죽을 뻔했던 건가……."

운이 없다. 아키라는 그렇게 생각하며 한숨을 쉬었다.

그 한숨을 들은 타츠카와가 가볍게 말했다.

"고생이 많아……. 그렇게 힘들다면 우리 팀에 들어올래? 안전한 방도 준비할 수 있고, 다시 습격당해도 팀원들과 함께 격퇴할 수 있거든?"

아키라는 뜻밖의 제안에 놀랐지만, 곧바로 대답한다.

"아, 미안한데 나는 어디 팀에 가입할 생각은 없어서……. 아니, 그 이전에 지금은 캐럴이라는 녀석의 호위를 맡고 있어서, 그런 일을 내 마음대로 결정할 수는 없어."

"그래? 그렇다면 정식 가입이 아니라 사태가 진정될 때까지 임시 가입이라도 괜찮고, 그 캐럴이라는 녀석도 함께 있어도 상관없는데?"

그렇게 말하니 아키라도 망설이기 시작한다. 캐럴의 동의를 얻을 필요는 있지만, 일시적으로 드래곤 리버에 가입하면 캐럴이 더 안전해지는 이상, 검토할 여지는 있는 것처럼 보였다. 그러나 우려도 느낀다.

"뭔가 나한테 너무 조건이 좋은 이야기처럼 들리는데."

살짝 의아해하는 기색을 보인 아키라에게, 타츠카와가 의미심장하게 웃으며 대답한다.

"헌터 랭크 70을 팀에 끌어들이는 거다. 이 정도 조건은 별로 이상하지 않잖아. 뭐, 선배로서 후배를 좀 도와주자 같은 생각을 하는 부분도 있다는 건 부정하지 않겠지만."

아키라는 의미를 알 수 없어 의아한 표정을 지었다. 그러자 타츠카와가 키바야시를 손가락질하며 말을 이었다.

"아키라도 이 녀석의 끔찍한 의뢰를 받고 출세한 거지? 나도 그래."

아키라가 무심코 키바야시를 본다. 그러자 키바야시는 즐겁게 말도 안 된다는 표정을 지었다.

"끔찍한 의뢰라니 말이 심한걸. 떼돈을 벌 수 있는 의뢰를 너를 위해 열심히 준비해 줬는데."

"무슨 소리야. 그걸로 내가 몇 번이나 죽을 뻔했는지 알아?"

"그만한 가치는 있었잖아? 변변찮은 초보 헌터였던 네가 5년도 안 돼서 고랭크 헌터가 되었으니까. 아키라도 내 협력이 없었다면 이 단기간에 이만큼 성공하지 못했을 텐데? 그렇지?"

그렇게 말하며 키바야시는 동의를 구하는 듯한 시선을 아키라에게 보냈다. 틀린 말은 아니다. 하지만 아키라도 고개를 끄덕이기는 어려웠다. 그때 타츠카와가 끼어든다.

"그건 결과론이지. 아키라. 너도 진작에 눈치챘겠지만, 아직 눈치채지 못했다면 알려주마. 이놈의 의뢰를 받고 나와 네가 살아남은 건, 실력을 전제로 깔더라도 솔직히 운이야. 안일한 생각으로 이 녀석의 의뢰를 수락했다가 죽은 헌터가 심하면 네 자릿수는 될걸?"

"무슨 소리야. 애초에 헌터 활동은 처음부터 목숨을 거는 일이야. 그 정도는 죽어도 이상할 것 없지. 게다가 목숨을 걸고도 시시한 도박밖에 할 수 없는 녀석들이 널렸어. 나는 그렇게 기회가 없는 녀석들에게 목숨을 걸 가치가 있는 의뢰를 제공해 주고 있을 뿐이라고. 너도 더 고마워해도 되는데?"

"헛소리하지 마."

죽을 만큼 위험한 의뢰를 태연하게 알선한 사람과 그 의뢰를 받아 죽을 뻔했던 사람이, 그러한 경위가 있었는데도 어딘가 마음이 맞는 친구처럼 즐겁게 이야기하고 있었다.

아키라가 타츠카와에게 물었다.

"타츠카와가 받은 키바야시의 의뢰는, 어떤 거였어?"

"아, 우선은 말이야……."

그때부터 잡담의 내용은 타츠카와가 키바야시에게 알선받았던 의뢰 이야기로 넘어갔다.

키바야시도 딱히 유별난 의뢰를 알선한 것은 아니다. 몬스터 토벌에 황야 순찰, 도시 주도 유물 수집 참가에 물자 수송 경비 등, 의뢰 내용 자체는 지극히 흔한 것이었다.

하지만 그 난이도는 당시 타츠카와의 실력으로 버거운 것밖에 없었다. 그러면서도 이건 아무리 생각해도 절대로 불가능하다고 생각할 정도는 아니었고, 게다가 달성하면 막대한 성과를 얻을 수 있다는 점도 있어, '잘만 하면' 이라고 자신도 모르게 생각하게끔 조정되어 있었다.

실력이 있으면서도 기회가 없었던 자. 혹은, 그렇게 착각했을 뿐인 오만한 자. 키바야시는 그들 모두에게 그것이 사실인지 단순한 착각인지를 시험할 기회를, 성공의 기회에 굶주린 자들이 군침을 흘릴 의뢰로 제공했다.

그리고 많은 사람이 황야에 널브러진 시체가 되었다.

도박은 이길 확률이 낮을수록 얻는 것도 많아진다. 타츠카와가 대규모 헌터 팀의 대장이 될 정도로 크게 성공한 것은, 그만큼 승률이 낮은 도박에서 이겼기 때문이라고도 할 수 있었다.

그 이야기들을 들은 아키라는 반은 감탄하고, 반은 어이없어했다. 자신처럼 알파의 서포트가 있는 것도 아닌데, 어떻게 그런 의뢰를 수락했는지, 그리고 어떻게 죽지 않고 무사했는지, 좋든 나쁘든 대단하다고 생각했다.

아키라에게서 칭찬과 어이없음이 섞인 시선을 받은 타츠카와가 그 기분을 이해한다며, 같은 경험을 했을 터인 사람에게 묻는다.

"그래서, 아키라 넌 어떤 식이었나?"

"아, 나는……."

그때 키바야시가 끼어들었다.

"기다려. 그 부분은 내가 이야기해 주지. 이 녀석은 여러 가지로 자각이 부족하니까. 그 부분이 아키라의 재미있는 점이기도 하지만, 자각이 부족하다 보니 들어도 싱거운 이야기만 될 뿐이야. 이 녀석의 무리, 무식, 무모함은 내가 제삼자의 시점에서 설명해 주지. 캬~ 진짜 굉장하거든? 완전 폭소할 건데?"

기대를 부추기는 키바야시의 말솜씨에 타츠카와도 흥미로워하는 표정을 보였다. 하지만 그 표정은 이야기를 듣는 사이에 다소 질색하는 느낌으로 바뀌어 갔다.

도시 주변 순찰 의뢰 중 쿠즈스하라 시가지 유적에서 대규모 몬스터 무리가 출현했을 때, 다른 헌터들이 도시로 귀환을 결정하는 가운데 아키라는 혼자 순찰용 차량에서 내려 구조 장소로 뛰어가려고 했다.

쿠즈스하라 시가지 유적의 지하상가에서 벌어진 싸움에서, 중장강화복까지 가져와 현장의 헌터들을 대량으로 학살한 유물 강탈범들을 사실상 아키라 혼자서 격퇴했다.

현상수배급 소동 때, 과합성 스네이크의 아종으로 보이는 거대한 몬스터에 차량째로 잡아먹혔는데도 그 몬스터를 안쪽에서 격파하고 탈출했다.

건국주의자 토벌전에서, 인형병기가 장난감으로 보일 정도로 거대하고 도시 방위대가 고전을 면치 못할 정도로 강력한, 거인 같은 몬스터와 혼자 싸워 승리했다.

그 어느 것도, 당시의 아키라의 헌터 랭크와 장비로는 살아 돌아오기 절망적인 난이도. 무리와 무식과 무모함을 한없이 쏟아부어 농축한 듯, 상식을 초월하는 짓이었다.

타츠카와가 놀라면서도 아키라를 보며 반쯤 어이없다는 듯이 말했다.

"과연. 키바야시의 마음에 들 만하군."

그 말에 아키라는 못마땅한 표정을 지었지만, 마땅한 변명도 떠오르지 않아 반론하지 않았다.

한편으로 키바야시는 기분 좋게 말을 이었다.

"그렇지? 너도 좀 본받는 게 어때?"

그리고 아키라를 향해 타츠카와의 현재 상황을 한탄한다.

"아키라. 이 녀석도 옛날에는 너처럼…… 아니, 너 정도는 아니어도, 꽤 무모한 짓을 해서 나를 즐겁게 해줬거든? 그런데 지금은 안전하고 무난하게 돈만 버는 흔한 헌터가 되어버렸다고."

그 말을 들은 타츠카와는 코웃음을 쳤다.

"알 바 아니야. 너를 즐겁게 해주려고 헌터 활동을 하는 게 아니잖아. 게다가 나는 이미 충분히 성공했으니. 성공하기 위해 너의 의뢰를 마지못해 받을 필요는 없어졌다고."

그것은 타츠카와와 키바야시의 사소한 대화였지만, 거기에 멜시아가 끼어들었다.

"뭐가 마지못해서야. 넌 엄청나게 적극적이었잖아."

얼떨결에 입을 다문 타츠카와에게, 멜시아가 다시 몰아붙였다.

"큰 보수에 낚인 널 내가 얼마나 고생해서 말렸는지 알기나 해? 네가 죽지 않은 건 운이 아니라, 정말 위험한 의뢰일 때는 내가 죽을힘을 다해 말려서 그런 거야. 잊었어?"

"저, 저기, 너무 과장하는 거 아니야?"

타츠카와는 그렇게 말하면서도 살짝 시선을 돌렸다. 그 시점에서 멜시아의 주장이 옳다는 것을 반쯤 인정한 것이나 마찬가지였다.

멜시아가 시선을 타츠카와에게서 아키라로 옮긴다.

"전혀 과장이 아니야. 들어줄래? 이 인간은 진짜 너무하다니까? 내가 말려도 멋대로 의뢰를 받으려고 하는 이 인간한테 내가 뭐라고 했는지 알아? 반드시 널 감싸고 죽어버릴 거야. 너보다 먼저 죽어버릴 거라고. 이 정도로 말했다니까? 말만 한 게 아니라, 실제로 나는 이 인간을 감싸다가 몇 번이나 죽을 뻔했어. 너무하다고 생각하지 않아?"

"그, 그렇군요."

아키라는 멜시아의 기세에 눌리고 있었다. 타츠카와도 멜시아를 달래기 시작한다.

"알았다, 알았어. 내가 잘못했어. 진정해. 나도 반성하고 있어. 그러니 팀 운영은 너에게 맡기고 있고, 의뢰를 받을지 말지 결정권도 너에게 넘기고, 나도 얌전히 따르고 있잖아?"

"그래. 알면 됐어."

멜시아는 그렇게 말하고 한숨을 크게 한 번 쉬었다. 그리고 태도를 바꿔 아키라에게 말했다.

"드래곤 리버는 말이지, 원래 나와 타츠카와 둘밖에 없는 팀이었어. 그리고 이 인간도 나 말고 다른 사람에게는 신경을 쓰는 정도의 책임감은 있고, 동행자의 뒤를 봐주는 정도의 일은 해. 그래서 이렇게 말하긴 뭐하지만, 이 인간이 무모한 짓을 못하게, 내가 발목을 잡는 사람을 팀에 잔뜩 넣은 것이, 지금의 드래곤 리버의 시작이야."

그리고 멜시아는 팀의 운영 책임자로서 살갑게 미소를 지었다.

"그러니까 임시 가입이라고 해도 네가 드래곤 리버에 들어오면 네 일행을 포함해 팀으로서 지켜주는 정도의 일은 할 거야. 아니, 이 인간한테 시킬 거야. 그러니 괜찮다면 캐럴이라는 사람과 함께 검토해 줘."

"알겠습니다."

아키라가 고개를 끄덕이고, 그것으로 멜시아도 어느 정도 기분이 풀린 것을 본 타츠카와는 작게 안도의 한숨을 쉬었다.

멜시아가 분위기를 가입 권유에서 잡담으로 되돌리고 이야기를 이어갔다.

"그렇다고 해도 헌터 랭크를 55에서 70까지 한 번에 올리다니, 무슨 마술을 쓴 거야? 괜찮다면 말해주지 않을래?"

"아, 그건 키바야시가 한 거야. 마술의 비법은 키바야시한테 물어봐."

멜시아가 시선을 키바야시에게 돌린다. 그러자 키바야시는 즐거운 듯이 웃었다.

"아키라를 팀에 끌어들여 내 즐거움을 빼앗으려는 녀석에게 알려줄 리가 없잖아?"

"여전하네. 정말이지, 당신이 도시 직원 정도라면 어떻게든 처리할 수 있는데."

"헌터 오피스 직원에게 손대는 것은 추천하지 않네. 나를 즐겁게 해준다면 또 모를까."

"나도 알아. 나도 드래곤 리버의 책임자로서 사적인 감정으로 팀을 흔들 수는 없으니까. 아쉽네."

멜시아와 키바야시가 서로 웃는다. 그 테이블에서 어떻게든 처리할 수 있는 위치인 히카루는 묵묵히 식사만 하고 있었다. 슈테리아나의 요리조차 무슨 맛인지 알 수 없었다.

◆

방벽 근처에 있는 고급 호텔은 그 경비의 질도 매우 높다. 자체적인 전투력도 뛰어나고, 비상시에는 즉각 대응이 가능했다. 게다가 도시 방위대와도 지원 계약을 맺고 있다.

그리고 방위대는 도시가 츠바키와의 거래로 얻은 막대한 이익 덕분에 그 전투력을 월등하게 강화하고 있다. 따라서 설령 습격자가 고랭크 헌터라고 해도 지난번 같은 소동은 일으키기 어렵다. 또한 그것을 이해하고 습격을 실행한다고 해도 방위대에 의해 진압될 것이다.

즉, 그 호텔은 캐럴이 아키라와 일시적으로 떨어져도 괜찮다고 판단할 정도로는 안전한 장소였다.

캐럴은 도라스에게 그 호텔의 한 방으로 호출되었다. 문을 열고 자신을 맞이한 도라스에게, 요염하게, 그리고 어딘가 의기양양한 기색으로 미소를 지었다.

"역시 또 불러줬네? 오늘은 25억이야. 괜찮아?"

"그래……."

도라스는 그렇게만 대답하고 캐럴을 안으로 들이려고 했다.

그때 캐럴이 도라스의 반응을 살짝 의아하게 여긴다. 도라스는 어딘가 복잡한, 그리고 왠지 모르게 진지한 표정과 말투였다. 그것은 캐럴이 이대로 방에 들어가도 되는지 한순간 망설이게 할 정도였다. 하지만 망설이면서도 그대로 입실한다.

도라스는 강화복 등을 포함하여 무장하지 않았다. 열린 문틈을 통해 정보수집기로 실내를 조사해도 다른 사람은 아무도 없다. 도라스에게 무슨 일이 생겼다고 해도, 자신과는 관계가 없는 일일 것이다. 너무 의식했다.

게다가 아키라에게 줄 돈도 있다. 25억을 모두 오럼으로 줄 것 같지는 않지만, 어느 정도는 정보가 아닌 오럼으로 내주면 좋겠다. 헌터 랭크 70을 호위로 고용하고 있다. 예산은 충분히 확보해 두고 싶다.

캐럴은 그렇게 생각하고, 평소대로 부업에 힘쓰기로 했다.

그리고 부업은 아무 일 없이 끝났다. 캐럴은 역시 괜한 걱정이었다고 웃으며, 침대 위에서 대가를 재촉한다.

"그러면 실컷 즐겼으니, 낼 건 내야지. 오늘은 25억이야."

"알고 있어."

그때 도라스는 정사 후의 여운 따위는 조금도 느낄 수 없는 진지한 표정을 지었다. 예상외의 태도에 캐럴도 살짝 당혹한 기색을 보였다.

"정보로 내지. 이 정보에는 25억의 가치가 있어."

그 말을 들은 캐럴은 놀라면서도 대찬 미소를 지었다.

"가격 설정이 제법 센데?"

"그래. 그야 네 목숨에 관련된 정보니까."

제아무리 캐럴이라도 미소를 지웠다. 살짝 딱딱해진 얼굴로 되묻는다.

"들어볼게. 어떤 정보인데?"

"사정은 모르지만, 캐럴은 아키라라는 헌터와 손잡고 있지? 겉으로는 호위라고 하는 듯하지만, 그건 당장 그만두는 게 좋아."

"……. 이유는?"

"어제 너희가 습격당한 건 아마 그거 때문일 거다."

놀라는 캐럴에게 도라스는 그 근거를, 25억 오럼의 가치가 있는 정보라는 설득력을 담아 진지하게 이야기하기 시작했다.

쿠즈스하라 시가지 유적 중심부의 공략은 쿠가마야마 시티가 불러들인 고랭크 헌터들에 의해 착실하게 진행되고 있었다. 중심부로의 도달점이라는 의미에서는 이미 제2심부가 아니라 제3심부에 도달했다고 선언하는 헌터 팀도 나오고 있다.

물론 중심부 공략이란 단순히 유적의 최심부를 목표로 하는 것만이 아니다. 귀중한 유물을 찾아 공략 범위를 넓힐 필요도 있다. 후방 연락선의 연장 작업도 필요하다. 그러한 의미에서는 제2심부 공략도 아직 다 끝나지 않았다.

그리고 도시는 그 진행을 앞당기기 위해 헌터들에게 막대한 지원을 하고 있는데, 그것은 헌터들의 의욕을 대폭 높이는 한편으로, 각 헌터 팀의 연계를 크게 저해하는 요인이 되기도 했다.

제아무리 츠바키와의 거래로 돈을 벌고 있다고는 해도, 이만큼 지원하면 엄청난 자금이 든다. 쿠가마야마 시티의 예산으로는 어려울 것이다. 사카시타 중공이 쿠즈스하라 시가지 유적의 완전 공략을 재개한다는 소문도 있다. 이 예산의 출처는 쿠가마야마 시티가 아니라 사카시타 중공이 아닌가.

많은 헌터가 그렇게 생각했고, 그 생각이 헌터 팀의 행동 지침에 영향을 주었다. 이 지원이 사카시타 중공의 의향으로 이루어지고 있는 것이라면, 여기서 큰 성과를 내면 사카시타 중공과의 연결고리를 더 강하게 할 수 있다. 그렇다면 다른 팀에게 뒤처질 수는 없다. 그렇게 판단하고, 일반적인 유적 공략이라면 평범하게 했던 팀 사이의 협력조차 삼가는 곳이 속출하고 있었다.

그리고 그 악영향이 특히 강하게 나타난 것은, 유적 정보의 공유에 관한 것이었다.

같은 유적이라고 해도 지식이 있는지 없는지에 따라 그 공략 난이도가 급변한다. 내부 구조가 미로처럼 복잡하게 얽혀 있는지 아닌지조차 사전 정보 없이는 알 수 없다. 어떠한 몬스터가 얼마나 있는지도 짐작할 수 없다. 그렇듯 미지의 상태에서는 매우 신중해질 수밖에 없고, 공략은 지지부진하게 진행된다.

그래서 일반적이라면 앞서고 있는 헌터 팀 등에서 공략 정보를 사거나, 자신들이 보유한 정보와 교환하거나 한다. 그렇게 해서 유적 정보는 점차 많은 헌터에게 퍼지고, 공유된다.

하지만 이번에는 그 최소한의 정보 공유를, 각 헌터 팀이 다른 팀에게 뒤처지지 않고자 자발적으로 제한하고 있었다. 쿠가마야마 시티도 그들에게 정보 공유를 강제할 수는 없다. 상대는 어지간한 도시 정도는 개인적으로 협박할 수 있는 사람들로 구성된 팀이기 때문이다.

그 상황에서 캐럴이라는 헌터가 의미를 가지게 된다.

헌터 랭크 50에도 미치지 못하는 사람이지만, 많은 고랭크 헌터에게서 부업의 대가로 돈이나 장비, 게다가 유적 정보를 얻고 있다고 한다. 게다가 유적을 공략하는 상위 팀의 헌터 다수를 부업의 손님으로 거느리고 있으며, 보유하고 있는 정보의 질과 양은 상위 팀을 넘어설 가능성이 있다.

그러한 사람을 자기 팀에 끌어들일 수 있다면 매우 유리해진다. 반대로 다른 팀에 흡수되면, 사카시타 중공에 자신들의 힘을 보여줄 절호의 기회인 이번 유적 공략 경쟁에서 크게 뒤처질 위험이 있다.

각 팀의 진행이 늦어질수록, 캐럴이 손님에게서 새로운 정보를 손에 넣을수록, 그 의미는 강해진다. 100억 오럼 정도의 가치가 있는 지도 정보가 로트 브레이크에서 캐럴에게 유출됐다는 소문도 있다. 다른 헌터 팀에서도 동급의 정보가 유출됐다고 해도 이상할 것은 없다.

이쯤에서 어떻게 캐럴을 자기 팀에 끌어들일까 하고 건전하게 생각하는 사람은 소수파가 된다. 좋은 조건의 경쟁에 참가할 수 있는 것은 필연적으로 그 정도 조건을 제시할 수 있는 상위 팀으로 한정되기 때문이다.

그래서 그 소수파 이외의 사람들은 다른 것을 생각한다. 어떻게 하면 캐럴이 다른 팀에 가지 않을 수 있을까. 그리고 불건전한 생각을 하는 일부 사람들은 더 나아가 이렇게 생각한다. 캐럴을 죽이면 된다고. 캐럴이 보유한 정보는 사라지겠지만, 어차피 자신들은 입수할 수 없는 것이다. 다른 팀에게 넘어가는 것보다 훨씬 낫다.

그리고 마침내 그 생각을 실행에 옮긴 사람이 나타났다. 그것이 어제의 습격일 것이다. 도라스는 캐럴에게 그렇게 설명했다.

딱딱한 얼굴로 그 이야기를 듣고 있던 캐럴이 진지한 목소리를 낸다.

"그 이야기가 사실이라고 치고, 아키라와 무슨 상관이 있어?"

"아마도 지금까지는 눈감아준 거겠지. 캐럴은 손에 넣은 유적 중심부의 지도 정보를, 나를 통해서 손에 넣은 것을 포함해서, 누군가에게 팔려고 하지는 않았잖아. 그래서 그런 짓을 하면 무사하지 못할 것을 알고 있는, 분수를 아는 녀석으로 여긴 거지."

추측에 불과하지만, 신빙성은 있다. 도라스는 진지한 태도로 그렇게 말했다.

"그런 네가 호위를 고용했다. 게다가 그 녀석은 헌터 랭크가 70이야. 그 정도의 호위가 필요한 일을 하려고 한다고 판단한 거겠지."

"즉, 내가 보유한 쿠즈스하라 시가지 유적 중심부의 지도 정보를, 어딘가의 팀에 통째로 팔려고 한다는 거야? 내가 아키라를 고용한 건 그 교섭을 위한 무력으로 생각한 거고?"

"그렇지. 게다가 이렇게도 생각할 수 있겠지. 그 정보를 팔 생각이 없다면 왜 그토록 모으고 있었는가. 사실 캐럴은 아키라 말고도 다수의 실력자를 뒤에서 확보하고 있다. 어떻게……라는 부분은, 네 부업으로? 같은 것으로 해 두지. 그래서 팀을 만들고, 모은 정보를 사용해서, 중심부 공략을 한꺼번에 진행할 생각이 아닐까. 그렇게 해서 사카시타 중공에 팀째로 팔아넘길 생각인 것이 아닐까, 라고."

"어느 쪽 생각이라도, 내가 아키라를 해고하면 그것을 부정하게 된다는 거네."

"그래. 그런 거야. 최소한 헌터 랭크 70의 무력은 필요 없어졌다고 생각하겠지. 그 점에서 중심부 정보의 매매는 이미 끝났다고 판단하면 지금 와서 캐럴을 죽여도 의미는 없다고 생각할 거다. 중심부 공략을 캐럴의 팀으로 한다는 이야기도, 그 계획을 진행한다면 팀에서 아키라를 제외할 거라고 생각하기는 어렵지. 계획이 좌초됐다고 여길 거다."

캐럴이 숨을 크게 내쉰다. 앞뒤는 맞는다. 최소한 자신이 그것을 부정한다고 해도, 그렇게 생각하는 상대가 믿을 것 같진 않다. 그것은 캐럴도 인정할 수밖에 없었다.

"25억짜리 정보는, 그게 전부야?"

"그래. 내가 이 결론에 이른 데이터도 정리했어. 보낸다."

도라스가 그 데이터를 전송했다. 캐럴은 그 내용을 보려고 하다가 그만두었다. 감이긴 하지만, 도라스의 성격을 생각하면 안 봐도 내용이 옳을 것으로 판단했다.

그런 태도를 본 도라스는 캐럴이 자신의 이야기를 진지하게 받아들이고 있다고 판단했다. 그대로 이야기를 진행한다.

"이 정보는 너한테 25억의 가치가 있다고 나는 생각해. 하지만 그 타당성을 너한테 묻기 전에, 한 가지 제안이 있어. 조건부로, 이 정보는 공짜로 줘도 돼."

천하의 캐럴도 미심쩍은 얼굴로 도라스를 봤다.

"그 조건이 뭔데?"

"아키라 대신 25억에 나를 호위로 고용하는 거야."

캐럴이 진의를 묻는 시선으로 도라스를 봤다. 도라스는 그 시선을 받아들이고 마저 이야기한다.

"캐럴. 이대로 쿠가마야마 시티에 있으면 죽을 거야. 다른 도시, 가능하다면 서쪽 멀리까지 피신해. 도중에, 그리고 그곳에서의 호위는 내가 해 주겠어. 나답지 않은 소리를 한 건 알고, 흑심도 가득하지만, 진심으로 걱정해서 하는 말이야."

캐럴은 묵묵히 이야기를 듣고 있다. 진의를 묻는 시선은 그대로지만, 상대의 속셈을 파헤치려는 눈빛은 아니었다. 그 눈을 보면서 도라스가 다시 말을 이었다.

"이렇게 말하긴 뭐하지만, 캐럴은 우리처럼 헌터로 성공할 생각은 없잖아? 부업으로 큰돈을 벌고, 그 수입으로 고성능 장비도 손에 넣고, 헌터 랭크도 올리고 있지만, 평범하게 헌터 활동을 계속하는 것만으로는 도달할 수 없는 부분을 그쪽으로 보충하기 위해 하는 것처럼 보이진 않아."

실제로 캐럴은 헌터 활동을 보충하려고 부업을 하는 것이 아니다. 그 점은 도라스의 추측이 맞았다.

"그런데도 왜 헌터 활동을 계속하는지는 모르겠지만, 이쯤에서 그만둬. 헌터 활동에 목숨을 걸 생각이 없다면 물러날 때라고 생각하는데? 지금 와서 헌터를 그만두어도 성가신 과거가 쫓아오기만 할 뿐이라면, 그 부분은 내가 해결해 주겠어."

거기까지 이야기를 들은 캐럴이 도라스를 가만히 본다. 진의를 묻는 눈은 아니다. 그 대신 진심이냐고 묻는 눈으로 보고 있었다.

"그 이야기를 진심으로 받아들이면, 당신은 헌터로서 성공하는 걸 버리게 되는데?"

고랭크 헌터 중에는 헌터다운 삶의 방식이나 성공에 긍지를 가진 사람이 적지 않다. 언제 죽어도 이상하지 않은 헌터 활동을, 일반인이 평생을 바쳐도 벌 수 없는 큰돈을 손에 넣고도 본인의 의지로 계속하는 것이다. 그러한 사상이 없는 사람이라면 충분히 돈을 번 시점에서 헌터를 때려치운다. 그리고 캐럴은 도라스도 그러한 긍지를 가진 사람이라는 것을 알고 있었다.

하지만 캐럴과 함께 서쪽 도시로 가면 도라스는 그 긍지를 버리게 된다. 약한 몬스터와 값싼 유물밖에 없는 장소에서는 고랭크 헌터로서 활동할 수 없기 때문이다.

잠시만 피신하자. 잠잠해지면 다시 돌아오자. 도라스가 그 정도의 가벼운 뜻으로 말하는 게 아님은 캐럴도 이해하고 있었다. 즉, 도라스는 자칫하면 자기 목숨보다 무거운 긍지를 캐럴을 위해 내버리려고 하고 있었다. 그러한 말을 입 밖에 내고 있었다.

그렇기에 캐럴은 물어본 것이다. 진심으로 말하는 건지를.

도라스가 쓴웃음을 지으며 대답한다.

"그건 나쁜 여자에게 홀려서 그렇다고 해두지. 헌터가 몰락하는 이유로는 흔한 이야기잖아?"

캐럴과 도라스가 말없이 상대의 눈을 바라본다. 그리고 잠시 침묵이 있은 후, 캐럴은 침대에서 내려왔다. 벗어두었던 강화복을 입고 돌아갈 준비를 마쳤다. 그리고 떠나기 전에 도라스를 안 보고 말했다.

"작업 멘트로는, 나쁘지 않았어."

그 말을 남기고, 캐럴은 뒤돌아보지 않고 방을 나갔다.

혼자 남은 도라스가 침대 위에서 한숨을 쉬었다.

"차였군. 진심으로 말한 건데."

믿음을 얻지 못해서 차였다고 생각한 것은 자만일까. 문득 떠오른 그 생각의 해답을, 도라스는 알 수 없었다.

방을 나선 캐럴이 침울한 얼굴로 한숨을 크게 쉬었다.

많은 손님을 상대한 오랜 경험으로, 캐럴은 도라스가 거짓말하지 않았다는 것도, 진심으로 말했다는 것도 간파하고 있었다.

그래도 도라스의 유혹에 고개를 끄덕일 수는 없다. 진심으로 말했다고 해도, 그것이 미래를 포함해서 사실이라는 보장은 어디에도 없기 때문이다.

캐럴은, 그것을 잘 알고 있었다.

제222화 뒷문 찾기

새 장비 조달을 마치고 타츠카와, 멜시아와도 이야기를 마친 아키라는 쿠가마 빌딩 1층 로비에서 캐럴과 합류해 그대로 함께 캐럴의 집으로 돌아갔다. 바이크는 맨션 주차장에 세우고, 자율 주행식 소형 임대 컨테이너에 담은 물건은 일단 캐럴의 집에 두기로 했다.

그리고 욕실에 들어간다. 당연하다는 듯이 함께 들어온 캐럴에게 불평하는 것은 삼가고, 앞으로의 일정을 논의한다. 같은 욕조에 알몸으로 몸을 담근 채, 우선은 따로 행동하는 동안 알게 된 정보를 공유했다.

지난번 습격은 자신과 캐럴이 손잡은 탓에 일어났을지도 모른다. 그 말을 들은 아키라가 머리를 살짝 감싸 쥐었다.

"그런 이유로 습격당했을 수도 있는 거야……? 제발 좀……."

"확인해 본 건 아니니까, 어디까지나 추측이지만. 근데 드래곤리버에서 나까지 포함해서 가입 권유를 받았잖아? 그걸 포함해서 생각하면 말이 안 되는 이야기는 아니야."

"아, 그렇다면 그 이야기는 내가 아니라 캐럴이 목적이었을 가능성도 있다는 건가……."

"굳이 억측하자면 그 습격은 서로 상대의 공작으로 의심한 드래곤 리버와 로트 브레이크가 싸우게 하려는 다른 헌터 팀의 공작으로 위장하면서, 사실은 드래곤 리버와 로트 브레이크 양측의 자작극이었을 가능성도 있어."

"양측의 자작극? 뒤에서 손잡았다는 거야?"

"그럴 수도 있고, 같은 공작을 따로따로 했을 수도 있지. 그래서 두 팀의 장비가 쉽게 유출된 걸지도 몰라."

"거기까지 의심해야 하는 건가……."

아키라는 아주 질색한 표정을 지었다. 귀찮다는 심정이 얼굴에 여실히 드러나 있었다.

캐럴이 웃으며 이야기를 되돌린다.

"뭐, 어차피 추측이야. 전혀 다른 이유로 습격당했을 가능성도 얼마든지 있으니까, 그걸 포함해서 조심할 수밖에 없어. 그래서? 내일부터 어떻게 할 거야? 아키라 새 장비 조달도 끝났고, 전에 말한 대로 같이 제2심부에 갈래?"

아키라가 망설인다. 원래는 그럴 생각이었다. 하지만 이야기를 들은 지금은 캐럴을 데리고 제2심부에 가는 것이 자기 발로 분쟁에 뛰어드는 것처럼 느껴졌다.

캐럴과 함께 제2심부에 가는 바람에 다른 고랭크 헌터에게 습격당해도 아키라는 역습하여 해치울 뿐이다. 하지만 사전에 습격을 예상하고, 그것을 알면서도 역습을 전제로 가는 것은 뭔가 아닌 것 같다고도 생각했다. 아키라도 자진해서 고랭크 헌터 팀과 분쟁을 일으키고 싶은 것은 아니기 때문이다.

그렇다고 해서 가지 않겠느냐 하면, 그것도 망설여진다. 새 장바로 제2심부에 가서, 어디까지 들어갈 갈 수 있는지 시험한다. 그것으로 충분한 위치까지 도달할 수 있다면 알파의 의뢰에 본격적으로 착수한다. 그러한 예정이었기 때문이다. 여기서 주춤할 수는 없다. 그러한 마음도 분명히 있었다.

어떻게 할지 망설이던 아키라가 알파에게 물었다.

『알파. 어떻게 할까?』

애초에 제2심부에 가는 것은 자신이 알파의 의뢰를 본격적으로 시작할 힘이 있는지 없는지를, 그곳에서 싸우는 모습에서 알파가 판단하기 위해서다. 그러니 어떻게 할지는 알파에게 결정해 달라고 하자. 그렇게 생각하고 아키라는 알파에게 물어봤다.

캐럴과의 입욕 중에는 모습을 감추고 있는 알파가 목소리만으로 대답했다.

『아키라 마음대로 해도 괜찮아. 중요한 것은 새 장비로 아키라가 얼마나 싸울 수 있는지를 확인하는 것이니까. 제2심부가 아니라도, 상대가 몬스터나 헌터라도, 확인할 순 있어.』

『그런가.』

고랭크 헌터 팀과 교전하게 되더라도, 알파는 상관없다고 생각하고 있다. 아키라는 그렇게 판단했다.

알파가 기분 좋은 목소리로 다시 말을 이었다.

『게다가 아키라가 캐럴의 호위 의뢰를 우선한 것으로 내 의뢰를 시작하는 시기가 다소 늦어지는 것도 상관없어. 아키라가 의뢰에 성실하게 임하는 것은 나에게도 좋은 일이니까.』

『……. 그런가. 알았어. 고마워.』

『괜찮아. 나와 아키라 사이잖아?』

아키라는 알파와 염화로 나누는 대화가 캐럴에게 들키지 않게끔 주의하며 이야기하고 있다. 알파와 단둘이 있을 때라면 지을 미소를, 속마음을 표정에 드러내지 않게끔 조심하고 있었다. 그런데도 살짝 기분 좋은 느낌으로 이번에는 캐럴에게 물었다.

"캐럴. 네 사정에 맞추겠다고 하면 어떻게 할래?"

"괜찮아?"

"그래. 호위 중에도 유적 탐색 같은 건 내 마음대로 해도 좋다는 계약이지만, 일단 호위를 맡고 있는 거잖아. 어느 정도는 네게 맞춰줄 수도 있어. 뭐, 같이 다른 도시까지 피신하게 된다면, 아무리 그래도 동행은 호위 의뢰 기한까지야. 그 후에는 연장 없이 나만 이쪽으로 돌아오겠어."

캐럴이 살짝 생각에 잠기는 듯한 표정을 짓는다. 그리고 좋은 생각이 떠올랐다는 듯이 웃었다.

"아키라. 그렇다면 미하조노 시가지 유적에서 유적 탐색을 하지 않을래?"

예상을 조금 벗어난 제안에 아키라가 의아한 표정을 지었다.

"미하조노 시가지 유적? 아, 그러고 보니 캐럴은 지도상 일도 해서, 거기 지도도 팔고 있었지. 그 지도를 만들러 가는 거야?"

"그렇긴 한데, 모처럼 아키라를 호위로 고용했으니까, 해보고 싶은 것이 있어. 잘되면 큰돈을 벌 수 있고, 내가 가지고 있는 쿠즈스하라 시가지 유적 중심부 지도의 가치를 확 떨어뜨릴 수 있을 거야. 그렇게 되면 내가 제2심부의 지도 정보를 가지고 있다는 이유로 습격당하는 일도 없어질 것 같거든."

어째서 미하조노 시가지 유적 탐색을 해서 제2심부 지도의 가치를 떨어뜨릴 수 있는가. 그 이유를 알 수 없어서, 아키라는 더욱 의아한 표정을 지었다.

"캐럴. 미하조노 시가지 유적에서 뭘 할 생각이야?"

캐럴이 의기양양하게, 요염하게, 그리고 자신만만하면서 의미심장한 미소를 지었다.

"쿠즈스하라 시가지 유적 중심부로 가는 뒷문 찾기."

악녀의 요사스러운 미소로, 아키라 일행의 다음 행동이 결정되었다.

◆

유적 탐색 준비를 마친 아키라와 캐럴은 황야 사양의 대형 캠핑카를 타고 미하조노 시가지 유적으로 향하고 있었다.

차량 내부는 아주 넓다. 숙박이 필요한 장거리 이동을 쾌적하게 보낼 설비도 있다. 욕조도 혼자 들어가는 정도라면 팔다리를 쭉 뻗을 수 있는 크기다.

차량 뒤쪽에는 바이크는 물론 소형차 정도라면 여유롭게 들어갈 공간도 있다. 그곳에는 대량의 식료품과 탄약류, 두 사람의 장비와 아키라의 바이크 등 다양한 물건이 실려 있었다.

싣고 간 물자의 양은 1개월 정도라면 도시로 돌아가지 않아도 여유롭게 지낼 정도다. 도중에 대규모 몬스터 무리에 습격당한다고 해도, 남아도는 탄약으로 문제없이 물리칠 수 있다.

고작 미하조노 시가지 유적 탐색을 위해 아키라 일행이 이 정도로 준비한 것은 아키라의 집이 날아갔던 지난번과 동등하거나 혹은 그 이상의 습격에 대비하기 위함이었다.

지난번에는 방벽 바깥이라고는 해도 도시 안이어서 여차하면 도시 방위대가 진압하러 올 장소였다. 하지만 여기는 황야다. 상대의 의지에 따라 어디까지든 대규모 습격을 실행할 수 있다. 그 점도 고려하여 대비해 둘 필요가 있었다.

또한 아키라 일행은 이번 유적 탐색을 당일치기로 진행할 생각이 없었다. 식량을 많이 준비한 것도 그런 연유이며, 그만큼 유적 내부를 철저히 조사할 예정이었다.

아키라 일행의 목적은 미하조노 시가지 유적에서 쿠즈스하라 시가지 유적 중심부로 통하는 뒷문을 찾는 것이다.

동부의 지하에는 지금도 구세계 시대의 유통망 시설이 남아 있다. 이전에 아키라가 발견했던 요노즈카역 유적도 그중 하나다. 그리고 그곳에 있던 지하 터널은 출현한 몬스터의 종류로 미루어 보아 쿠즈스하라 시가지 유적과 연결되어 있을 것으로 추정된다.

유사한 시설이 미하조노 시가지 유적에 있어도 이상하지 않다. 그곳에는 당시 많은 사람이 살고 있었다. 다른 도시로 대량의 사람, 물자를 쉽게 운반할 수 있도록 대규모 지하 터널이 건설되었을 가능성은 얼마든지 있다.

그 터널이 쿠즈스하라 시가지 유적 중심부로 연결되어 있다면, 유적 중심부로 통하는 뒷문이 된다. 그 출입구가 각 헌터 팀이 공략 중인 장소보다 더 깊은 곳에 있다면, 그 루트가 기존보다 안전하다면, 그것을 기재한 새로운 지도 정보의 가치는 그만큼 커진다. 즉, 캐럴이 보유하고 있는 기존 지도 정보의 가치가 상대적으로 떨어진다.

물론 기존의 지도 정보의 가치도 완전히 사라지는 것은 아니다. 그래도 그 지도 정보가 캐럴에게서 각 헌터 팀으로 유출되더라도 유적 중심부 공략을 진행하는 상위 팀이 노리지 않을 정도까지 가치가 떨어진다면, 지도 정보의 탈취, 혹은 소거를 위해 캐럴을 노릴 가치도 사라지고, 아키라 일행도 안전해진다.

그렇게 될 것을 기대하며 아키라 일행은 미하조노 시가지 유적의 탐색을 결정했다.

물론 그 뒷문이 실제로 있다면, 발견할 수 있다면 그렇다는 이야기다. 헛수고가 될 위험도 충분히 있었다.

차량 내부에서 강화복 훈련을 겸해 유연 체조를 하는 아키라가 캐럴에게 별생각 없이 물었다.

"저기, 캐럴. 잘될 가능성은 실제로 얼마나 돼?"

캐럴은 아키라의 유연 체조에 동참하여, 마찬가지로 한 손으로 물구나무를 서서 두 다리를 일직선으로 쫙 펼치고 있었다. 그 자세로 대답한다.

"솔직히 말해서, 해봐야 알아."

"해봐야 안다니……. 캐럴은 지도상 일도 하니까, 그럴듯한 장소도 짐작한 거잖아?"

"후보지의 정보만 알 뿐이야. 게다가 미하조노 시가지 유적은 여러 장소에서 재건축이 반복되고 있으니까. 실제로 가 보면 잔해의 산만 있을지도 모르고, 새로운 건물이 들어서서 지하 출입구가 막혔을지도 몰라. 그러니까 원하는 것이 발견될지 어떨지는 실제로 조사해 봐야 알 수 있어."

"그런 건가."

아키라가 한 발로 발가락을 쭉 뻗어 까치발을 하고, 다른 쪽 발을 머리 위로 올린 자세로 팔짱을 끼고 끙끙거렸다. 강화복의 접지 기능도 사용하지 않고 전혀 흔들림 없이 자세를 유지하고 있다. 알파의 서포트도 받지 않았다. 이 정도 일은 지금의 아키라에게 쉬운 일이었다.

캐럴도 같은 자세를 취한다. 캐럴도 몸의 흔들림은 전혀 없다. 다만 이쪽은 고성능 강화복에 의한 자세 제어 서포트 덕분이다. 물론 이 자세가 가능한 몸의 유연성은 아키라와 같았다.

그리고 같은 자세라도 평범한 소년이 하는 것과 기복이 풍부해 매혹적인 체형의 미녀가 그 굴곡을 여실히 느끼게 하는 독특한 구세계풍 디자인의 강화복을 입고 하는 것은 느낌이 완전히 다르다. 구경만 해도 남자에게 큰돈을 받을 가치가 있었다.

"덧붙이자면, 나는 그럴듯한 장소에는 가까이 가지 않으려고 했거든."

"왜?"

"왜긴. 거기에 쿠즈스하라 시가지 유적 중심부로 가는 뒷문이 정말로 있다면 큰일이잖아?"

우리가 그걸 찾으러 가는 거 아니었나? 그렇게 생각하고 의아한 표정을 지은 아키라에게, 캐럴이 말을 덧붙여 나간다.

쿠즈스하라 시가지 유적 중심부와 연결되어 있다는 것은 거기에 있는 매우 강력한 몬스터와 맞닥뜨릴 위험도 있다는 뜻이다. 이전에 요노즈카역 유적에서 일어났던 소동이 좋은 예로, 그때는 현상수배급이 될 정도로 강력한 몬스터까지 출현했다.

그런 장소를 섣불리 조사하러 갔다가 강력한 몬스터와 맞닥뜨리면 이전의 자기 실력으로는 확실하게 죽는다. 또한 그 조사로 요노즈카역 유적의 소동과 같은 일을 일으키면 도시에서 그 책임을 추궁할 위험도 있다. 그래서 그런 종류의 정보를 손에 넣어도 조사는 하지 않았다.

하지만 지금은 자신도 강해졌다. 게다가 아키라를 호위로 고용하고 있다. 쿠즈스하라 시가지 유적 중심부의 몬스터와 맞닥뜨려도 잘 싸울 수 있다. 또한 조사 과정에서 이전과 같은 소동이 다시 일어나도 지금은 다수의 고랭크 헌터가 도시에 있으므로 사태를 수습하기 쉽다.

그러한 이유로, 지금까지는 감당하기 어렵다고 생각해서 하지 않았던 유적 탐색, 쿠즈스하라 시가지 유적 중심부의 뒷문 찾기를 이번 기회에 하기로 했다. 캐럴은 그런 식으로 아키라에게 설명했다.

아키라도 그것으로 납득한다.

"그런 건가. 근데 중심부로 통하는 뒷문이 발견되지 않으면 어떻게 할 거야?"

"우리가 미하조노 시가지 유적을 탐색하고 있는 동안 쿠즈스하라 시가지 유적 중심부 공략이 크게 진전되기를 기대할 수밖에 없지. 그걸로 새로운 지도 정보가 나도는 만큼, 내가 보유하고 있는 기존 지도 정보의 가치도 떨어질 테니까."

"아하."

"그래도 안 된다면 그때는 그때야. 지금은 잘되길 기대하자."

"그래야지. 다음 수는 그때 가서 생각하면 되려나."

아키라가 유연 체조를 그만두고 숨을 내쉬었다. 캐럴도 몸의 유연성 향상보다는 농염함 향상을 목적으로 하는 듯한 자세를 멈췄다.

"그나저나 아키라는 몸이 진짜 유연하네."

아키라가 살짝 우쭐한 얼굴을 한다.

"그렇지? 애써서 조금씩 부드럽게 만들었어. 몸의 유연성은 전투에서도 중요하니까."

몸의 유연성을 칭찬받고 기뻐하는 아키라는 왠지 어린아이 같아서, 캐럴에게는 겉모습보다 더 어리게 보였다. 자신도 모르게 아키라의 머리에 손을 뻗는다. 하지만 쓰다듬기 전에 아키라에게 의아한 눈빛으로 제지당했다.

"왜?"

"아무것도 아니야."

이것도 아닌 건가. 시즈카라는 사람은 묵묵히 쓰다듬게 했지만, 그런 취급을 좋아하는 것도 아닌 건가. 캐럴은 그렇게 생각하고, 좀처럼 함락되지 않는 난공불락의 이성에게 마음속 불만을 숨기고 가볍게 농담하듯 미소를 지었다.

◆

미하조노 시가지 유적에 도착한 아키라 일행은, 곧바로 쿠즈스하라 시가지 유적 중심부의 뒷문 찾기를 개시했다. 아키라의 바이크에 두 사람이 타고 유적 내부를 달린다.

캐럴의 차는 헌터 오피스 출장소가 운영하는 유적 주차장에 주차되어 있다. 여기에 주차된 차에 손을 대는 것은 헌터 오피스에 대한 적대 행위다. 고랭크 헌터라고 해도 습격하려면 각오가 필요하다. 아키라 일행은 안심하고 차를 두고 갔다.

미하조노 시가지 유적은 이전 소동 때 유적 전체에 몬스터가 넘쳐나 대규모 전투가 발생했고, 많은 건물이 무너지는 등 광범위에서 막대한 피해가 발생했다. 하지만 지금은 그 흔적이 완전히 사라졌다.

재건축된 지 얼마 안 된 새 고층 빌딩이 늘어서 있고, 그 주위에서는 팔다리가 여럿 달린 공 모양의 범용 작업 기계가 배회하고 있다. 예전에 아키라 일행이 수두룩하게 격파했던 소형 전차 같은 몬스터는 보이지 않는다.

아키라가 그 광경을 보고 가볍게 말했다.

"이전 소동의 영향은 이제 완전히 사라진 것 같네. 최악의 경우, 그때처럼 몬스터 무리 속을 뚫고 나가야 할지도 모른다고 생각했는데 말이야."

아키라의 뒤에서 캐럴이 웃는다.

"무슨 소리 하는 거야. 그렇게 된다고 해도 지금의 아키라라면 여유가 있잖아?"

아키라도 웃으며 대답한다.

"뭐, 그렇긴 하지만."

그때와는 장비가 다르다. 실력이 다르다. 과거 죽을 뻔했던 곳도 지금의 자신에게는 산책로와 다름없다. 그 실감에, 자신의 성장에, 아키라는 기분 좋게 웃고 있었다.

"하지만 유적에선 무슨 일이 일어날지 모르잖아? 쿠즈스하라 시가지 유적 중심부로 가는 뒷문이 정말로 있다면, 중심부의 몬스터가 여기까지 와 있을지도 모르고, 그것을 해치우기 위해서 엄청나게 강력한 기계형 몬스터가 배치되어 있다고 해도 이상하지 않은 거 아닐까?"

"뭐, 그럴지도."

대수롭지 않게 던진 아키라의 말에 캐럴은 곧바로 대답하지 못했다. 웃는 얼굴로 유적이 있는 장소를 힐끗 본다. 그리고 곧바로 시선을 아키라에게 되돌렸다. 그대로 가벼운 어조로 말한다.

"하지만 그런 경우를 대비해서 아키라를 고용한 건데?"

"그렇지. 그때는 열심히 할게."

"기대할게."

아키라와 캐럴은 서로 웃으며 목적지를 향해 그 장소를 달려서 떠났다.

그 장소에서 조금 떨어진 위치, 캐럴이 힐끗 봤던 장소에는 주변과 다를 바 없는 유적의 광경이 펼쳐져 있다. 아키라가 그곳을 마찬가지로 힐끗 보더라도 별다른 것은 없다고 판단할 것이다.

하지만 그곳에는 위장 기능을 활성화한 거대한 다각형 기계가 있었다. 크기만 한 것이 아니다. 그 강함은 아키라가 도시 간 수송차량에서 싸웠던 몬스터에 필적할 정도였다.

알파는 그 존재를 눈치채고 있다. 하지만 적대적인 것은 아니므로 아키라에게 일일이 알려주지는 않았다.

그리고 캐럴도 그 존재를 눈치채고 있었다. 보이고 있었다. 그러면서도 묵묵히 있었다.

미하조노 시가지 유적은 쿠즈스하라 시가지 유적 정도는 아니더라도 쿠가마야마 시티 주변의 유적 중에서는 손꼽히는 넓이를 가지고 있다. 시내 구역만 해도 매우 넓다.

하지만 아키라가 모는 바이크의 성능이라면 유적 끝에서 끝으로 이동하는 데도 시간이 별로 오래 걸리지 않는다. 도중에 주변 몬스터와 마주쳐도 아키라 일행의 실력이라면 무시할 수도 있고 물리칠 수도 있다. 아무런 장애물도 되지 않는다. 첫 번째 목적지에는 금방 도착했다.

그곳에는 잔해가 펼쳐져 있었다. 일단 정보수집기로 그 아래를 조사해 보았지만, 지하로 통하는 입구 같은 것은 발견되지 않았다.

“아키라. 다음으로 가자.”

“알았어.”

다음 조사 장소에는 고층 빌딩이 서 있었다. 바이크를 타고 안으로 들어가 모여든 기계형 경비 몬스터를 쓰러뜨리면서 건물 내부를 조사해 나간다. 지하 3층까지 있었지만, 요노즈카역 유적과 같은 시설은 아니었다.

"여기도 아닌 것 같네. 아키라. 가자."

"알았어."

그대로 유적 내부를 돌며 조사를 속행한다. 하지만 모두 꽝이었다.

"안 보이네."

"정보가 오래된 탓인지, 아니면 애초에 가짜 정보를 속아서 얻은 건지……. 뭐, 전부 꽝이라고 해도 일단 조사하자."

"전부 조사하는 데 얼마나 걸릴 것 같아?"

"이런 식이라면 3일만 있으면 끝날 거야."

"3일인가……. 금방이네. 1개월분 정도는 준비해 왔는데."

"그러게. 모처럼 그만큼 준비했으니까 말이야. 정보에 나온 장소를 모두 조사하고 나면, 유적 전체를 구석구석 조사해 볼까?"

주행 중인 바이크와 나란히 떠 있는 알파에게 아키라가 힐끗 시선을 보낸다.

『알파. 중심부로 통하는 뒷문 위치에 짐작이 가는 데가 있다거나 하지 않아?』

『그건 말할 수 없어. 뒷문이 있든 없든 말이야.』

『왜?』

『아키라가 어떻게 그걸 알고 있는지 캐럴에게 설명할 수 없잖아? 우연히 발견한 것으로 한다고 해도, 발견한 건 아키라가 아니라 캐럴이어야 해. 아무리 그래도 그만한 것을 발견하면 정말 우연인지 의심받을 거야.』

『그런가……. 알았어.』

알파라면 알고 있을 것 같지만, 그런 이유가 있다면 알려달라고 하기 어렵다. 아키라도 그렇게 판단하고 이대로 알파의 협력 없이 조사를 진행하기로 했다.

결국 그날은 중심부로 통하는 뒷문을 발견할 수 없었다. 석양 아래에서 캐럴의 캠핑카로 돌아온 아키라 일행은 그대로 하루 헌터 활동을 마쳤다.

캠핑카의 욕실은 어지간한 집보다 고급이지만, 아무리 그래도 두 사람이 함께 들어갈 만큼 욕조가 넓지는 않았다. 오늘은 각자 입욕하기로 했다.

엄밀히는 캐럴도 일단 아키라를 유혹해 보았다. 욕조가 좁아서 필연적으로 알몸의 캐럴과 밀착하게 되므로, 보통 사람이라면 그 후의 흐름까지 포함하여 매우 거부하기 어려운 제안이다.

하지만 아키라는 대놓고 거절했다. 캐럴은 '하긴 그렇겠지.' 라고 말하는 듯한 쓴웃음을 아키라에게 보여주고는, 조금 과장된 태도로 혼자 욕실로 향했다.

물론 그 태도도 욕실에 들어갈 때까지였다. 혼자가 된 캐럴은 미소를 지우고 욕조에 몸을 담근 후, 오늘의 일을 진지한 얼굴로 되새겼다.

(첫날에 갑자기 발견하는 건 부자연스러워…… 마지막 날 막판

에 발견하는 것도 좀 노골적이지? 내일 늦은 시간이나, 모레 이른 시간에 발견하는 것이 자연스러울까? 아니야. 차라리 유적 내부를 구석구석 찾는 도중에 우연히 발견한 것으로 하는 게…….)

따뜻한 목욕물도 지금은 캐럴의 긴장을 풀어주는 효과가 없다. 캐럴은 앞으로의 유적 탐색 일정을 진지하게 생각하고 있었다.

다음 날, 미하조노 시가지 유적 탐색을 계속하려고 캠핑카를 나선 아키라 일행이 다소 예상 밖의 광경을 보고 의아한 표정을 지었다. 주차장 근처에 메이드복과 집사복을 입은 사람들이 있었다. 그것도 한두 명이 아니라, 대충 세어도 십여 명은 되었다.

"뭐 하는 녀석들이지……."

괴이쩍게 보는 아키라 옆에서 캐럴이 흥미로운 듯이 미소를 지었다.

"구세계의 메이드복이나 집사복을 전투복 대신으로 입은 헌터팀……은 아닌 것 같네. 아키라. 아마도 저 사람들은 리온즈테일사(社) 사람들일 거야."

"리온즈테일……."

아키라는 그 이름이 익숙했다.

이전에 아키라는 히가라카 주택가 유적의 저택 지하에서 구세계 기업의 지점과 단말 위치 데이터를 손에 넣은 적이 있으며, 그 데이터를 바탕으로 미발견 유적을 찾은 적이 있었다. 그 기업의 이름이 리온즈테일이다.

덧붙여 당시의 아키라는 아직 무지하여 리온즈테일이라고 하면 일반적으로 무엇을 가리키는지 알지 못했다. 지금은 알고 있으며, 그쪽을 입 밖에 냈다.

"거기는 메이드나 집사를 파견하는 회사였던가?"

"맞아. 그 리온즈테일이야."

리온즈테일은 동부 전역에 지점을 가진 대기업이다. 주된 업무는 인재 육성과 파견이며, 고객에게 비서나 호위를 겸한 메이드, 집사 등을 제공하고 있다. 주요 고객은 재산이 엄청나게 많은 부유층. 즉, 권력자이며, 그들과의 연관도 깊다.

기업 통화는 발행하지 않아서 사카시타 중공을 비롯한 5대 기업에는 포함되지 않고 그 동렬로 취급되는 일도 없지만, 그러한 조건을 완화한 10대 기업의 범주라면, 리온즈테일의 이름이 있어도 이상하지 않다. 리온즈테일은 그 정도의 대기업이었다.

"그 회사에는 여러 가지 재미있는 소문이 있어. 구세계에도 같은 이름의 회사가 있었다나 봐. 그래서 사실은 몰래 구세계 때부터 존속하고 있다든가, 구세계 사람이 창업했다는 말이 있어. 뭐, 같은 이름을 써서 덕을 보려고 한 거겠지만."

"그 리온즈테일 사람들이 왜 이런 데 있어?"

"글쎄? 우리랑은 상관없지 않을까?"

"……. 하긴 그러네."

조금 궁금하긴 하지만, 단순한 흥미다. 자신들과는 관계없다. 아키라 일행은 그렇게 생각해서 더는 신경 쓰지 않고 오늘도 유적 탐색을 시작하기로 했다.

탐색 중에 세란탈 빌딩의 모습이 멀리서 보였다.

세란탈 빌딩은 야나기사와가 빌딩의 관리인격과 거래하면서 현재도 쿠가마야마 시티의 방위대에 의해 포위된 상태다. 그 경비는 삼엄해서, 쿠즈스하라 시가지 유적의 제1심부 봉쇄에도 사용되고 있는 인형병기를 배치해 어지간한 헌터는 접근할 수조차 없다.

그 덕분에 세란탈 빌딩과 관련된 괴담처럼 헌터가 빌딩에 접근하거나 침입한 탓에 발생하는 현상도 일어나지 않고, 미하조노 시가지 유적은 일단 평온을 유지하고 있었다.

빌딩 주변도 깨끗해졌다. 예전에는 빌딩의 방어 기계가 침입자를 격퇴하려고 주위에 미치는 피해를 고려하지 않고 공격했던 탓에 심하게 황폐해져 있었다. 하지만 이제는 그러한 교전이 발생하지 않게 되면서 새것 같은 건축물들이 늘어서 있었다.

그걸 아키라가 멀리서 보고 슬쩍 말한다.

"세란탈 빌딩인가……. 지난번 소동 때는 저기서도 기계형 몬스터가 대량으로 출현했었지?"

"응. 무진장이라고 표현해도 될 정도로 솟아나는 몬스터를 억제하려고 도시에서 부대를 배치했고, 그 뒤로 쭉 봉쇄 중일 거야."

"그 몬스터는 유적의 공장 구역에서 만들어진 거잖아? 어떻게 저기까지 운반한 거지? 그렇게 많이 공중 수송으로 보냈을 것 같진 않으니까, 빌딩 지하에 공장 구역과 연결된 터널이 있었을지도 모르겠네."

"그럴지도 몰라. 하지만 저 일대는 도시 방위대가 지키고 있어서 조사하러 갈 수는 없어. 저기에 쿠즈스하라 시가지 유적 중심부로 가는 뒷문이 있다고 해도, 아쉽지만 포기할 수밖에 없겠네."

"그러게. 다른 장소에서 발견되기를 기대할까."

애초에 정말로 있는지 없는지도 모르는 것을 찾고 있다. 괜히 신경을 써도 소용없겠지. 아키라는 그렇게 생각하며, 캐럴과 함께 유적 내부를 바이크로 달렸다.

아키라 일행이 미하조노 시가지 유적 조사를 계속한다. 아키라 일행의 고성능 정보수집기라면 넓은 범위를 단시간에 상세히 조사할 수 있다. 현지에 도착만 하면 그곳이 꽝일 때는 조사가 곧장 끝난다. 아키라 일행은 후보지를 차례차례 제거하고 있었다.

그리고 마침내 그럴듯한 장소에 도달한다. 건축 중인 상업 시설 같은 건물의 넓은 홀에 폭이 10미터쯤 되는, 지하 깊숙이 이어지는 계단이 있었다.

아키라가 그 광경을 보고 흥미로운 듯이 웃었다.

"오! 여기, 그럴듯하지 않아?"

"……. 그래! 드디어! 아키라! 당장 안쪽을 조사하자!"

"알았어!"

아키라가 의기양양하게 바이크를 몬다. 계단처럼 타이어 주행에는 전혀 적합하지 않은 험로도 공중에서도 달릴 수 있는 바이크에는 아무 문제가 되지 않는다. 지극히 완만한 경사를 내려가듯이 나아간다.

기분 좋은 아키라의 뒤에서, 캐럴이 의식을 전환한다.

(뭐, 관계없는 장소로 이어진 걸지도 모르고, 다른 곳에 진짜가 있어도 이상할 건 없으니까 말이야. 예정이 다소 틀어져도 문제 없어.)

캐럴의 예정으론 자신들이 쿠즈스하라 시가지 유적 중심부로 통하는 뒷문을 발견하는 것은 내일이었다.

계단을 내려가 유적 지하를 지나가자, 더욱 그럴듯한 장소에 도달했다. 지하 터널과 접속하는 입구다.

터널은 직경 30미터 정도의 통 모양으로, 바닥, 벽과 천장 사이에 경계선이 없이 전부 포장되어 있었다. 통행하는 차량이 중력을 무시하고 주행할 수 있다는 전제로 된 구조다. 지하인데도 한낮처럼 밝고, 더군다나 광원은 보이지 않았다. 튼튼해 보이는 격벽이 있지만, 지금은 완전히 개방된 상태였다.

아키라가 터널 안쪽을 보며 웃었다.

“요노즈카역 유적에서 봤던 거랑은 다르지만, 이건 이것대로 대발견인 것 같아. 이제는 이 안쪽이 쿠즈스하라 시가지 유적 중심부까지 연결됐을지가 문제네.”

캐럴도 흥미진진한 기색으로 미소를 지었다.

“미발견 유적과 이어질 가능성도 있어. 그럴 때도 대발견이야.”

“오! 그렇지! 좋아, 가자!”

연결된 장소가 쿠즈스하라 시가지 유적 중심부이든, 미발견 유적이든, 큰 성과는 맞다. 아키라는 저 너머에 그 성과가 있기를 기대하며 바이크를 힘차게 몰았다.

터널은 구불구불하지도 않았고, 장애물도 없고, 몬스터도 없다. 통행을 방해하는 것이 없어서 아키라는 거침없이 바이크를 가속시켰다.

속도로 발생하는 바람은 바이크의 포스 필드 실드로 막고 있어서 전혀 힘들지 않다. 아주 작은 조작 실수도 대형 사고로 이어질 속도지만, 바이크의 고성능 제어장치 덕분에 차체는 완전히 안정되어 있다. 포장된 노면 위를 고속으로 돌진한다. 10분도 채 달리지 않아 아키라 일행은 이미 미하조노 시가지 유적에서 멀리 떨어진 위치까지 이동했다.

그때 알파에게서 지적이 들어왔다.

『아키라. 앞에 누가 있어.』

이런 곳에 사람이 있을 줄은 몰랐던 아키라는 살짝 놀라 전방을 주시했다. 동시에 전방 탐색으로 대상을 포착한 정보수집기가 사람의 형체를 확대해서 표시한다. 그곳에는 터널 중간에 멈춰서 안쪽을 보고 있는 헌터가 있었다.

아키라가 바이크를 감속하며 그 사람에게 다가가자, 상대도 아키라 일행을 눈치채고 뒤돌아본다. 그리고 아키라 일행과 마찬가지로 놀란 표정을 지었다.

아키라가 바이크를 멈춘다. 예상 밖의 장소에서 예상 밖의 인물과 만난 것을, 그 자리의 모두가 의외로 생각하고 있었다.

"아키라. 오랜만이네. 이런 데서 만날 줄은 몰랐어."

"그건 내가 할 말이야. 토가미. 이런 데서 혼자 뭘 하는 거야?"

거기에 있던 인물은 도란캄 소속의 소년 헌터이자, 아키라 일행과 함께 미하조노 시가지 유적에서 헌터 활동을 한 적도 있는 토가미였다.

제223화 지하 터널

쿠즈스하라 시가지 유적 중심부로 통하는 뒷문을 찾고 있던 아키라와 캐럴은 미하조노 시가지 유적에서 발견한 지하 터널을 따라 이동하던 중 토가미와 만났다.

토가미도 의외의 장소에서 의외의 사람들과 마주친 것에 놀라고 있었다. 그리고 아키라가 먼저 왜 여기에 있는지 질문하자, 잠시 생각한 후 대답한다.

"뭘 하고 있긴……. 유적 탐색이지."

"유적 탐색이라니……. 이미 미하조노 시가지 유적에서 꽤 멀어졌을 텐데. 아, 토가미도 이 터널을 따라가면 미발견 유적이 있을지도 모른다고 생각한 건가?"

"뭐, 그런 셈이야."

토가미는 가볍게 대답하더니, 캐럴을 보고 다시 조금 생각했다. 그리고 말을 이었다.

"좀 더 자세히 이야기하면, 나는 의뢰를 받고 유적 지도를 제작하는 중이야. 이렇게 다른 유적과 연결될 것 같은 장소도 포함해서 말이지. 혹시 너희도 그런 거야?"

그 말에 아키라가 대답하려고 하기 전에 캐럴이 먼저 대답한다.

"그래, 맞아."

"역시나."

토가미는 그것으로 납득했다. 아키라는 캐럴이 토가미와의 대화를 이어받았다고 판단하고, 자신은 캐럴의 호위로 고용된 처지이기도 해서 불필요한 말을 하는 것은 그만두기로 했다. 캐럴도 아키라의 판단을 눈치채고 웃으며 이야기를 계속한다.

"그런데 지도 제작을 한다면 왜 이런 데 가만히 서 있었어? 휴식 중? 아니면 기기 트러블?"

"아니, 더 갈지 말지, 조금 고민하고 있었어."

토가미도 걸어서 여기까지 온 것은 아니다. 하지만 아키라 일행처럼 황야 사양의 대형 바이크를 타고 내부로 진입한 것도 아니었다.

토가미가 사용한 것은 접이식 소형 바이크다. 타이어를 포함하여 얇은 프레임만으로 구성되며, 접으면 백팩에 들어갈 만큼 작아진다. 그러면서도 차체는 포스 필드 아머로 강화해 튼튼하다. 속도도 그럭저럭 나온다.

하지만 아무리 생각해도 몬스터와 전투를 전제로 하는 황야 사양이라고 하기에는 성능이 부족했다. 그런데도 비교적 안전한 장소라면 편리하게 사용할 수 있는 물건이었다.

터널 안에 몬스터는 없었다. 아마 도중에 무너져 나른 곳의 몬스터가 들어올 수 없는 것이리라. 지도를 제작한다면 그 막다른 곳까지 조사하면 된다. 토가미는 그렇게 생각하고 터널을 나아가고 있었다.

하지만 한참을 나아가도 막다른 곳에 도달하지 않는다. 아무리 그래도 미지의 장소를 혼자 더 나아가는 것은 위험할까? 아니다. 여기까지 왔으니 좀 더 가 볼까? 토가미는 더 나아갈지 되돌아갈지를 망설이며, 이 자리에서 일단 바이크를 멈추고 고민하던 참이었다.

토가미가 아키라의 바이크를 본다.

"너희는 어떻게 지하 터널까지 왔어? 나는 계단을 걸어 내려왔는데, 어딘가에 지상과 연결된 차도라도 있었던 거야?"

"아니, 우리도 계단을 내려왔어. 이 바이크로, 좀 억지를 쓰긴 했지만."

"그런가. 그렇다면 그쪽 정보로는 이동에 대형 바이크가 필요한 지하 터널이 있다는 것까지 사전에 알고 있었던 건가?"

사소한 잡담처럼 캐묻는 토가미에게, 캐럴이 웃으며 가볍게 끼어들었다.

"그 점은 섣불리 캐묻지 말자. 피차 어떤 정보를 바탕으로 움직이고 있는지는 모르지만, 이상한 것을 실수로 말했다가 입막음이 필요해지는 건 싫잖아?"

"그렇지. 알았어."

토가미도 가볍게 웃으며 대답했다. 하지만 대답의 내용 자체는 진지했다. 캐럴은 농담처럼 말했지만, 그 입막음 때는 자신이 제거된다. 그리고 만약 이 앞에 미발견 유적이라도 있다면, 그 정보에는 그렇게 할 가치가 있다. 그 정도는 토가미도 알고 있었다.

"아키라. 가자."

"응? 그래. 토가미. 다음에 보자."

그 말을 남기고 떠나려고 하는 아키라 일행을 토가미가 불러 세운다.

"아, 잠깐만 기다려봐."

"뭔데?"

"내 의뢰인이 같이 하자고 하는데, 어떻게 할 거야?"

의외의 제안에 아키라와 캐럴이 서로 얼굴을 본다. 그사이 토가미는 정보단말의 외부 음성 출력을 조작했다. 곧바로 토가미가 말한 의뢰인의 목소리가 들려온다.

"그쪽도 유적 간 지하 경로를 조사하고 있는 거지? 토가미의 지인인 것 같으니까, 이왕이면 같이 하지 않을래?"

"넌 어디의 누구야?"

"그런 건 선불리 캐묻지 말자고, 방금 정하지 않았어?"

능글맞게 대답한 상대에게 캐럴도 교섭용의 고약한 미소를 지으며 대답한다.

"그랬지. 알았어. 그럼 뭐라고 부르면 돼?"

"그러게. 시로라고 불러줘."

들어본 적 있는 이름이 나오자, 아키라가 살짝 괴이쩍은 반응을 보였다. 하지만 상대가 가명으로 말한 것이기도 해서 우연으로 생각하고 너무 신경 쓰지 않았다.

"시로라고? 그러면 시로. 같이 할 거라면, 분배라든지 해서 이것저것 좀 교섭해 보실까."

그대로 캐럴은 시로와 교섭을 진행해 나간다. 고용된 처지인 아키라와 토가미는 이것저것 생각하면서도 묵묵히 추이를 지켜

보고 있었다. 그리고 캐럴과 시로 사이의 교섭이 마무리된다.

"좋아. 결정됐네. 토가미. 이렇게 말하긴 뭐하지만, 우리와의 실력 차이도 있으니까 넌 전력보다는 동행자. 좀 더 정확히 말하면, 우리의 호위 대상이야. 그런 취급으로 상관없지?"

캐럴과 의뢰인이 자기들끼리 멋대로 결정한 일이지만, 토가미는 평범하게 고개를 끄덕였다.

"알고 있어. 나도 아키라와 동급으로 싸울 수 있다고 자만하지 않아. 장비 성능도 캐럴보다 훨씬 떨어지고 말이야. 분수는 알고 있어."

"미안한걸. 그러면 정식으로, 한동안 잘 부탁할게."

예정에 없던 동행자를 더해서, 아키라 일행은 다시 지하 터널 안쪽으로 나아갔다.

◆

미하조노 시가지 유적에서 지하 터널을 통해 황야의 지하를 나아가는 아키라 일행. 아키라와 캐럴은 아키라의 바이크로 앞을 달리고, 토가미는 자신의 바이크로 뒤따라 달리고 있다. 토가미의 바이크 속도에 맞추면서, 나아가 토가미도 일단은 호위 대상인 까닭에, 아키라는 긴급 사태에 여유를 가지고 대응할 수 있도록 속도를 늦춰 이동하고 있었다.

아키라가 캐럴에게 별생각 없이 물었다.

"캐럴. 왜 토가미와 같이 가기로 한 거야? 아니, 딱히 안 된다는 건 아니지만 말이야."

말릴 정도는 아니었기에 입 밖에 내지는 않았지만, 굳이 짐짝을 추가했다고 해석할 수도 있는 캐럴의 판단을, 아키라는 조금 신기하게 여기고 있었다.

그 의문에 캐럴이 가볍게 대답한다.

"그게 더 좋으니까. 우리는 지도 정보를 퍼뜨려서 내가 가지고 있는 중심부 정보의 가치를 떨어뜨리려고 쿠즈스하라 시가지 유적 중심부로 가는 뒷문을 찾는 거지만, 그 탓에 손해를 보는 헌터 팀도 있을 거야. 예를 들면 유적 공략의 하위 팀이 그 뒷문을 써서 중심부 공략을 단숨에 진행하는 바람에 추월당한 상위 헌터 팀이라든가."

"하긴 그렇겠네."

"그러니까 뒷문 정보를 퍼뜨릴 때는, 그 출처가 우리인 걸 들키지 않게 할 필요가 있는데……. 애초에 그 출처가 우리가 아니면 그걸 걱정할 필요가 없잖아?"

"그런 건가. 우리 대신 토가미를 고용한 녀석에게 퍼뜨리게 하겠다는 거지?"

"그런 거야."

납득하고 고개를 끄덕이는 아키라를 본 캐럴은 거짓말은 안 했다며 미소를 지었다. 그리고 조금 더 말을 이었다.

"아마 토가미를 고용한 시로라는 지도상도 그 정도 위험은 알고서 하고 있을 거야. 그래서 자기가 직접 조사하지 않고 토가미를 고용해서 조사하게 하는 거라고 봐."

"우와. 그런 건가……. 토가미에게 알려주는 게 좋을까?"

"아키라. 그건 하지 말자. 저 사람도 그 정도 위험은 알고서 고액에 고용된 걸지도 모르고, 그렇지 않다고 해도 외부인이 다른 헌터의 계약 내용에 간섭할 일은 아니야. 의뢰를 시작하기 전이라면 또 몰라도, 이미 시작했다면 더욱 그렇지."

"하긴 그렇네. 알았어."

어떠한 내용이든 계약은 계약이다. 나중에 토가미가 격노한다고 해도, 그리고 분노를 못 이겨 의뢰인을 죽이러 간다고 해도, 그것은 토가미와 의뢰인 사이에서 해결할 일일지도 모른다. 아키라는 일단 그렇게 생각했다.

그리고 더 생각한다. 아마 자신이 비슷한 의뢰를 알선받더라도, 혼자선 그런 속사정을 눈치채지 못할 것이다. 치명적인 것이라면 물어보지 않아도 알파가 알려줄 테지만, 언제까지나 알파만 의존하는 것도 좋지 않다.

키바야시도 최소한의 교섭 능력을 익히지 않으면 잡아먹힌다고 했다. 혼자서도 눈치챌 수 있도록 주의하자.

그렇게 다시 한번 자신을 타이르는 아키라였지만, 이 시점에서 눈치채지 못한 점이 여럿 있었다.

시로가 지도상이라는 것은 캐럴이 그렇게 말했을 뿐이다. 게다가 그 정도 위험은 알고서 하고 있을 것이라는 말은 상대도 쿠즈스하라 시가지 유적 중심부로 통하는 뒷문을 찾고 있다는 전제로 한 거지만, 그것도 캐럴이 그렇게 말했을 뿐이다.

하지만 아키라는 캐럴의 이야기를 통해 추측에 불과한 그것들을 사실이라고 믿었다. 그리고 캐럴은 의도적으로 그런 방식으로 이야기하고 있었다.

그리고 무엇보다도 캐럴이 토가미를 동행시킨 가장 큰 이유는 유적 중심부의 뒷문 정보를 시로에게 퍼뜨리게 하기 위함이 아니었다.

알파는 그것들을 눈치채고 있었지만, 그것을 아키라에게 일일이 알려주진 않았다. 아키라가 의뢰에 성실함은 이미 확인되었다. 그렇다면 모르는 척 연기할 수 없는 아키라에게 쓸데없는 것을 알려주어 상황을 혼란스럽게 만들 필요는 없기 때문이다.

아키라 일행의 뒤를 바이크로 따라가면서, 토가미가 시로에게 불평을 쏟아낸다.

"이봐, 시로. 이쪽 동향을 쭉 감시하고 있었던 거야?"

통신을 통해 시로의 능글맞은 목소리가 돌아왔다.

"딱히 쭉 그런 건 아니야. 뭔가 있으면 바로 알 수 있도록 했을 뿐이라고."

"그래도 이쪽 대화는 전부 들리게 했다는 거잖아?"

"그렇지만 애초에 의뢰 중 정보는 전부 기록하기로 계약했잖아? 그런 조건이니까 선금으로 고액을 준 거고. 그걸 이제 와서 불평해도 말이지~."

"전부라고 해도, 지형 정보나 지도 제작에 관련된 거라고 생각했었단 말이야."

"어? 그랬던 거야? 아~ 그 부분은 잘 확인할 걸 그랬네. 근데 확인을 게을리한 건 너도 마찬가지잖아? 게다가 이미 계약이 끝났어. 미안하지만 포기해 줘."

시로의 밝은 목소리에, 토가미는 깊은 한숨으로 승낙의 뜻을 밝혔다.

"그래서? 왜 아키라네를 끌어들인 거야? 유적 탐색은 나 혼자 한다는 것도, 네가 내건 조건이었을 텐데?"

토가미가 혼자 유적 탐색을 한 것은 시로가 그런 조건을 제시해서 그런 것이다. 그 조건을 의뢰인이 먼저 뒤집은 것에 대해서도 토가미는 다소 불만을 느끼고 있었다.

그 질문에 다시 밝은 목소리가 돌아온다.

"그건 그렇지만, 헌터 랭크 70을 끌어들일 수 있다면, 당연히 그래야지?"

"70?"

놀라는 토가미에게 시로의 가벼운 목소리가 이어진다.

"응? 몰랐던 거야? 아는 사이잖아?"

"아니, 아키라는 50 정도였을걸? 캐럴은 더 낮았을 거고……."

"정보가 낡았어. 지금 아키라의 헌터 랭크는 70이야."

시로가 토가미의 확장시야에 헌터 오피스에 실린 아키라 개인 페이지를 표시한다. 그 내용은 시로의 말이 사실임을 보여주고 있었다.

"진짜냐……. 어떻게 벌어야 한 번에 70이 되는 거야……."

"도시 간 수송차량 호위 의뢰로 성대하게 번 것 같네. 상세한 내용은 없지만."

"그런 이야기인가? 아니지, 그런 이야기가 맞지……."

자세한 것은 알 수 없다. 하지만 실제로 헌터 랭크가 70이 된 이상, 아키라가 그렇게 인정받을 만한 성과를 냈다는 것은 확실하다. 그 정도로 아키라는 강하다. 그 생각에 토가미가 자신도 모르게 중얼거린다.

"카츠야가 죽을 만도 해……."

"응? 뭐라고?"

"아무것도 아니야. 혼잣말이야."

"그래? 뭐, 그거지. 인원이 적을수록 정보가 유출될 위험은 줄어들잖아? 그래서 유적 탐색은 혼자 해 달라고 할 생각이었어. 근데 헌터 랭크 70이 동행해 준다면 그 정도 위험은 용인할 수 있잖아? 그래서 밑져야 본전이라는 생각으로 제안해 본 거야. 그랬더니 잘된 거고. 그뿐인 이야기라고."

"그런가. 뭐, 이해는 했어. 다른 게 더 있다면 지금 말해줘. 갑작스러운 예정 변경도 포함해서 말이야. 계약상 문제가 없어도, 별일이 아니어도, 나중에 알려주면 화가 난다고."

"알았어. 그러면 저쪽이랑 같이 한번 이야기해 볼까."

"있는 거냐……."

토가미는 인상을 쓰면서 아키라 일행과 통신을 연결했다.

아키라 일행은 토가미 일행과 함께 행동하게 됐지만, 각 팀의 편성은 바꾸지 않았다. 아키라 팀과 토가미 팀의 2팀 체제로, 통신도 같은 팀끼리 소통하는 형식이다. 아키라와 캐럴의 밀담은 토가미 일행에게 들리지 않고, 토가미와 시로의 대화도 아키라 일행이 알 수 없다.

그 상태로 지하 터널을 나아가고 있는 일행에게, 시로가 통신 너머로 이야기하기 시작한다.

"까놓고 말해서, 나는 쿠즈스하라 시가지 유적 중심부로 통하는 뒷문을 찾고 있는 거야."

"못 들었는데?"

아키라와 캐럴이 상정한 일을, 시로는 토가미에게 알려주지 않았다. 무심코 소리친 토가미에게, 시로는 가볍게 말했다.

"딱히 놀랄 일도 아니잖아. 유적 간 지하 경로 조사라고 했지? 만약 이 지하 터널이 구세계 시대 유통의 대동맥이라면, 이 근처에서 제일 큰 유적과 연결되어 있다고 해도 이상할 건 없어."

"그렇다고 해도……."

미리 알려줬어야지. 토가미는 그렇게 항의를 계속하려고 했지만, 캐럴에게 말을 가로막힌다.

"토가미. 미안한데, 그쪽 팀 이야기는 나중에 해주지 않을래?"

"알았어……."

다른 팀을 포함한 정보 공유의 장을 자기 팀 내부의 문제로, 게다가 자신이 먼저 어지럽힐 수는 없다. 그 판단으로 토가미는 마지못해 물러섰다.

캐럴이 이야기를 계속한다.

"그래서? 그쪽도 쿠즈스하라 시가지 유적의 제2심부나 그 너머로 이어지는 뒷문을 찾고 있는 거네? 그 지도 정보를 중심부를 공략 중인 헌터 팀에 팔아 돈을 벌려고 하거나. 아니면 특정 팀과 계약한 지도상이라서, 공략 루트의 뒷문이나 지름길 조사를 위탁받고 있다거나?"

다 간파했다는 듯이 캐럴은 의기양양하고 자신감 넘치는 투로 말했다.

물론 그것이 맞는지 아닌지는 캐럴에게 중요하지 않다. 자신이 한 말에 상대가 동의해 주면 됐다. 동의해 준다면 유적 중심부로 통하는 뒷문 정보의 출처를 상대에게 떠넘기기 쉬워지기 때문이다.

하지만 시로에게 부정당한다.

"아니, 내가 찾는 건 제1심부로 가는 뒷문이야."

"제1심부? 거긴 쿠가마야마 시티에서 정비한 후방 연락선을 통하면 바로 가잖아? 뒷문은 필요 없을 것 같은데?"

어리둥절한 얼굴로 되물은 캐럴에게, 시로가 의미심장한 목소리로 대답한다.

"그 쿠가마야마 시티가 봉쇄하고 있어서 들어갈 수 없는 곳이 있잖아?"

그것으로 캐럴도 상대의 목적을 이해했다. 그랬기에 더더욱 놀란다. 츠바키의 관리 구역으로 통하는 뒷문을 찾아내 정보를 파는 것은 쿠가마야마 시티에 대한 명확한 적대 행위이기 때문이다.

시로는 아랑곳하지 않고 이야기를 계속한다.

"거기의 관리인격과 이야기하고 싶은 사람이 많단 말이지. 쿠가마야마 시티에서 그 관리인격과의 교섭에 성공한 이상, 통치계 관리인격치고는 말이 통할 가능성도 크고, 직접 만나서 교섭으로 끌고 가면 의외로 어떻게든 되지 않을까 하는 생각도 있고."

"그렇게 생각하고 직접 만나러 가려고 해도 주위는 도시 방위대가 철저하게 봉쇄하고 있다. 그래서 뒷문이 필요하다. 그건 알겠어. 그런 사람들에게 뒷문 정보가 비싸게 팔리는 것도."

"그렇겠지?"

"근데 알기는 해? 그건 자칫하면 쿠가마야마 시티만이 아니라, 사카시타 중공까지 적으로 만들걸?"

아키라는 무슨 내용인지 따라가지 못했다. 하지만 캐럴에게 물어봐서 이야기를 멈추긴 뭐하니, 그 대신 알파에게 묻는다.

『알파. 츠바키에게 갈 수 있는 뒷문 정보를 팔면 왜 사카시타 중공을 적으로 만드는 거야?』

『뒷문으로 츠바키를 만나러 간 사람이 쓸데없는 짓을 해서 츠바키를 화나게 하고, 그것을 주위 봉쇄를 맡고 있는 쿠가마야마 시티의 실수로 판단한 츠바키가 도시와의 거래를 중단할 경우, 사카시타 중공이 발행하는 오럼에서 구세계의 존재와 상거래를 할 수 있는 기업 통화라는 가치가 사라지기 때문이겠지.』

『그런 건가……. 말리는 게 좋을까?』

『그러진 말자. 츠바키가 누구와 교섭하든, 그 결과가 어떻게 되든, 우리가 관여할 일은 아니야.』

『그런가……. 알았어.』

알파가 그렇게 판단했다면 그러는 게 좋을 것이다. 아키라는 그렇게 생각하고 참견하지 않았다.

염화를 통해 실제 시간으로 한순간의 대화가 이루어진 뒤, 시로가 곧장 캐럴의 질문에 태연하게 대답한다.

"무슨 소리야. 그러니 비싼 값에 팔 수 있는 거잖아?"

쿠가마야마 시티, 나아가 사카시타 중공과의 적대도 용인한다고 해석할 수 있는 그 말에 제아무리 캐럴이라도 얼굴을 험악하게 굳혔다.

"잠깐…… 진심으로 말하는 거야?"

진심이라면 너희와는 더 함께할 수 없다. 그 말을 보탤 필요가 없을 정도로 강한 캐럴의 어조에 시로가 웃으며 대답한다.

"아니아니, 아니라고. 나도 사카시타 중공과 적대할 생각은 없어. 쿠가마야마 시티와의 교섭 자리에서 그런 뉘앙스를 풍기면 그 장소로 통하는 뒷문을 봉쇄하고 싶은 도시 측에서 그만큼 비싼 값에 사 줄 거다. 그런 이야기라고."

"그래? 그렇다면 다행인데. 오해할 소리는 하지 말아 줄래?"

"미안해. 조심할게."

정말로 오해였다고 해도, 자신의 반응을 보고 생각을 바꾼 것이라고 해도, 확실히 못은 박았다. 캐럴은 그렇게 판단하고 지금은 더 추궁하지 않았다.

시로가 능글맞은 태도로 이야기를 계속한다.

"뭐, 지금은 일단 전진하자고. 애초에 이 터널이 쿠즈스하라 시가지 유적으로 연결됐는지도 확정은 아니잖아."

"……. 그래. 지금은 전진하자."

캐럴이 그렇게 대답하면서 이야기는 일단락되었다. 그러자 너희 이야기는 나중에 해달라는 캐럴의 말에 묵묵히 있던 토가미가 곧바로 입을 연다.

"이젠 끼어들어도 되지? 시로 너, 그 봉쇄 구역에 나를 보내려던 거였어?"

"아니? 아닌데."

"뭐? 무슨 뜻이야? 방금 그렇게 말했잖아? 그 봉쇄 구역으로 가는 뒷문이 목적이라고."

짜증을 내는 토가미를 신경 쓰는 기색도 없이, 시로는 말을 이었다.

"그렇긴 하지만, 거기 가 달라고 부탁해도 무리잖아? 지하라도 광역 지도로 대략적인 위치는 알 수 있어. 봉쇄 구역에 어느 정도 가까워지면 더는 못 간다고 되돌아올 거잖아?"

"그, 그야, 그렇지만……."

"그렇지? 나도 큰돈을 냈다고 해서 그 봉쇄 구역에 돌진해서 죽으라고 할 마음은 없어. 헌터잖아. 더 갈지, 되돌아갈지. 생사를 가르는 그 판단은 그쪽 일이지? 나도 그 정도는 안다고. 그러니 강제는 안 하고, 못 해. 부탁해서 가 주겠다면, 가 주길 바라지만."

말발에서 밀리고 있다. 말재간에 놀아나고 있다. 토가미는 그렇게 생각하면서도 마땅한 대답을 떠올리지 못하고 있었다.

시로가 다시 말을 이었다.

"정 뭐하면 토가미만 돌아가도 되거든? 이 터널이 쿠즈스하라 시가지 유적 중심부로 이어져 있다고 해도 토가미는 중심부 근처에서 더 가기 싫을 거고. 그 시점에서 토가미를 돌려보내서 나머지는 거기까지 조사한 정보를 바탕으로 다른 고랭크 헌터에게 부탁할 생각이었어. 그런데 토가미 덕분에 헌터 랭크 70이 조사에 동참해 주면서 억지로 더 동참해 달라고 할 필요는 없어졌으니까 말이야."

토가미가 험악해진 얼굴로 이를 악문다.

거칠게 요약하면 넌 이제 쓸모가 없어졌다는 소리를 들은 셈이지만, 중심부로 가는 것을 먼저 망설인 것은 자신이기도 해서 토가미는 받아칠 말을 찾지 못했다.

토가미에게도 오기가 있다. 하지만 그 오기를 어디에 부려야 할지도 가늠하기 어렵다. 아키라 일행의 전력을 생각하면 자신이 짐짝임을 인정할 수밖에 없다. 그 상황에서 '누가 돌아갈까 보냐' 라는 식으로 오기를 부렸다간 아키라 일행의 발목을 잡으려고 오기를 부리는 꼴이 된다. 그렇게 꼴사나운 짓은 용납할 수 없다.

하지만 지금부터 자기 혼자 돌아가는 것도 오기가 발동해서 어렵다. 어떻게 해야 할까. 토가미는 험악해진 얼굴로 고민하고 있었다.

그때 캐럴이 아키라에게만 들리도록 통신 설정을 바꿔 이야기한다.

"아키라. 어떻게 할래? 아키라의 부담이 클 것 같으면, 토가미한테는 미안하지만 돌아가라고 하는 게 좋을까?"

“아니, 같이 있어도 괜찮아. 따라온다면 말리진 않아. 붙잡아 둘 생각도 없지만.”

캐럴과 토가미를 호위하면서도 제2심부에서 문제없이 싸울 수 있다면, 알파도 지금의 자신에게 충분한 실력이 있다고 판단할지도 모른다. 그렇게 되면 드디어 시작이다. 그렇게 생각한 아키라는 새 장비를 포함한 자신의 실력을 알파에게 단단히 확인받기 위해서라도, 설령 토가미가 아무리 발목을 잡더라도, 그 동행을 거절할 생각이 없었다.

그리고 캐럴은 아키라의 대답을 그만큼 여유가 있다는 뜻으로 해석하고 웃는다.

“그래? 그렇다면 토가미가 이대로 동행할지 말지는, 본인에게 결정하라고 할까?”

캐럴이 통신 설정을 되돌려 토가미에게 말했다.

“토가미. 일단 말해두는데, 만약 아키라에게 호위받는다면, 그 호위 비용은 꼭 받을 거야. 헌터 랭크 70에게 호위받는 거잖아. 싸지 않아. 네가 받을 돈이 없어져도 난 모르는 일이거든?”

그 말을 들은 토가미는 먼저 얼굴을 찌푸렸다. 하지만 거기서 무언가 깨닫고 당돌하게 웃는다.

“그건…… 내가 실수한 만큼 우리 팀의 몫을 줄인다는 거지? 최악의 경우 거저 일하게 된다. 그런 뜻이지?”

“뭐, 그런 거지.”

그때 시로의 목소리가 들렸다.

“아…… 그렇게 나오나…….”

그 말을 들은 토가미는 더욱 힘차게 웃었다.

"알았어! 이대로 동행하겠어! 발목 잡지 않게 열심히 일할게. 최대한 말이지."

자신이 아키라 일행의 짐이 되지 않게끔 할 수 있는 모든 것을 하겠다. 그래도 발목을 잡게 된 만큼 아키라 일행의 보수가 늘어난다. 토가미는 자신의 오기 때문에 아키라 일행에게 폐를 끼치는 부분을 일단 그걸로 상쇄할 수 있다고 여겼다.

게다가 자신들의 보수가 줄면 시로의 수입도 줄어드니까, 그걸로 시로에 대한 앙갚음도 마친 셈으로 쳤다.

어디에 오기를 부려야 할지 변칙적이나마 대처한 토가미는 그대로 기운을 내서 아키라 일행을 따라갔다.

아키라 일행은 지하 터널을 순조롭게 나아가고 있었다. 도중에 몇 번인가 분기가 있었지만, 쿠즈스하라 시가지 유적의 방향에 가까운 길을 선택해 나간다. 현재 위치를 광역 지도와 대조해 보니 쿠가마야마 시티나 유적 공략의 전초기지에서는 멀리 떨어져 있지만, 이미 쿠즈스하라 시가지 유적의 외곽부에 가까운 곳까지 와 있었다.

아키라가 시선을 진행 방향 전방으로 돌린다. 터널은 유적 안쪽으로 아직 더 이어지고 있다.

『알파. 이 느낌이면 적어도 제1심부 정도까지는 이어져 있는 걸까?』

『그렇게 추측할 수 있다는 의미라면, 맞아. 이어져 있는지 아닌지를 묻고 있는 거라면, 지금은 묻지 않는 것을 추천할게. 아키라는 알 방법이 없는 정보니까.』

『아, 내가 그걸 알아도, 왜 그걸 알고 있는지, 캐럴이나 토가미 일행에게 설명할 수 없다는 거네. 알았어. 묻지 않을게. 하지만 위험할 때는 알려줘. 뭔가 불길한 예감이 든다고 할게.』

『알았어. 그 언저리도 포함해서, 우선 아키라가 자기 힘으로 어디까지 잘할 수 있는지 보여줘.』

『알았어.』

캐럴에게는 보이지 않는 위치에서, 아키라는 알파와 당돌하게 웃었다.

지하 터널을 더 나아간 아키라 일행은, 유적 외곽부와 제1심부의 경계 근처에 도착한다. 그리고 그곳이 막다른 길이었다. 터널 자체는 아직 이어지고 있지만, 두꺼운 격벽으로 닫혀 있었다.

아키라가 바이크를 멈추고 모두와 상의한다.

"어떻게 할까? 힘내서 억지로 열어 볼까? 할 수 있을지 없을지 모르겠고, 여기까지 몬스터와 마주치지 않은 것이 이게 닫혀 있는 덕분이라면 섣불리 여는 건 위험할지도 모르지만……."

상황에 따라서는 중심부의 강력한 몬스터가 지역 일대에 대량으로 유출될 위험이 있다. 그 우려를 생각하면 아키라도 함부로 열고 싶지는 않았다.

캐럴이 토가미를 힐끗 보고 말했다.

"글쎄……. 어떻게 할까……."

캐럴도 아키라와 같은 우려를 느끼고 있었다. 하지만 캐럴은 아키라와는 반대로 가능하다면 열고 싶었다. 지하 터널의 지도 정보는 현시점에서도 충분한 가치가 있지만, 제2심부로 통하는 뒷문이 없다면 캐럴이 가진 유적 중심부 정보의 가치를 폭락시킬 수 없기 때문이다.

이 격벽을 억지로 열었다가 실제로 황야로 몬스터가 범람한다고 해도 도시에 이 지하 터널 정보를 은밀히 흘려 막아달라고 하면 된다. 자신에게도 사정이 있다. 수단 방법을 가릴 때가 아니다. 그렇게 생각하고, 캐럴은 아키라와 단둘이 있었다면 이런저런 이유를 대서 열어 보려고 했을 것이다.

하지만 이 자리에는 토가미가 있다. 토가미의 고용주도 통신으로 상황을 파악하고 있다. 황야로 몬스터가 범람하고, 도시가 그 범인을 수색할 경우, 토가미 일행이 자신들을 팔아넘기지 않는다고 보장할 수는 없다. 그 우려가 캐럴을 망설이게 하고 있었다.

토가미는 아키라와 같은 우려를 느껴서 격벽을 여는 데 소극적이었다. 그때 시로가 제안한 것이 있어서, 그것을 그대로 아키라 일행에게 전달한다.

"일단 주변을 조사해 볼까? 작업용 우회로 같은 게 있다면, 이걸 열지 않아도 그쪽으로 들어갈 수 있을지도 모른다고…… 시로가 말하는데."

그 제안을 채택한 아키라 일행은 다 같이 지하 터널의 내벽을 조사하기 시작했다. 벽과 천장 모두 강화복의 접지 기능을 사용해 평범하게 걸을 수 있으므로, 전체를 구석구석 조사한다.

『알파. 발견할 수 있을 것 같아?』

『자기 힘으로 발견하지 못할 때는 발견하지 못한 것으로 해.』

『알았어.』

이로써 우회로의 존재가 확정되었다. 이 정보는 원래라면 자신이 알 수 없는 것이다. 어떻게 그걸 아냐고 물어보면 곤란하지만, 그 전에 발견해 버리면 앞뒤가 맞는다. 새 장비는 정보수집기의 성능도 월등하게 향상되었다. 아마도 발견할 수 있을 것이다. 아키라는 그렇게 생각하며 조사해 나간다.

그리고 실제로 우회로가 발견된다. 다만 발견한 것은 토가미였다. 아키라와 캐럴이 나란히 의외라는 표정을 지었다.

우회로 앞에는 입체영상의 벽이 있었고, 그 위에 벽의 질감을 재현한 포스 필드 실드가 덧대어져 있었다. 자신의 고성능 정보수집기를 사용해도, 여기에 숨겨진 통로가 있다는 것을 모르고 조사했다면 필시 눈치채지 못했을 것이다. 아키라와 캐럴이 그렇게 생각할 정도로 고도의 위장 처리였다. 자신이 아키라에게 알려서 발견하게 한다면, 다른 일행이 이상하게 여길 것이다. 그렇게 알파가 판단했을 정도로 우회로는 꼭꼭 숨겨져 있었다.

"토가미……. 용케 찾아냈네."

"정말…… 용케 찾아냈어."

놀라는 아키라와 캐럴을 보고, 토가미가 사태가 얼마나 이상한지를 새삼 인식한다.

"정말로 어떻게 찾아낸 걸까."

"어?"

"무슨 뜻이야?"

"찾아낸 건 내가 아니야. 시로야. 내 정보수집기를 시로가 원격으로 조작해서 찾아낸 거라고."

다시 놀라는 아키라 일행에게, 토가미의 정보단말을 통해 시로의 능글맞은 목소리가 들린다.

"찾아낸 방법은 비밀이라고~. 일류 지도상의 비밀 기술이니까. 100억 오럼을 준다고 해도 안 말해~."

"아니, 딱히 알려달라고 한 적은 없어."

그렇게 말하고, 아키라는 우회로를 막고 있는 포스 필드 실드에 매서운 발차기를 내리꽂았다. 포스 필드 실드로 고체화되었던 공기가 강화복의 초인적인 각력에 의한 일격을 맞아 깨지고, 빛의 파편이 되어 흩날린다.

"좋아. 갈까."

입체영상의 벽을 빠져나가, 아키라 일행은 우회로를 따라 나아갔다.

제224화 보류

아키라 일행이 지하 터널의 격벽 우회로를 따라 나아간다. 통로는 바이크로 이동해도 될 만큼 넓지 않았다. 걸어서 이동한다. 토가미의 바이크는 접혀서 백팩으로 돌아갔고, 아키라의 바이크는 자동 운전으로 뒤따라오고 있다.

이동 중, 토가미는 아키라의 새 장비값을 듣고 놀라고 있었다.

"200억 오럼이나 하는 건가……. 대단하네. 아니, 그렇게 많이 벌었단 말이야? 고랭크 헌터의 수입은 정말 엄청나구나. 역시 헌터 랭크 70이라고 할까."

"응……. 뭐, 그렇지."

자신이 번 돈으로 샀다고 말하기 어려운 부분이 많지만, 타인에게 알기 쉽게 보여줄 수 있는 힘을 긍정하기로 한 아키라는 자세한 설명 없이 그렇게만 대답했다.

토가미가 자신과 아키라의 장비를 비교해 보고, 작게 한숨을 쉬었다.

"일단 내 장비도 도란캄의 대여품 중에서는 최고 수준으로 고성능인 물건인데……. 아키라의 장비에 비하면 한참 싸구려인가."

그때 캐럴이 가볍게 끼어들었다.

"아키라 정돈 아니지만, 내 장비도 비싸고 고성능 물건이야."

"아, 그건 보면 알겠어. 애초에 그 정도로 특이한 구세계풍 디자인인데 성능이 저질이면 입고 있는 녀석이 제정신인지 조금 의심할걸."

"어머, 말이 심하네."

"여자 헌터는 고랭크가 되면 복장이나 감성이 점점 구세계에 가까워져서 위험한 차림도 아무렇지 않게 한다는데, 캐럴도 그런 느낌인 거야? 아키라. 도시 간 수송차량 호위 의뢰에서 더 동쪽 영역에서 활동하는 고랭크 헌터를 많이 만났겠지? 여자 헌터들은 모두 이런 느낌이었어?"

그렇게 질문받은 아키라는 캐럴의 복장을 다시 보면서 도시 간 수송차량에서 봤던 여성 헌터들의 모습을 떠올렸다.

"아니…… 아무리 그래도 이런 복장을 한 녀석들만 있었던 건 아닐 거야."

"그건 그거지. 아마 내 장비가 더 고성능이라서 그럴 거야. 내 입으로 말하긴 뭐하지만, 나 같은 사람도 제2심부에서 싸울 수 있게 할 정도의 장비니까."

토가미가 납득한 듯 고개를 끄덕인다.

"어쩐지. 최전선 부근에선 수영복이나 속옷을 다 드러내는 듯한 차림을 한 녀석도 드물지 않다고 하는데, 그게 구세계의 감성이라면 구세계는 그런 복장이 보통이었던 걸까?"

아키라가 힐끗 알파를 본다.

"그건 맞을지도……."

아키라의 확장시야에서 실재하지 않는 여성이 딱 그런 차림으로 미소를 짓고 있었다.

아키라 일행이 지하 터널의 격벽 우회로를 더 나아가 격벽 반대편에 도착한다. 이 두꺼운 벽이 몬스터의 유출을 억제한 덕분에 반대편은 몬스터 천지인 것도 아니어서, 지금까지 아키라 일행이 지나온 터널과 크게 다르지 않은 광경이 이어지고 있었다.

물론 전혀 다르지 않은 것은 아니다. 첫째. 이 지하 터널은 미하조노 시가지 유적에서 격벽 앞까지는 분기가 별로 없었다. 하지만 여기부터는 이 자리에서 확인하는 것만으로도 옆길이 여러 개 있었다. 둘째. 바닥에 몬스터의 사체가 널브러져 있다. 즉, 여기부터는 몬스터가 있다. 그리고 셋째를 캐럴이 말했다.

"아키라. 무색 안개가 꽤 짙어서 광역 통신이 끊길 것 같은데, 아키라는 어때?"

『알파. 어떤 것 같아?』

『나와의 통신은 전혀 문제없어. 정보단말의 광역 통신은 확실히 언제 끊겨도 이상하지 않을 정도로 나쁜 상태네.』

"나도 끊길 것 같아. 토가미는?"

토가미가 조금 의기양양하게 웃는다.

"나는 완벽해. 구영역 대응 정보단말이니까 말이야. 이 정도 무색 안개로는 영향을 안 받는다고."

"그런 걸 가지고 있어? 대단하네. 그런데 왜 정보단말만 그렇게 고성능인 거야?"

아키라와 캐럴은 덩달아 의외라는 표정을 지었다. 그 반응에 토가미는 더욱 기분이 좋아졌다.

"시로에게 의뢰 보수의 선금으로 받은 거야. 유적 지하 같은 곳은 통신 환경이 나쁜 곳도 많으니까, 그걸 써서 정보를 잘 보내라는 뜻이겠지만, 성능은 흠잡을 데 없지. 아키라의 장비는 200억이나 했다며? 정보단말은 고성능으로 안 챙겼어?"

"아…… 나는 총이나 강화복 성능을 우선했으니까."

구영역 접속자이며 알파의 서포트도 있는 아키라에게는 구영역 대응 정보단말이 필요 없다. 그래도 자신에게는 그러한 물건이 불필요하다고 생각하지 않게끔 입수하는 게 좋았을지도 모른다. 아키라는 그렇게 생각하며 얼버무리듯이 대답했다.

토가미도 그 말로 납득한다.

"하긴 아키라라면 그쪽을 우선하겠지……. 당연해."

토가미가 생각한다. 아키라는 항상 강적과 싸우고 있다. 자신이 아는 한에서도 미하조노 시가지 유적의 공장 구역에서는 구세계 장비를 몸에 두른 사람과, 이이다 상업구 유적에서는 다수의 구세계제 자동 인형들과, 살아 돌아오는 것이 이상할 정도의 상대와 싸우고 있다.

그리고 아마도 그 밖에도 아키라는 비슷하게 절망적인 격차가 있는 적과 싸우고 있을 것이다. 죽음 속으로 돌진하고, 목숨을 걸고 있을 것이다. 그렇기에 좌우지간 직접적인 무력을 우선하고 있다. 통신 환경 개선 따위는 뒷전으로 미루고 있다.

강해질 만하다. 토가미는 그렇게 생각했다.

캐럴이 제안한다.

"그렇다면 외부와의 통신은 토가미에게 전부 맡기자. 지도 데이터도 지형 같은 걸 자세히 기록하면 데이터가 엄청 많아질 건데, 구영역을 써서 상시 송신하면 이쪽에서 데이터를 저장해 둘 필요도 없어질 거야. 아마도 이미 하고 있겠지?"

그 말에 시로가 통신 너머로 대답한다.

"응. 하고 있어. 너희 통신 중계도 겸사겸사 해줄게."

"부탁할게."

그리고 캐럴은 토가미에게 웃으며 말했다.

"그러니까 토가미. 미안한데 팀 전체의 통신 담당으로서 그 정보단말을 사수해 줘."

"알았어. 맡겨줘."

자신은 전력 면에서 보면 짐짝이다. 하지만 이로써 자신도 보호받기만 하는 동행자가 아니게 되었다. 내가 할 일에 전념하자. 그런 생각으로 토가미는 의욕을 키웠다.

다시 지하 터널을 나아가는 아키라 일행 앞에 몬스터가 나타난다. 뱀이나 악어, 도마뱀, 거미, 쥐, 달팽이 등이 뒤섞여 무리를 이루고, 하나같이 무장한 채 밀려왔다.

개체의 몸길이는 작은 것이라도 3미터 정도, 길쭉한 것은 십여 미터나 된다. 그것들이 총이나 포, 소형 미사일 등을 장착하거나, 혹은 신체 일부로 달고 덤벼든다.

그 무리를 즉각 응전한 아키라 일행이 유린한다. 몬스터는 결코 약하지 않다. 무리의 한 마리 한 마리가 제1심부 지상에 서식하는 것과 동등하거나 그 이상으로 강하다.

하지만 아키라도 캐럴도 제2심부에서 싸울 수 있는 실력을 보유한 헌터다. 그 정도 상대를 물리치는 것은 너무나도 쉽다.

자신의 새로운 총인 RL2 복합총을 쏜 아키라가 그 위력에 만족한다.

평범하게 쏜 총탄 한 발이 지하 터널 안쪽까지 이어지는 무리를 관통했다. 맞은 개체는 한순간에 산산조각이 난다. 사선 근처에 있기만 해도 스치지도 않은 개체까지 단순한 여파로 무장이나 사지가 떨어지며 날아가고 있었다.

예전에 사용했던 SSB 복합총이라면 이 무리의 한 개체를 해치우는 데만 엄청나게 많은 탄환이 필요했다. 이전에 사용했던 LEO 복합총으로 동등한 결과를 내려면, 시간을 들여 C탄에 상당한 에너지를 쏟아붓고 나서 쏴야 했다.

그것이 이 RL2 복합총이라면 이토록 쉽게 해낼 수 있다. 그 명확하고 압도적인 성능 향상에 아키라가 자신도 모르게 웃음을 흘린다.

『엄청난 위력이야! 이 정도면 제2심부에서도 싸울 수 있겠어!』

그리고 알파도 아키라 옆에서 기분 좋게 미소를 지었다.

『그러네. 하지만 우리 목표는 제2심부가 아니야. 그러니 아키라. 제2심부에서도 여유롭게 싸울 정도의 힘을 보여줘. 기대하고 있을게.』

『그래!』

아키라가 기합을 넣어 총으로 무리를 쏜다. 터널 안쪽까지 이어지는 무리가 그 끝까지 관통하는 총탄에 의해 찢겨나간다. 그것으로 쓰러진 만큼은, 터널 옆길에서 속속 출현하는 추가분에 의해 보충되지만, 그것으로 무리의 기세가 커지는 일은 없다. 한 발의 총탄에 날아가는 몬스터만 늘어난다. 아키라는 일방적으로 적을 해치워 나갔다.

아키라 일행은 대규모 무리를 연달아 물리치지만, 토가미는 거의 활약하지 못하고 있었다. 고전은 전혀 하지 않았다. 고전할 틈을 토가미에게 주지 않을 정도로, 아키라와 캐럴이 몬스터를 즉시 대량으로 해치우고 있기 때문이다.

이것은 토가미의 실력이 부족해서 그런 것이 아니라, 사용하고 있는 총의 성능 탓이다. 토가미의 총으로는 이 자리의 몬스터를 한 마리 해치우는 데 십여 발의 탄환이 필요하다. 하지만 아키라의 총이라면 한 발로 무리째 관통할 수 있다. 이 성능 차이를 개인의 실력으로 뒤집을 수는 없다.

교전 전에 의욕이 살았던 토가미는 자신이 거의 활약하지 못하고 있는 이 현실을 당연한 결과로 여기면서도, 한심하게 느끼고 있었다.

그때 아키라가 말을 걸었다.

"토가미. 내 총 빌려줄까?"

토가미가 살짝 망설인다.

"그래도 되겠어……?"

"그래. 쓴 만큼 탄약값을 내야 하지만."

"그거…… 그 탄약값이랑 내 호위 비용, 뭐가 더 비쌀까?"

"그건 네 노력에 달렸지 않을까?"

아키라의 대답은 토가미에게 왠지 도발로 들렸다. 하지만 그것으로 망설임이 사라진다. 토가미가 드세게 웃으며 힘껏 대답한다.

"빌려줘!"

아키라의 바이크가 토가미에게 다가가 서포트 암의 RL2 복합총을 떼어내 토가미에게 내민다.

"그 바이크도 방패로 써도 돼."

터널 안에 엄폐물은 없다. 하지만 아키라는 적의 사선을 간파하여 피하고 있다. 캐럴은 고성능 강화복에 의한 방어로 적의 공격에 맞아도 거의 무사하다. 토가미는 하나도 흉내 낼 수 없다.

"그것참 고마운걸. 대접이 후하잖아."

토가미가 바이크 뒤에서 RL2 복합총을 쏜다. 강력한 탄환이 적을 무리째 찢어발겼다.

"위력이 장난 아니네. 아키라. 이걸 구하느라 무지 고생했지? 어떤 무모한 짓을 한 거야?"

"무지 위험한 녀석과 싸웠어. 하마터면 죽을 뻔한 정도가 아니라 날아갈 뻔했지. 가루로 안 남을 정도로 말이야."

실감이 담긴 아키라의 목소리를 듣고, 토가미도 그 이야기에 과장이 없다고 이해한다.

"여전히 무모한 짓을 하고 있네."

"좋아서 하는 건 아니지만."

예상대로 아키라는 쭉 죽음 속에서 돌진했다. 강해질 만하다. 토가미는 다시금 그렇게 생각했다.

아키라 일행은 그대로 몬스터 무리와 싸우고, 얼마 후 전멸시켰다. 그 후에는 다시 터널 안쪽으로 나아간다.

이곳에 달려올 수 있었던 개체를 모두 죽임으로써 일대에서 몬스터가 사라졌다. 터널 안에 대량의 사체가 쌓였지만, 천장도 걸을 수 있는 아키라 일행의 통행에는 방해가 되지 않는다. 문제없이 서둘러 나아갔다.

그리고 제1심부와 제2심부의 경계 근처에서 다시 격벽에 앞길을 가로막힌다. 아키라가 그것을 올려다보며 말했다.

"여기부터 제2심부란 느낌이네. 일단 다시 우회로를 찾을까."

그때 시로가 말을 꺼냈다.

"터널 옆길에서 그 관리인격의 관리 구역으로 이어지는 길을 찾아 나서는 선택지도 있거든?"

그것을 캐럴이 기각한다.

"안 돼. 너희가 우리에게 동행하고 있는 이상, 어디를 목표로 할지는 우리가 정하겠어."

제2심부이든, 츠바키의 관리 구역이든, 토가미에게 어울리지 않는 영역이 확실하다. 토가미는 긴장을 고조시켰다. 시로에게 당부한다.

"시로. 네가 고용했다곤 해도 목숨을 걸고 있는 건 현장에 있는 나야. 나는 현장의 의견에 찬성하겠어. 그리고 똑바로 찾아. 관리 구역으로 가는 길을 찾고 싶다고 해서 우회로를 못 본 척하지 말라고.”

“눼눼~. 똑바로 찾을게.”

그대로 아키라 일행은 터널 내벽을 조사하기 시작했다. 이번에도 시로가 우회로를 발견한다. 하지만 거기서 시로가 괴이쩍은 소리를 낸다.

“으음…….”

“왜 그래?”

그 토가미의 말에, 시로는 곧바로 수습했다.

“아니, 아무것도 아니야. 이 앞이 제2심부로 이어진다면 몬스터의 위험도 급상승할 거야. 토가미 넌 조심해야 할걸?”

“알고 있어.”

토가미는 그렇게 말하고, 우회로를 막고 있는 포스 필드 실드의 벽을 있는 힘껏 걷어찼다. 하지만 벽은 꼼짝도 하지 않는다. 토가미가 얼굴을 찌푸렸다.

캐럴이 웃으며 토가미 옆에 서서 매혹적인 다리로 매서운 일격을 가한다. 겉으로 봐서는 벽에 아무 변화도 없지만, 무언가가 깨지는 소리가 울렸다. 포스 필드 실드의 벽이 사라지고, 입체영상의 벽만 남는다.

“내 강화복으로도 부술 수 있는 것 같은걸. 이제 가자.”

“그렇네.”

토가미는 자신의 장비만 성능이 몇 단계 낮다는 것을 새삼 이해하고, 슬쩍 한숨을 쉬며 캐럴의 뒤를 따랐다. 아키라도 자신의 바이크와 함께 그 뒤를 이었다.

시로는 그런 아키라의 모습을 토가미의 정보수집기를 통해 보고 있었다.

그 시선을, 아키라는 눈치채지 못한다. 하지만 알파는 눈치채고 있다.

그리고 알파 역시 토가미의 구영역 대응 정보단말을 통해 시로를 보고 있었다.

지하 터널의 격벽 반대편, 제2심부 지하에 도착한 아키라 일행은 곧바로 몬스터에 습격받았다.

제1심부에서 습격한 것은 무장한 생물형 몬스터 무리였다. 이번에는 기계형 몬스터 집단이다. 구형 부유 포대. 대형 육식 동물을 본뜬 기계 짐승. 타원형 몸통을 가진 다각 기계. 그것들이 달고, 짊어지고, 탑재한 크고 작은 레이저건으로 아키라 일행을 노린다.

그 적 집단을 향해 아키라가 혼자 달려 나간다.

"캐럴! 토가미와 함께 뒤로 물러나 있어!"

그대로 전위로서 돌출된 위치로 가서 자신을 미끼 삼아 양손의 총을 쏴댔다.

총탄과 레이저가 스쳐 지나간다. 총탄에 맞은 기체가 한순간에 대파된다. 한편, 아키라는 상대의 사선을 간파하여 고출력 광선을 회피했다.

쉽게 해치웠다. 아키라는 누구나 그렇게 표현해도 좋은 느낌으로 싸우고 있었다. 하지만 그 내용은 제1심부 지하에서의 전투와는 현저히 다르다.

아키라는 적을 한 마리 쓰러뜨리는 데 십여 발의 탄환을 쏘고 있었다. 제1심부에서는 단 한 발로 적을 무리째 관통했던 위력의 탄을. 그 시점에서 적의 내구성은 엄청나게 강해져 있다.

또한 아키라는 적의 공격을 문제없이 회피하고 있지만, 제1심부 때는 전혀 피하지 않아도 됐었다. 적의 총탄, 포탄, 소형 미사일을 온몸으로 맞아도 새 강화복의 고성능 포스 필드 아머라면 전부 튕겨냈을 것이다. 피탄으로 인한 불필요한 에너지 소모를 피하고자, 그리고 자신의 훈련을 위해서 피했던 것에 불과하다.

하지만 이번에는 피해야만 한다. 맞아도 즉사하지는 않지만, 지금의 아키라에게도 통하는 위력이다. 묵묵히 맞고만 있다간 죽을 것이다.

게다가 캐럴과 토가미의 안전도 고려해 위치를 선정할 필요가 있다. 피하면 일행에게 맞을 경우, 아키라는 회피가 아니라 자신을 일행의 방패로 삼는 방어에 전념해야 한다. 그리고 애초에 그 선택이 불필요한 상태를 유지해야만 한다.

적이 추가로 온다. 즉시 총으로 쏜다. 이번에도 한순간에 해치웠지만, 격파하는 데 들어가는 총탄의 숫자는 많이 늘어나 있었다.

(아까 것보다 훨씬 단단해……! 겉으론 똑같이 생겼지만, 다른 몬스터인가?)

『먼저 쓰러진 개체의 피해에서 아키라의 총격 위력을 인식해 포스 필드 아머의 출력을 올린 거야.』

육성으로도 염화로도 말하지 않은 아키라의 의문에 알파는 웃으며 대답하고 있었다. 아키라의 마음을 읽는 것은 아니다. 그 정도 일이라면 정확히 추측할 수 있을 정도로 알파는 아키라를 이해하고 있었다.

『그런가! 그래도 해치웠는데?』

『그래. 그러니 다음은 더 출력을 올리겠지. 포스 필드 아머도, 레이저도 말이야.』

『그렇군!』

다음을 해치운다. 그다음도 해치운다. 해치울 때마다 적은 더욱 강해지고, 레이저건의 위력도 강해져 간다. 그럼에도 아키라는 계속해서 적을 쓰러뜨려 나갔다.

적의 방어를 돌파하기 위해 C탄에 더 많은 에너지를 주입해 연사한다. 이미 그 위력은 도시 간 수송차량에서 아키라가 싸웠던 대형 버스 정도 크기의 자이언트 버그라면 간단히 날아갈 정도가 되었다.

하지만 그 위력으로도 더욱 출력을 올린 기계형 몬스터는 아주 조금이나마 버티고 있었다. 파괴는 가능하다. 하지만 단숨에 해치울 수는 없다. 그리고 쓰러지기 전에 더욱 출력을 올린 레이저를 쏜다. 그 위력은 터널 안에 무색 안개가 짙게 깔리지 않았다면, 그리고 격벽이 닫혀 있지 않았다면, 쿠즈스하라 시가지 유적 바깥까지 닿을 정도였다.

그 막대한 에너지 광선을, 아키라는 빠르면서도 섬세한 움직임으로 직격을 피한다. 무색 안개에 영향을 받는 와중에도 명중하지 않아도 여파만으로 살이 타는 정도가 아니라 탄화될 위력이지만, 그 정도라면 아키라의 현재 강화복으로 완전히 막을 수 있다. 쓸데없이 크게 피하려고 하다가 빈틈을 만들지도 않고, 문제없는 거리를 간파해 피하고, 반격한다.

구멍이 크게 뚫린 부유 포대가 추락한다. 몸통을 반쯤 잃은 기계 짐승이 넘어진다. 다리와 포가 잘린 다각 기계가 멈춘다. 그리고 파손으로 인해 포스 필드 아머가 사라진 순간 피격의 충격으로 원형을 잃고 잔해로 전락한다.

적의 지원군이 그 잔해를 넘어오거나, 혹은 터널 내벽 상부를 달리거나, 또는 공중을 날아서, 더욱 출력을 올려 나타난다.

아키라는 그것들도 쏴서 해치운다. 헌터 랭크 70 이상으로 살 수 있는 확장탄창과 에너지 팩을 사용하여, 마치 무한의 잔탄과 무진장한 에너지라도 있는 것처럼, 양손의 총에서 엄청난 수와 위력의 총탄을 쏴댄다.

그 총탄은 터널 내벽에도 맞고 있다. 하지만 벽에는 손상이 거의 없다.

『아키라. 적은 포스 필드 아머의 출력을 올려 아키라의 공격에 대항하고 있지만, 그러려면 그에 상응하는 에너지가 필요해. 그 에너지는 어디에서 공급되고 있다고 생각해?』

『이 터널 자체잖아? 날고 있는 녀석도 있으니, 내벽에 안 닿고 터널 안에 있기만 해도 공급되는 거겠지.』

이 지하 터널이 이상할 정도로 단단한 것도 그 에너지로 터널 자체의 포스 필드 아머 강도를 올리고 있기 때문이다. 그리고 그 정도의 에너지를 공급할 수 있는 이상, 적의 에너지가 고갈되는 것은 기대할 수 없다. 아키라는 그렇게 덧붙였다.

그 대답에 알파도 만족하며 미소를 짓는다.

『맞아. 상대의 에너지 공급에 빈틈은 없어. 그러니 상대는 더욱 강해질 거야.』

그리고 아키라에게 살짝 도발하듯 웃었다.

『아키라. 아직은 여유 있지?』

『그래! 물론이지!』

아키라도 기운을 내서 웃으며 대답했다.

실제로는 그 패기 넘치는 대답만큼 아키라에게 여유는 없다. 적은 강하고, 나아가 캐럴과 토가미의 안전도 지켜야 한다.

그리고 무엇보다도 아키라는 지금 알파의 서포트를 받고 있지 않다. 이 싸움은 자신이 얼마나 싸울 수 있는지를 아키라가 알파에게 보여주기 위한 것이기도 하다. 알파의 서포트를 받고 싸워서는 의미가 없다.

아키라는 자기 힘으로 싸우고 있었다.

보통 사람의 감각기관을 훨씬 뛰어넘는 정보수집기의 힘을 구영역 접속자의 통신 능력을 이용해 확장감각으로서 자신에게 흡수하고, 세계를 지각한다.

나아가 자신의 체감시간과 의식 속 현실의 해상도를 조작한다. 강화복의 신체 능력을 이용해 공기에서 끈적함을 느낄 것 같은 속도로 움직이면서도, 그것을 느리다고 느낄 정도로 세계의 시간은 완만하게 흐르고 있다. 그리고 그 세계에서는 적의 모습만이

빛날 정도로 선명하게 보이고 있었다.

아키라가 현실 해상도 조작을 알파의 서포트가 있을 때의 수준으로 행한다면, 너무 심한 과부하로 확실히 뇌사할 것이다. 아키라는 그것을 막기 위해 적 주위만 해상도를 올리는 것으로 부하를 억제하고 있다. 아키라는 엘데와의 사투를 거쳐, 자신의 현실 해상도 조작 기술을 그 경지까지 올려놓았다.

자신은 온 힘을 다해 싸우고 있다. 힘을 뺄 여유 따위 없다. 그런데도 지금까지 경험한 사투와 비교하면 미적지근한 수준에 불과하다. 아키라는 그렇게 생각하고, 그러한 의미에서 알파에게 아직은 여유가 있다고 대답했다.

양손에 쥔 총을 쏜다. 모든 탄환이 적에게 빨려들듯 명중해 표적을 분쇄한다. 적이 발사한 레이저를 회피한다. 맞으면 즉사할 위력이지만, 십여 개체의 적에게서 뻗어 나오는 수십 개의 사선을 완전히 꿰뚫어 보는 아키라에게는 맞지 않는다.

게다가 자신이 피한 공격이 캐럴과 토가미에게 맞지 않도록, 전위로서, 미끼로서, 적확한 위치 선정을 계속한다. 그러면서 파괴할 목표의 우선순위도 효율적으로 조정하고 있다.

그것은 과거의 아키라라면 알파의 서포트가 있어도 불가능했던 일이다. 그것을 자기 힘으로 해내고 있는 시점에서, 위험할 때는 알파의 서포트로 더욱 고도의 싸움이 가능한 시점에서, 확실히 아키라에게는 아직 여유가 있었다.

격전 속, 캐럴과 토가미는 후방에서 아키라를 지원하고 있다.

캐럴은 본인의 총으로, 토가미는 아키라에게 빌린 총으로 닥치고 계속 쏴댄다. 어느 쪽의 총도 위력은 충분하다. 캐럴과 토가미도 적을 해치울 수 있다. 아키라의 바이크를 방패 삼아 오로지 쏘기만 한다.

토가미는 자신들과 상당히 떨어져 싸우고 있는 아키라의 실력에 다시금 경탄하고 있었다.

"엄청난걸……. 저게 헌터 랭크 70의 실력인가."

후방에서 쏘고 있는 이상, 사선에 아키라가 들어올 위험은 있다. 그런데도 토가미는 거침없이 연사하고 있다. 알아서 피할 테니 걱정하지 말고 쏘라는 아키라의 말을 완전히 믿게 할 실력이 눈에 보였다.

자신들에게 적의 레이저가 날아오지 않는 것도, 우연이 아니라 아키라가 그렇게 하고 있기 때문이다. 토가미도 그 정도는 눈치채고 있다. 그리고 저 정도의 적을 상대하면서 그것이 가능한 아키라의 실력에 감탄하고 있었다.

"아, 이래선 우리 보수를 너희한테 모조리 빼앗길 것 같은걸."

캐럴이 가볍게 놀리듯이 웃으며 말했다.

"호위 비용이 그렇게까지 불어날 줄 몰랐던 거야? 생각이 어설펐네."

"그러게 말이야. 나도 아직 멀었어."

토가미는 신경 쓰는 기색도 없이 선뜻 대답했다. 캐럴이 살짝 의외라는 표정을 짓는다.

"어머, 진짜 여유로운걸. 나도 할 수 있다는 말은 안 해?"

"안 해. 그런 걸 생각해서 냉정함을 잃었다간 아키라의 발목을 더 잡을 수도 있으니까."

그 말대로 토가미는 침착하게 싸우고 있었다. 전위의 아키라가 적을 억제하지 못하면 후위인 자신들의 실력으로는 죽음을 면할 수 없다. 그것을 이해하면서도 평정심을 유지하고 있었다.

"헤에, 많이 성장했네. 전에 같이 싸웠을 때는 그랬으면서."

"그렇긴 하지."

과거 미하조노 시가지 유적에서 보인 자신의 추태를 들먹여도, 토가미는 이제 와서 흔들리지 않는다. 더욱 강한 경지를 추구하면서도 그 마음이 초조함이 되지는 않는다. 강력한 힘을 얻었다고 해서 옛날처럼 오만해지지도 않았다. 헌터로서 토가미는 확실히 성장하고 있었다.

그 토가미의 성장세를 보고, 캐럴이 무의식중에 중얼거렸다.

"변하지 않은 건 나쁜인가……."

"무슨 말 했어?"

"아무 말도 안 했어."

"그래? 그렇다면 좀 묻고 싶은데, 우리가 가고 있는 이 지하 터널 말이야. 쿠즈스하라 시가지 유적 중심부로 통하는 뒷문으로서 가치가 있긴 할까? 지상에는 강력한 몬스터가 널려서 위험하니까 안전한 지하를 통과해서 가자. 그런 의미의 뒷문으로 예상했던 거잖아?"

이 지하 터널이 제2심부 너머로 이어진다고 해도 이만큼 강력한 몬스터가 이토록 많은 경로에는 그만한 가치가 없지 않을까.

그렇다면 더 가도 헛수고 아닐까. 토가미는 그렇게 생각하고 있었다.

그 질문에 캐럴이 스스럼없이 대답한다.

“그 점은 아마 괜찮을 거야. 생각해 봐. 확실히 아키라는 강해. 헌터 랭크 70답지. 하지만 다르게 생각해 보면 이 지하 터널은 헌터 랭크 70인 헌터가, 혼자서, 게다가 짐짝을 두 명이나 데리고 있는 상태로 전진할 수준의 난이도에 불과한 거야.”

엄청난 고난도 아닌가? 그것을 표정에 드러낸 토가미에게 캐럴이 다시 말을 이었다.

“한편으로 지상의 난이도는 어느 정도냐 하면, 헌터 랭크 70인 사람들이 팀을 짜고, 짐짝도 데려가지 않고, 고랭크 헌터용 인형병기를 가져가는데도, 공략이 별로 진전되지 않을 정도야. 그걸 생각하면 이 지하 터널의 뒷문 가치는 충분히 있다고 생각하지 않아?”

토가미도 그것으로 납득했다. 그리고 몇 번인가 고개를 끄덕이고 나서, 무언가를 깨달은 듯 복잡한 표정을 지었다.

“하긴……. 아, 그런데 그렇다면 쿠가마야마 시티는 그런 장소에 이렇게나 가까이 있는데도 용케 소멸하지 않았네.”

“그건…… 그거야. 쿠즈스하라 시가지 유적이 가까이 있어도 섣불리 건드리지 않으면 비교적 무해한 유적이라서 그런 거 아닐까? 그래서 쿠가마야마 시티에는 돈을 잘 벌리는 유적이 가까이 있다는 이점만이 남고…….”

“근데 지금, 무지막지하게 건드리고 있잖아?”

"……. 그러네."

조금 긴 침묵이 있은 뒤, 캐럴이 체념한 듯 말했다.

"좌우지간 우리는 아키라가 철수하자고 말할 때까지 가자. 지금부터 되돌아간다고 해도 큰 차이는 없을 거야……. 아마도."

"……. 그렇겠네."

캐럴과 토가미는 떠오른 우려를 일단 미뤄두고, 지금은 닥치고 아키라를 지원했다.

전투 중인 아키라가 적의 변화를 눈치챈다. 해치울 때마다 강해지던 기계형 몬스터들이 더 강해지지 않게 된 것이다.

『응? 적이 강해지지 않는데.』

알파가 웃으며 대답한다.

『기체의 성능 상한에 도달한 거야.』

『상한?』

『에너지를 무한으로 공급받아도 한없이 강해질 수 있는 건 아니야. 한계를 넘어서면 과부하로 기체 자체가 버티지 못하게 되거든.』

『아하. 좋았어. 이제는 나머지를 처리하면 끝이겠군!』

이제부터 물량으로 밀릴 것 같진 않다. 그게 가능하다면 이미 그렇게 했을 것이다. 그렇게 판단한 아키라는 그대로 끈기 있게 계속 싸운다.

그리고 적의 증원이 멈췄다. 그렇게 되면 이제 아키라 일행의 우세가 뒤집히지 않는다. 남은 적도 금방 처리되었다.

적의 잔해가 쌓인 산을 보면서 아키라가 크게 숨을 내쉬고 힘차게 웃는다.

"이겼다!"

대량의 기계 부품이 흩날리는 지하 터널 속에서 아키라는 승리를 선언했다.

『알파. 어때? 내 실력은.』

이것으로 알파에게 자신의 힘을 인정받으면 알파의 의뢰를 시작하게 될 것이다. 드디어 말이다. 그런 생각을 담아 아키라는 기운차게 웃고 있었다.

하지만 알파에게서 예상 밖의 대답이 나온다.

『으음. 보류.』

『보류? 무슨 뜻이야?』

『아키라에게 내가 지정하는 유적을 공략할 수 있는 충분한 실력이 있다고 해도, 아키라는 지금 캐럴의 호위 의뢰 중이잖아? 의뢰에 성실한 아키라에게, 아키라가 의뢰에 성실하기를 누구보다 바라는 내가, 아키라에게 의뢰를 도중에 포기하게 할 수는 없어.』

『뭐, 뭐……. 그런가.』

아키라도 무슨 말을 들은 건지 이해했다. 하지만 다소 맥이 빠지는 느낌도 들어서, 말로 표현할 수 없는 속마음을, 말로 표현할 수 없는 표정으로 나타내고 있었다.

그때 알파가 웃으며 덧붙인다.

『보류하는 이유는 하나 더 있어. 확실히 아키라의 지금 실력이라면 내가 지정하는 유적의 공략도 가능할지도 몰라. 하지만 그건 가장 쉬운 루트라면 어떻게든 될지도, 라는 정도야.』

『어려운 루트라면?』

『확실하게 죽어.』

『그, 그런가.』

알파가 어딘가 상냥하게 아키라에게 미소를 지었다.

『나도 아키라가 내 의뢰를 빨리 완수해 주기를 원해. 하지만 나도 아키라를 죽게 하고 싶은 건 아니야. 그러니 보류 기간에 더 강해져. 가능하다면 어려운 루트라도 아키라가 죽지 않을 정도로 말이야. 무리해서 서두를 필요는 없어. 아키라도 죽는 건 싫잖아? 나도 아키라가 죽는 건 싫거든?』

알파의 말에 아키라는 평정심을 되찾았다. 그러면서 확실하게 대답한다.

『그렇지. 알았어.』

『그야 한 번은 사전 답사를 겸해서 아키라를 목적지로 데려가야 할지도 모르겠네. 캐럴을 같이 데려갈 수는 없으니, 캐럴의 호위 의뢰가 끝난 뒤여야 하겠지만.』

『그건 데려가는 게 위험해서야? 아니면 유적을 알려주고 싶지 않아서야?』

『물론, 둘 다지.』

『알았어.』

자신도 모르게 마음이 너무 앞섰다. 의욕을 높이는 것은 상관없지만, 너무 의욕이 앞선 탓에 시시한 실수를 해서는 의미가 없다. 평소대로 하는 것이 가장 좋다. 아키라는 그렇게 생각해서 조급해하는 자신을 억누르고, 웃으며 평소의 상태를 되찾았다.

그때 캐럴과 토가미가 다가왔다. 그 정도의 싸움이 있는 뒤인데도 평소와 다름없는 모습을 보이는 아키라를 본 두 사람은 아키라의 실력에 새삼 놀라고 있었다.

"아키라. 수고했어. 역시 아키라는 강하네. 아키라를 호위로 고용한 건 정답이었어. 그래서 말인데, 어때? 아직 여유가 있어? 더 갈 수 있을 것 같아? 아니면 이쯤에서 돌아가는 게 좋을까?"

"그러게. 증원도 멈췄으니 더 가도 되지 않을까? 그야 제1심부 몬스터에 비하면 엄청나게 강했고, 다음은 더 많고 강할지도 모르니까, 다들 반대한다면 돌아가도 되지만."

"그렇다면 나는 전진에 한 표. 모처럼 아키라가 더 갈 수 있도록 힘써 줬으니까. 토가미는?"

"나도 전진에 한 표야. 내 호위 비용이 끔찍한 액수가 됐을 것 같으니까 말이지. 지도 정보를 더 늘려서 벌어두지 않으면 위험할 것 같아."

"결정됐군. 가자."

아키라 일행은 지하 터널을 더욱 안쪽으로 나아가기 시작했다. 그때 캐럴이 살짝 웃으며 일단은 슬쩍 아키라에게 물었다.

"아, 참고로 내 호위 비용 말인데, 어떤 느낌인지 궁금하다고 할까, 그 부분은 나중에 협의가 필요하달까…… 토가미의 호위 비용보다는 싸겠지?"

"응? 뭐, 그렇겠지."

"고마워."

언질을 잡았다는 듯이 웃는 캐럴을 보고, 토가미가 살짝 의아한 표정을 짓는다.

"아키라. 캐럴에게 얼마에 고용된 거야?"

"일단 한 달 치 호위 비용이랄까, 구속료? 같은 느낌으로 1억 3천만 오럼. 게다가 실제로 싸운 만큼은 협의가 필요하다는 느낌이야."

"최소 1억 3천만인가……."

비싸다. 하지만 헌터 랭크 70을 호위로 고용한다면 그 정도는 당연한가. 그렇게 생각한 토가미에게 캐럴이 웃으며 덧붙인다.

"그리고 호위 기간에 나를 공짜로 원하는 만큼 안아도 된다는 조건이 있어."

토가미는 그런 조건을 아키라가 받아들였는지 의문이 들어, 그 진위를 본인에게 물어보려고 했다. 하지만 그 전에 캐럴이 다시 말을 이었다.

"참고로 그 권리는 오럼으로 환산하면 최소 200억 정도야."

"200억? 농담이지?"

"농담 아니야. 얼마 전에 나를 하룻밤 100억에 산 헌터가 그 돈을 대려고 팀의 기밀 정보에 손댔다가 큰일이 났었어. 그렇지, 아키라?"

"그래. 그랬지."

"진짜냐……."

사실이라고 판단한 토가미가 무심코 매우 의외라는 표정으로 아키라를 본다.

"뭐랄까……. 아키라는 그런 거에 관심이 별로 없을 줄 알았는데…… 헤에."

"잠깐. 토가미. 뭔가 착각하고 있는 거 아니야?"

"어? 호위해 주는 대가로 캐럴의 몸에 매일 손대고 있는 거잖아? 아키라. 조심해. 캐럴은 그 문제로 도란캄에서 출입 금지를 당했어. 여자 때문에 신세를 망치는 헌터는 드물지 않고……."

"아니야! 그런 게 아니라고!"

"아니, 매일은 아니더라도 가끔은……."

"그런 것도 아니야!"

오해를 풀려고 하지만 설명이 서툰 아키라와 그걸 변명으로 받아들인 토가미 사이에서 말이 안 통하는 대화가 이어진다. 캐럴은 그런 두 사람을 즐겁게 보고 있었다.

그리고 아키라의 오해가 풀릴 무렵, 지하 터널을 나아가던 일행은 다시 격벽에 길이 막혔다. 아키라 일행이 도착한 곳은 제2 심부와 그 너머의 경계선이었다.

아키라가 거대한 격벽을 보면서 벽 너머 몬스터가 얼마나 강할지 상상한다. 그리고 자기 혼자 힘으로 하는 것은 여기까지라고 판단했다.

『알파. 여기부터는 서포트가 있는 걸로 부탁해. 최대한 내 힘만으로 해볼 생각이지만, 캐럴과 토가미를 보호하면서 싸우는 건 내 힘만으로 어려울 것 같으니까.』

『알았어. 여기부터는 내 서포트가 있는 새 장비의 힘을 선보일

차례구나.』

그렇게 말하고 알파는 의기양양하게 미소를 지었다. 아키라가 쓴웃음을 짓는다.

『최대한 내 힘만으로 해본대도.』

『그래. 힘내.』

자신의 예상대로 격벽 너머는 알파의 서포트가 필요해지는 영역이다. 아키라는 알파의 미소에서 그것을 이해했다.

아키라가 캐럴과 토가미에게 일단 경고한다.

"캐럴. 토가미. 확인차 물어볼게. 여기서부턴 몬스터가 더 강해질 거야. 그래도 갈래?"

"아키라. 여기부터는 우리를 끝까지 지켜줄 자신이 없다는 뜻이야?"

"자신이라……. 아직 여력은 있고, 어지간한 일이 생기지 않는 한 어떻게든 할 생각이지만, 미지의 장소에서 처음 보는 적이 상대야. 반드시 지켜주겠다고는 말할 수 없어."

그리고 아키라가 자조 섞인 쓴웃음을 짓는다.

"그리고 이건 경험자라서 하는 말인데, 나는 그런 때 그런 사태에 휘말리기 쉽다고. 그걸 감안해서 너희가 싫다면 돌아가자는 거야."

캐럴과 토가미가 복잡한 표정으로 서로 얼굴을 본다. 캐럴은 미하조노 시가지 유적에서, 토가미는 추가로 이이다 상업구 유적에서도, 아키라의 말에 설득력을 더하는 사태에 마주친 적이 있다. 그 기억이 두 사람을 고민하게 했다.

그리고 먼저 캐럴이 결단한다.

"아키라. 혹시나 해서 물어보는 건데, 어떤 상황에서도 우리를 버리지 않고 성실하게 지킬 생각은 있는 거지?"

"물론이지."

"그렇다면 나는 더 가고 싶어. 아마 이 너머는 제3심부로 불리는 장소일 거야. 유적 중심부로 통하는 뒷문이 제2심부에서 막히는지, 제3심부까지 이어지는지에 따라 지도 정보의 가격 단위가 달라져. 아키라에게 줄 호위 비용을 위해서라도 그 점을 확인해 둬야지."

다음으로 토가미가 결단한다.

"어디를 목표로 할지는 너희가 정하는 조건으로 동행하고 있는 거야. 너희가 간다면 말릴 생각이 없어. 너희 사정에 어울리는 부분도 있으니까, 그만큼 내 호위 비용을 깎아주면 좋겠지만."

돈은 아깝다. 목숨은 더 아깝다. 그래도 그것을 이유로 나아가지 않는다면 지금까지 헌터 활동을 하지 않았다. 그 정도로는 캐럴도 토가미도 헌터였다.

"알았어. 더 가자."

아키라 일행은 모두가 고개를 끄덕이고 더 위험한 영역에 가기로 했다. 지난번과 마찬가지로 터널 내벽을 조사하여 우회로를 찾는다. 이번에도 시로가 발견했다. 아키라를 선두로 다소 오르막길인 통로를 신중하게 나아간다.

그리고 제2심부의 다음 영역, 제3심부에 도착한다. 그곳은 광대하고 새하얀 공간이었다.

제225화 제3심부

미하조노 시가지 유적에서 지하 터널을 통과해 쿠즈스하라 시가지 유적 중심부를 목표로 이동하던 아키라 일행은 마침내 제3심부에 도달했다. 그곳은 한없이 하얗고 광대한 공간이었다.

주위를 둘러봐도 오로지 하얗다. 지평선 너머까지 이어지는 것 같고, 바닥과 벽의 경계도 알 수 없다. 올려다봐도 천장이나 하늘이 전혀 보이지 않는다. 바닥에는 그림자가 없어 공중에 서 있는 듯한 착각마저 든다. 아키라 일행은 너무나도 예상 밖의 광경에 당황하고 있었다.

아키라가 정보수집기로 주위를 살핀다. 하지만 알 수 있는 것은 바닥의 존재 정도였다.

"여긴 대체 뭐지……?"

강한 당혹감을 얼굴과 목소리로 드러낸 아키라 옆에서, 캐럴도 얼굴에 놀란 기색을 드러낸다.

"무색 안개 농도의 수치가 처음 보는 수준이야……. 이 정도로 심하면 나나 아키라의 정보수집기로도 50미터 앞도 알 수 없겠는걸."

더 뒤에서 토가미의 놀란 목소리가 이어진다.

"우와……. 진짜냐……."

"왜 그래?"

뒤돌아본 아키라가 얼굴을 굳힌다. 자신들이 여기까지 오는 데 통과했던 통로가 없었다. 벽에서 통로가 사라진 것이 아니다. 벽조차 없었다. 하얀 공간만이 그곳에 있었다.

"진짜냐……."

너무나도 엄청난 사태에 아키라도 그 말밖에 할 수 없었다.

현장에 없는 시로가 상황의 추측을 말한다.

"아까 지난 통로는 입체영상과 포스 필드 실드로 만든 것 같은 걸. 아니지, 도중부터는 입체영상뿐이었을지도."

"입체영상뿐이라면 아무리 그래도 정보수집기 반응으로 알 수 있지 않나?"

"그렇지도 않아. 구세계 입체영상에는 기척까지 느껴지는 것도 있으니까. 정보수집기로도 대충 조사한 정도로는 거기에 실재하는 벽이 있다고 오인해도 이상할 게 없어."

"구세계에는 그런 것까지 있는 거냐……."

"뭐 구세계라고 한마디로 말해도, 시대나 장소에 따라 기술 경향이나 수준도 다르거든. 여기는 그런 것이 있을 정도로 기술 수준이 높은 장소인 거겠지."

미지의 상황에 농락당하고 있던 아키라 일행이었지만, 시로의 그럴듯한 해설을 계기로 침착함을 되찾았다. 가볍게 숨을 내쉬고, 허둥대거나 난리를 피우지 않으며 상황에 대처한다.

"캐럴. 토가미. 일단 돌아갈 길을 찾자."

"그래. 이런 곳까지 올 수 있었으니까. 유적 중심부로 통하는 뒷문 지도 정보는 이미 충분히 손에 넣었어. 돌아가자."

아키라와 캐럴의 의견에 토가미도 고개를 끄덕인다.

"지나온 통로는 사라졌지만, 이동 경로 정보는 남았어. 우선 그걸 따라갈까?"

아키라 일행은 각자의 확장시야 등에 자신들의 이동 경로를 표시하고, 그것을 길잡이 삼아 새하얀 공간 속을 나아간다. 한동안은 순조롭게 나아갔지만, 그것도 이동 경로의 선이 바닥으로 들어가면 끝이 났다.

캐럴이 그 바닥을 보면서 끙끙거린다.

"여기에 지하로 이어진 통로가 있었을 텐데 말이야. 없지만."

캐럴은 이동 중에 자동 생성한 입체 지도를, 확장시야에서 실제 시야와 겹쳐 보고 있었다. 거기에는 지하 터널로 이어지는 완만한 경사의 긴 통로가 표시되어 있었다.

"캐럴. 조금 떨어져 있어."

아키라는 그렇게 말하고 캐럴 앞에 선 후, 강화복 출력을 전개하여 바닥을 주먹으로 내리쳤다. 강한 충격음이 울려 퍼지고, 그것이 주위의 짙은 무색 안개에 묻혀 사라진다.

아키라가 자세를 되돌린다. 바닥에 구멍은 뚫리지 않았다. 조금 움푹 파이고 금이 간 정도다.

"가짜 바닥이 아니야. 더군다나 이건 통로가 막힌 게 아니라, 이 아래에 통로 자체가 없는 느낌이군."

그 말을 들은 캐럴은 인상을 쓴다.

"그렇다면……. 지도의 현재 위치가 어긋난 거야? 무색 안개 때문에 측위 시스템이 오류가 났어? 야단났네…….”

황야에서 자신의 위치나 방향을 잃더라도 근처 도시 등과 통상적인 통신이 연결되면 그것을 바탕으로 광역 지도에서 위치를 알아볼 수 있다. 무색 안개의 영향 등으로 그것이 불가능한 경우에도 지도 정보와 주위 지형을 대조해 보면 위치와 방향 수정이 가능하다.

하지만 지금은 양쪽 다 불가능하다. 자칫하면 이대로 이동 경로 표시선을 따라간다고 해도 이미 방향이 틀어져서 유적 바깥으로 향하는 것조차 불가능해질 위험이 있었다.

그때 토가미가 다른 추측을 내놓는다.

“통로가 있던 위치는 정확하지만, 모종의 방법에 의해 물리적으로 메워졌을 가능성도 있는데? 그렇다면 지금은 측위 시스템이 맞다고 치고, 유적 바깥 방향으로 가는 게 어때? 통로 자체가 없다고 느껴질 정도로 확실하게 메워진 거라면 파낼 수 없잖아.”

시로도 다른 추측과 방안을 내놓는다.

“측위 시스템에 오류가 나는 바람에 통로의 위치가 어긋났다고 해도, 오차가 적다면 이 근처에는 있을 거야. 주위를 꼼꼼히 조사해 보는 게 어때? 무색 안개 농도가 이렇게까지 심하면, 고성능 정보수집기로도 찾기 어려울지도 모르겠지만.”

상황 추측과 그 상황에서의 행동 지침을 모두 내놓은 일행이 팀의 최대 전력으로서 사실상 결정권을 가지고 있는 아키라에게 어떻게 할지 시선을 보낸다.

하지만 아키라는 다른 문제에 관해서 대답했다.

“누군가 오고 있어…….”

캐럴 일행이 아키라의 시선을 따라간다. 그러자 짙은 무색 안개로 가려진 너머에서 정말로 무언가가 이쪽으로 오고 있었다.

상대와의 거리가 좁혀지고, 크기나 윤곽 등을 판별할 수 있게 된다. 만약 몬스터라고 해도 인간형. 크기도 인간 정도. 다수가 아닌 한 개체. 이동 속도는 도보 수준. 최소한 몬스터 무리가 아니라는 것은 확정되었다.

그리고 그것이 검정 드레스를 입은 여성이라는 것까지 알게 된 시점에서, 캐럴은 상대가 헌터이기를 기대했다. 이 장소에 도달할 수 있을 정도의 고랭크 헌터라면, 구세계풍 드레스 같은 강화복을 입고 있어도 이상하지 않기 때문이다.

“지상을 통과해서 여기까지 온 헌터일까? 그렇다면 출구를 알 거야. 교섭해서 알려달라고 하자.”

토가미는 살짝 의심스럽게 여긴다.

“으음. 근데 이런 데까지 오는 헌터라면 팀 단위로 움직이지 않을까?”

“토가미도 혼자였잖아.”

“그렇긴 하지만……. 뭐, 무지 강하고 자신도 있어서 단독 행동을 하는 걸까?”

여성은 그대로 얼굴이 선명하게 보일 거리까지 다가왔다. 캐럴과 토가미는 그 여성의 표정이 우호적이었던 까닭에 적대할 생각은 없는 것 같다며 안도하고 긴장을 푼다.

하지만 아키라는 놀라고 있었다. 그리고 시로는 아키라 이상으로 경악하고 있었다.

여성이 아키라를 향해 친근하게 미소를 지었다.

"오랜만이네요."

검정 바탕의 구세계 드레스를 입은 그 여성은 츠바키였다.

아키라는 예상 밖의 인물, 츠바키와의 만남에 허둥대고 있었다.

『알파. 어떻게 된 거야? 아니, 그 이전에 저건 진짜야? 기척이 있는 입체영상? 아니면 내 확장시야에만 표시된 거야?』

알파가 평소의 미소를 지우고 대답한다.

『그녀는 실체야. 왜 여기에 있는지는, 나도 모르겠어.』

『그, 그래?』

오랜만에 들은 알파의 몹시 언짢은 목소리에 아키라는 다시 한 번 허둥댔다.

캐럴이 아키라의 반응을 조금 신기하게 여기면서 말을 건넨다.

"아키라. 아는 사이야?"

"…………뭐, 응, 그렇지."

고작 그걸 대답하는 데, 아키라는 제법 긴 시간이 필요했다. 캐럴은 아키라의 태도에서 아키라와 츠바키가 단순한 지인이나 친구가 아님을 이해했다. 그래도 상대가 우호적인 태도를 보이는 것으로 보아, 교섭하면 출구의 정보 정도는 입수할 수 있겠다고 생각했다.

그때 시로의 목소리가 울려 퍼진다.

"아키라! 그녀와 아는 사이야?!"

아키라는 그것에 대답하지 않고 진지한 얼굴로 토가미에게 지시한다.

"토가미. 통신을 끊어."

"어?"

"빨리."

"그, 그래……."

"잠깐 기다……."

조금 강한 말투로 재촉받은 토가미는 아키라의 분위기에 다소 눌리면서 정보단말을 조작했다. 당황한 시로의 목소리가 도중에 끊겼다.

캐럴이 곤혹스러운 기색의 살짝 험악한 표정으로 아키라와 츠바키의 관계를 추측한다.

시로는 놀라고 있었다. 즉, 시로는 최소한 그녀에 대해 알고 있다. 그리고 아키라가 그녀와 아는 사이라는 것은, 시로에게 놀라운 사실이었다.

또한 아키라가 토가미에게 시로의 통신을 끊게 한 것은, 시로의 입을 통해 그녀에 관한 이야기가 유출되는 것을 막기 위함일 것이다. 즉, 아키라는 자신이 그녀와 면식이 있다는 사실이 알려지는 것이 껄끄럽다. 그녀에 대해 알고 있는 사람들에게는 특히.

거기까지 추측한 시점에서 캐럴은 자신이 곤란한 상황에 직면한 것을 이해했다. 자신은 아키라가 그녀와 아는 사이라는 것을 알고 말았다. 그것은 아키라에게 얼마나 껄끄러운 일일까. 자칫하면 아키라가 적이 될 것이다. 그렇게 생각하며 초조해하기 시작한다.

토가미도 비슷한 결론에 도달했다. 캐럴과 함께 표정을 굳힌다.

그리고 아키라도 초조해한다. 다른 일행도 있는 이 자리에서 츠바키가 알파 이야기를 하면 매우 곤란하기 때문이다.

그러한 생각들이 아키라 일행에게 미세한 긴장감을 만들어내는 가운데, 츠바키가 아키라를 향해 입을 열었다.

"걱정하지 마세요. 보였기에 인사하러 왔을 뿐입니다. 이런 데서 뭘 하시는 거죠?"

"아, 아니, 그게…… 유적 탐색을."

"그렇습니까."

헌터 활동은 구세계 측에서 봤을 때 기본적으로 범죄다. 시설에 대한 불법 침입. 경비 기계에 대한 무력행사. 설비 파괴. 절도. 강도. 무법의 극치를 달리고 있다.

그리고 츠바키는 구세계의 존재다. 친근한 표정으로 '그렇습니까' 라고 짧게 대답하는 말에서도 아키라는 의미심장한 것을 느끼지 않을 수 없었다.

츠바키가 친근하게 웃으며 말을 이었다.

"이곳은 당신이 생각하는 것보다 위험한 곳입니다. 돌아가시는 게 좋을 건데요?"

"아, 그렇죠. 네. 저기, 그게, 마침 돌아가려던 참이었는데, 돌아갈 길을 잃어버려서요……."

"그러셨군요. 그렇다면 같이 돌아가시겠습니까? 저도 마침 돌아가려던 참이었으니까요."

"아, 그건…… 저기……."

아키라가 대답하기 힘들었다. 츠바키와 동행할 경우, 그대로 츠바키의 관리 구역으로 끌려갈 위험이 있었다. 다른 일행과 함께 있는 상황에서 그건 곤란하다고 생각하고, 말끝을 흐린다.

하지만 유적 안에서 귀로를 잃어버린 상황에서 돌아갈 길을 아는 사람이 함께 가자고 권했는데도 거절하면 너무 이상하다. 다른 일행이 틀림없이 추궁할 것이다. 그렇게 생각하고, 아키라는 그 이유로도 말을 흐리고 있었다.

『알파. 어떻게 좀 해줘……. 알파?』

아키라의 확장시야에서 알파는 아키라 옆에서 언짢은 표정을 짓고 있었다.

하지만 츠바키의 시야에서는 알파가 눈앞에 있었다. 냉철한 얼굴로, 냉혹한 눈으로 보고 있다.

그쪽 알파는 아키라에게 보이지 않는다. 그 표정과 눈에 걸맞은 차가운 목소리도, 아키라에게는 들리지 않는다.

『무슨 짓이야? 전에는 눈감아 주었지만, 또 그럴 것 같아?』

『그가 있기에 인사하러 왔을 뿐이다. 그 정도의 일로 비난받을 이유는 없다.』

그리고 알파가 보고 있는 츠바키의 표정도, 아키라에게는 보이지 않는다. 그곳에 실재하고 있는 츠바키는 아키라를 향해 미소를 짓고 있지만, 알파의 시야 속 츠바키는, 알파와 똑같은 얼굴과 눈으로 알파를 대하고 있었다.

알파가 선고한다.

『이 이상 방해한다면 적대로 간주하겠다.』

츠바키가 대답한다.

『마음대로 판단해라. 이쪽도 그렇게 하겠다.』

『경고는 했다.』

『해봐라.』

말로 하는 견제는 끝났다. 이제부터는 어느 쪽이 어느 정도로 끝낼지라도 행동으로 보여주게 될 것이다. 알파도 츠바키도 그 인식만은 일치하고 있었다.

그리고 사태가 움직인다. 아키라 일행의 정보수집기가 거대한 반응이 빠르게 다가오는 것을 포착했다.

그것은 몸길이가 30미터 정도 되는 몬스터였다. 호랑이나 늑대를 닮은 육식 짐승의 등에 인간형 괴물의 상반신을 이식한 것처럼 생겼다.

그 융합체의 짐승 부분 머리에는 눈이 없고, 반대로 위에 달린 인간형 괴물의 머리에는 무수한 눈이 앞에도 옆에도 뒤에도 붙어 있었다. 짐승의 거대한 입에는 긴 송곳니가 났으며, 인간형 괴물에는 입 자체가 없다.

짐승은 비대해진 근육을 온몸에 두르고, 비정상적으로 융기한 사지로 바닥을 박차며 달리고 있다. 그 짐승 부분에 비하면 취약한 기이한 인간형 상반신에는 직경 1미터는 될 법한, 굵은 채찍 같은 팔이 여러 개 달렸다.

그 팔 중 하나가 츠바키를 덮친다. 크게 구부러지고, 힘차게 휘둘리며, 물리적으로 늘어나, 원거리에서 빠른 속도로 정확하게 표적을 향해 날아간다. 제3심부에 서식하는 몬스터에 의한 일격이 그 위력을 증명하는 요란한 충돌음을 주위에 퍼뜨렸다.

하지만 츠바키는 무사하다. 다가오는 거대한 팔을, 질량에서 너무나도 차이가 나는 여성의 가녀린 팔로 쳐내듯 튕겨냈다. 융합체의 일격은 츠바키의 자세를 무너뜨리는 것조차 할 수 없었다. 반대로 융합체 쪽이 길고 무거운 팔이 밀려난 충격으로 자세가 흐트러졌다.

츠바키가 작게 한숨을 쉬었다. 그리고 아키라에게 미소를 지으며 말한다.

"유감이지만, 느긋하게 이야기할 분위기는 아닌 것 같군요. 다음에 또 뵙겠습니다. 안녕히 가시길."

그렇게 말한 츠바키는 아키라에게 등을 돌리고 걸어가기 시작했다. 하지만 몇 걸음 지나 멈추더니, 뒤돌아서 아키라에게 가볍게 고했다.

"아, 일단 말해두겠습니다. 저를 노린 것은 이쪽에서 대처하겠지만, 그쪽을 노린 것은 그쪽에서 대처해 주십시오. 이만 실례하겠습니다."

그 말을 남기고, 츠바키는 그 자리에서 홀연히 모습을 감췄다. 토가미가 놀라 소리친다.

"사라졌어! 어디야?! 아니, 광학 위장인가?!"

"아니야! 저기야!"

캐럴이 가리킨 곳은 원거리에서 덤벼든 몬스터가 있던 위치였다. 실제로 츠바키는 그곳에 있었고, 때마침 융합체의 짐승 부분

몸통에 날아차기를 날리고 있었다. 거대한 몸체가 요란하게 날아가 무색 안개에 묻혀 사라져 간다. 그리고 츠바키도 자신이 걷어찬 융합체를 쫓아, 일행의 정보수집기 탐지 범위 밖으로 모습을 감췄다.

눈이 핑핑 돌 정도로 사태가 바뀐다. 알파가 평소의 웃는 얼굴로 돌아와 아키라에게 말한다.

『아키라. 오고 있어.』

『그, 그래.』

아키라가 양손의 무기를 강화복의 옵션인 블레이드 두 자루로 바꾼다. 그것은 알파의 판단이며, 알파에 의한 서포트다. 그 유효성은 곧바로 증명되었다.

무색 안개 너머에서 두 번째 융합체가 달려온다. 그리고 아직 상당히 먼 위치에서 짐승의 커다란 아가리를 아키라 일행을 향해 쩍 벌렸다.

다음 순간, 짐승의 입에서 고출력 에너지가 격류처럼 방출된다. 그 위력은 아키라의 강화복으로도 완전히 막을 수 없을 정도로 강하다. 캐럴의 강화복으로는 중상이 확정. 토가미의 강화복으로는 안에 있는 몸까지 날아갈 것이다.

하지만 아키라는 당황하지 않는다. 극한의 체감시간 조작 속에서 양손에 쥔 블레이드를 십자 모양으로 휘두른다. 검정 외날에서 절삭력을 띤 파동이 방출되고, 거대한 칼날로 변해 에너지의 격류를 갈랐다.

물론 그 정도로는 방출되는 에너지를 막거나 상쇄할 수 없다.

하지만 그 지향성을 흐트러뜨릴 수는 있다. 짐승의 입에서 방출된 방대한 에너지가 참격 자리에 남은 역장에 의해 방향이 바뀌어 아키라 일행에게서 빗나갔다.

그런데도 방출된 에너지가 너무 컸던 탓에 흐름의 방향을 크게 바꾸지는 못했다. 자신들의 바로 옆을 지나치는 빛의 격류. 그 박력을 보고 휩쓸렸다면 죽었을 거라고 생각하며, 캐럴과 토가미가 떨떠름하게 웃으며 식은땀을 흘린다.

그 두 사람에게 아키라가 말한다.

"캐럴. 토가미와 함께 내 바이크에 타."

그리고 아키라는 대답도 듣지 않고 융합체에게 달려 나갔다.

캐럴과 토가미가 서둘러 바이크에 탄다. 그러자 바이크는 곧장 자동으로, 정확히는 알파의 운전으로 달리기 시작했다. 아키라의 뒤를 따르지 않고, 융합체의 주위를 빙 돌듯이 이동한다.

자신에게 똑바로 오는 아키라를 향해 융합체가 여러 개의 팔을 날린다. 살점으로 만든 채찍처럼 굵고 긴 팔이, 휘어지고, 늘어나, 위에서도 좌우에서도 아키라에게 덮쳐든다.

그것을 아키라는 교묘하게 피한다. 바닥을 차서 민첩하게, 허공을 차서 입체적으로, 적의 거대한 팔 사이를 파고들어 지나간다. 그와 동시에 블레이드를 휘두른다. 검은 칼몸이 쇳덩어리보다 강한 살점 채찍을 찢어발긴다.

그 정도의 부상은 융합체에게 생채기에 불과하다. 그래도 팔을 잘라내면 짧아진 만큼 사거리가 줄어든다. 팔에 의한 공격이 캐럴과 토가미에게 닿지 않게 된다.

시간이 완만하게 흐르는 세계에서 아키라가 더욱 파고든다. 그때 발생하는 공기 저항은 아키라의 속도와 짙은 무색 안개로 인해 철판을 관통할 때의 저항을 능가하고 있다. 그것을 100억 오럼이 넘는 강화복의 신체 능력으로 뚫고, 깔아뭉개고, 억지로 돌진한다.

안 그래도 하얀 세계가 현실 해상도 조작으로 더욱 하얗게 물든다. 상대의 모습을 선명하게 포착하고 상세한 움직임까지 정밀하게 인식해 고속으로 다가오는 공격을 간파하고, 피하고, 빈틈을 노린다.

상대는 제3심부의 몬스터. 고랭크 헌터들로 구성된 헌터 팀을 저지하는 존재. 그러한 강적을 상대로 아키라는 물러서지 않고 싸우고 있다.

물론 모든 것이 자기 혼자의 힘이라고 말하기는 어렵다. 지금은 알파의 서포트를 받고 있다. 사용하고 있는 고성능 장비도, 알파의 도움 없이는 죽었을 싸움의 보수로 얻은 물건이다.

그래도 아키라는 최대한 자기 힘으로 싸우고 있었다.

짐승의 머리 부분이 아가리를 쩍 벌리고, 다시 고출력 에너지를 쏘려고 한다. 아가리 안쪽이 빛나기 시작하고, 그 중심에 초고밀도 에너지체인 빛의 구슬이 생성되어 간다. 그 구슬이 붕괴하고, 구성 요소인 방대한 에너지가 아키라를 향해 방출될 때까지 1초도 걸리지 않는다.

하지만 농밀한 체감시간 조작 중인 아키라에게 그 시간은 매우 길다. 그리고 그 틈을 놓칠 아키라가 아니었다.

아키라가 양손에 쥔 블레이드를 휘두른다. 검정 칼몸에서 방출된 절삭성 파동이, 빛의 구슬을 십자로 베었다.

막대한 에너지는 강력한 역장에 의해 구슬 모양으로 압축되어 있었다. 그 역장이 베이면서 내부에 축적되어 있던 에너지가 절단된 곳에서 한꺼번에 방출된다.

아키라는 그것을 회피했다. 자신이 벤 것이다. 에너지의 방출 방향은 예측할 수 있다.

하지만 융합체는 피할 수가 없다. 본래는 아가리 밖으로 방출될 에너지가 빛의 구슬 앞뒤, 위아래, 좌우에서도 분출되어 짐승의 아가리 속에서 미친 듯 날뛴다. 짐승 부분의 머리에서 주위로 섬광이 몰아쳤다.

그 섬광 속을 아키라가 달린다. 허공을 박차고 짐승의 등에 도달하고, 거기에서 달린 인간형 괴물의 상반신을 베었다. 수평으로 한 번 베어서 인간형을 짐승의 등에서 분리한다. 다시 세로로 한 번 베어서 좌우로 양단한다.

융합체의 본체가 짐승 쪽이든 인간형 괴물 쪽이든 이것으로 양쪽 모두 분쇄했다. 아키라는 그렇게 생각하면서도 만약을 대비해 짐승 쪽도 양단하려고 블레이드를 쳐들었다.

하지만 거기서 아키라가 경악한다. 발판으로 삼고 있는 거대 짐승이 등 위에 있는 아키라를 뿌리치려고 힘껏 뛰어올랐다. 머리 부분이 반쯤 파괴된 상태로 이만큼 움직일 수 있다는 사실에 대한 놀라움이 절반. 그리고 나머지 절반은 좌우로 갈라진 인간형 괴물이 그 상태에서도 여전히 아키라를 향해 팔을 휘둘렀다는 것이었다.

그럼에도 그 경악이 아키라의 움직임과 사고를 멈추지는 않는다. 짐승의 등에서는 떨어졌지만, 즉시 허공을 박차서 민첩하게 이동해 인간형 괴물의 팔을 회피한다. 그리고 짐승과 인간형 중 어느 쪽을 상대해야 할지 생각한다.

하지만 아키라가 그 선택을 끝내기도 전에 인간형 괴물은 산산이 부서져 날아갔다. 캐럴과 토가미, 그리고 바이크 서포트 암에 장착된 총에 의한 일제 사격이다.

인간형 괴물은 생체 포스 필드 아머 덕분에 비정상적으로 단단했지만, 그 강도는 짐승 부분에서 공급되는 에너지에 의존하고 있었다. 그래서 짐승에서 잘려 나간 상태에서는 두 사람의 총격을 견딜 수 없었다.

왠지 모르게 우쭐해하는 듯한 캐럴과 토가미를 보고, 아키라도 표정을 살짝 푼다. 그리고 남은 짐승 부분을 해치우려고 시선을 그쪽으로 되돌렸다.

그때 아키라는 짐승이 심하게 훼손된 머리 부분을 재생하면서 아가리 속 빛의 구슬을 다시 만들어내는 것을 보았다. 게다가 그것을 일행이 있는 곳에 조준하려고 했다.

아키라가 황급히 허공을 박차고, 그 반동으로 짐승의 머리 부분에 순식간에 이동한다. 그리고 세게 걷어찼다. 그 충격으로 짐승의 머리가 엉뚱한 방향으로 틀어진다. 그곳에서 방출된 빛의 격류도 일행과는 엉뚱한 방향으로 퍼졌다.

『위험했어!』

아주 조금이라도 늦었더라면 이 에너지의 격류가 캐럴과 토가미에게 맞았을 것이다. 그렇게 생각하고 초조해하는 아키라에게 알파가 웃으며 말한다.

『괜찮아. 아키라가 늦었을 때는 내가 피하게 했을 거야. 저 바이크는 내가 운전하니까.』

바이크의 원격 조종 정도는 아키라도 할 수 있다. 하지만 아무리 그래도 융합체와 싸우면서 그 전투를 견딜 수 있는 수준으로 바이크를 운전할 여유는 없었기에, 바이크 쪽은 알파에게 맡기고 있었다.

알파가 도발하듯 미소를 짓는다.

『아키라. 최대한 혼자 해보겠다며? 조금 더 노력해.』

『알았다고!』

아키라는 기운을 내고 웃으며 받아쳤다. 알파도 만족스러운 듯 웃으며 대답한다.

『그러면 돼.』

아키라가 이만큼 강해진 것에, 알파는 매우 만족하고 있었다.

융합체와의 싸움이 계속된다. 전위는 아키라. 후위는 캐럴과 토가미다.

짐승이 민첩하게 움직여 아키라를 덮친다. 얼굴이 크게 갈라진 채로 달려들고, 머리 부분의 찢어진 틈새에서 송곳니를 자라게 하고, 찢어진 틈새를 그대로 커다란 아가리로 바꾸어 먹잇감을 물어뜯으려고 한다.

아키라는 그 일격을 피하면서 스쳐 지나가는 순간에 맞춰 블레이드를 휘둘렀다. 검정 칼몸이 짐승의 머리 부분에서 목을 지나 몸통에 닿고 멈춘다. 이전에 싸웠던 인형병기 정도라면 양단할 수 있는 절삭력이지만, 짐승이 너무 단단해서 거기까지 베는 것이 한계였다.

다음 순간, 방금 아키라가 벤 부분에서 무수한 송곳니가 자라난다. 절단면이 꽉 맞물린 아가리로 변해 아키라의 오른손에 있는 블레이드를 고정했다.

아키라는 융합체의 지나친 변화에 놀라면서도 곧바로 왼손 블레이드로 커다란 아가리를 벴다. 하지만 튕겨나갔다.

『이게 말이 돼?!』

자세를 무너뜨린 상태로 베는 바람에 아까 참격보다는 약한 일격이었다고는 해도, 블레이드의 성능은 같다. 설마 튕겨나갈 줄은 몰라서 아키라의 얼굴이 경악으로 물든다.

한편, 알파는 평소의 표정으로 가볍게 말한다.

『블레이드의 절삭력을 학습한 모양이네. 생체 포스 필드 아머의 출력을 부분적으로 올려서 방어했어.』

『그런 것까지 할 수 있는 건가! 빔 같은 것도 쏘고, 벤 곳이 입으로 변하고, 뭐든지 다 되네!』

『다 돼. 시로도 말했잖아? 여기는 기술 수준이 높은 곳이라고.』

『그랬지!』

지금 자신이 있는 곳은 그런 장소다. 그리고 아마 알파가 지정하는 유적도 그러한 장소일 것이다. 그렇다면 여기서 알파에게 꼴사나운 모습을 보일 수 없다. 아키라는 그렇게 생각하고 더욱 기운을 북돋웠다.

아가리에 강하게 물린 블레이드를, 융합체를 걷어차서 뽑아낸다. 그리고 양손의 블레이드를 교차하여 휘두른다. 교차점에서 증폭된 참격의 파동이 융합체의 생체 포스 필드 아머를 돌파했다.

그 교차점에 뚫린 작은 구멍에, 아키라가 RL2 복합총의 총구를 댄다. 순식간에 교체하고, 즉시 연사하고 있었다.

무수한 총알이 그 구멍으로 융합체의 내부에 날아들어 미친 듯 날뛴다. 그리고 짐승의 몸통 부위의 반대쪽에 커다란 구멍을 뚫고 날아간다.

그런데도 융합체는 쓰러지지 않는다. 오히려 짐승의 등에서 인간형 괴물의 상반신을 재생하고, 여러 개의 팔로 아키라를 덮치려고 한다.

하지만 그 전에 인간형 괴물은 캐럴 일행의 총격으로 다시 한 번 분쇄되었다. 아키라가 그 지원을 반기며 생각한다.

『저쪽 부분은 의외로 약한 건가?』

『정확히는 사용할 수 있는 에너지에서 저쪽 부분까지 강화할 여력이 없는 거겠지.』

『그런 건가!』

상대의 에너지는 사실상 무궁무진할 것이다. 유적 자체에서 원격으로 항시 공급되고 있다. 하지만 시간당 상한선은 있다. 그래서 상대는 에너지의 격류를 계속해서 쓸 수 없는 것이다. 에너지를 모으기 위해 빛의 구슬을 만들고 방출할 필요가 있다.

지구전으로는 승산이 없다. 좌우지간 계속 공격해서 상대의 에너지 소비를 늘리고, 시간당 상한선을 넘어서게 하여 융합체의 방어와 재생이 따라잡지 못하게 해야 한다. 그렇게 하면 해치울 수 있다. 그렇게 판단한 아키라가, 캐럴과 토가미에게 통신을 넣는다.

"캐럴! 토가미! 좋아! 그대로 계속 쏴! 사격을 멈추지 마!"

"알았어!"

"알겠다!"

기운차게 대답한 캐럴과 토가미가 지시대로 사격을 속행한다. 융합체에 인간형 부분이 있을 때는 인간형에, 없을 때는 짐승 부분에, 아무튼 계속해서 쏜다.

짙은 무색 안개 탓에 사격의 위력도 떨어지고 있다. 아키라가 근거리에서 베어도 막힌다. 원거리 공격으로는 상처를 입히기가 어렵다.

그래도 원래라면 상대를 한순간에 분쇄하는 위력이 있다. 융합체는 그것을 생체 포스 필드 아머로 억지로 막고 있을 뿐이다.

거기에 아키라가 참격을 맞춘다. 총격과 블레이드의 위력 차이 때문에 융합체는 아키라의 공격을 우선해서 막으려고 한다. 그 탓에 피격된 부위의 생체 포스 필드 아머가 현저하게 취약해졌다. 총탄과 레이저가 짐승의 살을 태우고 도려낸다.

공방이 계속된다. 검은 쌍검이 짐승을 마구 벤다. 깊이 베지는 못한다. 튕겨나가는 일도 있다. 하지만 동시에 명중하는 총탄과 레이저가 짐승의 커다란 몸뚱이를 확실하게 깎아 나간다.

재생된 인간형 괴물이 아키라 일행 모두를 공격한다. 아키라는 자신에게 다가오는 길고 굵은 팔을 베어서 떨어뜨리고, 캐럴과 토가미는 자신들을 향해 날아드는 팔을 요격한다.

잘려서 떨어진 팔의 절단면에서 송곳니가 자라 커다란 아가리로 변한다. 다시 팔다리가 자라서 아키라에게 달려든다. 아키라는 그것을 걷어차고, 베고, 쏴서 분쇄한다.

캐럴과 토가미에게 격추되어 날아간 긴 팔도 뱀 같은 몬스터로 변화한다. 그리고 바닥을 빠르게 기어 두 사람에게 간다. 하지만 바이크의 속도를 따라잡지 못한 채 요격당하고, 온몸에 총탄을 맞고 날아갔다.

그런데도 융합체는 위축되지 않는다. 아키라 일행의 맹공 따위는 소용없다는 듯이, 결손 부위를 재생하며 전투를 속행한다. 또 다시 베여서 떨어진 부위도 다른 종류의 몬스터로 변해 아키라 일행을 덮친다.

아키라도 캐럴도 토가미도 온 힘을 다하고 있다. 힘을 뺄 여유는 조금도 없다. 각자가 최선을 다하고 있다. 지구전으로는 승산이 없다는 것을 알고 있다. 필사적으로 싸우고 있었다.

물론 아키라 일행에게는, 엄밀히는 아키라에게는 아직 여력이 있었다. 최대한 혼자 해보겠다. 아키라는 그 말대로 알파의 서포트를 완전히 받지 않은 상태로 싸우고 있다. 즉, 알파의 서포트를 완전히 받는다면 더 강해질 수 있다.

그리고 아키라가 알파에게 추가 지원을 받기도 전에, 융합체는 짧은 시간 동안 거듭된 부상과 재생으로 인해 시간당 에너지 고갈이 시작되고 있었다.

융합체는 완전히 궁지에 몰렸다. 그러나 그것은 아키라 일행을 궁지로 몰아넣는 계기이기도 했다.

완전한 열세이며, 현재 상황에서 그것을 만회하긴 불가능하다. 그 판단이 융합체의 행동 지침을 변화시킨다.

캐럴이 융합체를 총으로 쏘고, 맞힌다. 지금까지는 상대의 살을 깎고, 재생되고, 다시 깎는 반복이었다. 하지만 이번에는 달랐다. 짐승의 몸통에 그 절반이 사라질 정도로 큰 구멍이 뚫렸다.

그것을 보고 아키라가 웃는다.

『오! 드디어인가?』

그토록 강인했던 몸이 저만큼 날아갔다. 자신들의 공격을 계속해서 맞는 바람에 마침내 몸의 재생이 따라잡지 못하게 되어 불완전한 포스 필드 아머밖에 사용할 수 없게 된 거겠지. 이제는 몰아붙이는 일만 남았다. 아키라는 그렇게 생각하며 승리를 확신했다.

알파도 이미 이겼다고 판단하고 있다. 하지만 상황의 해석은 달랐다.

『응. 드디어. 이제야 상대가 같이 죽는 것을 선택했어.』

『어?!』

놀라는 아키라 앞에서 융합체의 몸이 변화해 간다. 몸에 뚫린 큰 구멍은 총탄에 맞은 충격으로 뚫린 것이 아니라 융합체가 의도적으로 몸을 변형한 것이었다.

융합체의 몸이 뚫린 구멍을 중심으로, 투명한 구체를 반쯤 녹은 거대한 손으로 붙잡고 있는 것처럼 변화한다. 그리고 그 중심에 빛의 구슬이 생성되어 간다.

『저 고출력 에너지체가 터지면 저 몸은 틀림없이 날아갈 거야. 같이 소멸할 작정이지.』

자기 죽음도 불사하는 몬스터라도 닥치는 대로 다 같이 죽으려고는 하지 않는다. 죽지 않고 처리할 수 있는 적이라면 자신의 생존을 전제로 싸운다.

하지만 그것이 불가능하면 판단을 바꾼다. 아키라 일행의 맹공으로 궁지에 몰린 융합체는 승리 조건에서 자신의 생존을 뺐다.

『자폭할 셈인가!』

당황하는 아키라의 옆에서 알파가 즐겁게 웃는다.

『아키라가 혼자 하는 건 여기까지. 애썼어. 그러면 아키라, 시작한다?』

알파가 웃는 것을 보고, 아키라도 승리를 확신했다. 힘껏 웃으며 대꾸한다.

『그래!』

이제부터는 알파의 서포트를 완전히 받고 싸우는 것이다. 질 것 같지 않았다.

알파가 아키라의 강화복을 조작한다. 그 움직임에 이끌리듯 아키라는 블레이드 한 자루를 거두고, 나머지 한 자루를 양손으로 쥐었다. 그리고 빛의 구슬을 향해 있는 힘껏 도약하고, 그 칼날을 혼자서는 불가능한 기술로 휘두른다. 검은 칼날에서 방출된 참격의 파동이 칼몸보다 거대한 빛의 구슬을 단숨에 둘로 쪼갰다.

빛의 구슬이 붕괴하고, 구성 요소인 고에너지를 단번에 방출한다. 보통은 사방으로 세차게 퍼져나간다. 하지만 알파의 서포트를 받아 내지른 참격은 빛의 구슬에서 방출되는 에너지에 지향성을 부여하고 있었다. 방대한 에너지가 아키라와 반대 방향으로 방출되어 새하얀 공간을 가득 채운 고농도 무색 안개에 묻혀 사라졌다.

그 여파로 융합체가 부서진다. 아키라 일행과 같이 죽으려고 몸속의 모든 에너지를 짜낸 몸은 심하게 건조한 고기처럼 딱딱해졌다. 그것이 깨지고 무너지는 충격으로 다시 잘게 부서져 모래가 된다.

착지한 아키라가 뒤돌아본다. 그곳에는 모래 언덕이 만들어져 있었다.

『아무리 그래도 여기서 부활은 안 하겠지?』

걱정이 많은 아키라에게 알파가 웃으며 말한다.

『괜찮아. 해치웠어.』

『좋아!』

그 짧은 말로 승리를 선언하고, 아키라는 블레이드를 거두었다. 그곳으로 캐럴과 토가미가 다가온다.

"아키라. 해냈어. 그나저나 아키라는 진짜 대단하네."

진심이 어린 감탄을 얼굴에 드러낸 캐럴 옆에서 토가미도 힘껏 동의한다.

"그래. 역시 헌터 랭크 70이야. 아니지, 중심부 공략의 상위 팀조차도 제2심부 후반의 몬스터가 너무 강해서 발목을 잡힌 걸 생각하면, 그 이상인가."

"뭐, 그렇지."

아키라는 그것이 자기 실력이 아님을 안다. 하지만 알파의 서포트를 포함한 힘을 자신의 실력으로 과시해야 한다는 것도 이해하고 있다. 그것이 아키라의 대답을 살짝 늦추고 딱딱하게 만들었다.

그런 아키라의 반응을, 토가미는 다르게 해석했다. 가볍게 웃으며 말한다.

"내 실력이 아니라 장비 덕분이라고 말하고 싶은 모양인데. 딱히 상관없잖아. 예전에 아키라도 강해지려면 장비와 훈련이 중요한데, 굳이 말하면 장비라고 했지? 그 엄청난 장비까지 포함해서, 아키라는 대단한 거야."

그 말을 들은 아키라는 살짝 놀란 기색을 보인 뒤, 뭔가 후련해진 것처럼 웃었다. 조금 과장해서 자신의 실력을 선언한다.

"그렇지. 뭐, 나도 고생했으니까. 그 덕분에 이만큼 강해진 거야. 대단하지?"

캐럴도 따라서 웃는다.

"응. 대단해. 근데 뭐, 우리도 열심히 일했지?"

"그래, 그렇지."

"그렇지? 우리도 열심히 일했어. 인정했지?"

"응? 그래."

아키라는 왠지 언질을 잡으려는 듯한 캐럴의 말투를 조금 이상

하게 여겼지만, 틀린 말은 아니었기에 그냥 그렇다고 대답했다. 그러자 캐럴이 웃는 얼굴로 고개를 강하게 끄덕이고 말을 잇는다.

"그렇다면, 열심히 일한 만큼, 호위 비용을 조금 깎아주면 좋겠는데……."

캐럴은 조금 어색하게 웃으며, 왠지 말하기 거북하다는 표정을 보이고 있었다. 토가미도 비슷한 표정을 짓고 있다.

캐럴을 호위하고 있는 아키라지만, 그 호위 비용은 구체적인 활약에 따라 협의할 필요가 있다. 그렇다면 이번 싸움은 어느 정도가 적정할까. 캐럴의 계산한 바로는 자신의 지급 능력을 완전히 초과하는 금액이다.

그래도 상대가 일반적인 실력자라면 캐럴은 자신의 부업으로 상쇄할 자신이 있었다. 하지만 상대는 아키라다. 그 방법은 쓸 수 없다.

사전에 구체적으로 얼마를 줄지 정하지 않았고, 아키라와 자신이 모두 납득하는 선에서 결정하는 계약이라고는 하지만, 협의를 통한 감액에도 한계는 있다. 캐럴은 그렇게 생각해서 진심으로 난감했다. 어느 정도 차이는 있겠지만, 토가미도 마찬가지다.

아키라도 캐럴과 토가미의 태도에서 그것을 이해했다. 하지만 아키라도 헌터로서 돈을 줄 수 없다면 어쩔 수 없지, 라고 넘어갈 수는 없다. 어떻게 할지 궁리하다가, 츠바키를 떠올린다.

"알았어. 호위 비용은 왕창 깎아줄게. 그 대신, 방금 만난 녀석에 대해서는 잊어줘. 우리는 아무도 만나지 않은 거야. 그렇게 알아줘."

아키라의 진지한 얼굴을 본 캐럴과 토가미가 살짝 머뭇거린다. 하지만 대답은 정해져 있었다. 먼저 캐럴이 웃으며 말했다.

"알았어. 네! 우리는 아무도 만나지 않았어! 아~ 갑자기 몬스터가 덤벼서 큰일이었지~."

노골적으로 시치미 떼는 캐럴의 태도에 토가미도 능글맞게 웃으며 맞장구를 쳤다.

"아, 그렇지! 정말 힘들었다고! 마주친 몬스터가 한 마리밖에 없어서 살았어."

츠바키도, 츠바키에게 걷어차인 몬스터도, 자신들은 마주치지 않았다. 캐럴과 토가미는 어설픈 연기로 그 뜻을 표현했다.

물론 그 여성의 정체는 궁금하다. 하지만 그것은 거액의 호위 비용을 내지 않아도 되는 것과 아키라를 화나게 하는 것에 비하면 사소한 일이었다.

아키라도 두 사람의 장단에 맞춘다.

"그렇지. 그 몬스터가 한 마리여서 다행이었어. 두 마리면 큰일 날 뻔했어."

입단속은 시켰다. 아키라는 그것으로 만족했다. 입단속이 아닌 입막음으로 츠바키에 대해 숨길 생각은 아키라에게도 없었다.

제3심부의 몬스터에 승리하고 각자의 걱정거리도 일단 처리한 아키라 일행은 여러 가지를 흐지부지 넘기려는 듯 서로 웃고 있었다.

격전을 마친 아키라 일행은 휴식을 겸해 그 자리에서 앞으로의 방침을 상의했다. 그리고 일단은 이곳에 오는 동안 자동 생성된 지도 정보의 이동 경로를, 높낮이 차이를 무시하고 역주행하기로 했다.

짙은 무색 안개의 영향으로 측위 시스템에 오류가 생겼다고 해도 북쪽과 남쪽을 착각할 정도가 아니라면 제2심부에는 나갈 수 있을 것이다. 그렇게 기대한 것이다.

그때 토가미가 아키라에게 일단 확인을 구한다.

"아키라. 시로의 통신은 어떻게 할까? 꺼둔 채로 둘까? 우리가 여기서 완전히 조난할 경우, 그 녀석에게 연결해서 긴급 의뢰를 부탁하는 방법도 있어. 긴급 의뢰 보수는 뒷문 정보로 하면 돼. 상위 헌터 팀이라면 받아줄 거야. 문제는 그때 시로에게 뭐라고 설명할지인데……."

"그렇군……."

아키라가 망설인다. 시로는 츠바키에 관해서 입단속을 시키지 않았다. 통신을 연결하면 확실히 추궁당할 것이다. 츠바키에 관해 캐럴, 토가미처럼 시치미를 뗀 채로 시로와 교섭할 수 있을지. 아키라에게는 자신이 없었다.

『알파. 어떻게 할까? 아니, 혹시나 해서 물어보는 건데, 돌아갈 수 있지?』

『아키라가 귀환하는 것만이라면 전혀 문제없어. 그 이상은 어디까지 타협할 수 있는지에 달렸는걸.』

『타협?』

『돌아가기 위해서라면 자신과 츠바키의 관계를 알려도 괜찮다. 그것을 타협할 수 있다면 츠바키와 함께 가면 됐잖아?』

『어? 근데 츠바키와 같이 돌아가는 건 곤란하지 않아?』

『곤란해. 하지만 아키라가 여기서 조난해 죽을 바에는 타협할 수 있어. 그런 의미야.』

『그런 거구나.』

『아무튼 지금은 자기 힘으로 출구를 찾아. 나는 탈출 방법을 알고, 아키라 혼자는 안내도 할 수 있지만, 지금은 일행도 있으니까.』

알파가 자신을 유적 바깥으로 안내하려면 다른 일행이 없을 필요가 있다. 상황에 따라서는 입단속이 아니라 입막음이 필요하다. 그런 뜻이겠지. 아키라는 그렇게 이해했다.

『알았어. 시로의 통신은 어떻게 할까?』

『지금은 이대로 두자.』

아키라가 캐럴과 토가미에게 말했다.

“시로에게 도움을 청할지 말지는 좀 더 나중에 결정하자.”

두 사람이 고개를 끄덕인다. 이의가 없는 것은 아니다. 아키라의 선택은 살아 돌아갈 가능성을 줄이는 악수라고도 판단할 수 있다. 하지만 불평할 생각도 없다. 애초에 그 가능성을 쥐고 있는 사람은 아키라니까.

그리고 그것과는 별개로 두 사람은 생각한다. 아키라가 이런 상황에서조차 시로와 연락하고 싶지 않을 정도로 그 여성에 관해 건드리는 것을 원하지 않는다고.

그렇게 판단한 캐럴과 토가미는 츠바키에 대한 관심이 더 커지면서도, 아키라의 기분을 상하게 하지 않기 위해 그 관심을 접어두었다.

아키라에게 그 이상으로 알려지고 싶지 않은 존재가 있다는 사실은 두 사람도 도저히 알 수 없었다.

휴식을 마친 아키라 일행은 제3심부에서 탈출하고자 새하얀 공간을 걷기 시작했다. 걸어서 이동하는 것은 적의 습격을 경계하는 것이다. 짙은 무색 안개 탓에 탐색 범위는 몹시 좁아졌다. 바이크를 타고 달리면 몬스터와 충돌할 위험이 있었다.

그래도 지금까지의 이동 거리로 봐선 30분만 걸으면 새하얀 공간의 끝에 도달할 수 있었을 터였다. 그리고 그 30분은 이미 지났다. 하지만 아키라 일행은 지금도 걷고 있었다.

아키라가 괴이쩍은 표정을 짓는다.

"이상한걸……."

캐럴과 토가미 역시 딱딱해진 표정과 당혹스러운 말투로 동감임을 밝힌다.

"응. 이상해. 벌써 한참 걸었을 텐데……."

"아, 아무리 그래도 슬슬 제2심부와의 경계에 도착하지 않았으면 이상한데?"

그리고 아키라가 결단했다.

"캐럴. 토가미. 내 바이크에 타."

그리고 모두가 아키라의 바이크에 타자, 힘차게 속도를 내기 시작했다.

"잠깐 아키라. 괜찮은 거야?"

"조심할게."

알파는 돌아가는 길을 안내해 주지 않지만, 바이크 운전은 해준다. 이 짙은 무색 안개의 영향으로 전방의 몬스터를 눈치채지 못하고 부딪치는 일이 생겨도 알파가 어떻게든 해줄 것이다. 아키라는 그렇게 판단하고 있었다.

그리고 캐럴과 토가미도 아키라가 그렇게 말하니 불평하지 않고 얌전히 뒤에 타고 있었다.

하얀 세계를 바이크가 빠르게 나아간다. 너무나도 예상 밖의 사태에 아키라도, 캐럴도, 토가미도, 표정에 심한 당혹감을 나타내고 있다.

"뭐가 어떻게 된 거야……."

차폐물이 없는 평평한 장소를 바이크로 속도를 내며 똑바로 가고 있는데도 아키라 일행은 아직 하얀 공간을 계속 달리고 있다. 이미 제3심부를 넘어서 쿠즈스하라 시가지 유적 바깥으로 나가야 정상일 정도로 달리고 있다.

하지만 아키라 일행 앞에는 새하얀 공간이 끝없이 이어지고 있었다.

제226화 레이나의 성장

아키라 일행이 지하 터널을 나아가고 있을 무렵, 한 대의 대형 황야 사양 차량이 황야를 달리고 있었다. 탑승자는 레이나, 시오리, 카나에, 이렇게 세 사람이다.

레이나는 은백색의 경갑옷 또는 새하얀 드레스로 보이는 강화복을 착용했다. 언뜻 보기에는 성능보다 디자인을 중시해서 쓸모없는 물건처럼 보인다.

하지만 그 성능은 매우 좋다. 방어력만 해도 두꺼운 철판을 겹쳐 입은 듯한 중장강화복을 가뿐하게 뛰어넘는다. 신체 능력 향상을 포함한 다른 기능도 마찬가지이거나, 혹은 그 이상이다.

고랭크 헌터를 위한 초고성능 물품 중에는 이렇듯 외양과 실제 성능이 전혀 일치하지 않는 종류의 물건도 드물지 않다. 아슬아슬한 구세계풍 디자인의 강화복은 그 정점이다.

시오리와 카나에가 입는 전투복 겸용 메이드복에도 비슷한 경향이 보인다. 그것은 세 사람의 무장이 이전에 비해 월등하게 고성능임을 보여주고 있었다.

운전석의 시오리는 살짝 험악한 표정을 짓고 있었다. 그리고 이미 몇 번인가 했던 말을 다시 한다.

"아가씨. 역시 저 혼자 가겠으니, 아가씨께선 집에서 기다려 주실 수 없을까요?"

레이나는 카나에와 함께 뒷좌석에 앉아 있었다. 시오리의 낌새를 알면서도 밝은 얼굴로 대답한다.

"시오리랑 카나에도 있으니 괜찮아."

"하지만 만에 하나의 일도……."

"있어? 그렇게 위험하다면 시오리도 가지 않는 게 좋지 않아?"

"아뇨, 그럴 수는……."

"그러면 나도 갈게."

시오리는 속으로 깊이 한숨을 쉬면서 그 속마음을 반영해 한층 더 고민하는 표정을 지었다. 레이나는 평소 표정으로, 평범한 말투로, 그러나 빈틈을 보이지 않는 태도로, 자기 혼자만 돌아가는 것을 완전히 거부하고 있었다.

"카나에. 아가씨의 호위로서 뭔가 할 말은 없어?"

카나에가 평소처럼 웃으며 대답한다.

"저는 아씨께 어디에 가지 마라 같은 말을 할 생각이 없습다. 그건 제가 할 일이 아니에요."

예상한 대답에 시오리는 속이 아니라 진짜로 한숨을 쉬었다.

"일은 똑바로 할 거라고요. 진짜 위험할 때는 아씨를 짊어지고, 누님을 버리고, 무조건 도망칠 겁니다. 그 이상을 요구하셔도 곤란합다."

"그래……."

동행을 결정한 것은 주인인 레이나이지, 종자인 자신이 아니다. 그리고 종자의 사정으로 주인의 결정을 뒤집는 것은 종자의 본분이 아니다. 그런 의미에서는 자신보다 카나에가 더 올바른 말을 하고 있다. 그것을 알고 있기에 시오리의 한숨은 깊었다.

그때 레이나가 말했다.

"시오리. 정 따라오지 않길 바란다면 나는 돌아가도 괜찮아. 억지를 부리는 건 나고, 시오리에게 폐도 많이 끼쳤으니까. 이번에는 시오리의 사정을 우선할게."

"감사합니다. 그러면 죄송하지만, 카나에와 함께……."

시오리는 자신도 모르게 안도했다. 그리고 그대로 이야기를 계속하려고 했지만, 그것을 가로막고, 레이나가 말투를 조금 진지하게 바꾼다.

"하지만 그 경우에는 나는 아무것도 받지 않을 거야. 억지로 떠넘겨도, 그게 시오리가 목숨과 맞바꿔 손에 넣은 거라도 버릴 거야. 반드시."

말없이 침묵한 시오리에게 레이나가 말투를 원래대로 돌려서 말을 이었다.

"시오리도 여러모로 생각해서 하는 일이겠고, 이런저런 이유가 있어서 나한테 말할 수 없는 것도 많을 거야. 그 부분은 나를 위해서라거나, 내가 믿음직스럽지 못한 탓이라고 생각하니까 그래도 상관없지만, 시오리가 무슨 일을 하더라도, 방금 내가 말한 것을 전제로 해줘."

레이나와 시오리 모두 그것으로 침묵했다. 두 사람의 감정이 배어나는 듯한 침묵이 흘렀다.

시오리는 레이나를 위해서라면 목숨을 버릴 수 있다. 자신이 죽음으로써 레이나가 행복한 미래를 얻을 수 있다면 주저하지 않는다.

하지만 그런 사고방식은 시오리가 목숨을 거는 기준을 낮춘다. 이기면 레이나가 행복해진다. 지더라도 최악의 경우 자신만 죽는다. 그렇다면 해볼 만하다. 그렇게 생각하고 도박에 나설 수도 있다.

레이나는 시오리가 그렇게 할 것임을 알고 있었다. 그래서 선언했다. 그 도박으로 얻은 것이 무엇이든 자신은 받지 않겠다고.

이것으로 시오리는 도박에 나설 수 없게 되었다. 이긴다고 해도 그걸로 얻은 것을 받을 사람이 없다면 의미가 없다. 도박을 할 필요성이 근본부터 사라진 것이다.

하지만 그것도 시오리가 레이나의 말을 믿을 때의 이야기다. 말로만 그러는 거다. 헛소리다. 지금은 진심으로 말했어도 실제로 시오리가 죽은 다음에는 시오리가 목숨과 맞바꿔 남긴 것이라며 받아들일 것이다. 그 정도의 말로 여길 수 있다면 레이나를 향한 시오리의 충성심이 이긴다. 레이나를 위해 자신의 목숨을 버릴 수 있는 시오리의 마음은 움직이지 않는다.

그리고 시오리는 레이나의 말을 믿었다. 레이나의 말에는 그만한 결의가 담겨 있었다.

시오리가 한숨을 크게 쉬었다. 그리고 살짝 쓴웃음 섞인 미소를 지었다.

"아가씨께서도 많이 성장하셨군요……."

"고마워."

"비꼬는 건데요?"

"알아."

시오리는 주인의 성장을 진심으로 기쁘게 여긴다. 한편, 그렇게 생각하면서도 다소 까다롭고 귀찮은 방향으로도 성장했을지도 모른다고 아주 조금 생각했다.

그런 두 사람을 보고, 카나에는 평소처럼 웃고 있었다.

레이나가 다시 말한다.

"그래서 말이야, 시오리. 진지하게 묻는 건데, 나는 어떻게 하는 게 좋겠어?"

"이대로 동행하실 건가요?"

"그러고 싶지만, 한 번 더 묻고, 그래도 돌아가라고 한다면 돌아갈게."

아까의 결의 표명으로 시오리의 판단 기준은 크게 바뀌었다. 그런데도 시오리가 판단을 바꾸지 않는다면, 자신은 돌아가는 편이 좋다. 레이나는 그렇게 생각하고 있었다.

그리고 시오리도 다시 생각한다.

"알겠습니다. 그러면 아가씨. 우선 이것을 보세요."

시오리가 그렇게 말하고 꺼낸 것은 흰색 카드였다. 이전에 이이다 상업구 유적에서 싸웠을 때, 리온즈테일 소속의 범용 인격이라고 자칭했던 자동인형 올리비아가 아키라에게 주라고 시오리에게 말한 물건이다. 그것을 시오리는 사기에 가까운 수단으로 아키라에게 넘겨받았다.

레이나는 그 입수 경로를 모른다. 하지만 그 카드가 무엇인지는 지식으로 알고 있었다. 자신도 모르게 놀란 표정을 짓는다.

"시오리. 그거……."

"이번 일에 관해 전부 말하겠습니다. 동행하실지 마실지는 그것을 듣고 판단하세요. 아니, 그 이전에 아가씨께서 그렇게 판단하신다면 지금부터 중지해도 상관없습니다."

시오리가 그렇게 서론을 꺼낸 뒤, 말투에 힘을 더 실어 말한다.

"하지만 듣고 나면 몰랐다는 말이 통하지 않습니다. 아가씨. 정말로 들으시겠습니까?"

조금 위협하듯 강조하는 시오리에게, 레이나는 동요하지 않고 웃었다.

"무슨 소리 하는 거야. 내가 정말 아무것도 몰랐다고 해도, 몰랐다는 말은 처음부터 통하지 않아. 종자가 멋대로 한 일이라도 책임은 주인이 지는 거야. 그런 거잖아?"

나는 모른다. 부하가 멋대로 한 일이다. 그러니 나는 책임이 없다. 그러한 헛소리가 통한다면 주인 될 자격이 없다.

극단적으로 말하자면, 왕이란 모든 허물을 짊어지고 목이 잘리기 위해 존재한다. 아무리 무능하더라도 그걸로 책임을 진 것이 된다. 왕의 부귀영화는 그 목에 그만한 가치를 주기 위해 있는 것이다.

시오리가 자신에게 부귀영화를 준다면 그것을 얻으려고 해서 생긴 허물도 무조건 받아들여야 한다. 주인과 종자란 그런 것이다. 자신들의 본분을, 레이나는 그렇게 이해하고 있었다.

그리고 시오리는 그런 레이나의 성장을 받아들였다.

"알겠습니다. 그러면 레이나 님. 들어주세요."

시오리는 어딘지 만족스러운 듯이 미소를 지으며 이야기하기 시작한다. 지금까지의 레이나에게는 말할 수 없었던 것을 포함해, 모든 것을.

레이나는 시오리에게 전반적인 이야기를 다 들었다. 카드를 입수한 방법이 마음에 걸리기도 했다. 하지만 그 일에 관한 감정은 다른 이야기를 듣고 놀란 것에 비하면 사소한 일이었다.

"뭐, 아키라를 반쯤 속여 그 카드를 빼앗은 건 나중에 아키라에게 마땅한 사례를 줘서 해결하자. 원래 그런 거래였다고도 해석할 수 있으니까."

"알겠습니다."

레이나 자신은 좋지 않은 행위로 여기면서도 그 본인에게 강한 질책이나 혐오를 받지 않은 것에 시오리가 안도한다. 카나에도 평소의 웃음에 비슷한 감정을 슬쩍 드러냈다.

"그래서 말인데, 시오리. 그 계획이 잘될까?"

"확언할 순 없습니다. 적어도 확실하게 실패할 일은 아닙니다. 성공할 가능성도, 실제로 행동에 나설 정도는 된다고 생각합니다. 그 이전에, 이건 기본적으로 거절할 수 없는 지령입니다만."

"그렇긴 하지."

"하지만, 레이나 님께서 중지하겠다고 판단하신다면 중지하겠습니다. 그로 인해서 저희가 받을 벌은 신경 쓰지 마십시오. 레이나 님의 판단이 최우선입니다. 어떻게 하시겠습니까?"

레이나가 다시 고민한다. 시오리 일행의 주인임을 바라는 이상, 주인으로서 모든 것을 안 다음에 결단해야 한다. 결정한 결과가 뭐든 다 맡기는 것이라고 해도.

그리고 결단한다.

"하자. 하지만 안전에는 유념할게. 카나에. 위험할 때는 진심으로 도망칠 테니까, 정말로 나를 짊어지는 한이 있더라도 철수해 줘. 시오리도 같이 도망치는 거야. 혼자 남아서 시간을 벌려고 하진 마. 모두가 살아서 돌아오는 것이 조건이야. 알았지?"

"알겠습니다."

"알겠습다."

레이나의 결정으로 레이나 일행은 원래 시오리가 혼자 하려던 일을 다 같이 하게 되었다. 계획의 개요는 달라진 것이 없다. 하지만 그것을 누가 주도하는가에는 명확한 차이가 있었다.

"그나저나 신신당부하길 잘했어. 시오리. 나 몰래 얼마나 위험한 도박을 할 생각이었던 거야?"

레이나의 목소리에 비난하는 기색은 없다. 하지만 불만은 다소 있었다.

"필요한 만큼이라고, 대답해 두겠습니다."

"필요한 만큼이라니……."

그때 카나에가 끼어들었다.

"아씨. 누님은 아씨가 미숙한 부분을 보충하려고 했을 뿐이에요. 괜찮지 않아요?"

레이나가 쓴웃음을 지었다. 자신의 미숙함 때문이라고 들으면 반박하기 어렵다.

"그러네……."

또한 카나에의 말은 과거형이다. 레이나는 그것을 지금의 자신이라면 시오리도 무모한 짓은 하지 않을 것이며, 카나에도 그렇게 판단하고 있다는 의미로 해석했다. 그래서 다소 힘찬 말투로 그 해석을 두 사람에게 드러냈다.

그런 주인의 속마음을 이해하고, 시오리는 미소 짓고, 카나에는 웃고 있었다.

목적지를 향하는 차의 뒷좌석에서 레이나가 지금까지 있었던 일을 되돌아본다.

최근 몇 달 동안 레이나 일행은 쿠가마야마 지방을 떠나 있었다. 그것을 결정한 것은 시오리였고, 표면적인 이유는 레이나의 본가가 엮인 여러 사정이었다. 그것은 거짓이 아니었다. 나아가 당시 레이나에게는 알려지지 않았지만, 아키라에게서 입수한 흰색 카드를 활용하기 위한 각종 교섭을 시오리가 현지에서 직접 진행하기 위함이었다.

하지만 시오리가 레이나를 쿠가마야마 지방에서 멀리하고 싶었던 가장 큰 이유는 따로 있었다. 그것은 아키라와 도란캄의 전쟁, 엄밀히는 아키라와 카츠야의 싸움에 레이나를 휘말리게 하지 않기 위함이었다. 그 정세를 몹시 우려한 시오리는 정세가 더욱 나빠지기 전에 흰색 카드의 교섭을 구실로 삼아 레이나의 본가에서 자신들을 불러들이게 한 것이다.

레이나는 먼 타지에서 카츠야의 죽음을 알았다. 그때의 레이나는 연모했던 사람의 죽음에 놀라고, 슬퍼하고, 한탄했다. 그리고 그 이상으로 카츠야가 죽었다는 사실에 너무 놀란 자신에게 놀랐다.

헌터는 언제 죽어도 이상하지 않다. 레이나도 그 정도는 안다고 생각했었다. 하지만 카츠야의 죽음은 레이나에게 너무나도 예상 밖의 일이었다.

그리고 깨닫는다. 자신이 알게 모르게, 아무 근거도 없이, 카츠야는 죽지 않을 거라고 생각했음을.

예전에 아키라의 지갑을 훔친 사람을 카츠야가 감싸면서 아키라와 카츠야 일행이 사투를 벌이기 직전까지 간 적이 있었다. 그리고 그때 자신은 시오리의 설득도 있어 자신들만 그 자리에서 이탈했다. 어떻게 보면 카츠야를 버린 것이다.

그 선택이 틀렸다고는 생각하지 않는다. 지금도 그렇다. 하지만 되돌아보면 자신이 그렇게 했던 이유에는 자신들이 없더라도 카츠야는 죽지 않을 거라고, 무의식적으로 그렇게 생각했던 부분도 분명히 있었다.

극단적으로 말해서, 그 자리에서 유미나와 아이리, 자신과 시오리, 카나에가 죽는다고 해도 카츠야는 죽지 않는다. 아무런 근거도 없지만, 카츠야만은 당연히 살아남을 것이다. 자신은 그렇게 믿어 의심치 않았다.

레이나는 이제 와서 그 사실을 깨달았다. 죽을 리가 없던 카츠야가 죽음으로써.

그리고 이해한다. 자신들이 살고 있는 세계는, 사람이 죽는 세계라는 것을. 카츠야조차 예외가 아니라는 것을.

자신은 운 좋게 살아 있다. 내일은 알 수 없다. 과거의 행운은 미래의 행운을 보장하지 않는다. 그 인식을 바탕으로 레이나는 앞을 본다.

죽음으로 가득한 미래에 겁먹지 않고, 위축되지 않고, 눈을 크게 뜨고, 세계를 올바르게 인식한다. 그리고 각오로써 이를 극복한다. 시오리와 카나에의 주인으로서. 그런 생각으로 레이나는 앞을 보고 있었다.

레이나는 카츠야의 죽음을 계기로 자신의 뛰어난 재능을 연마했다. 카츠야에게 당당히 돌아갈 날은 이제 오지 않는다. 영원히 상실했다. 그래도 레이나는 연모했던 사람을 잃은 것과 맞바꿔 자기 자신을 인정할 수 있는 강함을 손에 넣었다.

미하조노 시가지 유적 근교에 차를 세운 레이나 일행이 충분히 먼 위치에서 유적을 살핀다.

유적 안의 헌터 오피스 출장소로 이어지는 길에 메이드복이나 집사복을 입은 사람들, 리온즈테일 소속의 사람들이 있는 것을 확인하고, 레이나는 시오리와 함께 표정을 굳혔다.

"아, 역시 먼저 왔네."

"유감이지만, 그런 것 같습니다."

"우리가 여기에 온다는 정보가 샌 거야. 시오리. 그것 말고는 얼마나 유출됐을까? 우리 목적까지 들켰다고 생각해?"

"단언할 수 없지만, 아무리 그래도 거기까지 노출되지는 않았을 겁니다. 하지만 부대를 미리 배치할 필요성을 인정할 만큼, 무언가 확증은 있었겠지요."

"그렇겠지."

레이나는 가볍게 고개를 끄덕이고, 상황을 계속 추측한다.

"카나에. 우리가 여기에 온다는 건 이미 들킨 것 같지만, 도착한 건 아직 들키지 않은 느낌이야? 어때? 저 사람들 분위기로 그걸 알 수 있을까?"

"으음~ 이건 직감인데요. 아마 아직 들키지 않은 것 같습다."

"그렇다면 먼저 왔다는 걸 우리에게 알리려고 눈에 띄는 장소에 있을 뿐인가……. 좋아. 시오리. 카나에. 일단 갈 수 있는 데까지 몰래 가 보자."

레이나 일행이 그 자리에서 이동한다. 그리고 미하조노 시가지 유적의 공장 구역 부근에서 차를 세우고는, 장비의 위장 기능을 사용하여 자신들의 모습을 감췄다.

"이제 가 볼까. 신중하게."

레이나 일행은 거기서부터 걸어서 미하조노 시가지 유적의 시내 구역으로 향하고, 다시 세란탈 빌딩을 목표로 유적 내부를 나아간다. 도중에 몬스터를 몇 번이나 봤지만, 레이나 일행의 위장 기능은 강력해 전혀 들키지 않았다.

레이나 일행은 현재 가시광선이나 적외선도, 걸을 때 지면에 전해지는 미세한 진동도, 물체가 통과할 때 생기는 기류조차 은폐하고 있다. 살금살금 걷는 투명인간보다 발견하기 힘든 상태다.

그래도 자신들이 경계하는 사람들에게는 발견될 위험이 있음을 이해하고, 신중하게 나아간다. 그리고 더 접근하면 위험하다고 판단한 위치에서 이동을 멈췄다.

그 위치에 있는 고층 빌딩의 상층 구획 창가에서 레이나 일행이 세란탈 빌딩 주변을 살핀다. 레이나 일행의 시선이 가는 곳에는 두 개의 부대가 전개하고 있었다.

하나는 쿠가마야마 시티의 부대다. 쿠즈스하라 시가지 유적의 제1심부 봉쇄에도 투입하고 있는 부대를 유용하고 있으며, 야나기사와의 지시에 따라 세란탈 빌딩으로 침입하는 자를 묻지도 따지지도 않고 격퇴하는 임무를 맡고 있다.

그리고 또 하나는 리온즈테일의 부대다. 메이드와 집사, 각자가 고랭크 헌터와 맞먹는 무력을 가진 사람들로 구성된 그 부대는 도시의 부대와 교전에 이르지 않는 거리를 유지하고 있었다.

현재 세란탈 빌딩 주변은 그런 두 부대에 의해 이중으로 봉쇄된 상태였다.

레이나가 복잡한 표정을 지었다.

"예상대로네. 아무리 그래도 이걸 돌파하는 건 불가능해. 시오리. 안 되거든?"

시오리도 살짝 험악한 표정으로 고개를 끄덕인다.

"알고 있습니다. 쿠가마야마 시티의 부대뿐이라면 빌딩에 잠입하는 것도 가능할 것으로 생각했지만, 리온즈테일의 부대까지 있습니다. 불가능하겠지요."

"쿠가마야마 시티의 부대만 있다면 해볼 생각이었던 거네?"

살짝 견제하는 듯한 레이나의 지적에 시오리가 흰색 카드를 꺼내며 변명한다.

"아닙니다, 레이나 님. 이것도 있고, 도시의 부대만 있다면 잘 해결될 가능성은 있었습니다."

위장 기능을 사용하면 도시의 부대에 발견될 확률은 줄어든다. 발견되어서 교전으로 이어진다고 해도 빌딩의 관리 인격에게 이 카드를 보여줄 수 있는 위치까지 도달할 수 있다면 빌딩 측에서 침입자가 아닌 입관자로 취급하여 도시 측에 전투 중지를 지시할 가능성을 예상할 수 있다. 결코 무모한 짓을 하려고 했던 것은 아니었다. 시오리는 레이나에게 그렇게 호소했다.

레이나도 그 변명은 이해할 수 있다. 하지만 잘될 가능성이 있다고 해도, 그것은 도박의 성과를 생각하면 해볼 만한 가치가 있을 정도로 가능성이 크다는 의미다. 시오리가 목숨을 걸고 위험한 짓을 시도한다는 사실에는 변함이 없다, 그만큼 레이나의 시선은 따가웠다.

그 시선에 시오리가 다소 움츠러든 기색일 때, 카나에가 웃으며 끼어들었다.

"워워, 아씨. 그 정도면 되지 않아요? 누님은 아씨의 부족한 부분을 어떻게든 해보려고 과보호했을 뿐이라고요. 지금은 아씨도 성장했을 테니까, 누님도 아씨가 말리면 괜히 무모한 짓은 안 할 거예요. 그렇죠?"

카나에의 지적에 레이나와 시오리 주종 모두 쓴웃음을 지었다.

"그러네."

"그러네."

말이 겹쳤다. 레이나와 시오리는 지적의 내용 자체는 옳다고 생각하면서 카나에가 지적하는 것은 미묘하게 납득할 수 없었다.

그래도 카나에의 지적으로 레이나와 시오리는 의식을 전환했다. 이제부터 어떻게 할지를 상의한다.

레이나 일행의 현재 목적은 구세계의 리온즈테일 소속 범용 인격인 올리비아와 접촉하는 것이다. 그리고 그 접촉 방법은, 안전하고, 평화롭고, 타당하고, 정당한 것이 바람직할 것으로 생각하고 있다.

시오리는 그것을 위해 세란탈 빌딩 57층에 있는 리온즈테일 지점으로 가려고 했다. 덧붙여 지점 정보는 윗선에서 받은 것으로, 윗선에서 어떻게 그것을 알고 있는지, 시오리는 아무것도 듣지 못했다.

그 지점으로 가기 위해, 주위에 쿠가마야마 시티와 리온즈테일의 부대가 전개하고 있는 빌딩 안에 어떻게 침입할 것인가. 레이나가 시오리와 함께 생각한다.

"으음. 강행 돌파는 완전 무리고, 위장도 간파당할 것 같고, 어떻게 할까? 차라리 세란탈 빌딩으로 가는 비밀 통로라도 있으면 좋을 텐데. 시오리. 뭔가 짚이는 데 없어?"

레이나의 발언은 짚이는 데가 있을 리 없다는 것을 전제로 가볍게 던진 농담이었다. 그러나 시오리가 뜻밖의 대답을 한다.

"비밀 통로로 짚이는 곳 말씀이라면…… 없는 건 아닙니다."

"어? 있어?"

"가능성의 이야기입니다. 레이나 님께선 캐럴이라는 분을 기억하시나요? 이전에 우리가 미하조노 시가지 유적의 공장 구역에 갔을 때 아키라 님과 동행했던 여성 헌터입니다."

"응. 기억하고 있어. 그때는 힘들었지."

"그분은 우수한 지도상이기도 하나 본데, 돌이켜보면 그분이 보유하고 있던 미하조노 시가지 유적 정보는 이상합니다. 유적이 관리하는 공업 구획의 컨테이너를 열 수 있다니, 원래라면 있을 수 없는 일이죠. 그분이라면 우리가 세란탈 빌딩에 안전하게 들어갈 방법을 알고 있을지도 모릅니다."

레이나도 그때를 되돌아본다. 그리고 듣고 보니 그 말이 맞다고 생각했다.

"확실히 그 사람이라면 알고 있을지도 모르겠어."

"다만 이 수단에는 문제점이 있습니다. 그분에게 의지하는 시점에서 우리가 모종의 목적이 있어 세란탈 빌딩에 들어가려 한다는 정보가 외부인에게 유출될 것이라는 점입니다. 이것을 얼마나 큰 문제로 여길지에 달렸지요."

레이나가 잠시 생각한다. 그리고 결단한다.

"상관없어. 이미 우리 일은 리온즈테일의 부대가 먼저 와서 배치될 정도로는 유출됐어. 그걸 생각하면 그 정도 정보가 그 사람에게 추가로 유출되는 것쯤은 큰 차이도 없어. 시오리. 그 사람한테 연락해 줘."

"알겠습니다."

시오리는 정보단말을 사용하여 곧바로 캐럴에게 연락하려고 했다. 하지만 연결되지 않는다.

"안 되는군요. 연결되지 않습니다. 통신 범위 밖에 있는 것 같습니다. 일단 연락해 주길 바란다는 내용을 송신해 두었습니다."

"알았어. 그러면 그 사람에게 연락이 오기를 기다린다고 치고, 연락이 안 닿았을 경우의 수단을 생각해 볼까……. 시오리, 확인차 묻는 건데, 그 카드는 우리도 쓸 수 없는 건 아니지?"

추천할 수 없다는 것은 잘 안다. 레이나는 그 뜻을 딱딱한 표정으로 나타내고 있었다.

시오리도 같은 표정으로 고개를 끄덕이며 되돌려준다.

"네. 하지만 올리비아 님과의 평화로운 접촉이라는 점에서 막대한 우려가 존재합니다."

시오리는 그렇게 말하고, 흰색 카드를 다시 한번 보였다.

"우리는 이 카드를 아키라 님과의 거래로 손에 넣었습니다. 이 카드는 우리 겁니다. 아키라 님께서도 이제 와서 이 카드의 소유권을 주장하실 일은, 아마도 없을 겁니다."

사기에 가까운, 문제가 많은 방법으로 입수하긴 했지만, 그 점은 확실하다. 시오리는 그렇게 판단하고 있었고, 레이나도 그 부분은 동의했다.

"하지만 그것은 우리와 아키라 님 사이의 거래입니다. 올리비아 님께선 전혀 관여하지 않으셨습니다. 즉, 올리비아 님에게 있어서 이 카드의 소유자는 여전히 아키라 님입니다. 우리가 이 카드를 사용하여 올리비아 님과 연락을 취했을 경우, 부정 사용으로 간주할 우려가 있습니다."

그 우려를 회피하고자, 시오리는 쿠가마야마 시티의 부대가 엄중하게 봉쇄 중인 세란탈 빌딩에 침입해서라도 그곳에 있는 지점에 실제로 찾아가 구세계의 리온즈테일에 직접 접촉하려고 했었다.

"그렇긴 하지. 역시 위험해?"

"확언할 수 없습니다. 올리비아 님께서 이해해 주실 가능성도, 없진 않겠지요."

"그렇다고 해서 낙관할 수도 없겠네……. 이 카드를 써서 올리비아 님과 접촉한다고 해도, 올리비아 님께는 카드의 소유자인 아키라에게 사정을 설명해 달라고 하는 게 좋을까? 훔친 카드를 사용했다고 오해받으면 큰일이니까."

"그렇습니다. 아키라 님도 입회해 주시는 것이 가장 좋지만, 통신 너머에서 설명해 주시는 것만으로도 도움이 됩니다……. 아키라 님께 연락하시겠습니까?"

"……. 부탁해."

시오리는 고개를 끄덕이고, 아키라와 연락을 취하려고 한다. 하지만 아키라에게도 연결되지 않았다. 레이나가 복잡한 표정을 지었다.

"캐럴만이 아니라, 아키라도 연결이 안 돼? 곤란하네……."

올리비아와의 접촉은 평화로운 방법이 바람직하다. 하지만 접촉하지 않는다는 선택지는 없다. 그리고 지금의 자신은 정말로 올지 안 올지도 모르는 캐럴과 아키라의 연락을 계속 기다릴 정도의 시간도 없다.

그렇다면 어떻게 해야 할까? 레이나가 고민한다. 위험을 무릅쓰고 올리비아에게 연락할까? 시간이 지나 상황이 나아질 것을 기대하고 계속 기다릴까? 양쪽 모두 악수일지라도, 자신이 선택하고, 선택한 책임을 져야 한다. 시오리와 카나에의 주인으로서.

결단하는 자의 무거운 책무에 굴하지 않고, 레이나는 계속해서 생각한다. 하지만 결론이 나기 전에 상황이 변화했다.

"레이나 님. 캐럴 님에게서 통화 요청이 왔습니다."

"그래! 그러면 그 사람과 교섭해."

자신도 모르게 안도한 표정을 지은 레이나에게 이끌려 시오리도 표정을 풀었다. 그리고 캐럴의 통화 요청을 받는다. 하지만 들려온 것은 예상 밖의 목소리였다.

"캐럴에게는 연결이 안 돼. 아키라에게도."

통신 발신지의 정보는 캐럴임을 나타내고 있다. 하지만 상대는 틀림없이 다른 사람. 게다가 자신들이 아키라와 연락하려다가 실패했다는 것을 알고 있다. 시오리는 그 사실에 놀라면서 정체를 모르는 사람과의 통신을 즉시 끊어야 할지 망설였다.

하지만 그때 상대방의 말이 이어졌다.

"어이쿠. 끊지 않는 게 좋을 거야. 아키라와 캐럴의 목숨에 관계가 있는 일이니까."

"당신은, 누구죠?"

"그러게. 난 시로라고 불러줘."

시오리는 그 이름을 들어본 적이 있었다. 다만 그것은 사카시타 중공 소속의 구영역 접속자의 이름으로 아는 것이 아니었다.

"시로입니까. 그 이름은 요즘 유행인 것 같군요. 듣기로 그 이름을 대는 동안에는 행적이 데이터에서 사라진다고 하던데요."

그것은 시로가 사카시타 중공의 수색에서 도망치기 위해 실행한 공작 중 하나였다.

시로라는 가명을 사용하면 그렇게 자칭하는 동안의 행적이 감시 장비 등의 데이터에서 사라진다. 그 정보를 뒤가 구린 사람들, 뒷거래 등의 상황에서 자신의 흔적을 지우고 싶은 사람들에게 흘려 시로라는 가명을 유행시킨다. 그렇게 해서 가짜 시로를 대량 발생시켜 사카시타 중공의 수색을 교란하려는 것이다.

데이터 변조는 시로가 사카시타 중공에서 익힌 기술을 사용하여 진심으로 실행하고 있다. 그 변조의 정밀함은 일류로 불리는 첩보원들조차 데이터상으로 구별할 수 없을 만큼 뛰어나다. 즉, 일반인이 시로라는 가명을 자칭한 인물의 정체를 간파하는 것은 사실상 불가능하다.

그로 인해 현재 쿠가마야마 지방의 음지에서는 시로라고 자칭하는 사람들이 대량으로 발생하고 있었다.

"어디의 누가 무슨 이유로 그런 짓을 하는 건지는 모르겠지만, 편리하게 이용하고 있어. 뭐, 내가 누군지는 아무래도 좋잖아? 중요한 건, 지금 아키라와 캐럴이 힘든 상황이라는 거야."

"힘든 상황이란……?"

"걔들은 지금 쿠즈스하라 시가지 유적 중심부에서 조난 중이야. 걔들이 죽으면 곤란하지 않겠어? 도와주는 게 좋을 것 같은데."

"그 이야기를 믿으라고요?"

"의심스럽다면 본인에게 물어볼래? 나라면 아키라와 통신을 연결해 줄 수 있어. 단, 이건 빚으로 남기겠어. 어떻게 할래?"

시오리가 시선으로 레이나에게 판단을 구한다. 여기에 레이나가 진지한 얼굴로 대답한다.

"알았어. 연결해 줘."

"좋아."

아키라와의 통신은 곧바로 연결되었다.

"나야. 레이나야?"

아키라의 목소리를 들은 레이나의 가슴속에 복잡한 감정이 솟아오른다.

"그래. 나야. 아키라. 갑자기 미안하지만, 단도직입적으로 물어볼게. 아키라는 지금 쿠즈스하라 시가지 유적 중심부에서 조난 중이야?"

그럼에도 레이나는 그 감정에 휩쓸리지 않고, 자신이 연모했던 사람을 죽인 사람을 똑바로 대했다.

제227화 시로와의 거래

새하얀 공간에 거대한 짐승의 몸통에 인간형 괴물의 상반신이 달린 몬스터가 널브러져 있다. 츠바키에게 쓰러진 융합체다.

아키라 일행이 해치운 것과는 달리 사체가 원형을 유지하고 있다. 그것은 츠바키가 이 개체를 즉사시켰기 때문이다. 전투 속행을 위해 몸에서 에너지를 짜낼 틈조차 주지 않고 죽였기에 융합체가 모래 언덕이 되는 일은 없었다.

츠바키는 그 개체를 가뿐하게 해치운 뒤, 잠시 그 자리에서 아키라 일행을 보고 있었다. 물론 짙은 무색 안개의 영향으로 그 위치에서는 아키라 일행의 모습이 하나도 보이지 않는다. 츠바키의 초고성능 기체로도 광학적으로 인식할 수 있는 거리는 아니다.

그럼에도 츠바키에게는 아키라 일행이 분투하는 모습이 선명하게 보이고 있었다. 그리고 어딘가 아쉽다는 듯이 중얼거린다.

"이대로 가면 평범하게 이기나. 내게 지원을 요청할 일은 없을 것 같군."

이 영역의 몬스터를 상대로, 짐짝을 두 명이나 데리고 싸우는 것이다. 아키라가 이쪽에 지원을 요청할 가능성은 있다. 츠바키는 그렇게 판단하고 그 자리에 남아 있었다. 하지만 아키라가 츠바키의 상상을 뛰어넘는 힘을 보여줌으로써 헛수고가 되었다.

더 남아 있어도 의미는 없다. 츠바키는 그렇게 판단하고 돌아가려 한다. 하지만 거기서 발걸음을 멈췄다.

"무슨 일이지? 그쪽과는 용건을 마쳤을 텐데."

츠바키의 앞에는 구세계풍 무장을 한 소녀 한 명이 서 있었다.

◆

융합체를 해치운 아키라 일행이 새하얀 공간을 바이크로 이동하고 있다. 그 표정은 딱딱하다.

"뭐가 어떻게 된 거야……."

의문으로 끝낼 수 없는 속마음을 흘린 캐럴에게, 아키라도 비슷한 심경을 얼굴에 드러내며 묻는다.

"캐럴. 데이터상으로 우리는 지금 어디에 있지?"

"진작에 쿠즈스하라 시가지 유적 바깥이야."

"무색 안개 때문에 현위치 계산에 큰 오차가 생겼다…… 같은 이야기는 아니군."

"그래. 방향 계산이 아무리 틀어져도, 직선으로 이 거리를 이동했잖아? 유적 바깥으로 안 나간다는 건 있을 수 없어."

"정말로…… 뭐가 어떻게 된 거지?"

아키라와 캐럴이 너무나도 불가사의한 사태에 골머리를 앓는 가운데, 토가미가 같은 상황에 대한 감상을 작은 한숨을 내쉬며 흘렸다.

"정말……. 구세계 유적이라는 건 진짜 뭐든지 다 되는군."

그렇듯 설명 같지 않은 설명으로 아키라는 다른 의미로 납득하고, 평정심을 되찾았다. 딱딱해진 표정을 풀고 말한다.

"그랬지."

애초에 구세계 유적이란 그런 장소다. 마법처럼 엄청난 기술이 가득한 구세계의 영역이며, 아키라의 상식이 통하지 않는다고 해도 전혀 이상하지 않다.

하지만 아키라는 헌터로서 몇 번이고 유적에 발을 들여, 경험을 쌓고, 경악으로 가득한 유적에서의 활동에 익숙해졌다. 그리고 그 익숙함은 어느덧 아키라의 머릿속에서 상식으로 변했다. 그 상식적인 지식에서 벗어나는 일은 일어나지 않을 것이라는 착각으로.

그리고 토가미의 말로 그것을 깨닫자, 정신적으로도 여유가 생겨난다. 돌발적인 사태는 지금껏 자주 있었다. 그것을 생각하면 쓸데없이 허둥댈 필요는 없다. 자신은 그런 사태를 그때마다 극복해 왔으니까. 그렇게 생각할 수 있는 강함이, 지금의 아키라에게는 있었다.

아키라의 분위기에서 불안, 당혹, 동요 등이 사라지자, 캐럴도 평정심을 되찾는다.

"응. 그랬었지."

유적이 그런 장소라는 것은, 캐럴도 잘 알고 있었다. 어떻게 보면 아키라보다 더.

토가미는 아키라와 캐럴의 분위기에서 갑자기 험악함이 흐려진 것을 조금 신기하게 여긴다. 다만 별로 신경 쓰지는 않았다.

자신들의 최대 전력이 안정을 되찾은 것에 비하면, 대수로운 일이 아니기 때문이다.

"그래서 말인데, 아키라. 어쩔까? 이대로 갈 수 있는 데까지 갈 거야?"

"그러게……. 응? 잠깐 있어 봐. 통신이 왔어. 어? 레이나다."

"레이나가? 아니, 그 이전에 이 무색 안개 속에서 어떻게 통신이 연결되는 거지?"

"나도 몰라."

그건 그렇다 쳐도, 아키라는 레이나의 통신을 받는 것을 다소 주저했다. 인간관계에 서툰 아키라지만, 그래도 레이나가 카츠야를 연모했다는 것 정도는 알고 있다. 그 카츠야를 자신이 죽인 것도 있어 다소 껄끄러운 감정을 느끼고 있었다.

"일단 통신을 받아 볼 테니까, 잠깐 기다려 줘."

레이나와의 통신을 연결한 아키라가, 살짝 당혹스러운 투로 대답한다.

"나야. 레이나야?"

"그래. 나야. 아키라. 갑자기 미안하지만, 단도직입적으로 물어볼게. 아키라는 지금 쿠즈스하라 시가지 유적 중심부에서 조난 중이야?"

예상 밖의 사람에게 예상 밖의 말을 들은 놀라움 때문에 레이나에 대한 껄끄러움이 아키라의 마음속에서 사라졌다. 완전히 미심쩍은 투로 대꾸한다.

"잠깐만. 그걸 어떻게 아는 거야?"

그 질문에, 통신에 끼어든 시로가 대답한다.

"내가 알려줬어."

"너는……."

통신을 끊어야 할지 망설이는 아키라에게 시로가 말한다.

"어이쿠. 이번엔 끊지 마. 거기서 탈출할 수단이 없어질걸? 캐럴과 토가미의 호위를 맡고 있는 이상, 아키라 넌 두 사람을 거기서 생환시킬 책임이 있지 않아?"

그렇게 말하면 아키라도 통신을 끊을 수 없다. 그리고 통신이 연결된 몇 초 동안의 침묵이 그 뜻을 시로에게 웅변처럼 전달했다.

"좋아. 자세한 설명은 나중에 하고, 단도직입적으로 이야기하자. 거래다. 거기서 탈출하는 걸 도와주겠어. 그 대신 그녀와 우호적인 교섭 루트를 만드는 걸 협력해 주면 좋겠어."

"너…… 레이나한테 어디까지 이야기했어?"

자신도 모르게 말투가 험해진 아키라를 안심시키듯이 시로가 대답한다.

"안심하라고. 쓸데없는 말은 안 했어. 이 통신도 걔네가 쓸데없는 말을 듣지 않게 필터를 걸었어. 그리고 서로 자잘하게 캐묻진 말자. 지금은 그럴 때가 아니잖아? 아, 그쪽 필터 설정은 알아서 해. 아키라 네가 지금부터 할 대화를 다른 일행이 들어도 괜찮다면 이대로 이야기해도 상관없지만."

『알파.』

『마쳤어.』

그때부터 아키라는 알파를 통해 염화로 시로와 이야기하기 시작한다.

『됐어. 말해.』

『좋아.』

캐럴 일행은 아키라가 목소리를 내지 않고 시로와 대화 중임을 눈치채고 있었다. 물론 고랭크 헌터를 위한 장비라면 소리를 내지 않고 무선 경유로 대화하는 정도는 평범하게 가능하므로, 그것을 신기하게 여기지는 않는다. 자신들에게는 말할 수 없는 내용일 것으로 판단하고, 두 사람의 이야기가 끝나기를 기다린다.

『그래서? 우리가 여기서 탈출하는 걸 도와준다면서, 구체적으로 어떻게 하려고?』

『기술적인 설명은 생략할게. 그리고 내 추측도 꽤 섞여 있어. 그걸 전제로 말하는 건데, 아마 거기는 확장공간이고, 출입할 때는 그때마다 출입구를 생성하는 타입일 거야.』

『확장공간이 뭔데…….』

『그러니까 그 주변 설명은 넘어가라고. 나도 전문가가 아니니까, 자세한 원리는 설명할 수 없어. 구세계의 뭔가 엄청난 기술로 뭔가 엄청난 일을 한 거겠지. 겉으로 보면 작은 집인데 안은 고층 빌딩만큼 넓은, 영문 모를 곳에 있다고 생각하면 돼.』

『알았어…….』

지금은 여기에서 탈출하는 것이 최우선이다. 세세한 것을, 세세한 것이 아닐 수도 있지만, 여기에서 탈출하는 것에 비하면 세세한 것을 신경 써도 소용없다. 아키라는 그렇게 생각하고, 지금은 구세계의 기술이라는 억지 설득력에 굳이 넘어가 주기로 했다.

『그래서 말인데. 너희가 거기 들어갔을 때는 지하 터널 설비에 출입구를 만드는 기능이 있어서 그게 자동으로 작동했을 거야. 그래서 원래라면 거기서 나갈 때도 그쪽에 같은 기능이 있어서 그걸 사용해 바깥으로 나갈 텐데, 인증 문제 같은 걸로 너희는 쓸 수 없을 거야. 이유는 묻지 마. 왜 그렇게 됐는지, 그렇다면 왜 들어갈 수 있었는지, 나한테 물어봐도 몰라.』

『알았대도. 그래서? 탈출 방법은?』

『지하 터널에선 들어갈 수 있었으니까, 다시 그쪽으로 출입구를 만들면 돼. 내가 어떻게든 해주지. 아, 그 방법은 이쪽에서 결정할게. 내가 직접 가든, 거기에 동행자가 있든, 다른 헌터만 가게 하든, 불평은 하지 마. 어때?』

아키라가 고민한다. 탈출 방법에는 불만이 없다. 현실적인 수단이며, 잘 풀릴 것 같다고 생각한다.

문제는 그 보수다. 츠바키와 우호적인 교섭 루트를 만드는 걸 협력해 달라고 해도, 그런 연줄 따위 아키라에게, 적어도 아키라 자신에게 없다. 그리고 그것을 시로에게 설명해도 믿어 줄지 의문이다. 아키라는 우선 그것을 고민한다.

또한 만약 그것이 가능하다고 해도, 그 조건을 받아들여도 될지가 문제다. 알파에게 부탁하면 될지도 모르지만, 그걸 알파에게 부탁해도 될까? 안 될 것 같은 기분이 든다. 하지만 이 제안을 거절하면 여기에서 탈출하기 어려워진다. 그것을 이유로 알파를 설득해야 할까? 아키라는 그것도 고민한다.

"끙…………."

고민하고 망설이는 아키라의 속마음은 끙끙대는 소리가 되어 입에서 흘러나왔다.

그것을 들은 시로는 좋은 반응이라고 느껴서, 겉으로는 타협하는 척한다.

『알았어. 그럼 이렇게 하자. 이건 빚이야.』

『빚?』

『응. 아키라 너도 사정이 있어서 츠바키에게 나를 소개해 주기 어려운 거지? 강요하진 않을게. 애초에 중요한 건 츠바키와 우호적으로 접촉하는 거야. 그거 알아? 얼마 전에 사카시타 중공이 츠바키와 교섭하려고 했는데, 현장에 간 교섭인의 호위는 전멸. 산산조각이 났다고 해. 교섭인도 머리만 남아서 돌아왔다고 하거든?』

『그, 그래?』

까딱하면 자신도 그렇게 되었을지 모른다. 그렇게 생각하며 아키라는 미묘하게 인상을 썼다.

『무슨 말이 하고 싶냐면, 통치계 관리 인격과 교섭하는 건 그만큼 위험하다는 거야. 그걸 안전하게 실행할 수 있는 교섭 루트에는 큰 가치가 있어.』

시로가 아키라를 납득시키듯이 계속해서 말한다.

『그러니까, 나는 아키라한테 강요할 마음이 없어. 이 상황에서 내 제안을 거절하면 거기서 생환할 수 없게 된다. 선택의 여지는 없다. 사실상의 협박이다. 네가 그런 식으로 생각하면 나도 곤란해. 친구가 협박당해서 억지로 요구를 들었다는 식으로 츠바키가 오해하면 호감도는 떡락. 우호적인 교섭 루트 구축은 완전 무리. 폭망이야. 그러니까 나는 아키라를 협박할 생각이 전혀 없어.』

아키라를 협박하는 건 아니다. 그렇게 몇 번이나 강조하며, 시로는 이야기를 진행해 나간다.

『하지만 나도 츠바키와의 교섭 루트를 만들고 싶어. 그러니까 이건 빚이야. 이번 일 말고도 여러모로 도움을 줄게. 그렇게 해서 나한테 협력해도 좋겠다고 생각하게 할 정도의 빚이 생겼을 때는 내 부탁을 들어주면 좋겠어. 어때?』

『그거, 내가 그 정도의 빚을 안 질 때는 어떻게 할 건데?』

『그때는 다른 부탁을 할게. 어떻게 되든지 헌터 랭크 70이 큰 빚을 지게 해서 손해를 볼 일은 없지.』

아키라가 다시 망설인다. 다만 이번에는 긍정적으로 생각하고 있었다.

『알파. 어떻게 생각해? 알파가 말리지 않는다면 받아들이려고 하는데…….』

간접적으로 알파에게도 관련된 일이므로, 아키라는 알파가 안 된다고 한다면 어떻게든 다른 방법을 모색할 작정이었다. 하지만 알파는 웃으며 말한.

『상관없어. 목격자가 있어도 문제없는 탈출 방법을 쉽사리 버리는 게 문제니까.』

『그, 그런가. 알았어.』

아키라가 일행을 상대로 입막음을 하는 것보다 더 평화롭게 탈출할 수 있다. 알파는 그렇게 판단한 것이리라. 아키라는 그렇게 해석했다.

그 해석은 대체로 옳다. 아키라에게 캐럴과 토가미를 죽이게 하거나 죽게 내버려두면 아키라의 감정이 크게 상할 것이다. 그것은 바람직하지 않다. 알파도 그렇게 판단했다. 또한 의뢰나 거래를 대하는 아키라의 성실함은, 알파가 아키라를 높이 평가하는 중요 요소이다. 아키라는 알파에게 쌓이고 쌓인 빚을 갚기 위해 알파의 의뢰를 완수하려고 하고 있다. 따라서 알파는 아키라가 앞으로도 성실할 필요가 있다. 빚을 쉽게 떼먹는, 불성실한 사람이 되어서는 곤란하다.

그러기 위해서라도 알파는 아키라로 하여금 의뢰나 빚에 대해 불성실해질 수 있는 행위를 삼가게 해야 한다. 설령 그것이 알파의 지시에 의한 것이라고 해도 말이다.

그리고 무엇보다도, 알파는 츠바키에게 시로를 소개하고 그 뒤에 시로가 츠바키에게 살해당하더라도 전혀 상관없다. 그걸로 아키라가 츠바키에게 감정이 상한다면 오히려 좋다고 생각하기까지 한다.

그러한 이유로, 알파는 아키라를 말리지 않았다.

알파의 승낙을 얻은 아키라가 시로와의 대화를 긍정적인 방향으로 이어간다.

『알았어. 하지만 시로. 먼저 말해두지만, 내가 반드시 그만한 빚이 생긴다고는 생각하지 마.』

『알았다고. 그 부분은 노력할게.』

시로는 능글맞게 대답하고 자연스럽게 같은 느낌으로 이야기를 이어나간다.

『그러면 바로 그쪽으로 가려고 하는데, 내가 혼자 그쪽으로 가는 건 무리야. 그래서 호위를 고용하려고 하는데, 그걸 아키라의 중개로 해도 될까?』

『내 중개로?』

『영문 모를 장소에 가는 거잖아. 호위를 고용하더라도 교섭 카드는 많은 게 좋아. 그때 아키라의 승낙이나 허가가 있다면 쓸 수 있는 카드도 있다는 거지. 어려운 교섭이 되겠지만, 헌터 랭크 70에게 빚을 지게 싶은 녀석은 많을 거야. 아키라의 중개라고 하면 교섭이 잘 풀릴 가능성도 커져.』

『아, 그런 건가.』

『그런 거지. 교섭 카드는 많을수록 좋아. 그러니 교섭을 위해 아키라를 카드로 써도 되지? 아, 돈은 내가 낼 테니 괜찮아. 아키라를 도우려고 쓴 경비라고 해서 호위 비용을 청구하진 않아. 그 점은 안심해 줘. 그러니까 아키라의 카드를 써도 되겠지?』

『알았어. 써도 돼.』

『좋아. 서둘러 그쪽으로 갈게. 내가 갈 때까지 죽지 마. 잘 있어.』

시로와의 통화는 그것으로 끊겼다. 아키라가 캐럴과 토가미에게 츠바키에 관한 것을 숨긴 채 상황을 설명한다.

탈출의 실마리가 잡힌 것에 캐럴은 안도의 한숨을 흘렸다.

"다행이야. 이걸로 어떻게든 될 것 같네."

토가미도 숨을 크게 내쉬었다.

"그래. 덕분에 살았어. 시로에게 감사해야겠네……. 그런데 아키라. 시로는 도대체 돈이 얼마나 많은 거야? 여기까지 올 수 있는 실력자를 호위로 고용하다니. 호위 비용도 엄청나게 나갈 것 같은데……."

"하긴 그렇군……. 그 부분은 지하 터널 지도 정보를 팔거나 넘기거나 하지 않을까?"

"아마 그렇겠지. 뭐 어쩔 수 없어."

팔면 큰돈이 될 지도 정보지만 목숨으로 바꿀 수는 없다. 아키라 일행은 그렇게 생각하고 시로가 한 이야기의 앞뒤를 맞췄다.

시로의 이야기를 직접 듣지 못한 캐럴과 토가미에게는 그 이상의 의문은 떠오르지 않는다. 이야기를 직접 들은 아키라에게는 교섭 능력이 부족하다.

그리고 알파는 묵묵히 있는 것이 유리하다고 판단해 눈치챘는데도 지적하지 않았다.

교섭의 카드와 아키라의 카드는 다른 것을 가리킨다. 전자는 교섭 재료나 수단을 비유한 것이며, 후자는 물리적인 물건이다. 시로는 굳이 그것을 같은 것으로 오인하게끔 말했다.

◆

레이나는 복잡한 심경에 휩쓸리지 않고 침착하게 아키라와 계속 이야기하려고 했다. 자신이 아키라 일행의 상황을 알고 있다는 것에 놀라는 상대에게 그 이유를 대답하려고 한다.

하지만 그때 시로에게 말을 가로막힌다.

"내가 알려줬어."

"너는……."

"잠깐, 아직 내가 이야기를……."

레이나의 불평은 시로에게 무시되었다.

"아키라. 미안하지만, 우선 내가 하는 이야기를 들어주지 않을래? ……아키라?"

"너…… 레이나한테 어디까지 이야기했어?"

"안심하라고. 쓸데없는 말은 안 했어. 이 통신도 걔네가 쓸데없는 말을 듣지 않게 필터를……."

아키라도 레이나의 목소리에 반응하지 않고 그대로 시로와 이야기를 계속한다.

그것으로 레이나도 자기 목소리가 아키라에게 닿지 않는다는 사실을 깨달았다. 게다가 그것이 시로의 짓이라는 것도 이해한다. 그리고 아키라와 연락을 취하려고 자신들을 이용했다는 사실도 깨닫고, 시오리와 함께 얼굴을 찌푸렸다.

"한 방 먹었네……."

"당했네요. 뭐, 일단은 상황을 지켜볼 수밖에 없지 않아요?"

레이나와 시오리와 달리 카나에는 평소처럼 웃고 있었다. 그 모습을 본 레이나도 의식을 전환한다. 한 번 크게 숨을 내쉬고 표정을 침착하게 되돌렸다.

"그래. 일단 상황을 지켜보자."

그대로 레이나 일행은 아키라와 시로의 대화를 듣고 있었다. 시로가 건 필터 때문에 단편적인 내용밖에 들리지 않지만, 그래도 알 수 있는 것은 있다.

아키라 일행이 쿠즈스하라 시가지 유적 중심부에서 귀환하기 어려운 상황인 것은 틀림없다. 귀환하려면 시로의 협력이 필요하다. 아키라와 시로의 교섭에는 자신들에게 알려주고 싶지 않은 내용이 포함되어 있다. 그러한 것은 레이나 일행도 파악할 수 있었다.

그리고 시로가 아키라와의 대화를 마친다.

"좋아. 서둘러 거기로 갈게. 내가 갈 때까지 죽지 마. 잘 있어."

시로의 이야기는 끝났다. 다음은 자기들 차례다. 드디어 아키라와 이야기할 수 있다. 레이나가 그렇게 생각한 순간, 시로가 아키라와의 통신을 끊었다.

이건 레이나도 날이 선 투로 불평했다.

"저기, 너무 제멋대로 굴지 말았으면 좋겠는데?"

언성을 높이지는 않았다. 하지만 일종의 위압, 권력자의 강제력을 연상시키는 강한 울림이 있었다.

하지만 시로는 그런 목소리에 익숙하다. 게다가 사카시타 중공의 중역과 비교하면 흔한 권력자는 일반인과 마찬가지다. 전혀 움츠러들지 않고 대답한다.

"너무 그러지 마. 들었잖아? 바쁘다고. 긴 이야기는 내 볼일이 끝나고 나서 해."

"볼일이 뭔데?"

"구세계의 리온즈테일 사에 내 호위를 부탁할 거니까, 아키라에게 소유권이 있는 리온즈테일의 카드를 쓰게 해 줘."

시로가 스스럼없이 말하자, 레이나도 한순간 경악으로 말문이 막혔다. 하지만 곧이어 정신을 차리고, 그 표정을 몹시 험악하게 바꾼다.

"무슨 뜻이야……?"

"무슨 뜻이고 자시고, 방금 말한 대로야. 아키라의 허락도 받았어. 들었잖아? 아키라의 카드를 써도 되겠지? 알았어. 써도 돼. 언질은 완벽해. 주인이 괜찮다고 하잖아. 문제없지?"

시로와 아키라의 대화는 레이나 일행에게 단편적으로 들렸지만, 그 내용은 레이나도 똑똑히 들었다. 엄밀히는 시로가 들리게 했다. 그것은 그 대화가 가능할 정도의 정보를 시로가 알고 있다는 증거이기도 했고, 그 사실을 알리기 위함이기도 했다.

"넌…… 어디까지 알고……."

"어이쿠. 시시한 이야기는 나중에 하자고. 말했잖아? 바쁘다고. 너희랑 이러쿵저러쿵 떠들 시간은 없어. 아니면 쓸데없는 이야기를 해야 할 이유라도 있는 거야? 시간 끌기? 내가 시간을 지체하게 해서 아키라의 생환을 방해하는 게 목적이야? 아니지?"

시로가 그렇게 말하는 바람에 레이나는 상황을 파악하거나 캐묻기 위한 대화를 봉쇄당했다. 천천히 추측할 시간도 빼앗긴다. 흰색 카드를 시로에게 쓰게 할지 말지, 적은 정보로 짧은 시간 내에 결정해야 한다.

"아니야……."

"그렇지? 그러면 쓰게 해 줘. 아키라에게 소유권이 있는 카드를, 소유자의 허가를 받은 사람이 쓰는 거야. 큰 문제는 없어. 소유권이 없는 사람이 허락도 없이 쓰는 것보다는 말이야."

레이나의 표정이 더욱 험악해진다. 자신들의 상황은 상대에게 어디까지 알려진 걸까? 그것을 생각하며 말을 고른다.

"쓰게 한다고 해도, 아키라에게 그 카드의 소유권을 설명하고 나서야. 아키라와 통신을 연결해."

"그 설명은 아키라를 돕기 전이 아니라, 아키라가 구조된 다음에 하는 게 좋을걸? 협박으로 여기면 큰일이야."

"무슨 뜻이야?"

"리온즈테일의 카드를, 아키라의 무지함을 이용해, 사기에 가까운 수단으로 손에 넣었다. 정당한 거래로 인정하지 않으면 카드를 못 쓰게 하겠다. 즉, 내가 아키라를 구하지 못하게 하겠다. 그렇게 오해받으면 난리가 날걸?"

그 위험은 부정할 수 없다. 그렇게 생각한 시점에서 레이나의 선택지는 대폭 줄어들었다.

시로가 한 말에는, 내가 그럴 마음만 먹으면 얼마든지 아키라가 오해하게 할 수도 있다는 협박이 포함되어 있다. 레이나도 그 정도는 이해하고 있었다.

현재 상황에서 레이나 일행은 아키라와 직접 통신을 연결할 수 없다. 그것이 가능한 시로가 먼저 아키라에게 편향된 정보를 흘린다면 나중에 오해를 풀기가 몹시 어려워진다. 시오리가 아키라에게 사기를 치는 느낌으로 카드를 입수한 것은 사실이다. 먼저 접한 정보로 생각이 유도되는 효과는 크다.

하지만 그렇다고 해서 리온즈테일의 카드를 시로에게 쓰게 해도 될지를 묻는다면, 그건 어렵다. 레이나 일행에게는 그만큼 위험한 일이다. 상황에 따라서는 시로에게 카드를 쓰게 하지 않은 탓에 아키라가 죽게 된다고 해도 그쪽을 선택할 정도로.

그런 레이나의 낌새를 감지한 시로가 협박을 그만두고 양보와 회유로 방침을 전환한다.

"너희도 쉽게 쓰게 할 수 없는 사정이 있겠지. 하지만 나도 너희도, 아키라가 살아 돌아오는 게 좋을 거야. 아키라가 빚을 지게 하든, 아키라에게 진 빚을 갚든, 우리는 협력할 수 있을 거야."

그 점에서 시로는 거짓 없이 말하고 있었다.

"너무 억지를 쓰고 있다는 건 나도 알지만, 나도 사정이 있어. 솔직히 말해서 몹시 궁지에 몰려 있어. 그러니 내가 카드를 쓰는 데 뭔가 조건이 있다면 말해줘. 가능하다면 양보도 할게. 뭔가 곤란한 사정이라도 있다면 내가 그 해결에 협력해도 좋아. 나는 쓸모가 있거든? 내 유능함은 너희도 이해하고 있을 거야."

레이나도 시로가 진심으로 말하고 있다는 것을 어렴풋이 짐작했다. 그래서 시로에 대한 경계심을 조금 줄인다. 그리고 결단한다.

"알았어. 다만 조건이 두 가지 있어. 첫째, 당신 본인이 여기에 올 것. 대리인은 일절 인정 안 해. 얼굴도 똑바로 보여줄 것. 이름도 가르쳐 줄 것. 얼굴도 이름도 모르는 사람은 신용할 수 없으니까."

"오케이. 두 번째는?"

"아키라가 있는 곳에 우리도 데려갈 것. 아키라에게 사정을 직접 설명하고 싶고, 알다시피 우리는 아키라에게 진 빚이 있어. 이 기회에 갚아 두기로 할게."

"그건 단순히 동행하고 싶다는 거야? 아니면 호위로 고용하라는 거야?"

"어느 쪽이든 상관없어. 굳이 말하자면, 아키라에게 빚을 많이 갚을 수 있는 쪽이야."

"그렇다면 호위 쪽이겠군. 알았어. 그쪽도 오케이다. 고용하지. 호위 비용은 나중에 협의하자고. 이걸로 조건은 받아들였어. 아키라의 카드를 쓰게 해줘."

"당신이 여기에 도착하면 말이야. 우리가 있는 곳은 말 안 해도 알고 있잖아? 언제까지 올 수 있어? 너무 늦으면 이 거래는 없어."

레이나는 시로가 자신들의 조건을 너무나도 순순히 받아들이는 바람에 잘못 판단했나 싶어 속으로 다소 불안을 느꼈다. 하지만 그것을 조금도 겉으로 드러내지 않고, 오히려 시로를 보채서 상대방의 초조함을 유도했다.

하지만 시로의 다음 반응에는 경악을 도저히 감출 수 없었다.

"이미 도착했어."

"어?"

다음 순간 카나에가 얼굴에서 웃음을 지우고 한순간에 레이나의 앞에 서더니, 강한 경계심을 드러내며 자세를 잡았다. 아주 조금 늦게 시오리도 그 뒤를 따른다.

그리고 레이나 일행의 전방, 10미터 정도 떨어진 위치에 시로가 갑자기 모습을 드러냈다.

"너무 경계하지 마. 거리를 잘 두고 모습을 드러냈잖아? …… 더 떨어지는 게 좋았어?"

"그렇게 해주시면 좋겠습다."

카나에는 그렇게 말하며 간신히 평소처럼 얼굴에 웃음을 띠었다. 하지만 속으로는 아무리 상대가 위장 기능을 사용하고 있었다고 해도 자신이 이 거리까지 접근을 허용해 버렸다는 것에 놀라며, 그 실수를 자책하고 있었다.

"알았어. 다음에는 그렇게 할게."

시로는 가볍게 대답하고 그대로 레이나 일행 앞으로 걸어간다. 그리고 후드를 벗고 얼굴을 드러내 다시 한번 자기소개를 한다.

"만나서 반가워. 시로라고 해. 아, 본명이야. 가명이라고 말한 기억은 없지만."

토가미를 고용하고 레이나에게 통신을 연결한 것은 실제로 시로였다. 자신의 이름이 가명인 것처럼 속였을 뿐이었다.

레이나가 작게 한숨을 쉬고 의식을 전환한다. 상대가 이쪽 사정에 유난히 자세했던 것은 가까이서 자신들의 이야기를 듣고 있었기 때문이다. 경솔했다. 그렇게 생각하고 내심 혀를 차면서도 동요하지 않고 대응한다.

"레이나야."

"시오리라고 합니다."

"카나에임다."

시로가 웃으며 대답한다.

"잘 부탁해. 본인이 온다. 얼굴과 이름도 밝힌다. 조건은 다 만족시켰어."

그리고 레이나를 향해 한 손을 내밀었다.

"이제 쓰게 해줘."

레이나가 시오리에게 한 손을 내민다.

"시오리."

그리고 시오리에게서 카드를 받고, 자신의 책임으로 시로에게 카드를 주는 것임을 시오리와 카나에에게 보여주듯이 자기 손으로 카드를 시로에게 내밀었다.

"일단 말해두지만, 이상한 짓을 하면 목숨은 보장하지 않아."

레이나의 말투는 평범하지만, 말한 내용은 사실이다. 그것이 설령 오해일지라도 시로가 이 자리에서 수상한 짓을 하면 레이나 일행은 당장 시로를 죽이고 카드를 빼앗을 것이다.

"안대도."

시로도 그것을 알고서 카드를 평범하게 받았다. 그리고 돌려주었다.

레이나도 이것에는 당황한다.

"어……? 이걸 쓰는 거 아니었어?"

"이미 끝났어."

시로는 구세계의 리온즈테일에 정규 수단으로 접촉하기 위해 그 카드를 사용하고 싶었을 뿐이다. 그리고 시로의 경우 한번 카드를 통해 구영역 경유로 통신을 연결하면 이후에는 알아서 접속할 수 있다. 아키라의 소개로 온 손님이라는 것도 접속 시 카드를 사용하여 송신 완료. 이제 그 카드는 필요 없었다.

호출에 응해 시로의 확장시야에 올리비아가 나타난다. 올리비아는 아키라의 시야에 나타나는 알파처럼 마치 그곳에 실재하는 것처럼 서 있었다. 그리고 고객에게 공손하게 고개를 숙인다.

『리온즈테일을 이용해 주셔서 진심으로 감사합니다. 아키라 님의 소개로 당사를 이용해 주시는 시로 님이시군요? 시로 님을 담당하게 된 올리비아라고 합니다.』

『네. 잘 부탁드립니다.』

『계약 내용을 확인하겠습니다. 개시는 즉시. 종료 시기는 미정. 1개월 단위 갱신. 주요 업무는 시로 님의 호위. 시로 님의 당면 예정은 아키라 님의 구조. 기본요금의 범위를 초과하는 업무가 발생했을 경우, 추가요금을 청구합니다. 이 내용이 맞습니까?』

『네. 맞습니다.』

『주제넘지만, 계약 내용에 대해 제안이 있습니다. 아키라 님의 구조를 위해 당사를 이용하시는 것이라면, 당사의 기체를 직접 아키라 님께 파견하는 것도 가능합니다. 저희로서는 그 방법이 아키라 님을 더욱 안전하게 할 것으로 판단합니다만, 어떠신지요?』

올리비아의 제안은 아키라의 생존을 최우선으로 생각한다면 타당하다. 시로도 그 정도는 이해할 수 있다. 그걸 이해하면서 대답한다.

『아뇨. 귀사에 부탁하고 싶은 건 저의 호위입니다. 아키라에 관한 일은 계약 기간 중 행동에 불과합니다. 그대로 부탁합니다.』

『말씀대로 하겠습니다.』

시로는 아키라를 도우려고 올리비아를 고용하려는 것이 아니다. 어디까지나 자신의 호위를 위해 올리비아를 고용하려고 했다.

『그래서 저의 호위는 언제부터 가능합니까? 최대한 서둘러 주시면 좋겠는데…….』

『대금 입금 후, 즉시 시작하겠습니다.』

『아…… 네. 알겠습니다.』

실제 기체가 지금 어디에 있는지는 모르겠지만, 그것이 이쪽으로 오는 것은 입금 후이며, 그 이동 시간도 계약 기간에 포함될 것이다. 시로는 그렇게 판단하고 좌우지간 입금을 마치기로 했다.

(기본요금만 500만 콜론! 비싸! 그야 당시의 금전 감각이라면 500만 오럼 정도겠지만!)

하지만 시로에게는 비싸니까 내지 않는다는 선택지가 없다. 애초에 500만 콜론이 있다고 해서 올리비아를 고용할 수 있는 것은 아니다. 아키라의 중개와 레이나 일행이 아키라의 카드를 가지고 이 자리에 있었다는 두 가지 우연을 이용하지 않았다면 제아무리 시로라도 올리비아에게 호위를 부탁할 수는 없었다.

이 기회를 놓칠 수는 없다. 그 생각으로 500만 콜론을 주저하지 않고 송금했다.

올리비아가 부드럽게 미소를 지었다.

『입금을 확인했습니다. 이제 업무를 시작하겠습니다. 시로 님의 기대에 부응할 수 있도록 미력하게나마 최선을 다하겠습니다.』

『부탁합니다. 그래서 여기엔 얼마나 있어야 올 수 있죠?』

"이미 도착했습니다."

"어?"

다음 순간 카나에가 레이나를 붙잡고 그 자리에서 있는 힘껏 물러났다. 시오리도 뒤처지지 않고 뒤따라 카나에와 함께 레이나를 보호하는 위치를 잡는다.

뒤늦게 시로도 이해한다. 올리비아는 이미 그 자리에 와 있었고, 위장 상태인 채로 자신의 확장시야에 보이는 위치에 서 있다가 방금 위장을 해제한 것이라고.

시로도 레이나도 놀라 움직임을 멈춘 가운데, 먼저 레이나가 정신을 차렸다. 올리비아에게 말을 걸려고 한다.

"아, 저…… 저는……!"

하지만 레이나가 구체적인 내용을 입 밖에 내기도 전에, 올리비아가 먼저 말한다.

"죄송합니다. 본 기체는 이미 계약 고객에 대한 업무 중입니다. 본 기체를 통한 당사에의 문의는 삼가길 바랍시다."

그렇게 말하면 레이나는 아무 말도 할 수 없었다. 올리비아의 심기를 불편하지 않게 하기 위해서라도 그 올리비아의 업무를 방해할 수 없기 때문이다.

"네……. 실례했습니다."

시로도 뒤늦게 정신을 차렸다.

"좋아……. 그러면 아키라 있는 곳으로 서두를까."

그리고 레이나 일행을 향해 말한다.

"아직 내 호위를 할 생각이 있다면 따라와. 미안하지만 서둘러야 해. 너희에게 맞춰서 기다리거나 하지는 않을 거야."

시로는 그 말만 남기고, 위장 기능을 켜고 그 자리에서 뛰기 시작한다. 올리비아도 그 뒤를 따른다.

레이나는 잠시 망설였지만, 곧이어 결단했다. 일부러 힘차게 웃는다.

"시오리. 카나에. 가자."

주인의 의지에 맞춰 시오리와 카나에도 웃는다.

"알겠습니다."

"알겠슴다."

상황은 혼란스럽다. 예상 밖의 일들만 일어나고 있다. 그래도 레이나 일행은 겁먹지 않고 기운을 내서 뛰어나갔다.

빌딩 밖으로 나온 시로가 위장 상태로 세워둔 바이크에 탄다. 고성능 황야 사양 바이크이지만, 그다지 대형은 아니어서 레이나 일행을 태울 여유는 없다.

"경로는 보내줄게. 알아서 따라와."

시로는 레이나 일행에게 그 말만 남기고, 그대로 바이크를 타고 달려 나갔다. 올리비아는 평범하게 뛰어서 시로를 따라간다.

레이나 일행은 올리비아처럼 할 수 없다. 전송된 이동 경로는 미하조노 시가지 유적에서 쿠즈스하라 시가지 유적 중심부까지 이어진다. 강화복을 입고 있다고 해도, 뛰어서 따라잡을 수는 없다.

또한 쿠즈스하라 시가지 유적까지 지상으로 나아가서 나중에 합류할 수도 없다. 경로는 계속해서 지하 터널이다. 지하 터널을 포함한 지도 정보에는 지상과 연결되는 길이 하나도 실려 있지 않았다.

"시오리. 어쩔까?"

"저분과 동행하려면 이 루트로 갈 수밖에 없을 것 같습니다."

"그렇겠지? 가 볼까!"

그것은 자신들에게 강행 돌파의 루트이기도 하다. 그것을 알면서도 레이나는 그 길을 따라서 가기로 했다.

"재밌어지기 시작했네요!"

카나에는 그렇게 말하며 즐거운 듯이 웃었다.

카나에가 즐거워할 수 있는 상황이란, 호위 대상인 레이나가 그만큼 위험한 일을 겪는다는 뜻이기도 하다. 시오리가 살짝 엄격한 표정으로 카나에를 본다.

하지만 레이나는 웃으며 받아친다.

"마음껏 즐겨."

카나에는 살짝 의외라는 표정을 지었다. 그리고 다시 능글맞게 웃는다.

"아가씨. 이럴 때는 저를 꾸짖어야 하지 않나요?"

"즐길 여유가 있다면 괜찮은 거잖아? 내 말이 틀렸어?"

카나에는 또다시 의외라는 얼굴을 하고는, 능글맞게 웃었다.

"아가씨도 말발이 세졌네요."

"칭찬으로 생각해 둘게."

"칭찬 맞는데요?"

"고마워. 자, 서두르자."

레이나가 강화복의 힘으로 달려 나가기 시작한다. 시오리와 카나에도 그 뒤를 따랐다.

제228화 리온즈테일

세란탈 빌딩을 포위하듯이 전개하고 있는 리온즈테일의 부대. 그 부대를 지휘하는 파멜라라는 메이드가, 주인인 클로에라는 소녀와 통신으로 이야기하고 있다.

"그러면 레이나는 아직 거기에 안 온 거네?"

"네. 본인도 종자도 발견하지 못했습니다."

"으음. 세란탈 빌딩으로 갈 줄 알았는데, 빗나간 걸까?"

"근처에 왔지만, 배치된 저희를 보고 단념했을 가능성도 있습니다. 적어도 몰래 침입당했을 우려는 없을 것으로 생각합니다. 쿠가마야마 시티와 저희의 이중 포위를 어느 한쪽에도 들키지 않고 돌파했다고는 생각하기 어렵습니다."

"그래. 아직 안 온 걸지도 모르니까, 그대로 포위를 계속해."

"말씀대로 하겠습니다…… 음?"

파멜라는 자신의 확장시야에 부하들의 정보수집기에서 전송되는 영상을 여럿 표시하고 있다. 그리고 그중에서 유적 바깥을 고속으로 달리는 차량을 발견했다. 레이나 일행이다.

"아가씨. 왔습니다."

"그래? 그러면 맡길게."

"저들이 이쪽의 제지에 응하지 않을 경우는 어떻게 할까요?"

"그것도 포함해서, 맡길게."

"알겠습니다."

마음대로 해도 좋다. 최악의 경우 죽어도 상관없다. 파멜라는 주인의 말을 그렇게 해석하고, 그 해석대로 움직이기 시작했다.

미하조노 시가지 유적 바깥에서 세란탈 빌딩 방향으로 차를 모는 레이나 일행에게, 파멜라의 단거리 통신이 들어온다.

"레이나 님. 저는 클로에 님을 모시는 파멜라라는 사람입니다. 동행을 부탁드릴 용건이 있사오니, 그곳에서 멈춰 주십시오."

아는 이름을 들은 레이나는 살짝 질색한 표정을 지었다.

"우와……. 저기에 전개한 부대, 클로에네 부대였어……?"

시오리가 그 심정을 이해한다는 표정으로 확인한다.

"레이나 님. 일단 여쭙겠습니다만, 어떻게 하시겠습니까?"

어떻게 대처할지 묻는 시오리에게, 레이나는 주저하지 않고 대답한다.

"돌파해."

"알겠습니다."

시오리는 고개를 끄덕이고, 차를 더욱 가속했다.

레이나 일행의 목소리는 파멜라에게 닿지 않았다. 하지만 파멜라는 차량의 움직임을 대답으로 받아들였다.

"그러십니까. 경고는 했습니다. 실행하세요."

파멜라의 지시로 유적과 황야의 경계 부근에 배치되어 있던 부하들이 레이나 일행의 차량에 일제히 총격을 가한다. 견제 사격이 아니다. 차량을 파괴하여 강제로 멈추는 것을 목적으로 한, 탑승자의 생사를 고려하지 않는 명확한 공격이었다.

레이나 일행도 평범한 차를 타지 않았다. 비약적으로 고성능이 된 장비와 마찬가지로, 차량의 성능도 평범한 수준을 뛰어넘는다. 어설픈 공격 따위 통하지 않는다.

하지만 상대의 총도 어중간한 헌터가 쓰는 싸구려가 아니다. 고랭크 헌터의 무장에 필적하는 강력한 물건이다. 레이나 일행의 차량이라도 일방적으로 계속 맞으면 오래 버티지 못한다.

그리고 그것을 허용할 레이나 일행도 아니다. 상대가 먼저 쐈다는 대의명분 아래 즉시 반격한다. 차량에 장착한 총을 거침없이 쏴댄다.

레이나 일행의 총격은 상대의 살상을 목적으로 한 것은 아니다. 포위를 돌파하기 위한 견제 사격에 가까운 것이긴 했다. 하지만 상대의 목숨을 걱정할 여유는 없다. 정통으로 맞으면 죽을 공격이다.

따라서 파멜라의 부하들도 그것을 피해야 한다. 그 틈을 타서 레이나 일행이 유적 안으로 강행 돌입한다.

하지만 파멜라의 부하들도 잠자코 보내줄 리가 없다. 도약해서 레이나 일행의 차량에 뛰어오르려고 한다. 땅을 벗어난 후에는 공중에서 관성에 따라 움직일 수밖에 없다는 일반인의 상식 따위는 고랭크 헌터의 영역에 도달한 사람들에게 통하지 않는다. 뛰어올라 총알을 피하고, 허공을 박차서 자신의 궤도를 바꾸며 레이나 일행의 차량 지붕에 정확히 착지하려고 한다.

그리고 그것을 허용할 시오리와 카나에도 아니다. 두 사람은 레이나를 차 안에 남겨두고 한순간에 지붕 위로 올라가서는, 파멜라의 부하들을 베고, 주먹으로 때려서 요격한다.

시오리의 블레이드를 나이프로 막으려고 한 집사복 남자는 상대의 칼날을 방어하는 데는 성공했지만, 충돌의 충격으로 차 밖으로 날아갔다.

카나에의 주먹에 나이프를 맞대려 한 메이드복 여자는 궤도가 틀어진 주먹에 복부를 맞아 거리에 있는 빌딩 벽까지 날아갔다.

파멜라의 두 부하는 모두 차에 뛰어오르려고 한 만큼 접근전에 자신이 있었다. 하지만 시오리와 카나에의 기량이 한 수 위였다.

차에 뛰어오르려고 하는 자들은 두 사람으로 끝이 아니다. 다시 네 사람이 허공을 박차서 시오리 일행을 덮친다. 전위 두 사람은 빛의 칼날을 날릴 수 있는 칼을 공중에서 겨누고, 후위 두 사람은 총을 겨눈다.

일단 전위를 처리한다. 시오리와 카나에는 그렇게 판단하고 도약했다. 전위에서 쏟아진 빛의 칼날을 전위의 몸으로 후위의 사선을 가리는 위치 선정으로 피하면서, 상대에게 접근해 일격을 가한다.

하지만 쓰러뜨릴 수 없다. 전위들은 시오리와 카나에의 공격에 맞을 것을 전제로 포스 필드 아머의 출력을 대폭 올리고 있었다. 그 영향으로 빛의 칼날은 그 위력이 극단적으로 떨어져 있었지만, 상대가 피할 것을 전제로 쏘는 데는 문제가 없다. 그리고 유도에 걸린 시오리와 카나에를 온 힘을 다해 붙잡는다.

실수했다. 그렇게 생각했을 때는 이미 늦었다. 후위 두 사람이 전위들과 싸잡아서 시오리와 카나에를 총으로 쏜다.

시오리와 카나에는 회피할 수 없다. 전위들에게 단단히 붙잡혀 기민한 움직임이 봉쇄되었다. 그럼에도 그 장비라면 그만한 총격 따위 경상으로 끝난다. 하지만 피격의 충격까지는 완전히 없앨 수 없다. 시오리와 카나에는 그 충격을 못 이기고 차에서 멀어진다.

전위들의 역할은 처음부터 시오리와 카나에를 레이나의 곁에서 떼어내는 것이었다. 나머지는 후위들이 레이나밖에 없는 차에 올라타 제압하면 된다. 파멜라의 부하들은 그렇게 생각했다.

하지만 그때 후위 두 사람이 총에 맞는다. 위력은 충분하다. 피격의 충격으로 크게 날아간다. 쏜 것은 레이나다. 차에서 몸을 반쯤 내밀고 양손에 든 총을 잽싸게 쏜 것이다.

전위들도 다친 상태로는 시오리와 카나에를 계속 구속할 수 없다. 원래부터 후위들이 차에 올라탈 때까지 아주 짧은 시간을 버는 것이 목적이었다. 시오리와 카나에의 다음 공격에 맞고, 유적의 땅바닥을 구른다.

전위들을 처리한 시오리와 카나에가 서둘러 차로 돌아간다.

"레이나 님. 도움을 주신 것은 감사하지만, 위험합니다. 차 안으로 돌아가 주세요."

"아씨……. 위험한데요?"

레이나에게서 떨어지게 된 것은 실수였지만, 이 차의 강도라면 레이나가 지원하지 않아도 자신들이 돌아올 때까지 시간은 벌 수 있었을 것이다. 그렇게 생각한 시오리와 카나에는 레이나에게 살짝 눈을 흘겼다.

하지만 레이나는 그런 두 사람의 생각을 알면서도 되받아친다.

"안 돼. 어차피 너희가 당하면 나도 끝장이니까, 위험해 보이면 엄호할게. 그게 싫으면 내가 안심할 수 있게 애써."

레이나는 그것만 말하고 차 안으로 돌아갔다.

시오리와 카나에가 서로 얼굴을 보고 쓴웃음을 짓는다.

"실수를 보이지 말라…… 이건가요. 아씨도 참 엄격하네요."

"걱정해 주신다고 생각합시다. 옵니다."

"네네. 알겠습다."

계속되는 파멜라 부하들의 습격에, 시오리와 카나에는 웃으며 자세를 취했다.

레이나 일행의 차를 중심으로 한 격전으로부터, 근처에 있던 헌터들이 황급히 거리를 둔다.

"어이어이어이?! 무슨 일이 벌어지고 있는 거야?!"

"저 복장은…… 둘 다 리온즈테일 녀석들이잖아? 왜 싸우는 거야?"

"알 게 뭐야! 닥치고 도망쳐!"

어중간한 실력밖에 없는 헌터들이 고랭크 헌터와 맞먹는 실력을 보유한 자들의 싸움에 휘말리면 끝장이다. 모두가 의문을 제쳐두고 필사적으로 도망치고 있었다.

파멜라는 레이나 일행을 부하들의 정보수집기 등을 통해 보고 있었다. 그리고 의아한 표정을 지었다.

(이거, 이대로 세란탈 빌딩까지 강행 돌파할 생각인가……?)

파멜라가 생각한다.

만약 레이나 일행이 상대가 자기들뿐이라면 돌파할 수 있을지도 모른다고 생각할 정도로, 안쓰러울 만큼 자만하고 있었다고 치자.

그렇다고 해도 세란탈 빌딩 주위에는 자기들 말고도 쿠가마야마 시티의 부대도 있다. 제아무리 레이나 일행이라도 양쪽을 상대하여 강행 돌파를 시도할 만큼 무능의 극치는 아닐 것이다.

자포자기해서 무작정 돌격하고 있다면 또 모를까, 레이나 일행에게서 그러한 낌새는 감지할 수 없다. 즉, 레이나 일행은 최소한, 언뜻 폭거로 보이는 이 행동에 나설 수 있는, 도박을 시도할 만한 모종의 근거가 있다는 뜻이다.

그렇다면 그것은 무엇일까. 파멜라는 거기까지 생각하고, 도시의 부대로 시선을 돌렸다.

(이미 쿠가마야마 시티와 거래를 마쳤나? 우리만 돌파하면 된다고 생각하는 건가……?)

도시의 부대는 레이나 일행이 세란탈 빌딩에 들어가는 것을 방관한다. 여차하면 지원한다. 그렇다면 레이나 일행이 이러한 무모한 도박에 나서는 것도, 그 실현 가능성은 별개로 치더라도 이해할 수 있다. 파멜라는 그런 생각으로 레이나 일행의 행동을 이해하고, 그 표정을 살짝 굳혔다.

(저들은 그렇다고 쳐도, 도시의 부대를 경시하는 것은 위험할까. 조심해 두자.)

자기들만으로도 레이나 일행을 막을 수 있지만, 도시의 부대가 방해하면 혹시 모를 일이 생길지도 모른다. 파멜라는 그렇게 판단하고, 그 가능성을 없애고자 부하들에게 지시를 내린다.

파멜라의 부하들은 레이나 일행을 신속하게 발견하기 위해 세란탈 빌딩을 중심으로 넓은 범위에 흩어져 있었다. 그리고 지금은 각자 레이나가 있는 곳으로 향하고 있는 참이었다.

그때 파멜라에게서 세란탈 빌딩으로 향하라는 지시가 내려온다. 이로써 파멜라에 의한 빌딩 포위는 그 범위를 좁히면서도 한층 더 견고해졌다.

이것으로 설령 도시 부대의 지원을 받는다고 해도 레이나 일행이 세란탈 빌딩에 진입하는 것은 불가능하다. 파멜라는 그렇게 판단하고 웃었다.

차량 지붕에서 파멜라 부하들의 요격을 계속하고 있던 시오리와 카나에가 증원이 멈췄다는 것을 재빨리 감지한다.

"어? 끝났어요?"

"이제는 우리의 목적지를 간파당해, 선수를 빼앗기지 않았기를 기대할 수밖에 없겠군요."

레이나가 두 사람의 대화에 차 안에서 끼어든다.

"그때는 포기하고 강행 돌파하자. 시오리. 카나에. 이대로 가는 거야!"

그리고 레이나는 지금까지 세란탈 빌딩을 향해 나아가던 차의 진로를, 감속을 일절 하지 않고 거의 직각으로 강제 변경했다.

당연히 강한 관성이 걸린다. 어지간한 차라면 틀림없이 전복될 것이다. 그 관성을, 우선 황야 사양 차량의 강력한 자세 제어장치가 경감한다. 게다가 시오리와 카나에가 근처 건물을 발로 차서 본래라면 차체가 5회전은 하고도 이상하지 않을 관성을 억지로 상쇄했다. 그 결과, 레이나 일행의 차는 거의 직각으로 꺾었는데도 속도를 전혀 떨어뜨리지 않고 진로를 바꿨다.

가속하는 차 위에서 시오리와 카나에가 전방을 확인한다. 파멜라의 부하들은 안 보였다.

"오! 괜찮을 것 같아요!"

"우리가 세란탈 빌딩 포위를 강행 돌파하려고 한다. 파멜라는 그렇게 판단하고 그것을 막고자 부하들을 빌딩 근처에 모은 것 같아. 억지스러운 수단을 쓴 보람이 있었어."

무모해 보이던 레이나 일행의 돌격은 자신들의 목적을 파멜라가 오인하게 하려는 것이었다. 물론 잘된다는 보장은 없었다. 파멜라는 레이나 일행의 행동을 의아하게 여기면서도 그대로 부하들에게 계속 공격하게 했을 수도 있었다.

하지만 파멜라는 시오리 일행의 분투를 보고 그 행위의 합리성을 요구했다. 그 탓에 생각이 유도되고 말았다.

일단 잘 풀렸다. 시오리는 그런 생각으로 안도하면서도 표정을 굳힌 채 앞을 본다.

"틀렸다고 해도, 선수를 쳐서 저 장소를 봉쇄하자고 생각하진 않겠지만.”

가속하는 차의 전방에는 매우 튼튼해 보이는 벽이 있었다. 출입구나 창문 같은 것은 보이지 않는다. 무언가 거대한 건축물의 기초부처럼, 속이 꽉 찬 것처럼 느껴진다.

그 벽을 향해 차량에 장착한 총을 쏜다. 철판도 모자라 쇳덩어리에도 구멍을 뚫을 위력의 탄이 무수히 발사되었다. 하지만 그 벽은 아주 깔끔하다. 피탄 장소에 구멍이 뚫리기는커녕 금조차 가지 않았다.

지금 레이나 일행의 차는 그 벽을 향해 가속하고 있었다.

“누님. 이거, 시로의 정보가 거짓말이라면 큰일이죠?”

“그 걱정은 우리가 그분에게 속은 것이 확정된 후에 실컷 하자. 레이나 님께선 그분의 정보가 옳다고 판단하고 움직이기로 하셨어. 그렇다면 우리도 지금은 그 전제로 움직일 뿐이야.”

“뭐, 그렇겠죠!”

차는 지금도 가속 중이다. 시로가 보낸 정보에 오류가 있었을 경우, 차는 이대로 벽에 격돌하여 대파된다. 물론 그 정도의 일로 레이나 일행이 크게 다치진 않는다. 그 정도의 장비를 레이나 일행은 몸에 두르고 있다.

하지만 차라는 이동 수단을 잃은 상태에서 파멜라를 피해 도망치긴 어렵다. 장비의 위장 기능을 사용해도, 자신들의 대략적인 위치는 이미 파악된 상태다. 높은 확률로 발견된다.

즉, 시로에게 받은 정보에 오류가 있다면, 그것이 의도적인 것이 아니었다고 해도, 레이나 일행은 궁지에 몰린다. 적어도 그것에 매우 가까운 상태가 된다.

차량에 장착한 총은 지금도 벽을 향해 끊임없이 총탄을 쏘아대고 있다. 하지만 벽의 표면에는 탄흔 하나 새겨지지 않았다. 벽까지 거리가 이제 얼마 남지 않았다.

시오리가 블레이드를 겨눈다.

"카나에. 맞춰."

"알겠습다."

카나에도 주먹을 겨눈다. 그리고 차가 벽에 격돌하기 직전, 두 사람은 벽을 향해 도약해 칼날과 주먹을 있는 힘껏 내질렀다.

하지만 그 칼날과 주먹은 허공을 갈랐다. 잠시 후, 레이나 일행의 차도 벽을 관통하고 그 안쪽의 지하 터널로 이어지는 길로 들어선다. 허공을 날던 시오리와 카나에는 그대로 다시 차량 지붕에 착지했다.

시오리와 카나에가 안도감이 밴 쓴웃음을 지었다.

"이게 입체영상과 포스 필드 실드의 합작인 건가요. 누님. 그만큼 가까이 가고도 진짜 벽으로밖에 느껴지지 않았습다."

"역시나 구세계의 기술, 이란 거야. 아마 비슷한 방법으로 봉쇄된 통로가 다른 곳에도 많겠지."

위력이 센 차량 탑재용 총을 연사해도 벽에 흠집 하나 나지 않았던 것은 그 벽이 입체영상이었기 때문이었다. 포스 필드 실드로 된 벽은 파괴할 수 있었지만, 그쪽이 부서졌다는 것을 레이나 일행이 알아차리는 것은, 고도의 정보수집기를 사용해도, 기척까지 느껴지는 입체영상 때문에 무리였다.

"확실히 이 정도라면 이 유적에 아무리 헌터가 있어도 간파하는 건 무리겠네요. 도대체 시로는 어떻게 이 통로를 찾아낸 걸까요?"

"글쎄. 뭐, 나중에 본인에게 물어보자. 대답해 줄지는 모르겠지만."

레이나는 차 안에서 살짝 흥분한 듯 웃고 있었다.

"요란하게 부딪칠 줄 알았어! 시오리, 카나에. 괜찮아?"

"문제없습니다."

"괜찮습다."

"좋아! 그럼 서둘러 시로를 따라잡는 거야! 속도 낼게!"

시로 일행을 따라잡고 함께 아키라가 있는 곳으로 가기 위해, 레이나 일행은 그대로 지하 터널을 달려서 갔다.

◆

이동 요새라고 불러도 손색없을 정도로 거대한 황야 사양 차량. 그 내부의 정비소 같은 방에서 검은 옷을 입은 소녀가 부하로부터 보고를 듣고 있다.

소녀의 곁에는 집사가 한 명 대기하고 있다. 그 위치가 같은 방에 있는 다른 다수의 집사나 메이드와는 급이 다름을 나타내고 있다.

소녀는 파멜라의 주인인 클로에이며, 집사는 클로에의 측근인 라티스라는 사람이었다.

일단 이야기를 모두 들은 클로에가 입체영상으로 표시된 파멜라를 통신 너머로 가만히 본다. 그리고 질책이 아닌 보통 목소리로 말한다.

“파멜라. 확인할게. 레이나는 세란탈 빌딩에 들어가지 않았다. 그건 확실한 거지?”

“네. 그것만은 확실합니다. 놓치긴 했지만, 그것만은 틀림없습니다.”

레이나 일행의 차를 원격으로 보던 파멜라는 그 차량이 입체영상 벽을 뚫고 사라진 것을 보고 황급히 부하들을 조사하러 보냈다. 그리고 안도와 당혹을 느낀다.

레이나 일행의 반응은 세란탈 빌딩과 다른 방향으로 사라졌다. 따라서 선수를 빼앗겨 세란탈 빌딩에 진입했을 우려는 없었다.

그것에는 파멜라도 안도했다. 하지만 그렇다면 레이나 일행은 왜 그런 짓을 한 걸까? 아무리 생각해도 알 수 없어서, 파멜라는 당혹스러웠다.

그 보고를 들은 클로에가 레이나 일행의 행동 의도를 생각한다.

“그렇다면 레이나는 그렇게 서둘러 어디로 가려는 걸까?”

“서둘러 갔다고 하셨습니까? 그건 서두른 것이 아니라, 포위망을 강행 돌파해서라도 세란탈 빌딩을 목표로 하고 있다고 저희가 오인하게 하려는 책략이라고 생각합니다만…….”

지하 터널 입구는 파멜라 일행에 의한 포위망 안에 있었다. 그때 레이나는 자신들이 그 포위망을 강행 돌파하려고 한다고 파멜라에게 오인하게 함으로써, 그것을 막으려는 파멜라가 부하들을 빌딩으로 집결시키도록 유도해 입구가 포위망 밖에 나오게 했다.

그 정도는 파멜라도 이미 눈치채고 있다. 그리고 그 책략에 완전히 낚인 탓도 있어, 차마 말하기 어려운 눈치로 클로에의 생각을 부정했다.

하지만 클로에는 가볍게 말했다.

"그런 이야기를 하는 게 아니야. 레이나가 그 책략을 쓸 수밖에 없었던 필요성을 말한 거지."

레이나 일행의 책략에 담긴 의도의 해석 자체는 클로에도 파멜라에게 동의한다. 하지만 레이나 일행의 목적이 단순히 그 지하 터널에 들어가는 것이었다면 그 책략을 실행할 필요성이 희박하다. 레이나 일행에게는 파멜라에게 들키지 않도록 터널이 있는 데까지 위장 기능을 사용해 신중하게 가는 선택지도 있었을 것이다. 클로에는 그렇게 생각한다.

차량에 탑재된 무기가 아니면 포스 필드 실드로 된 벽을 파괴할 수 없다고 판단했을지도 모르지만, 각자의 무장으로도 해결될 가능성을 고려하지 않았다고는 생각하기 어렵다. 그리고 그 가능성이 파멜라에게 확실하게 발견되는 수단을 선택하게 할 만큼 작다고도 생각되지 않는다.

즉, 레이나 일행에게는 그 터널에 차로 들어가야 할 이유가 있었던 셈이다.

또한 차로 터널에 들어가기만 할 거라면 레이나 일행에게는 파멜라가 포위망을 풀 때까지 기다린다는 선택지도 있었다. 게다가 파멜라의 조사로는 다른 출입구가 존재할 가능성도 있다고 했다.

레이나 일행에게는 그 출입구를 사용하거나, 혹은 찾는다는 선택지도 있었다.

하지만 레이나 일행은 그런 수단을 택하지 않았다. 즉, 그렇게 할 수밖에 없었던 이유, 시간적 제약이 있었던 것이다. 그리고 그것은 파멜라에게 발견되어 확실히 교전하게 될 위험성을 레이나 일행이 감수해야 할 정도로 매우 큰 제약이었다.

그것은 도대체 무엇일까. 제아무리 클로에라도 거기까지는 알 수 없었다.

"레이나는 이동 수단으로 차가 필요할 만큼 먼 곳으로 가려고 하고 있어. 거기는 지상에서는 도달할 수 없는 곳이고, 게다가 파멜라 일행과 교전해서라도 서둘러야 할 필요가 있었지. 그 정도의 가치가 있는 일을, 레이나는 하려는 거야. 파멜라. 뭐라고 생각해?"

네가 레이나를 놓치지 않았다면 그걸 생각할 필요는 없었을 것이다. 그렇게 암묵적으로 질책하는 것으로 받아들이면 생각이 너무 지나친 걸까? 파멜라는 그렇게 생각하고 살짝 표정을 굳혔다.

"알 수 없습니다. 본인에게 직접 듣는 것이 확실할 것 같습니다. 레이나의 추적에는 이미 분대를 내보냈지만, 제가 본대를 이끌고 수색해야 할까요?"

"그렇게까지 할 필요는 없어. 너희는 그대로 세란탈 빌딩 근처에 있어 줘. 레이나는 너희를 그곳에서 떼어놓으려는 미끼일 위험도 있고, 상황에 따라선 너희에게 쿠가마야마 시티의 부대를 돌파해 세란탈 빌딩에 들어가 달라고 할 거니까."

"알겠습니다."

"그래. 또 무슨 일 생기면 연락하렴."

클로에가 통신을 끊는다. 깊이 고개를 숙이는 파멜라의 입체영상이 실내에서 사라졌다. 그때 지금까지 클로에의 곁에서 묵묵히 서 있던 라티스가 입을 열었다.

"클로에 님. 레이나를 놓친 것을 후회하신다면 파멜라에게는 살해를 명령해야 했을 겁니다. 이곳은 방벽 바깥입니다. 일족의 사람을 죽였다고 해도 질책은 별로 받지 않을 겁니다."

"살해 지시는 내리지 않았지만, 그 허가는 내렸어. 그 정도는 파멜라도 알고 있었겠지. 그런데도 레이나를 죽이려고 하지 않은 건 파멜라의 판단이야. 그 탓에 레이나를 놓친 것도 포함해서 말이지."

"하오나……."

자꾸 물고 늘어지는 라티스에게 클로에가 웃으며 말한다.

"안심해. 레이나를 놓친 건 유감이지만, 그 책임을 파멜라에게 지게 할 생각은 없어. 레이나를 세란탈 빌딩에 들이지 않는 것을 전제로 했다면 파멜라의 판단이 타당하겠지. 빌딩 침입을 저지하는 정도의 이유로 일족의 사람을 죽여도 되는가 하는 판단도 포함해서 말이야."

"그러하옵니까. 불필요한 의견을 내어 대단히 실례했습니다."

파멜라가 실수를 저지른 데는 클로에의 어중간한 지시에도 일부 원인이 있다. 그러니 파멜라의 처분에는 관용을 베풀어야 한다. 라티스는 그렇게 암묵적으로 말해서 주인의 심기를 불편하게 하는 것도 각오하고 파멜라를 감쌌다.

그리고 클로에는 그런 종자의 심정을 헤아려 파멜라의 실수를 불문에 부쳤다. 그러면서 미소를 지으며 말했다.

"동료를 감싸지 말라고는 하지 않겠지만, 업무에 지장이 없을 정도로만 해."

"……. 물론입니다."

쓸데없이 관대하지 않을 필요는 없지만, 쓸데없이 관대할 필요도 없다. 한계는 있다. 주인의 당부를 들은 라티스는 겉으로 태연한 척했지만, 주인에게 대답할 때까지 아주 조금 시간이 필요했다.

"그러면 저쪽은 파멜라에게 맡기고, 이쪽도 슬슬 시작할까. 라티스. 준비해."

"말씀대로 하겠습니다."

방의 설비가 움직이기 시작한다. 관절이 많은 기계 팔이 중장강화복의 각 부위를 라티스에게 장착해 나간다. 그 과정은 마치 한 번 분해된 소형 인형병기가 다시 조립되는 것 같았다.

인형병기에 탑승하는 것이 아니라, 착용한다. 그 설계 사상으로 제조된 이 중장강화복에는 사용 시의 번거로운 착용 작업을 용인할 만한 성능이 있다. 이제부터 라티스가 갈 곳에는 그 정도의 무력이 필요했다.

"멋진걸? 반할 것 같아."

"감사합니다."

주인의 칭찬에 라티스는 공손하게 감사를 표했다.

같은 계통의 중장강화복 착용자는 이 자리에 라티스 말고 6명이 더 있었다. 그중 5명은 라티스의 부하다.

클로에가 남은 한 명에게 시선을 돌린다.

"이제 와서 하는 말이지만, 정말 괜찮겠어요? 우리는 괜찮지만, 당신은 돌이킬 수 없을 텐데요?"

그 사람이 외부 스피커로 대답한다.

"상관없다네."

"쿠가마야마 시티는 당연하고, 이건 사카시타 중공을 적으로 만드는 행위입니다. 아는 건가요?"

사카시타 중공의 경제권에서 사카시타 중공을 적으로 만드는 것. 그것이 얼마나 큰 죄인지 그 사람도 잘 알고 있었다. 그러면서 말한다.

"알고 있다. 사실 나는 사카시타를 아주 싫어해서 말이지? 그런 말을 들으면, 오히려 의욕이 샘솟는다."

"그것도 참. 그러면 몸조심하세요. 일이 성사된 후에는 당사와 오래도록 교류해 주시기를 부탁드려요. 라티스. 가렴."

방의 외벽이 열리기 시작한다. 그곳에서 보이는 것은 쿠즈스하라 시가지 유적 제2심부의 풍경이었다. 그리고 그곳에서 라티스 일행이 차례차례 뛰어나간다.

"방벽 바깥에는 즐거운 일이 지천으로 널렸어. 레이나. 너도 즐기고 있니?"

같은 일족의, 한발 먼저 방벽 바깥으로 나간 소녀를 떠올리며, 클로에는 즐거운 듯이 웃고 있었다.

◆

시로가 탄 바이크가 지하 터널을 고속 질주한다. 고성능 황야 사양 차량이 허용하는 한계 속도를 주저하지 않고 내고 있다. 아키라 일행이 먼저 이곳을 지나갔을 때의 정보로 터널 안에 몬스터가 없다는 사실을 알아서 그런 게 아니다. 그 바이크의 옆에서 두 다리로 태연하게 달리는 올리비아의 힘을 신뢰하고 있기 때문이다.

(이 속도에도 여유롭게 따라오네. 뭐 500만 콜론이나 내고 고용했으니 그 정도는 해 줘야지.)

시로는 올리비아에게 최전선에서 활동하는 헌터 수준의 힘을 기대하고 있다. 귀중한 콜론을 사용한 것도 그 때문이다. 그리고 그 정도의 힘이 있다면 이 속도에서 몬스터와 마주치더라도 문제없이 격파해 줄 것으로 생각하고 있었다.

(아니지. 이거, 저쪽이 더 빠르잖아? 내 바이크 속도에 맞춰주는 건가?)

시로가 시험 삼아 물어본다.

"아, 올리비아 씨. 사소한 질문인데요, 혹시 저를 바이크째 올리비아 씨가 운반해 주는 것이 쿠즈스하라 시가지 유적에 더 일찍 도착할 수 있다거나 합니까?"

"시로 님께서 속도를 억제하고 계시는 것이 아니라면, 그럴 겁니다."

"그렇다면, 저기, 운반해 주신다거나, 가능합니까?"

"원하신다면. 다만 그 요청은 시로 님의 호위라는 계약 내용에서 다소 벗어나 있습니다. 따라서 10만 콜론의 추가요금을 받겠습니다. 그래도 되겠습니까?"

"아…… 그러면 관두겠습니다."

시로도 아키라가 있는 곳으로 서두르려고는 한다. 하지만 그것으로 추가 비용을 쓰면 그만큼 올리비아를 호위로 고용할 수 있는 기간이 짧아진다. 시로는 망설이다가 후자를 우선했다. 시로가 사카시타 중공에서 탈주하면서까지 이루고 싶은 일. 그것에는 올리비아의 힘이 필요했다.

"그리고 저는 앞으로도 올리비아 씨에게 여러 가지를 부탁할 건데, 그게 추가요금이 필요한 일이라면 지금처럼 사전에 확인해 주면 좋겠는데요."

"알겠습니다."

그때 시로가 후방에서 다가오는 반응을 포착한다. 그것은 레이나 일행의 차량이었다.

"저 녀석들, 진짜로 온 건가……. 아, 맞다. 올리비아 씨. 저 사람들 취급은 어떻게 되죠?"

"기본요금의 범위 내에서 호위 대상에 포함하는 것이 가능하냐는 의미라면, 가능합니다. 추가요금 청구 조건은 시로 님과 동일한 취급이 됩니다. 그 방지를 위해 호위 대상에서 사전에 제외하는 것도 가능합니다. 어떻게 하시겠습니까?"

"아, 그러면 호위 대상에는 포함하지만, 기본요금 범위 내에서 부탁합니다."

"알겠습니다."

레이나 일행의 차가 시로를 따라잡고, 그대로 나란히 달린다. 그리고 레이나에게서 시로에게 통신이 들어온다.

"우리 차가 더 빨라. 서둘러야 하잖아? 시로도 이쪽에 타."

"알았어."

"그러면 잠시 차를 멈출 테니……."

"그럴 필요는 없습니다."

올리비아가 주행 중인 시로의 바이크를 붙잡고, 그대로 뛰어올라 레이나의 차량 지붕에 착지한다. 그리고 넋이 나간 시로가 정신을 차려 바이크의 바퀴를 멈춘 뒤에 조심스럽게 바이크를 내려놓았다. 그 동작은 매우 자연스러우면서도 정밀해서, 시로는 조금도 자세가 흐트러지지 않았다.

"고맙습니다. 참고로 지금 일에 추가요금이 붙지 않은 이유를 물어봐도 될까요?"

"호위로 고용됐지만, 일정 잡무라면 수행해 드립니다. 하지만 저를 이동 수단으로 사용하시는 것은 아무리 그래도 일정 수준을 넘어가는지라."

"그렇습니까. 알겠습니다."

차량의 지붕이 열리고 레이나가 얼굴을 내민다.

"그렇게까지 서두르는 거라면, 좀 더 다른 방법이 있었던 거 아니야?"

조금 황당하다는 표정을 지은 레이나에게 시로가 바이크에서 내리고 능글맞게 웃으며 대답한다.

"그럴지도. 그런데 그걸 내가 떠올릴 수 있는지 아닌지는 별개 잖아?"

"확실히 그렇지. 아, 바이크는 뒤쪽으로 넣어 주세요."

차량 후방의 문이 열린다. 올리비아는 레이나에게 살짝 고개를 숙인 뒤 바이크를 들고 살짝 뒤로 뛰더니 허공을 박차고 후방 문을 통해 차 안으로 들어갔다. 레이나는 시로에게 손짓하고 차 안으로 돌아가고, 시로도 그 뒤를 따른다.

일행을 태운 차는 그대로 지하 터널에서 더욱 속도를 높였다.

제229화 환영도시

아키라 일행이 새하얀 공간을 바이크로 되돌아간다. 자신들은 이 공간에서의 탈출을 시로에 의한 구조에 기대기로 했다. 아마 시로는 자신들과 같은 길을 통과하여 여기까지 온 다음에 제3심부와 지하 터널을 잇는 통로를 생성할 것이다. 그렇다면 그 출입구는 지난번과 같은 장소에 만들어질 가능성이 크다. 그렇게 판단한 것이다.

물론 원래 장소로 돌아갈 수 있다고 장담할 수는 없다. 아무리 나아가도 주위 풍경은 여전히 새하얗다. 길잡이가 될 만한 것은 하나도 없다. 현재 위치 산출의 기준이 되는 측위 시스템도 신용할 수 없다.

그리고 무엇보다도 이곳은 확장공간으로 불리는 장소다. 단순한 이동 거리 환산으로는 쿠즈스하라 시가지 유적 바깥으로 나갈 만큼 달려도 하얀 세계에서 빠져나가지 못하는 비정상적 공간인 것이다. 왔던 길로 돌아가면 원래 장소로 갈 수 있다는 상식은 그다지 기대할 수 없다.

그럼에도 지금 장소에 머무는 것보다는 나을 것이다. 그렇게 생각하고 아키라는 바이크를 몰고 있었다.

"캐럴. 지금 어디쯤이야?"

"앞으로 1킬로미터만 더 가면 원래 장소에 도착할 즈음이야. 데이터상으론."

그 말을 들은 토가미가 말한다.

"거기에 우리가 해치운 몬스터의 흔적이 없었다면, 원래 장소에는 못 돌아갔다는 건가……."

"그럴 수도 있고, 단순히 흔적도 없이 사라진 걸지도 모르지."

"이 짧은 시간에?"

"무슨 소릴 하는 거야. 금방 돌아왔으니까 당연히 남아 있지. 여기는 그렇게 정상적인 걸 기대할 수 있는 장소가 아니잖아?"

듣고 보니 그 말이 맞다. 그렇게 생각하고, 토가미는 작게 한숨을 쉬었다.

"그렇겠네……. 멀쩡하게 돌아갈 수 있기를 기대하고, 데이터상으로라도 원래 장소로 갈 수밖에 없나."

확실한 것은 알 수 없다. 그것을 이해하고, 할 수 있는 것만 할 수밖에 없다. 캐럴과 토가미는 그렇게 생각하고 있었다.

아키라도 대체로 같은 것을 생각하고 있다. 캐럴 일행과의 차이는, 아키라는 알파에게 물어보면 알 수 있다는 것이다. 그러면서도 굳이 묻지 않고 있었다.

물어봤다간 알게 된다. 원래 장소로 돌아갔다고 해도, 돌아가지 못했다고 해도, 자신이 그것을 확신하게 되는 것이다. 그 사실을 캐럴과 토가미에게 들키면 왜 그렇게 확신할 수 있는지 의심할 것이다.

직감이라고 대답하긴 어렵다. 이토록 불가사의한 공간에서 자신이 진짜 원래 장소로 돌아왔음을 왠지 모르게 확신했다고 설명하는 것은 너무나도 어색하게 느껴졌다.

그리고 캐럴을 상대로 모르는 척이 통할 것 같진 않다. 비올라의 친구이며 교섭에도 뛰어난 사람이다. 확실히 간파당할 것이다. 게다가 츠바키의 일도 있다. 십중팔구 자신들에게는 설명할 수 없는 모종의 이유로 파악했다고 여길 것이다.

그렇다면 자신도 모르는 채로 있는 게 좋다. 아키라는 그렇게 생각하고 일부러 알파에게 이것저것 묻지 않았다. 자신도 캐럴 일행과 마찬가지로 제한된 정보 속에서 최선을 다한다. 그러자고 결심한 것이다.

그리고 아키라 일행은 데이터상으로 원래 장소로 되돌아왔다. 주위를 가볍게 둘러본다. 자신들이 쓰러뜨린 융합체의 잔해는 없었다. 아키라가 가볍게 한숨을 쉬었다.

"뭐, 아무런 표식도 없는 장소에서 그만큼 이동했으니. 오차가 조금은 생기겠지."

캐럴과 토가미도 고개를 끄덕이며 동의를 표한다.

"그렇네. 괜찮아. 근처에는 왔을 거야."

"그렇겠지. 여기서 시로를 기다리자."

그대로 아키라 일행은 이 자리에서 휴식하면서 시로를 기다리기로 했다.

하지만 5분도 되지 않아 방해받는다. 위쪽 방향, 짙은 무색 안개 너머에서 그 악영향을 넘어서도 알 수 있을 만큼 큰 반응을 포착한 것이다.

그리고 그 반응의 일부가 그다지 빠르지는 않지만 다가온다. 그것을 눈치챈 아키라 일행은 서둘러 바이크에 타고, 그 장소에서 거리를 두었다. 경계하면서 반응의 정체를 살피자, 그 정체가 낙하했다.

아키라 일행의 머리 위에서 짙은 무색 안개를 뚫고 나타난 것은 융합체의 사체였다. 아키라 일행이 싸웠던 것과 마찬가지로 등에 인간형 괴물의 상반신이 있다. 다만 하체는 어류와 조류를 섞은 것처럼 생겼다. 그 사체에는 거대한 주먹으로 얻어맞은 흔적이 있었다.

맞아 죽은 사체의 거대한 몸뚱이가 바닥에 요란하게 격돌하며 큰 소리를 낸다. 어안이 벙벙해진 아키라 일행 앞에서 같은 종류의 몬스터가 연달아 떨어진다. 그 몸에 총탄을 맞아 죽었거나, 혹은 두들겨 맞아 죽은 흔적을 짙게 남긴 채 자유낙하를 해서 바닥에 내리꽂힌다.

마지막으로 내려온 것은 빨간 인형병기였다. 자유낙하가 아니라 비행하여 바닥에 착지한다. 기체는 인형병기임을 감안해도 팔이 굵고, 그 끝에 달린 거대한 주먹을 피와 살점으로 더럽히고 있었다.

주위에 낙하한 몬스터들을 때려죽인 것은, 이 기체였다.

유적의 몬스터와 적대하고 있다는 점에서 아키라 일행도 인형병기에 대한 경계를 조금 늦췄다. 하지만 완전히 긴장을 풀지는 않는다. 상대가 제3심부에 침입한 헌터라고 해도, 자신들과 적대하지 않을 것이라고는 단정할 수 없기 때문이다.

물론 그것은 빨간 기체도 마찬가지다. 서로 상대의 반응을 살핀다. 그리고 먼저 움직인 것은 인형병기였다. 기체의 확성기에서 뜻밖이라는 목소리가 울려 퍼진다.

"너, 아키라냐!"

그리고 적의는 없다고 알리듯 탑승자가 기체에서 내린다. 빨간 기체 안에서 나타난 것은 타츠카와였다.

아키라 일행이 있는 곳까지 온 타츠카와가 처음 만나는 캐럴과 토가미에게 가볍게 자기소개를 한다.

"타츠카와다. 드래곤 리버의 대장을 하고 있지."

"캐럴이야. 잘 부탁해."

"토, 토가미입니다. 도란캄 소속의 헌터입니다."

아키라는 이미 타츠카와와 면식이 있다. 게다가 헌터 랭크 등에 의한 헌터 사이의 상하 관계를 좋든 나쁘든 신경 쓰지 않는다. 캐럴은 부업도 있어서 고랭크 헌터와 교류가 있다. 교섭 능력도 뛰어나므로, 상대가 드래곤 리버의 최고 책임자라고 해도 기가 죽지는 않는다.

하지만 토가미는 쿠가마야마 시티 기준으로 실력자인 정도의 헌터에 불과하다. 압도적인 강자 앞에서 허둥대고 있다. 캐럴과의 정보 공유로 확장시야에 표시되고 있는 헌터 랭크 78 표기 역시 토가미의 긴장감을 고조시키고 있었다.

타츠카와가 조금 의아한 듯이 군다.

"도란캄? 아, 쿠가마야마 시티의 헌터 팀인가……. 이런 말하긴 뭐하지만, 이런 곳까지 올 수 있는 녀석이 있는 팀은 아니었을 텐데…….”

“사, 사정이 조금 있습니다.”

“그런가. 뭐 세세한 사정까지 들을 마음은 없지만…….”

타츠카와가 다시 아키라를 본다.

“여기서 아키라를 볼 줄은 몰랐군. 어떻게 여기까지 온 거야?”

“음…….”

무엇을 어디까지 이야기해도 좋을지 몰라서 고민하는 아키라를 본 캐럴이 대신 대답한다.

“솔직히 말해서, 우리는 지금 조난 중이야. 통로를 따라가고 있었는데 어느새 이 새하얀 공간에 도착해 있었어. 돌아보니까 아까 지나온 통로도 사라졌더라고.”

거짓말하지 않고, 그러나 지하 터널 이야기는 일절 하지 않고, 캐럴은 자신들이 여기에 온 과정과 현재 상황을 설명했다.

그 말을 들은 타츠카와가 납득한 기색을 보인다.

“너희도 그랬냐.”

“너희도……? 타츠카와 씨도 그런 식으로 여기에 온 거야? 아니, 당신도 조난 중이야?”

“그래. 나는 동료들과 함께 제2심부를 이동 중이었는데…….”

드래곤 리버는 쿠즈스하라 시가지 유적 중심부의 공략을 부대 단위로 진행하고 있다. 인형병기에 탑승하고 있다고는 해도, 타츠카와 혼자 여기까지 온 것은 아니다. 이끌고 있던 부대에는 그 밖에도 몇 대의 인형병기와 개인 무장인 고랭크 헌터가 20명 정도 있었다.

제2심부의 안쪽은 제1심부와 가까운 장소와는 난이도가 완전히 다르다. 헌터 랭크 50 정도로는 승산이 조금도 없는 몬스터가 아무렇지도 않게 배회하고 있다. 게다가 더 안쪽으로 가면 헌터 랭크 60으로도, 혹은 70으로도 해치울 수 없는 몬스터까지 출현해 유적 공략을 경쟁하는 상위 팀들의 발목을 잡고 있었다.

타츠카와의 부대는 그러한 장소에 선행하여 진입하고, 팀 전체를 위해 유적 공략의 교두보 확보도 수행하는 정예 부대다. 드래곤 리버 중에서도 상위 실력자들이 모였다. 농담처럼 강력한 몬스터 무리를 격파하며, 느리긴 하지만 공략이 완료된 장소를 넓혀 나가고 있었다.

그리고 타츠카와는 오늘도 부대의 선두에 있었다. 고층 건축물이 늘어선 유적 내부를 애용하는 강력한 기체로 나아가고 있었다.

주위에 깔린 무색 안개는 매우 짙다. 기체에 탑재된 고성능 색적 기기를 사용해도 적의 존재를 재빨리 눈치채기는 어렵다.

그럼에도 타츠카와가 거액의 돈을 개인적으로도 퍼부은 이 기체라면 몬스터가 기습해도 즉시 파괴될 위험은 별로 없다. 타츠카와는 기체의 견고함을 활용해 교전 시 가장 먼저 노려지는 것으로 아군에게 적의 습격을 알리는 미끼 역할도 하고 있었다. 그것 때문에 조금 돌출된 위치를 잡고 있었다.

하지만 이번에는 그것이 역효과를 냈다. 타츠카와가 유적 안을 이동하고 있을 때 갑자기 새하얀 공간으로 내던져진다. 황급히 되돌아가려고 했지만, 뒤돌아본 곳에 펼쳐진 광경은 끝없이 이어지는 하얀 세계였다. 몇 초 전에 지났던 고층 건축물의 골짜기도, 거기에 있는 동료들의 모습도 사라졌다.

"물론 나도 곧장 그 자리에서 돌아가려고 했지만, 어디를 가도 풍경은 똑같았다. 그래서 하늘로도 날아봤는데, 그쪽도 안 되더군. 게다가 계기판을 믿으면 2000미터는 올라갔을 텐데, 500미터도 내려오지 않고 바닥에 닿았지. 도무지 영문을 모르겠군."

타츠카와는 그렇게 말하며 머리를 감싸고 캐럴에게 묻는다.

"너희는 어떤 식이었냐?"

"우리도 대체로 똑같아. 측위 시스템상으로는 유적 바깥까지 나아갔는데, 여기서는 나갈 수 없었어."

"그런가……. 난처하군. 솔직히 말해서 그 정도 무장으로 여기까지 왔다면 여기에 안전하게 드나들 방법이라도 아는 게 아닐까 하고, 제법 기대했는데……."

크게 벗어나지 않은 타츠카와의 예리한 지적을 듣고, 캐럴은 상대에게 알려줄 내용을 늘리기로 했다.

"아, 우리는 탈출의 실마리를 잡았어."

"오! 진짜냐!"

무심코 기뻐한 타츠카와에게, 캐럴이 사악한 미소를 짓는다.

"응, 사실이야. 거짓말이 아니야……. 더 자세한 것을 듣고 싶다면 교섭이 필요해. 알지?"

"알았어. 살살 해달라고."

타츠카와는 조금 쓴웃음을 짓고 대답했다.

캐럴의 말에는 여기서 함께 탈출하고 싶으면 우리에게 유리한 조건을 받아들여라, 같은 공갈이 담겨 있다. 하지만 타츠카와에게는 상대에게 힘으로 조건을 받아들이게 할 무력이 있다. 두 사람의 가벼운 대화에는 자칫하면 그대로 살육전이 벌어질 길이 존재하고 있었다. 캐럴도 타츠카와도 그것을 알고서 웃으며 이야기하고 있었다.

교섭 중인 두 사람을 보면서, 토가미가 내심 전전긍긍한다.

(캐럴?! 상대가 누군지 아는 거야?! 얼마나 간이 큰 거야?!)

쿠즈스하라 시가지 유적 중심부 공략을 다투는 헌터 팀의 최고 책임자를 상대로, 자칫하면 협박으로 해석될 내용을 태연하게 입 밖에 낸다. 그런 짓은 토가미에게 자살 행위로 보였다.

아키라를 슬쩍 본다. 아키라는 태연한 반응을 보이고 있었다. 적어도 캐럴의 언행을 문제 삼고 있는 것 같지는 않았다.

(아키라는…… 뭐, 이 녀석은 전부터 이런 식이었지. 안절부절 못하는 건 나 혼자인가…….)

이 장소에 어울리지 않는다. 토가미는 새삼 그렇게 생각하면서도, 자신도 언젠가는 이 장소에 걸맞은 사람이 되고 말겠다고 강하게 다짐했다.

그때, 아키라와 타츠카와가 몬스터의 기척을 감지하고 동시에 뒤돌아본다. 그것은 주위의 짙은 무색 안개 영향도 있어 매우 미약했다.

상당한 실력이 없으면 이 거리에서 적의 존재를 눈치챌 수 없다. 이 자리에서 그것이 가능한 것은 자신뿐이다. 그렇게 생각했던 타츠카와는 아키라도 적을 눈치챈 것에 살짝 놀라고, 웃으며 아키라에게 말한다.

"아아, 내가 하지."

아키라는 고개를 끄덕이고 총을 내렸다.

캐럴과 토가미도 아키라와 타츠카와의 태도에서 적의 습격임을 이해했지만, 몬스터의 위치 등은 아직 파악하지 못하고 있다. 아키라의 정보수집기와 연동하고 있어도, 그것으로 알 수 있는 것은 수집 데이터와 그 해석 내용뿐이다. 아키라가 정보수집기를 확장감각의 감각기로 활용하고, 그 지각 정보를 바탕으로 포착한 적의 기척까지는 아무리 그래도 공유되지 않는다.

타츠카와가 자신의 인형병기에 뛰어든다. 빨간 기체가 자세를 취한다. 그리고 몬스터가 캐럴과 토가미도 그 존재를 포착할 거리까지 접근한 순간, 타츠카와가 조종하는 기체는 그 거대한 몸체에서 느껴지는 육중함 따위는 조금도 보이지 않고 상대와의 거리를 순식간에 좁혔다.

그것은 달인이 적과의 거리를 단걸음에 좁히는 듯한, 매우 정밀하면서도 매끄러운 움직임이었다. 사람이라도 많은 재능과 단련이 필요한 그 움직임을, 타츠카와는 거대한 인형병기로 재현하고 있었다.

출현한 몬스터는 하체가 짐승이고 상체가 인간형 괴물인 융합체였다. 아키라 일행이 교전했던 것과 같은 종류다. 그 짐승이 큰 아가리를 벌리고 고출력 에너지를 방출하려고 한다.

하지만 그 전에 크고 빨간 주먹에 올려치기를 맞아 아가리가 억지로 닫혔다.

아가리가 닫혀 속에서 갈 곳을 잃은 에너지가 짐승의 송곳니 틈새로 주위에 터져 나간다. 게다가 융합체의 거대한 몸뚱이가 주먹의 충격으로 허공에 뜬다.

거기에 타츠카와가 추가타를 날린다. 이번에는 위에서 치는 일격. 가뿐하게 도약해 거대한 주먹으로 인간형 괴물의 머리를 내리치고, 그대로 상대의 상반신을 짓누르면서 아래의 짐승 부분을 그 매서운 일격으로 바닥에 내리꽂는다. 살덩이가 으깨지는 묵직하고 거친 소리가 주위에 강하게 울려 퍼졌다.

움직이지 않는 융합체에서 빨간 인형병기가 팔을 빼고 등을 돌린다. 아키라 일행이 그토록 고생해서 해치웠던 몬스터가 단 두 방에 격파되었다.

그 광경을 보고, 토가미가 반쯤 넋이 나가 중얼거린다.

"대단하네……. 저게 헌터 랭크 78인가……."

토가미도 이 전과가 엄청나게 강력한 인형병기라는 무장 덕분임을 안다. 하지만 자신이 저것에 탑승해도 똑같이 할 수 없다는 것도 한눈에 이해했다. 역시 헌터 랭크 78. 그렇게 묻지도 따지지도 않고 납득시키는 힘이 있었다.

돌아온 기체에서 타츠카와가 내린다. 그리고 해치운 몬스터를 손가락으로 가리키며 캐럴에게 말한다.

"보라고. 내가 얼마나 강한진 알았지? 이 정도의 전력을 호위 대신으로 쓰는 거야. 그러니 내 배분을 조금 더 고려해 줄 수 없겠어?"

"어쩔 수 없네……. 그러면 지하 터널 지도 정보를 드래곤 리버에 전부 넘길게. 추가로 그쪽에서 발견한 것으로 해도 좋아. 이걸로 어때?"

"오케이다. 그래그래. 그 정도는 받아야지."

그 정도는 안 받으면 나중에 멜시아에게 무슨 소리를 들을지 모른다. 타츠카와는 웃으면서 속으로 그렇게 덧붙이고 있었다.

캐럴은 마지못해 타협했다는 표정을 지으면서도 속으로는 전혀 아쉬워하지 않았다. 지하 터널 정보를 자연스러운 형태로 흘린 데다, 부차적인 트러블도 드래곤 리버에 떠넘길 수 있었다. 그렇게 생각해서 오히려 잘됐다고 여겼다.

"아, 하지만 시로를 통해서 유출되는 부분까지는 내가 보장할 수 없어. 그 교섭은 드래곤 리버가 시로와, 우리가 여기서 탈출한 다음에 해줘. 그 교섭을 지금 해서 시로에게 탈출 지원 취소를 교섭 재료로 이용당하면 곤란하니까."

"알았어. 나중에 할게. 아, 그거랑은 별개로 그 시로라는 녀석과 통신이 되면 연결해 줄 수 없겠어? 동료들에게 내 상황을 알려주고 싶어. 내 통신 기기로는 연결이 안 돼."

"아키라. 부탁할 수 있어?"

"알았어."

아키라가 시로와의 통신을 시도한다. 그리고 딱딱한 표정을 지었다.

"틀렸어. 연결이 안 돼."

캐럴이 진심으로 표정을 굳힌다.

“연결이 안 된다니……. 어, 잠깐만. 아키라. 어느 쪽이야? 통신 환경 탓? 아니면 시로가 응답하지 않는 거야?”

“그것도 모르겠어. 애초에 보통은 이런 상황에서 통신이 안 돼. 아마도 시로가 그걸 어떻게든 처리해서 연락했을 거니까.”

통신 환경에 문제가 없는데 시로와 연결이 안 되는 경우, 구조하러 오고 있을 시로에게 무언가 일이 생겼을 위험이 있다. 그것을 이해하고, 타츠카와가 괜히 허둥대지 않고 침착하게 말한다.

“지금은 통신 환경이 나빠진 탓이라고 생각하고 기다릴 수밖에 없겠군.”

“그러네……. 기다리자.”

지금은 그럴 수밖에 없다. 그 생각으로 캐럴은 침착하게 대답했다. 토가미와 아키라도 고개를 끄덕이며 동의를 표한다. 다만 아키라는 고개를 끄덕이기는 했지만, 이번에는 알파에게 물어봐야 하겠다고 판단한다.

『알파. 어때? 시로와 연결이 안 되는 건 통신 상태 탓인 거야?』

『아니야. 통신 상태는 열악하지만, 현재 상황에서 시로와 연락하는 데는 문제없어.』

『그러면……. 시로에게 무슨 일이라도 생겼다는 건가?』

『아니. 시로는 평범하게 이곳으로 오고 있어. 시로의 현재 상황을 아키라가 자세히 알면 이상하니까 설명하지 않겠지만, 시로 쪽에는 아무 문제도 일어나지 않았어.』

그것을 알고 아키라는 일단 안도했다. 그러면서 의아하게 생각한다.

『그렇다면 왜 시로와 통신이 연결이 안 되는 거지?』

『그래. 그 이유를 알려주지 않는 바람에 아키라가 지나치게 불안해하는 것이 더 달갑지 않으니 말해줄게. 하지만 원래라면 아키라가 알 수 없는 일이니까, 뭘 들어도 모르는 척해. 알았지?』

『알았어.』

『시로와의 통신은 쭉 연결된 상태야. 지금도 말이지. 시로가 이쪽과의 통신이 끊어진 척하고 있을 뿐이야.』

『뭐……?』

『토가미가 시로에게 받은 정보단말은 시로와 상시 통신을 유지하고 있어. 접속이 끊긴 처리를 해도 표시상으로만 그렇게 보일 뿐, 이쪽 정보를 계속 시로에게 보내고 있는 거야.』

『즉, 이쪽 정보는 시로에게 훤히 보이는 거였어?』

『그런 거지.』

아키라는 표정을 유지하려고 무진장 애썼다. 그 덕분에 다른 일행이 이상하게 여기는 일은 없었다.

알파가 웃으며 아키라를 달랜다.

『화내는 건 이해하지만, 아키라에게도 편리한 부분이 있으니 진정해. 지금도 시로와의 통신이 확립된 건 여기에 들어오기 전부터 연결된 상태였기 때문이야. 끊으면 다시는 연결되지 않을 거야.』

타츠카와의 기체에도 구영역 경유로 통신이 가능한 기기 정도는 있다. 무색 안개가 다소 짙은 정도라면 평범하게 연결된다. 그런데도 동료들에게 통신이 연결되지 않는 것은 이 공간의 통신 환경이 그만큼 심각하다는 것을 보여주고 있다.

시로는 그런 상황에서도 본인의 탁월한 기술을 이용하여 아키라 일행과의 통신 상태를 유지하고 있었다. 사카시타 중공에서 그 수완을 인정한 중요 인물인 만큼, 그 기술은 뛰어났다.

게다가 알파도 시로에게 들키지 않는 범위에서 통신 유지에 협력하고 있었다. 물론 알파라면 이런 환경에서도 외부와 통신을 연결하는 일 정도는 시로가 없더라도 가능하다. 다만 다소 노골적인 수단을 사용할 필요가 있고, 그렇게 했다간 자신의 존재가 노출될 위험이 있으므로, 시로를 은밀하게 돕는 방법을 취한 것이다.

그 설명을 알파에게 가볍게 들은 아키라가, 그렇다면 어쩔 수 없다며 자신을 납득시킨다.

『그런가. 알았어. 진정할게.』

일행과 함께 여기에서 무사히 탈출하는 것이 최우선이다. 아키라는 그렇게 생각하고 지금은 시로의 소행을 눈감아주기로 했다.

아키라 일행이 타츠카와와 함께 시로를 기다린다. 이미 심야시간이지만, 주위는 여전히 밝다. 일대의 광량은 아키라 일행이 제3심부에 들어온 후로 일절 변화하지 않았다.

아키라가 타츠카와가 해치운 융합체의 사체를 본다. 위쪽의 인간형 괴물 부분도 하체의 짐승 부분도 끔찍한 몰골이다. 하지만 모래가 되지는 않았다. 그것을 아키라가 신기하게 여긴다.

『알파. 왜 이쪽 사체는 우리가 해치운 녀석처럼 모래가 되지 않는 거야?』

『에너지가 세포 단위로 고갈될 틈도 주지 않고 해치웠기 때문이야.』

『그런 건가? 우리는 그렇게 쏘고 베고 해서 겨우 해치웠는데, 인형병기라고 해서 두 번 때린 것만으로 해치울 수 있다는 것도 이상한 기분이 들지만 말이야.』

자신들은 융합체를 몇 번이고 베고 마구 쏴서 그 몸을 크게 훼손했다. 그런데 상대는 자기 몸을 즉각 재생하며 덤벼들었다. 그것을 생각하면 아마도 같은 종류일 이 몬스터가 이 정도 부상으로 죽는 건 아무리 생각해도 이상하다. 아키라는 그런 식으로 신기하게 여기고 있었다.

알파가 태연하게 대답한다.

『단순히 두 번 때린 것이 아니라, 그것을 가능케 하는 고도의 기술을 써서 공격한 거야. 본인의 기량과 기체의 기능 양쪽으로 말이야.』

『그런 것까지 할 수 있는 건가……. 대단하네.』

알파의 설명은 자세한 부분을 너무 생략해서 그 정도 설명만으로 전부 납득하기 어려운 구석이 있다. 그런데도 아키라는 그 설명으로 납득했다. 아키라는 알파가 그렇게 말한다면 그럴 거라고 생각하는 구석이 있다. 게다가 실제로 융합체가 두 방에 죽는 광경을 보았다. 이제 와서 의심하지 않았다.

그때 타츠카와가 아키라에게 말을 걸었다.

"너희도 이 녀석을 해치웠다며? 제법인걸."

"뭐, 셋이서 덤볐으니까."

"너 혼자서도 이길 수 있지 않았을까? 캐럴에게 들은 느낌으로는, 나는 그렇게 생각하는데."

"그렇다고 해도, 혼자 싸우면 그만큼 내가 고생하는 거야. 나 혼자서도 여유로웠단 말은 절대로 안 할 거라고."

아키라는 단단히 못을 박듯이 대답했다. 타츠카와가 조금 즐거운 기색으로 웃는다.

"너무 그러지 않아도 되잖아. 딱히 무슨 언질을 잡으려고 하는 건 아니야."

"말조심하고 있을 뿐이야……. 나 혼자서도 쉽게 이겼다 같은 말을 무심코 했다간, 그 난이도를 전제로 이것저것 할 녀석이 떠오르니까 말이야."

그 인물이 키바야시라는 것은 타츠카와도 쉽게 짐작했다.

"확실히. 조심해야겠네."

타츠카와는 겉으로는 가볍게 대답하면서도, 아키라의 언동에 관심을 보였다.

(겸손이 아니로군. 자기 혼자서는 이길 수 없었다고 진심으로 생각하고 있어. 셋이서 덤볐다고 먼저 대답한 건 그런 뜻이다.)

타츠카와는 그렇게 생각하고, 동시에 생각한다.

(하지만 이 녀석은 여유롭거나 쉽게 이기지도 못하고 고생도 하겠지만, 자기 혼자서도 어떻게든 될 거라고 생각하고 있어. 이쪽도 거짓말은 아니군. 진심으로 그렇게 생각하고 있어.)

자기 혼자서는 이길 수 없지만, 자기 혼자서도 어떻게든 된다.

그것이 아키라의 생각에선 모순되지 않는다. 타츠카와는 그렇게 앞뒤가 맞지 않는 부분에 아키라가 강한 비결이 있는 것 같았다.

(뭐, 그걸 캐물을 생각은 없지만. 비장의 카드나 최후의 기술 정도는 누구나 숨기는 법이니까.)

타츠카와의 추측은 대체로 옳다. 아키라는 그 융합체를 자기 혼자서, 자기 힘으로는 이길 수 없다고 생각하고 있다. 한편으로, 알파의 서포트를 처음부터 충분히 받았더라면, 일행의 지원이 없더라도 어떻게든 됐을 거라고 생각하고 있다.

이 모순된 말과 태도는 아키라의 복잡한 심중에서 비롯된 것이다. 알파의 서포트를 포함한 힘을 대외적으로 자기 실력으로서 과시하기로 했지만, 제아무리 아키라라도 그 융합체를 쉽게 해치울 수 있었다고 말하기는 어려웠다.

타츠카와도 그 부분까지는 간파하지 못한다. 간파하지 못해서, 불가사의하게 강한 헌터를 흥미로운 눈치로 보고 있었다.

그 시선을 아키라가 괴이쩍게 여긴다.

"뭔데……?"

"아니, 키바야시가 아주 기뻐할 만하다고 생각해서."

아키라는 질색하는 표정을 지으면서, 되받아치듯이 말한다.

"그건 너도 그렇잖아. 인형병기에 타고 있다고 해도 혼자서 이런 데 와서 돌아가지 못하게 됐으니까. 무난하고 안전하게 돈만 버는 녀석이 된 타츠카와가 또 무모한 짓을 하게 되었다고 키바야시가 좋아 죽으려고 하지 않을까? 게다가 그런 위험한 짓은 멜시아가 막는 거 아니었어?"

아키라의 지적에, 타츠카와가 슬쩍 눈을 돌린다.

"아니야, 아니라고. 그건……. 그래, 부대의 효율적 운용을 생각하면 내가 앞에 서는 게 가장 좋았을 뿐이라고. 물론 조금 지나치게 앞선 탓에 나만 이 공간에 들어오게 됐지만, 그 덕분에 동료들은 무사할 테니, 부대 전체의 안전을 생각하면 나쁘지 않은 판단이었다고……."

여기에 없는 누군가에게 변명하듯, 나중에 할 해명의 내용을 지금 미리 생각하고 있는 것처럼, 타츠카와가 계속해서 말한다.

"그래! 운이 없었을 뿐이야! 아키라도 그렇잖아? 이런 일이 생길 줄은 몰랐을 거야. 최대한 조심하면서 이동했는데도 예상 밖의 사태에 마주친 거지. 그뿐이야. 무모하게 굴려는 생각은 조금도 없었어. 안 그래?"

"뭐, 그렇긴 하지만."

"그렇지?"

타츠카와는 만족스럽게 고개를 끄덕였다. 하지만 거기에 아키라가 말을 이었다.

"그걸 상대가 믿어 주면 좋겠지만 말이야."

"그런 말 하지 마. 그 녀석을 화나게 하면 큰일이거든?"

연인을 달랠 노력을 떠올리며, 타츠카와가 고개를 숙이고 작게 한숨을 쉬었다. 그리고 그 얼굴을 들었다.

그 순간, 타츠카와의 표정이 경악으로 딱딱하게 굳는다. 고개를 든 얼굴 앞에 펼쳐진 광경은 끝없이 이어지는 새하얀 공간이 아니라 고층 빌딩의 시가지였다.

아키라도 주위의 변화에 놀라 사방을 둘러본다. 아키라 일행은 마치 순간 이동이라도 한 것처럼 구세계의 도시 안에 있었다. 하지만 바로 옆에 널브러진 융합체의 사체가 아키라 일행이 같은 장소에 있다는 것을 알려주고 있었다.

근처 빌딩을 올려다본다. 고층 빌딩 위에는 새하얀 공간이 아니라 밤하늘이 펼쳐져 있었다. 하지만 주위의 밝기에는 변화가 없다. 한낮의 밝기 그대로다. 아키라가 자신도 모르게 중얼거린다.

"정말이지, 뭐든지 다 되는군."

근처에서 쉬고 있던 캐럴도 이 사태에 놀라 토가미와 함께 허둥대는 기색으로 아키라가 있는 곳까지 왔다. 그리고 주위를 둘러본 후 말했다.

"아키라. 이 빌딩, 진짜라고 생각해?"

"글쎄. 정보수집기 반응으로는 진짜 같긴 하지만……."

그것을 별로 믿을 수 없다는 것은 이미 체험한 바가 있다. 실감이 나는 입체영상일까? 아니면 진짜일까? 아키라는 그 진위를 고민하는 눈으로 근처 빌딩을 봤다.

그러자 타츠카와가 가볍게 말한다.

"확인해 볼까."

그리고 그 자리에서 자신의 인형병기를 원격 조종한다. 빨간 기체가 탑승자 없이 움직여 거대한 주먹으로 빌딩을 때렸다.

빌딩 외벽에 큰 구멍이 뚫린다. 구멍 너머에는 방이 있고, 바닥 등과 일체화된 의자나 테이블을 볼 수 있었다.

그 실내는 전혀 어질러지지 않았다. 즉, 큰 구멍을 뚫었을 때 생기는 잔해, 원래는 벽의 일부였을 부스러기 같은 것이 전혀 없었다. 그것들은 벽에 구멍이 뚫린 순간 사라졌다.

빨간 기체가 빌딩에서 팔을 뽑아낸다. 몇 초 뒤에 빌딩 벽의 큰 구멍이 갑자기 사라졌다. 구멍이 뚫린 벽의 영상을 구멍이 없는 벽의 영상으로 바꾼 것처럼, 한순간에 원래대로 돌아와 있었다.

타츠카와가 자신의 견해를 말한다.

"진짜로 때린 감각이 있었어. 내부도 잘 만들어졌고, 가구 같은 것까지 있었지. 겉으로만 번지르르한 모형이나 가짜도 아닌 것 같은데……."

캐럴이 자기 생각을 말한다.

"이거, 아마도 입체영상과 포스 필드 실드만으로 빌딩을 세운 거 아닐까? 구세계의 건축 기술일 경우, 이 정도의 강도를 지닌 건축물로 괜찮다면 고층 빌딩이라고 해도 짓는 데 건축 작업조차 필요 없다는 뜻일지도 모르겠네. 내부까지 포함해서."

본인이 말하고도 조금 억지가 심하다고 생각했지만, 캐럴은 구세계 기술이라면 그 정도 일은 가능할 것이라고도 생각했다.

그리고 그것을 들은 타츠카와는 자신도 오랜 헌터 활동 중에 구세계 기술에 의한 다양한 것들을 본 경험에서, 그 설명에 납득했다.

"그런 건가. 잠깐. 그렇다면……. 그런 뜻이었던 건가? 이 영역을 제3심부로 부른다 치면, 나는 주위가 새하얗게 되었을 때 제3심부에 진입했다고 생각했지만, 내가 제2심부의 안쪽이라고 생각하며 나아가던 주변은 사실 이미 제3심부 안이었고, 주위 건물은 전부 이것과 같은 입체영상과 포스 필드 실드로 된 건물이었다는 건가? 그리고 그것이 해제되면서 주위가 갑자기 새하얗게 된 거고……."

타츠카와의 예상을 듣고, 아키라 일행도 자신들이 제3심부에 들어왔을 때를 돌이켜본다. 앞뒤가 맞는 것 같았다.

그리고 아키라가 문득 떠올린다.

"어? 그렇다면 지금이라면 나갈 수 있는 거 아닐까? 어디부터가 제3심부인진 모르겠지만, 지상에서도 지하에서도 이런 풍경일 때는 제2심부와 연결되어 있었다는 거잖아?"

그 말을 들은 캐럴이 기쁜 듯이 웃는다.

"시도해 볼 가치는 있겠네. 아키라. 해보자."

아키라 일행은 고개를 끄덕이며, 곧바로 이동 준비를 시작한다. 타츠카와는 자신의 인형병기에 탑승하고, 아키라 일행은 아키라의 바이크에 앉았다. 그때 타츠카와가 말한다.

"아, 누구 한 명은 이쪽에 탈래? 두 명은 무리지만, 한 명 정도라면 어떻게든 될 거다."

한 대의 바이크에 세 명이나 타고 있는 아키라 일행이 서로 얼굴을 본다. 그리고 토가미가 자진해서 결정한다.

"그러면 내가 저쪽에 탈게."

자신이 이쪽에 있어도 짐짝만 된다. 그렇다면 자신이 옮기는 게 좋다. 토가미는 그렇게 판단했다.

"아키라. 그걸로 괜찮아?"

"캐럴. 어떻게 할래?"

지금 자신은 캐럴과 토가미 양쪽의 호위를 맡고 있지만, 호위 의뢰의 우선순위는 먼저 계약한 캐럴이다. 그렇다면 바이크보다 안전한 인형병기 쪽에 캐럴을 태우는 것이 좋을지도 모른다. 아키라는 그렇게 고민하고 캐럴에게 물어봤다.

그리고 캐럴은 아키라가 하려는 말을 알면서 웃으며 대답한다.

"나는 아키라가 지켜주기로 계약한 거잖아?"

그 말을 듣고, 아키라도 웃으며 고개를 끄덕였다.

"알았어. 토가미. 옮겨 타."

"그래. 그러면 아키라. 나는 저쪽에서 편하게 있는다? 미안해."

토가미가 농담처럼 말하면서 빌렸던 총을 아키라에게 돌려준다. 그리고 자기 실력으로는 전력이 될 수 없다는 것을 안타깝게 생각하고, 그것을 살짝 표정에 드러내면서 타츠카와의 기체에 탑승했다.

한 기와 한 대가 된 아키라 일행은 우선 가까운 고층 빌딩의 옥상을 목표로 이동하기로 했다. 거기서 아키라가 타츠카와에게 별 생각 없이 묻는다.

"그러고 보니, 여기를 제3심부로 치자고 했지만, 여기가 진짜로 제3심부 아닐까?"

"응? 아아, 그 부분은 지금은 공통 인식이 없으니까. 전부 잠정적인 거야."

지금은 각 헌터 팀이 유적 중심부 공략을 다투고 있는 단계다. 여기부터가 제3심부라고 쿠가마야마 시티가 정하거나, 헌터들

사이에서 인식을 공유하진 않았다.

이미 제3심부에 도달했다고 선언하고 있는 헌터 팀도 있지만, 그것은 그 팀이 멋대로 말하고 있을 뿐이다. 그것을 다른 팀도 인정할 정보라도 내놓으면 모를까, 지금은 각 팀이 유적 공략 정보를 숨기고 있으므로, 그러한 인식의 조율도 발생하지 않는다.

하지만 머지않아 이 영역이 제3심부로 불릴 것이다. 타츠카와는 그렇게 확신하고 있었다.

“우리는 이미 제3심부에 도달했다고 떠벌리는 녀석들도 있지만, 그 녀석들은 이렇게 새하얀 공간 이야기는 조금도 하지 않았지. 그걸 생각하면 이 제3심부에 제일 먼저 도착한 건 우리일지도 모를걸?”

“그런가?”

“뭐, 먼저 도착한 다른 팀이 정보를 은폐한 걸지도 모르지만, 그래도 우리가 먼저 여기 정보를 퍼뜨리면 상관없지. 나중에 ‘아니야. 우리가 더 빨랐어.’ 같은 소리를 하는 녀석이 나타나도 이미 늦었지.”

“그런 건가.”

그 짧은 잡담 사이에 아키라 일행은 빌딩 옥상에 도착했다. 거기서 보이는 경치는 고층 건축물이 끝없이 이어지는 구세계 도시의 광경이었다. 그것이 제2심부까지 이어져 있는지는, 먼 곳의 풍경이 극도로 짙은 무색 안개에 가려진 탓에 알 수 없다.

아키라가 살짝 끙끙거린다.

“으음. 아무튼 더 가 볼 수밖에 없다고 치고. 타츠카와, 어느 쪽으로 갈 거야?"

공중을 나는 융합체의 무리와 마주쳐도 타츠카와가 전위에서 물리쳐 주길 기대하며, 아키라는 타츠카와에게 물어보았다.

"그렇군. 기체의 측위 시스템을 믿는다면 저쪽인데……."

이미 측위 시스템은 광역 지도에서의 위치나 고도, 이동 거리도 신뢰할 수 없는 상황이다. 하지만 방위 정도는 아직 약간의 오차가 있는 정도로 끝나지 않을까. 타츠카와는 그렇게 기대하며 쿠가마야마 시티의 방향을 손가락으로 가리켰다.

거대한 손가락이 가리키는 방향으로 아키라가 시선을 향한다.

"저쪽인가."

그 직후, 알파의 표정이 현저하게 딱딱해진다.

『아키라. 경계해.』

주의가 아니라 경고에 가까운 알파의 분위기에 아키라도 단숨에 경계를 강화했다. 그리고 타츠카와에게 위기 상황임을 암묵적으로 전달한다.

"타츠카와. 뭔가 위험한 느낌이 들어."

"알았다……."

아키라의 험악한 분위기를 감지한 타츠카와는 그 몹시 엉성한 설명을, 자세히 묻지 않고 받아들였다.

고랭크 헌터의 직감은 믿을 만하다. 게다가 실력자일수록 정밀해진다. 그 사실을, 자신도 그런 실력자인 타츠카와는 잘 알고 있었다.

그리고 그것이 증명된다. 기체의 색적 기기가 전방에서 강한 반응을 포착했다. 고농도 무색 안개에 덮여 있는데도 그 존재를 파악할 수 있을 만큼, 거대하고 고에너지인 무언가가 그곳에 있었다.

무색 안개의 영향 속에서는 어딘가에 잠복했을지도 모르는 몬스터 등, 있는지 없는지도 모르는 것을 찾긴 매우 어렵다. 하지만 그곳에 있다고 확정된 존재의 상세를 조사하는 것은 정보수집기 등의 해석 범위를 좁혀서 정밀도를 높이면 되므로 비교적 용이하다.

빨간 기체의 고성능 색적 기기가 반응의 상세한 정보를 해석해 상대의 형체를 점차 드러나게 한다. 아키라도 맨눈으로 인식하기 어려운 상대의 모습을 알파의 서포트를 통해 확장시야에 표시한다. 먼 곳의 풍경과 섞여 매우 흐릿했던 상대의 모습이 조금씩 뚜렷해진다.

그리고 그 모습이 충분히 파악되었을 때, 아키라는 자신도 모르게 딱딱한 웃음을 지었다.

"나도 알아……. 저건, 괴수란 녀석이지?"

최전선 부근에 서식하는, 산처럼 거대한 생물형 몬스터는 그 엄청난 크기와 강함 때문에 괴수라고 불린다.

몬스터는 클수록 강하다. 그것을 체현한 듯한 존재. 그 괴수가 아키라 일행의 시선이 닿는 곳에 있었다.

제230화 괴수

지하 터널을 나아가던 시로 일행은 쿠즈스하라 시가지 유적 외곽부와 제1심부 경계에 있는 격벽 앞에 도착했다. 레이나가 그 거대한 격벽을 보고 시로에게 물었다.

"막다른 길이네……. 시로. 여기서부턴 어떻게 할 거야? ……시로?"

시로는 레이나의 말이 안 들리는 느낌으로 표정을 굳혔다.

"큰일이야……."

"큰일이라니, 혹시 이게 열려 있어야 했던 거야? 여기를 통과 못 하면 아키라 일행이 있는 곳에는 못 가? 하지만 이걸 억지로 열긴 힘들 것 같은데……."

"응? 아니, 일단 차량은 통과할 수 없는 크기의 우회로가 있어서, 걔네는 그쪽으로 들어갔는데……."

"아키라네도 이걸 억지로 여는 건 포기한 거구나. 그러면 우리도 그쪽으로……."

시로는 레이나의 말을 흘리면서, 딱딱해진 얼굴로 결단했다.

"아니, 괜찮아. 열겠어."

시로가 격벽을 향해 의식을 집중한다. 사카시타 중공의 시설에서 단련한 기술을 사용해서, 구영역을 통해 격벽 시스템에 개입했다. 그러자 거대한 격벽이 천천히 좌우로 열리기 시작한다.

"열었어……. 가 줘……."

그렇게 간신히 대답한 시로는 명확한 피로와 고통을 얼굴에 드러내고 있었다.

"잠깐, 괜찮아?"

"괜찮아. 가 줘. 서두르지 않으면 큰일 나."

레이나가 시선으로 시오리에게 출발을 재촉한다. 시오리는 곧바로 차를 움직였다. 아직 완전히 열리지 않은 격벽의 틈새를 통해 차가 지하 터널의 제1심부 영역으로 돌입한다.

시로는 조금 비틀거리는 느낌으로 차 내부의 의자에 걸터앉았다. 피로가 짙은 기색으로 숨을 깊게 내쉬는 시로를 보고, 레이나가 걱정하듯 말을 건넨다.

"힘들어 보이네. 큰일이라고 했지만, 그렇게 괴로운 거야?"

"그게 아니야. 아키라 쪽에서 큰일이 난 것 같아."

"어?"

"여기서부턴 몬스터가 나올 거야. 미안하지만 멈추지 말고 돌파해 줘. 올리비아 씨. 레이나 일행만으로는 시간이 걸릴 것 같으면 지원을 부탁드립니다."

"알겠습니다."

공손하게 고개를 숙인 올리비아를 보고, 시로는 추가요금이 붙는다는 말이 없어서 안도했다.

카나에가 지하 터널 안쪽을 보고 말한다.

"아가씨. 우르르 왔어요."

이 부근에 있던 몬스터들은 한 번 아키라 일행에게 전멸되었지만, 시간이 지나면서 그 숫자를 어느 정도 회복하고 있었다. 그 무리가 레이나 일행의 차량으로 쇄도한다.

그것을 보고 레이나가 목소리를 높인다.

"돌파해!"

"알겠습다!"

차량에 탑재된 총이 힘차게 불을 뿜어 전방의 무리를 휩쓴다. 무수한 몬스터가 한순간에 산산조각이 난다. 그 피와 살점, 기계 부품의 잔해 속으로 레이나 일행의 차가 억지로 돌진한다.

그 차량에 터널 천장 등에 있다가 사격을 피한 몬스터들이 덮쳐든다. 총격을 가하려는 몬스터도 있고, 차량 지붕에 뛰어오르려는 몬스터도 있다.

그 몬스터들을 먼저 지붕에 나와 있던 시오리와 카나에가 요격한다. 제1심부의 몬스터 정도는 지금의 두 사람에게 적수가 되지 않는다. 문제없이 물리쳐 나간다.

올리비아도 차량 지붕에 서 있지만, 서 있기만 하고 아무것도 하지 않는다. 시로의 지시대로 레이나 일행만으로는 제때 대처하지 못하는 상황이 생기지 않는 한 나서지 않는다. 시오리와 카나에도 그것을 이해하고, 올리비아의 수고를 덜어주기 위해 온 힘을 다해 싸우고 있었다.

이런 식이면 괜찮겠다. 레이나는 그렇게 판단하고 의식을 차량 바깥에서 차 안에 있는 시로에게로 되돌린다.

"시로. 아키라네는 어떤 상황이야?"

"엄청 서두르는 게 좋을 정도로 힘든 상황이야."

자세하게 설명할 생각은 없다. 그렇게 말하고 있다는 것 정도는 레이나도 짐작한다. 시로와 잠시 말없이 시선을 계속 맞춘다.

그 레이나의 압박에 시로가 먼저 양보했다. 가볍게 숨을 내뱉고 말한다.

"좀 있으면 제2심부 영역에 진입해. 거기서 겁먹지 않는다면 말해주지. 아키라네가 있는 데는 거기보다 더 가야 하니까."

레이나 일행이 내건 조건이니까 자신의 호위로 동행시키고 있지만, 제2심부 영역에서 제대로 싸우지 못할 것 같으면 의미가 없다. 그런 녀석들에게는 정보를 줄 수 없다. 시로는 그렇게 말하고 있는 것이며, 레이나도 그것을 이해했다.

"알았어."

그리고 레이나 일행은 제2심부와의 경계에 도착했다. 거기에 있는 격벽을, 시로가 다시 뇌에 가해지는 부하로 인한 고통을 얼굴에 드러내며 열려고 한다. 그러는 한편으로 레이나에게 충고한다.

"먼저 말하지. 너희만 되돌아간다고 해도 불평은 안 할게."

"고마워. 정말 위험할 때는 그렇게 할게."

레이나는 시로에게 그 말만 남기고 자신도 차량 지붕에 올라갔다. 그리고 시오리와 카나에가 자신을 차 안으로 되돌리려 하는 것을 시선만으로 제지하고는, 올리비아에게 묻는다.

"확인하게 해주세요. 저희만으로는 고전할 것 같으면, 도와주시는 거죠?"

"네. 시로 님께서 그렇게 지시하셨습니다."

"감사합니다."

이로써 최소한의 안전은 확보했다. 그러니 자신도 싸우는 것에 불평하지 마라. 레이나는 시오리와 카나에에게 그렇게 말하듯이 웃었다. 그리고 격벽이 열리는 것을 보고, 두 사람의 주인으로서 말한다.

"가는 거야. 올리비아 님께 수고를 끼치지 않도록 힘내자."

그대로 차량은 열리기 시작한 격벽을 통과해 제2심부의 영역에 돌입했다. 그러자 곧바로 몬스터 반응이 나타난다. 아키라 일행이 한 차례 거의 모두 해치운 다음인 것도 있어서 숫자는 적다.

하지만 그 강함은 지금까지와 완전 딴판이다. 제1심부의 상대와는 차원이 다른 싸움을 틀림없이 강요받는다. 그것을 이해하고, 레이나는 힘차게 외친다.

"자, 하는 거야!"

차량이 속도를 늦추지 않고 탑재된 총을 연사한다. 레이나 일행도 각자 총을 쏜다. 어지간한 몬스터는 티끌도 남기지 않고 날려버릴 탄막이 발사된다. 우선 한 마리, 표적이 된 개체가 그 위력을 견디지 못하고 쓰러졌다.

하지만 레이나는 살짝 인상을 썼다.

지금까지의 상대라면 무리째 해치울 수 있었던 충격이었다. 그런데도 고작 한 마리의 적이 그 탄막에 어느 정도 버텨냈다. 강하다. 그 실감이 레이나의 표정을 일그러뜨렸다.

시오리와 카나에도 예상보다 강한 적에게 놀라고 있다. 그런 두 사람에게 두 마리 몬스터가 덮쳐든다. 즉시 있는 힘껏 베고, 진심으로 때려서 요격한다. 그리고 올리비아를 힐끗 본다.

올리비아는 그대로 서 있었다. 간섭하지 않는 상태를 유지하고 있다.

그것을 본 레이나가 굳이 웃으며 목소리를 높인다.

"시오리! 카나에! 지금 느낌으로 가자!"

"네!"

"알겠습니다!"

두 종자도, 주인의 의지에 힘차게 응답했다.

그대로 레이나 일행은 지하 터널을 나아간다. 비록 숫자는 많지 않지만, 한 마리 한 마리가 매우 강한 몬스터를 연이어 격퇴하며 갈 길을 서두른다. 그때 차 안에 있는 시로에게서 통신이 들어온다.

"약속했었지. 아키라 일행의 상황을 알려주지. 바쁘다면 나중에 할까?"

"아뇨. 지금 알려줘."

"알았어."

레이나 일행의 확장시야에 아키라 일행이 뜬다. 저쪽 상황을 알기 쉽게 정보수집기 등으로부터 취득한 데이터를 바탕으로 아키라 일행의 모습을 제삼자 시점에서 띄운 것이다.

그리고 그것은 너무나도 예상 밖의 내용이었다.

"잠깐……. 이거, 뭐가 어떻게 된 거야……?"

"글쎄."

그 확장시야에는 거대한 괴수로부터 도망치는 아키라 일행이 있었다.

◆

괴수의 모습을 본 아키라가 자신도 모르게 중얼거린다.

"나도 알아……. 저건, 괴수란 녀석이지?"

지나치게 거대한 몬스터는 이상하게 발달한 체구를 가진 대형 육식 공룡처럼 생겼다. 그리고 주위에 있는 빌딩을 파괴하며 천천히 전진하고 있었다. 늘어선 빌딩의 높이는 200미터 정도지만, 그 높이로도 괴수의 흉악한 얼굴은 가릴 수 없다. 파괴의 화신과 같은 모습을 아키라 일행에게 보여주고 있다.

강하다. 크다. 이것을 해치우는 건 불가능하다. 아키라가 한눈에 그렇게 생각한 특대형 몬스터, 괴수가 그곳에 있었다.

"타츠카와. 일단 물어보겠는데, 저거, 싸워도 어떻게든 될 것 같아?"

"말도 안 되는 소리는 하지 마."

"그렇지?"

짙은 무색 안개가 깔린 덕분에 괴수는 아직 아키라 일행의 존재를 눈치채지 못했다. 그것을 확인하고, 타츠카와가 지시를 내린다.

"아키라. 저 녀석과 멀어지는 거다. 알고 있지? 천천히."

"알고 있어."

아키라 일행이 그 자리에서 반전해 신중하게 이동을 개시한다. 초조해서 속도를 내 버리면, 그만큼 발각되기 쉬워진다. 무색 안개에 묻혀 조금씩 나아가려고 한다.

하지만 그 노력도 헛수고가 되었다. 괴수와 멀어지려는 아키라 일행의 전방에서 어류와 조류가 섞인 하체를 가진 융합체가 출현한 것이다. 게다가 아키라 일행은 정보수집기나 색적 기기의 처리를 괴수 쪽에 많이 할당한 바람에 발견도 늦어지고 말았다.

물론 타츠카와의 기체라면 격퇴하기 쉽다. 하지만 교전은 고속 이동보다 눈에 띈다. 괴수에게 자신들의 존재를 들킬 위험이 커진다.

어떻게든 싸우지 않고 지나갈 수 없을까? 타츠카와는 그렇게 생각했지만, 무리였다. 아키라 일행을 눈치챈 융합체가 커다란 부리를 벌린다. 그리고 그곳에 빛의 구슬을 생성하기 시작한다.

그것을 본 타츠카와가 무심코 말을 내뱉는다.

"빌어먹을!"

그리고 기체를 조종해 전속력으로 융합체와의 거리를 좁히고, 거대한 주먹을 내질렀다.

힘차게 내지른 주먹이 융합체의 부리 안에 있는 빛의 구슬을 직격한다. 구슬이 터지며 주위에 에너지를 뿌린다. 빨간 기체의 주먹은 그 에너지를 버티고, 나아가 그대로 융합체를 때려서 산산조각으로 날려버렸다.

융합체가 에너지를 방출해 자신들을 향해 쏘면 저 너머에 있는 괴수에게 무조건 들킨다. 그렇다면 교전을 피해도 의미가 없다.

다소 눈에 띄더라도 한순간에 해치워 에너지 방출이 괴수가 있는 쪽으로 가는 것을 저지한다. 다음에는 괴수에 들키지 않기를 기대한다. 그렇게 판단하고 가한 일격이었다.

(어떻지……?)

무색 안개가 이렇게 짙으니. 의외로 괜찮을지도 모른다. 그러길 빌면서, 타츠카와가 괴수의 반응을 살핀다.

괴수가 멈추고, 그 거대한 얼굴을 아키라 일행에게 향했다.

"아키라! 도망치는 거다! 밟아!"

타츠카와가 기체를 전속력으로 날린다. 아키라 역시 한순간도 지체하지 않고 바이크를 가속시켰다. 한 기와 한 대가 구세계의 시가지 야경 속을 날아간다.

괴수에게 들켰지만 덤빈다고 단정할 수는 없다. 덤빈다고 해도 강하지만 느린 녀석이라면 도망칠 수 있을 것이다. 그렇게 기대하는 아키라 일행이지만, 첫 번째 기대는 곧바로 깨졌다. 괴수는 진로를 틀어 아키라 일행을 쫓아왔다.

그래도 괴수의 이동 속도는 아키라 일행보다 느렸다. 이 정도면 도망칠 수 있겠다. 아키라 일행은 그렇게 생각하며 살짝 안도했다.

하지만 그때 괴수가 아가리를 쩍 벌렸다.

"아래다!"

타츠카와의 지시와 동시에 아키라 일행은 급강하했다. 지면에 격돌할 기세로 고층 빌딩의 골짜기로 온 힘을 다해 뛰어든다.

한발 뒤늦게 괴수의 입에서 섬광이 방출된다. 도시 간 수송차량의 주포를 뛰어넘는 초고출력 에너지의 격류가 괴수의 전방을 광범위하게 집어삼킨다.

그 빛의 격류는 아키라 일행이 조금 전까지 있던 공중에도 가뿐하게 닿았다. 짙은 무색 안개에 의한 감쇠 효과 따위 아랑곳하지 않고, 허공을 멀리까지 태워버린다. 게다가 그 여파는 지상에도 퍼졌다. 빛에 휩쓸린 무수한 고층 빌딩이 한순간에 소멸한다. 그 빛에 아키라 일행도 휩쓸렸다.

그래도 아키라 일행은 무사했다. 괴수가 쏜 에너지는 그 사선상에 있던 무수한 건축물에 막혀 아키라 일행에게 도달할 때까지 그 위력이 대폭 약해졌다.

직격에 비하면 현저하게 위력이 떨어진 그 섬광을, 타츠카와는 기체의 포스 필드 아머 출력을 올려 방어했다. 나아가 아키라는 타츠카와의 기체를 방패로 삼은 뒤, 바이크와 강화복의 포스 필드 실드 출력을 최대한 올려서 대처했다.

위험했다. 아키라 일행은 무의식중에 안도하면서 고층 빌딩의 골짜기를 나아간다. 위로는 돌아갈 수 없다. 차폐물이 없는 공간이 더 빨리 이동할 수 있지만, 괴수의 섬광이 닿는 범위에 있는 것은 자살 행위다. 같은 이유로 큰길도 최대한 피해서 간다.

괴수의 공격으로 날아갔던 고층 빌딩군은 일반적인 건물이라면 폐허만 남을 것이다. 다음 공격 때는 사선을 가릴 수 없을 것이다. 하지만 입체영상과 포스 필드 실드로 만들어진 빌딩은 이미 아무 일 없었다는 듯이 원래대로 돌아와 있었다.

그래도 괴수가 서 있는 장소는 그대로여서, 파묻힌 상태로 빌딩이 서지는 않았다. 그 장소가 원래대로 돌아오는 것은 괴수가 지나간 다음일 것이다. 그래도 파괴되었다가 입체영상을 재표시한 것처럼 원래대로 돌아오는 빌딩군은 괴수의 이동 속도를 늦추고, 다음에 빛을 방출할 때도 아키라 일행의 방패 역할을 한다.

물론 아키라 일행도 빌딩 사이를 여러 번 꺾으며 이동해야 하는 만큼 속도가 떨어지고 있다. 그래도 괴수보다는 빠르다. 이 속도를 유지할 수 있다면 따라잡히지는 않겠지만, 거리를 벌릴 수도 없다.

게다가 아키라 일행의 앞길을 가로막는 것이 나타난다. 융합체 무리다. 하체가 짐승인 무리가 지상에서, 물고기와 새가 섞인 무리가 공중에서, 잇따라 아키라 일행을 덮친다.

후퇴할 수는 없다. 뒤에는 괴수가 있다. 승률은 눈앞의 무리 전체를 맨손으로 쓰러뜨리는 것보다 낮다. 아키라 일행은 전진밖에 선택할 수 없다.

타츠카와가 목소리를 높인다.

"엄호는 해주마! 돌파해!"

빨간 기체가 고속으로 허공을 날아, 공중에 있는 가장 가까운 융합체를 오른손 손바닥으로 때린다. 이번에는 표적의 파괴가 아닌 날려버리는 것을 노린 일격. 노린 개체를 힘차게 날리고, 그대로 다른 개체에게 맞혀서 두 개체를 한꺼번에 처리했다.

그와 동시에 왼손으로 다른 융합체를 겨눈다. 그리고 뻗은 손끝을 포구로 바꿔 무수한 빛의 탄을 발사했다. 그 탄의 위력은 제2심부의 몬스터를 쉽게 날려버릴 만큼 강하지만, 제3심부의 몬스터를 해치우기엔 부족하다. 직격하고도 한 마리도 해치우지 못했다.

그래도 견제로는 충분하다. 타츠카와는 이 포격으로 공중에 있는 무리의 움직임을 아주 짧게나마 봉쇄하고, 그 틈에 아키라를 엄호하려고 한다. 기체의 오른손 손가락도 대포로 바꾸어 지상의 융합체로 향했다.

다음 순간, 그 융합체가 양단된다. 힘차게 휘둘린 은색 칼날에 의해 두 동강이 났다.

아키라는 알파의 서포트도 있어, 타츠카와보다 먼저 융합체 무리를 감지하고 있었다. 반사적으로 체감시간 조작을 실시한다. 그리고 시간이 매우 완만하게 움직이는 세계에서, 알파에게 지시를 받는다.

『아키라. 바이크의 블레이드를 쓸 거야.』

『알았어!』

날이 없는 손잡이를 바이크의 동체에서 뽑아 블레이드 생성기에 접속한다. 손잡이와 바이크를 잇는 굵은 에너지 케이블을 통해 바이크의 대용량 에너지 탱크에서 방대한 에너지가 공급된다.

이어서 바이크의 서포트 암에 달린 RL2 복합총이 전방의 표적을 조준한다. 그리고 쏜다.

아키라의 뒤에 타고 있는 캐럴도 총격에 가담한다. 아키라가 말로 지시할 시간은 없지만, 캐럴의 확장시야에 그 지시 내용을 표시하는 것만이라면 한순간이다. 캐럴도 가속제를 사용하여 체감시간을 조작하고 있으며, 아키라의 지시에 거의 뒤처지지 않고 따랐다.

아키라 일행의 전방에 있는 짐승형 융합체가 아키라의 바이크와 캐럴에 의한 일제 포화를 뒤집어쓴다. 하지만 별다른 효과는 없다. 애초에 이 정도로 해치울 수 있다면 아키라 일행이 이 짐승형 융합체를 해치울 때 그토록 고생하지 않았을 것이다.

그래도 상대의 움직임을 굼뜨게 할 수는 있다. 게다가 지금은 알파가 아키라를 완전히 서포트하고 있다. 바이크의 충격도 아키라의 실력을 시험하려고 서포트의 질을 억제했던 지난번과는 정밀도가 완전히 다르다. 계산된 충격은 융합체의 움직임을 단순히 봉쇄하기만 하는 것이 아니라, 빛의 구슬 생성도 효과적으로 방해하고 있었다.

충격으로 융합체의 움직임을 굼뜨게 한 사이, 아키라는 바이크로 상대와의 거리를 단숨에 좁혀간다. 동시에 블레이드 생성기에서 길고 거대한 은색 칼날을 뽑아냈다.

그리고 바이크로 융합체의 짐승 부분 가랑이 밑을 빠르게 지나가며 그 블레이드를 힘차게 휘두른다. 아키라의 키를 훌쩍 넘어서는 거대 칼날은 알파의 서포트를 통한 달인의 기량으로 그 경이적인 절삭력을 유감없이 발휘했다. 정면에서 양단된 융합체가 좌우로 갈라진다. 게다가 칼몸에서 방출되는 충격으로 날아갔다.

하지만 적은 그것 하나만 있는 것이 아니다. 고속으로 달리는 바이크 바로 앞에는 다른 융합체가 있었다. 아키라는 그쪽에도 블레이드를 휘두른다. 단순히 들기만 하면 깃털보다 가볍게 느껴지는 칼날을 관성만으로 쇳덩어리보다 무겁게 느끼면서, 그 무거움을 강화복의 힘으로 휘어잡는다. 그리고 혼신의 일격을 가했다. 칼몸에서 흘러나오는 광채를 두르고 빛나는 칼날이 다음 상대도 양단했다.

그런데도 고작 두 마리를 해치웠을 뿐이다. 엄밀히는 해치우지 않았다. 그 몸을 크게 훼손하고, 아키라 일행을 바로는 쫓지 못할 상태로 만들었을 뿐이다.

게다가 융합체는 아직 남아 있다. 아키라를 향해 아가리를 쩍 벌리고 빛의 구슬을 생성하는 것이 한 마리. 인간형 상반신의 긴 팔을 휘두르려는 것이 두 마리. 직접 덤벼들려고 하는 것이 한 마리. 앞에서 위에서 옆에서 아키라를 노린다.

많다. 이것들을 한꺼번에 상대하는 것은 도저히 불가능하다. 그렇게 생각하고 아키라는 표정을 마구 찡그렸다.

하지만 그때 타츠카와가 엄호한다. 대량의 빛의 탄을 맞고 융합체들의 움직임이 몹시 흐트러졌다. 그 틈에 아키라가 적들의 옆으로 빠져나간다. 그와 동시에 스쳐 지나가며 블레이드를 휘둘러 두 마리를 크게 갈랐다.

위에서 날고 있는 타츠카와가 통신을 보낸다.

"제법이잖아! 키바야시가 좋아할 만하네!"

"너도 말이지!"

"피장파장이군! 아키라! 또 괴수의 공격이 온다! 더 앞으로 나가!"

"알았어!"

전방에도 아직 다수의 융합체가 있다. 그래도 아키라는 타츠카와의 지시대로 더 앞선 위치를 잡는다. 그와 동시에 타츠카와는 기체를 아키라의 바로 뒤로 이동시켰다.

다음 순간, 아득히 후방에 있는 괴수가 다시 에너지의 격류를 토해냈다. 그 격렬한 빛은 무수한 고층 빌딩을 삼키고, 소멸하며, 지난번보다 먼 위치에 있던 아키라 일행에게까지 도달하고, 나아가 그 앞에 있는 융합체들까지 집어삼킨다.

아키라 일행 뒤에 있던 융합체들은 괴수의 공격으로 소멸했다. 앞에 있는 융합체들도 새까맣게 타서 멀쩡하게 움직일 수 있는 상태가 아니다.

그 특대형 에너지 공격을, 아키라 일행은 지난번과 같은 방식으로 막았다. 포스 필드 아머와 포스 필드 실드를 위해 사용한 에너지가 기체와 바이크의 남은 에너지를 통째로 뭉텅 가져간다. 새까맣게 탄 융합체 옆을 빠져나가면서 타츠카와가 딱딱하게 굳은 목소리를 낸다.

"저걸 막을 수 있는 건 기껏해야 앞으로 두 번이겠군. 아키라. 너는?"

"그렇다면 나도 두 번이야. 타츠카와가 방패가 되어 주지 않으면 처음부터 0이고."

"그런가. 뭐, 할 만큼 해볼 수밖에 없겠지. 거참, 이걸 키바야시가 알면 대폭소 확정이군."

농담하듯 웃는 타츠카와의 장단에 맞춰 아키라도 기운을 내며 웃는다.

"동감이야……. 어쩔 수 없지. 그 녀석을 웃겨 죽이자고!"

"그래 보실까!"

자신들이 살아 돌아가지 않으면 이 싸움을 키바야시가 알 일이 없다. 그리고 키바야시를 가장 웃게 하는 요소는 이 무리, 무식, 무모를 체현한 듯한 상황에서 자신들이 생환하는 것이다. 아키라도, 타츠카와도, 키바야시에게 휘둘렸던 사람으로서 그것을 잘 알고 있었다.

구세계의 도시 속을 한 기와 한 대가 달린다. 아키라도, 타츠카와도, 죽을 마음은 추호도 없었다.

도망치는 아키라 일행과 쫓는 괴수. 그리고 아키라 일행의 앞길을 가로막는 융합체 무리의 공방이 계속된다.

융합체는 타츠카와가 헌터 랭크 78의 실력을 과시함으로써 어떻게든 되고 있다. 아키라도 알파의 서포트를 완전히 받고, 최대한 발목 잡지 않게끔 기를 쓰고 있다.

그런데도 괴수의 공격은 어쩔 수가 없다. 막을 수 있는 것은 앞으로 두 번. 그 사실은 아키라 일행이 아무리 노력해도 뒤집히지 않는다.

세 번째 공격을 막는다. 주위의 피해는 아키라 일행이 괴수와의 거리를 벌린 덕분에 다소 줄어들었다. 하지만 나머지 횟수가 늘어날 정도는 아니다. 이제 앞으로 한 번.

이쯤 되면 아키라도 초조해지기 시작한다. 초조한 이유는, 막을 수 있는 것이 다음으로 마지막이라는 사실만이 아니다. 이미 상당한 거리를 이동했는데도 주위 풍경이 전혀 변하지 않는다. 즉, 지금이라면 제3심부에서 탈출할 수 있다는 예상이 빗나갔을 위험이 커지고 있었다.

『알파. 어떻게 안 될까?』

무의식중에 그렇게 물어본 아키라에게. 알파가 진지한 표정으로 되묻는다.

『아키라. 확인할게. 내가 어떻게든 해도, 정말 괜찮은 거지?』

그렇게 되묻자 아키라도 이해한다. 부탁하면, 알파는 정말로 어떻게든 해줄 것이다. 하지만 그 경우, 어떻게든 되는 것은 자신뿐. 다른 사람들은 모두 죽을 것이다. 구체적으로 뭘 할지는 모르겠지만, 알파는 그런 수단으로 어떻게든 할 것임을.

그렇다면 안 된다고 말할 수는 없다. 쌓이고 쌓인 빚을 갚기 위해, 알파의 의뢰를 달성해야 한다. 여기서 죽을 수는 없다.

그래도 부탁한다고 말할 수는 더더욱 없다. 자신은 캐럴과 토가미의 호위를 맡고 있다. 그 자신이 두 사람을 버리는 듯한 결단을 내려서는 안 된다.

어느 쪽의 의지도 부정하지 않기 위해, 아키라는 아슬아슬한 결단을 했다. 그것을 말한다.

『한계가 올 때까지 기다려 줘.』

『알았어.』

알파는 그것만 대답하고 더 아무 말도 하지 않았다. 그리고 아키라도 더 묻지 않았다.

괴수의 네 번째 공격이 온다. 거리를 더 벌린 만큼 그 위력은 대폭 떨어졌다. 그래도 방어할 수 있는 횟수는 늘어나지 않는다. 이로써 앞으로 0번. 다음 공격을 맞으면, 아키라는 흔적도 없이 사라질 것이다.

그래도 아키라는 알파에게 아무 말도 하지 않는다. 자신만 보험을 들고 싸우고 있다고 해도, 모두가 살아 돌아갈 수 있게끔 온 힘을 다한다. 자신의 의지로 이젠 틀렸다고 판단하지 않는다. 알파가 해결하는 것을, 죽기 살기로 막는다. 그러기로 결심했다.

한없이 이어지는 구세계의 시가지를, 앞길을 가로막는 융합체들을 쓰러뜨리면서, 아키라 일행은 온 힘을 다해 달려 나간다. 다섯 번째 공격은, 지금까지의 감각으로는 이제 곧 올 것이다. 그 공포에 굴하지 않고, 끝까지 포기하지 않고, 아키라 일행은 가능한 모든 것을 했다.

그리고 마치 그 노력이 결실을 본 것처럼, 괴수의 다섯 번째 공격은 특대형 에너지 방출이 아니라 산만 한 덩치로 돌진하는 것이었다. 무수한 고층 빌딩을 넘어뜨리며 아키라 일행에게 돌진한다.

광선을 네 번 쏘고도 죽이지 못한 괴수는 자신들이 유효 사거리 밖에 있다고 판단하고, 그렇다면 거리를 충분히 좁혀야 한다는 생각으로 달리기 시작한 것이리라. 아키라 일행은 그렇게 생각하고, 유예가 늘어난 것에 아주 조금이나마 안도한다.

하지만 그것도 결국 시간문제에 지나지 않는다. 거리를 좁힌 다음에 광선을 쏘면 끝장이다. 게다가 괴수의 돌진 속도는 덩치가 큰데도 아키라 일행보다 빨랐다.

캐럴이 아키라 뒤에서 어딘가 체념한 듯이 웃는다.

"아키라. 어떻게든 될 것 같아?"

"할 거야!"

포기할 마음은 추호도 없다. 그렇게 말하는 듯한 당당한 대답에, 캐럴은 조금 놀란 표정을 지었다. 그리고 웃는 얼굴에서 그늘을 지운다.

"그래? 그러면 힘내!"

"그래!"

결의를 드러내며, 아키라는 힘차게 대답했다.

바로 그때였다. 시로에게서 통신이 도착한다.

『아키라! 이쪽이야!』

겨우 찾아온 생환의 기회에, 아키라는 자신도 모르게 얼굴에 웃음을 띠었다. 그리고 자신들의 상황을 알고 있는 상대에게 염화로 언성을 높인다.

『시로! 늦었잖아!』

『미안해! 이것도 서두른 거라고! 너희도 서둘러!』

아키라의 확장시야에는 이미 시로가 전송한 탈출 지점이 표시되어 있었다. 그 장소를 확인한 아키라가 짓고 있던 표정을 단숨에 굳힌다.

『거기냐?!』

『거기야! 서둘러!』

지정 장소는 유적 내부의 큰길. 아키라 일행과 괴수 사이였다.

"타츠카와! 이쪽이야!"

아키라가 그렇게 말하면서 바이크를 조종한다. 공중에서 달릴 수 있는 바이크의 이점을 살려서, 눈에 보이지 않는 구부러진 파이프 속을 통과한 것처럼 거의 감속하지 않고 이동 방향을 반대로 틀었다.

그리고 그대로 주위의 고층 빌딩보다 높이 올라 장애물이 없는 하늘에서 속도를 높인다. 건물을 방패로 삼든 안 삼든 어차피 괴수의 다음 광선을 맞으면 흔적도 없이 사라질 것이다. 그렇다면 시로가 있는 곳에 가장 빠르게 도달하는 것만을 생각한다.

탈출 지점 정보는 타츠카와에게도 전달되었다. 타츠카와도 곧장 아키라를 따른다.

"드디어 구조가 왔나! 조금 늦은 거 아니야?"

"그래! 하지만 완전 늦은 것보다는 낫잖아!"

"그렇지! 밟아!"

"너도 말이지!"

괴수가 먼 곳에서 자신들을 향해 다가오는 박력 넘치는 광경을 보면서, 아키라 일행은 그 방향으로 죽기 살기로 서두른다. 괴수와 아키라 일행 사이에는 융합체가 안 보인다. 괴수의 광선으로 소멸했다. 그 덕분에 아키라 일행은 기체와 바이크의 성능이 허락하는 최대한의 속도를 낼 수 있었다. 괴수와 아키라 일행의 거리가 급격히 줄어든다.

거침없이 돌진하던 괴수가 그런 아키라 일행을 보고 멈추려고 한다. 이동하면서 광선을 쏠 수는 없기 때문이다. 하지만 그 거대한 몸뚱이 때문에 갑자기 멈출 수는 없다. 넘어지지 않도록 서서히 속도를 줄여 나간다. 그사이 아키라 일행은 탈출 지점과의 거리를 좁혀 나간다.

괴수가 드디어 멈춰 선다. 하지만 바로 광선을 쏠 수는 없다. 압도적인 에너지를 방출하는 것이다. 그만큼 충전이 필요하다. 게다가 돌진으로 소비한 에너지도 있다. 다음 방출분의 에너지를 모으는 데는 이전보다 시간이 더 필요했다.

물론 그것은 몇 초 정도의 짧은 시간에 불과하다. 하지만 지금의 아키라 일행에게는 귀중하기 짝이 없는 시간이었다.

그 시간을 활용해 아키라 일행이 탈출 지점 근처에 도달한다. 그곳에는 큰길 중간에 터널 출입구만이 합성 이미지처럼 열려 있는 광경이 있었다.

"저기냐!"

아키라 일행이 터널 안으로 뛰어들려고 한다. 하지만 그때 충전을 마친 괴수가 아가리를 아키라 일행에게 돌렸다. 극도의 집중으로 정지한 듯한 세계에서, 아키라는 괴수의 입에서 흘러나오는 빛을 보았다.

그래도 아키라는 조금도 포기하지 않았다.

(아직이야! 아직 알파는 어떻게든 하려고 하지 않아! 아직 늦지 않았어!)

늦었는지 아닌지는 자신이 결정할 일이 아니다. 그리고 늦지 않았다면 자신은 아직 발버둥 칠 수 있다. 그렇게 생각한 아키라는 손에 든 거대 블레이드를 겨누었다.

이 블레이드로 괴수가 쏘는 에너지의 격류를 벨 수 있다면, 그 흐름을 바꿀 수 있다면, 어떻게든 될 것이다. 아니, 할 수 있는지 없는지가 아니다. 한다.

그렇게 결심하고, 아키라가 블레이드를 휘두른다. 그 칼날에 에너지를 최대한 쏟아부어, 온 힘을 다해, 있는 힘껏 휘둘렀다.

그와 동시에 괴수가 거대한 아가리에서 광선을 방출한다. 모든 것을 집어삼키는 에너지의 격류가 일대를 완전히 삼켰다.

하지만 아키라 일행은 살아 있었다. 십자 모양의 참격이 섬광을 가르고, 빛의 격류에서 아키라 일행을 벗어나게 했다.

그 광경을 본 아키라가 신기하게 생각한다.

(십자……?)

자신은 한 번밖에 베지 않았다. 그런데도 에너지의 격류는 십자 모양으로 베였다. 왜지? 그 의문의 답은 아키라의 옆에 있었다.

그곳에는 올리비아가 발도 자세를 마친 채 서 있었다. 그리고 공중에 선 채로 납도를 마친 뒤 아키라에게 말한다.

"서두르시는 것이 좋지 않을까 합니다."

아키라는 극한의 체감시간 조작으로 시간이 멈춘 듯한 세계에 있었다. 그런데도 아키라가 올리비아의 말을 알아들을 수 있었던 것은 올리비아가 아키라의 체감시간에 맞춰 말하고 있기 때문이다. 칼집에 넣는 동작도 실제로는 한순간이며, 통상적인 체감시간으로는 눈으로 인식할 수조차 없다.

"그, 그래……."

아키라는 간신히 그렇게만 대답하고, 엄밀히는 본인의 감각으로는 그렇게 들릴 뿐인 대답을 하고는, 타츠카와와 함께 터널 안으로 들어갔다.

그것을 확인하고 올리비아도 터널 안으로 되돌아간다. 그 직후, 터널은 그 자리에서 홀연히 모습을 감췄다.

괴수로부터 간신히 도망쳐 나온 아키라가 지하 터널 안에서 숨을 크게 내쉬었다.

"위험했어……."

후방의 상황은 확장감각으로 뒤돌아보지 않아도 파악할 수 있다. 괴수의 반응이 없는 것은 물론이고, 제3심부의 풍경조차 보이지 않는다. 아키라 일행의 뒤에 있는 것은 짧은 지하 터널과 검게 칠한 듯한 어둠뿐이다. 너무 어두워서 이상하게 느껴질 정도였다. 그것은 아키라 일행이 제3심부에서 탈출했다는 사실을 알려주고 있었다.

캐럴은 아키라의 뒤에서 반쯤 넋이 나가 있었다. 하지만 살았다는 것을 조금 시간을 들여 이해하고, 실감하자, 아키라를 끌어안고 큰 소리로 웃기 시작했다.

아키라도 덩달아 웃기 시작한다. 위기에서 벗어난 고양감이 진정될 때까지, 아키라와 캐럴은 그대로 둘이서 웃고 있었다.

한바탕 웃은 아키라 일행이 타이밍을 맞춘 것처럼 평정심을 되찾는다. 캐럴이 의식을 전환하듯이 크게 숨을 내쉬고, 차분한 말투로 기쁜 듯이 말한다.

"아키라. 어떻게든 됐네."

"응. 어떻게든 됐지."

알파가 해주지 않고, 어떻게든 됐다. 자신도, 다른 일행도 죽지 않고 무사했다. 다행이다. 아키라는 그렇게 생각하며 다시금 안도했다.

그때 아키라 일행 위를 날고 있는 타츠카와에게서 통신이 들어온다.

"아키라. 위험했는걸. 이걸로 키바야시를 웃겨 죽이는 건 확정이다. 그나저나 그 사람이랑 아는 사이야?"

타츠카와는 바이크를 타고 달리는 아키라와 태연히 나란히 달리고 있는 올리비아를 두고 말했다. 괴수가 방출한 에너지의 격류를 가른 것도 대부분이 올리비아에 의한 것임을, 아키라의 뒤에 있던 타츠카와는 똑똑히 보고 있었다.

아키라가 올리비아를 다시 본다. 본 기억은 없었다.

"아니, 몰라. 시로가 호위를 고용해서 이쪽으로 올 거라고 했으니까. 아마 그 호위일 거야."

이이다 상업구 유적에서 올리비아가 아키라 일행에게 모습을 드러냈을 때, 아키라 자신은 격전을 치른 직후여서 정신을 잃은 상태였다. 그 뒤로 알파도 시오리도 아키라에게 올리비아에 대해 알려주지 않았기 때문에, 아키라는 올리비아를 알지 못했다.

올리비아가 가볍게 도약한다. 그리고 공중에 있는 동안 자세를 바로잡고, 관성만으로 아키라의 바이크와 나란히 달리면서, 달리는 자세가 아닌 선 자세로 아키라에게 공손히 머리를 숙였다.

"리온즈테일의 올리비아라고 합니다. 당사를 이용 중이신 시로 님으로부터 아키라 님의 구조 지시를 받아, 주제넘게도 개입했습니다."

"아, 아뇨, 덕분에 살았어요."

"황송합니다. 무사하셔서 천만다행입니다."

도약을 마친 올리비아가 다시 달리기 시작한다. 아키라는 올리비아의 언행에 조금 질겁했지만, 정신을 차리고 타츠카와를 향해 말한다.

"거봐. 역시 시로의 호위야."

"그런 것 같군. 그나저나…… 리온즈테일인가……. 확실히 거기라면 이만한 인재가 있어도 이상할 건 없지만, 이 정도의 실력자라면 고용하는 데 상당한 돈이 들 테고, 그만한 연줄도 필요할 텐데……. 어이, 아키라. 그 시로는 어떤 녀석이야?"

"나도 몰라. 나는 토가미를 고용한 녀석이라는 것만 알아. 토가미는?"

토가미가 타츠카와의 기체 안에서 대답한다.

"나도 그 녀석에게 고용된 거고, 본인에 관해서는 전혀 몰라. 시로라는 이름도 가명이겠지?"

"그렇겠지. 뭐, 여기까지 왔을 테니 궁금한 건 본인에게 묻자."

그대로 지하 터널을 이동하자 레이나 일행이 차를 세우고 밖에서 기다리고 있었다. 바이크를 세운 아키라가 거기에 있던 시로의 얼굴을 보고 놀란다. 시로는 능글맞게 웃고 있었다.

"안녕, 아키라. 오랜만이네."

"토가미를 고용했던 게 너였냐……."

근처에 인형병기를 세운 타츠카와가 토가미와 함께 내린다.

"아키라. 시로와 아는 사이야?"

"응. 전에 그런 일이 좀 있었어. 자세한 건 묻지 마. 이래저래 사정이 있어."

타츠카와는 아키라와 시로의 태도에서 뭔가 귀찮은 일의 낌새를 감지하고, 사정을 더 물어보지 않았다.

"알았어. 묻지 않을게."

토가미는 시로가 있는 것보다, 이 자리에 레이나 일행이 있다는 것에 놀라고 있었다.

"레이나. 오랜만이야. 쿠가마야마 시티를 떠났다는 이야기를 들었는데, 돌아온 거야?"

"그래. 조금 사정이 있어서 떠났다가 어제 돌아왔어. 건강해 보여서 다행이야."

레이나가 친근하면서도 고상하게 웃자, 토가미는 속으로 조금 동요했다. 그것을 얼버무리듯이 쓴웃음을 짓는다.

"건강해 보여서 다행이라니, 레이나, 그게 방금 죽을 뻔했던 사람한테 할 말이야?"

"그래? 그렇다면 무사해서 다행이라고 다시 말할게."

"그것참 고마운걸."

토가미는 마음 편한 대화에 그리움을 느끼면서, 레이나의 낌새를 다시 살폈다. 여기에는 아키라가, 경위야 어떻게 됐든 카츠야를 죽인 사람이 있다. 괜찮을지 조금 걱정하고 있었다.

그 레이나가 시선을 아키라에게 돌리고, 조금 어이없다는 듯이 웃으며 말한다.

"그나저나 아키라는 여전히 파란만장한 나날을 보내나 봐. 아키라답긴 하지만."

"나도 좋아서 이런 일을 겪는 건 아닌데."

레이나를 알아본 아키라는 자신이 카츠야를 죽인 것도 있어서 미묘하게 거북했다. 하지만 레이나가 먼저 편안한 태도를 보였기에, 아키라도 그 장단에 맞추기로 했다.

"그래서? 레이나는 왜 시로와 같이 있는 거야?"

"아, 그거 말인데……."

레이나가 입을 다문다. 레이나는 자세한 사정은 아키라가 구조된 다음에 설명하는 게 좋다는 말을 시로에게 들었다. 즉, 지금이다. 하지만 막상 말하려고 하니, 무엇부터 어떻게 이야기해야 할지 망설이고 있었다.

그때 타츠카와가 끼어든다.

"자세한 이야기는 돌아가면서 하지? 여기는 아직 통신이 불안정해. 내 사정이라서 미안하지만, 먼저 동료들과 제대로 통신이 연결되는 데까지 이동하고 싶군."

그 말을 들은 아키라 일행은 덩달아 고개를 끄덕이고, 우선 출발하기로 했다. 그때 레이나가 아키라에게 말한다.

"아키라는 내 차에서 쉬고 있어. 피곤하잖아? 여기부터는 우리에게 맡겨줘."

"그런가? 아, 하지만 나는 캐럴의 호위고……."

괴수로부터 사력을 다해 도망치다 보니 확실히 지쳤다. 하지만 여기는 아직 안전한 장소가 아니다. 캐럴의 호위를 내팽개치고 쉴 수는 없다. 아키라는 그렇게 생각하며 레이나의 제안을 거절하려고 했다.

그때 캐럴이 웃으며 끼어든다.

"그래. 아키라는 쉬어. 이 근처라면 괜찮아."

"아니, 하지만……."

그렇게 말하며 호위를 속행하려는 아키라에게, 캐럴이 즐겁게 웃으며 말한다.

"안 돼. 이참에 쉬어. 아키라는 또 괴수가 나타나면 힘내야 하니까. 안 그래?"

그렇게 말하지 않으면 아키라는 쉬지 않을 것이다. 그것을 아는 캐럴은, 알기에 그렇게 말했다. 그리고 아키라도 그런 말을 들으면 쉴 수밖에 없다. 쓴웃음을 지으며 대꾸한다.

"알았어. 쉬고 있을게."

"그러면 여기서부턴 내가 아키라를 호위 중인 걸로 부탁할게? 미안하지만, 보수는 기대하겠어. 아키라에게 그만큼 일하게 한 이상, 지금은 나도 힘내서 조금은 대금을 상쇄해야 하니까. 아, 바이크는 빌릴게."

"철저한걸. 마음대로 해. 토가미. 너는?"

화제가 넘어온 토가미는, 같이 쉬어도 상관없다는 말임을 이해했지만, 지금은 캐럴과 함께 행동하기로 했다.

"그렇군. 나도 이참에 조금은 상쇄하겠어."

그 말을 들은 아키라는 RL2 복합총 2정을 아무 말 없이 토가미에게 던졌다. 그리고 바이크에서 내려 레이나의 차 안으로 들어갔다.

시로도 아키라를 따라 차에 탄다. 레이나는 차량 지붕에 오르려고 했지만, 시오리와 카나에가 저지했다. 어쩔 수 없다는 듯이 가볍게 고개를 끄덕이고 차 안으로 돌아갔다. 시오리와 카나에는 지붕으로 돌아가고, 올리비아도 지붕에 탄다.

캐럴은 아키라의 바이크에 탄 채로 자리를 앞으로 옮겼다. 토가미는 그 뒤에 탄다. 마지막으로 타츠카와가 빨간 기체로 돌아갔다. 그리고 아키라 일행은 지하 터널을 나아간다. 도중에 몬스터와 마주쳤지만, 지금의 아키라 일행에게 적수가 되진 않는다. 문제없이 쓸어버렸다.

제231화 죽인 이유

레이나의 차에 탄 아키라는 차 안에 있는 의자에 걸터앉아 의식을 임전에서 휴식으로 전환했다. 긴장을 푼 것으로 피로감도 강해진다. 회복약을 먹고 그 효과가 몸에 스며드는 것을 느끼면서 숨을 깊게 내쉬었다.

그때 시로가 능글맞은 미소를 지으며 아키라에게 말한다.

"아키라. 약속대로 도와줬어. 그런 상황에서 나 덕분에 살아 돌아올 수 있었다고. 이것으로 큰 빚이 생겼을 거야. 그래서 말인데, 어때?"

이 정도로 큰 빚이 생겼다. 자신을 츠바키에게 소개해 줘도 될 것이다. 레이나가 옆에 있어서 츠바키의 이름은 꺼내지 않고, 시로는 그렇게 물었다.

아키라가 잠시 고민한다. 그리고 대답한다.

"안 돼."

제아무리 시로라도 얼굴에서 웃음기가 사라졌다. 못마땅한 얼굴로 아키라를 본다.

"어이어이어이. 아키라, 너무하잖아. 너를 도우려고 내가 얼마나 고생한 줄 알아? 내가 제때 구조하지 않았으면 너는 분명 죽었을 거라고."

"그건 부정하지 않고, 큰 빚이 생긴 것도 인정하지만, 그 부탁을 받아들이기엔 부족해. 그런 거야."

아키라와 시로는 그대로 진지한 얼굴로 시선을 맞부딪친다. 물러날 생각은 없다. 두 사람 다 강한 눈빛으로 그 뜻을 드러내고 있었다.

그리고 잠시의 침묵 후, 이대로 상대와의 관계가 틀어지는 것이 곤란한 쪽이 마지못해 물러선다. 시로다. 한숨을 쉬고 마저 이야기한다.

"그렇다면 묻겠는데, 이번 빚으론 어디까지 해줄 거야? 큰 빚이 생긴 건 인정하는 거지?"

"그러게……. 제1심부의 봉쇄 영역에 갈 테니 호위하라고 한다면 맡아도 좋아. 다만 지금은 캐럴의 호위 의뢰 중이니까, 맡는다고 해도 더 나중이야."

"그거, 루트는 지상이야? 아니면 지하 터널이야?"

"그건 네가 정해. 어느 쪽이든 함께할게. 하지만 호위로서 동행하는 이상 내가 더 가는 것이 위험하다고 판단하면 그 시점에서 널 데리고 돌아올 거다. 생환이 전제야. 자살에 가까운 거라면 모를까, 명확한 자살에 어울릴 생각은 없어."

시로가 신음한다.

올리비아라는 호위가 있는 이상, 아키라를 데리고 가면 츠바키를 안전하게 만나는 것까지는 가능할 것이다. 하지만 교섭 자리에 아키라를 단순히 동석시킨 정도로는 자신이 츠바키와 교섭한다고 해도 잘될 것 같지 않다.

츠바키와 접촉한 뒤에는 사카시타 중공의 교섭인에게 맡기는 방법도 있다. 그래도 된다고 스가도메에게서도 들었다. 하지만 아마도 그 정도 성과로는 자신이 사카시타 중공에서 탈주한 것을 무마하기 부족할 것이다.

그러나 아직 스가도메에게 줄 번듯한 성과가 없는 것도 사실이다. 슬슬 어느 정도 성과를 보여주고 싶다. 자신에게 일정한 자유를, 계속해서 인정하게 하기 위해서라도 필요하다. 그걸 생각하면 해야 할까.

"으음……."

여기서 아키라가 진 빚을 사용해야 할지 말지, 시로는 망설이며 계속 끙끙거리고 있었다.

그때 아키라가 문득 생각한다.

"그러고 보니, 레이나는 왜 너와 같이 있는 거야?"

"시로에게 호위로 고용된 거야."

"그랬던 건가. 내가 할 말은 아니지만, 용케 호위를 맡을 마음이 생겼네. 우리가 조난당했다는 이야기는 들었을 거잖아? 그런 위험한 장소에 용케 갈 마음이……. 응? 아, 그런 건가."

"그런 거라니, 뭐가?"

"아니, 시로가 호위를 고용하는 데 내 중개가 어쩌고 했잖아. 그건 너희를 두고 한 말이었던 거네. 그 엄청나게 강한 사람도, 메이드복을 입고 있으니 너희 관계자겠지? 그래서 내가 조난할 정도의 장소에 갈 수 있도록 데려와 준 거잖아? 덕분에 살았어. 고마워."

"천만에. 아키라가 무사해서 다행이야."

레이나는 웃는 얼굴로 시치미를 뚝 떼고 대답했다.

시로는 아키라와 레이나의 대화를, 아키라가 진 빚을 어떻게 할지 고민하는 바람에 반쯤 흘려듣고 있었다. 그리고 그대로 흘릴 뻔했지만, 살짝 괴이쩍은 얼굴을 한 후, 정신을 차리고 황급히 끼어든다.

"잠깐 기다려?! 아키라! 아니야! 그쪽은 내가 고용한 거라고!"

"그래. 고용할 수 있도록, 내 중개로 레이나에게 부탁한 거잖아?"

"그게 아니야! 올리비아 씨는 내가 직접 고용한 거라고! 그걸 위해 레이나에게 부탁하거나 하지는 않았다고!"

아키라를 도운 빚을, 레이나에게 가로채일 판국이다. 그 사실을 깨달은 시로는 그것이 아키라의 머릿속에서 사실이 되기 전에 잘 설명하려고 했다. 하지만 그때 레이나에게 말을 가로막힌다.

"근데 내가 그 자리에 없었으면, 시로는 올리비아 님을 고용하지 못했을 거잖아? 아니, 솔직히 말해서 나를 반쯤 협박해서 요구를 듣게 했잖아?"

아키라가 시로를 조금 째려본다.

"야, 그런 거야?"

시로는 곧바로 대답하지 못했다. 레이나의 설명에 그게 아니라고 즉답하기 어려울 정도로, 틀린 말도 아니었기 때문이다.

하지만 동시에, 아키라가 생각하는 만큼 비난받을 내용도 아니다. 레이나도 그것을 알고 있었고, 게다가 아키라가 시로에게 나쁜 인상이 생기게끔 굳이 그런 방식으로 말하고 있었다.

시로도 그 정도는 이해하고 있다. 자신도 모르게 레이나를 살짝 노려본다.

그런 시로를 레이나는 웃는 얼굴로 받아쳤다. 그리고 자신들을 이용한 것에 대한 앙갚음은 이 정도로 충분할 거라고 생각하고 이야기를 진행한다.

"아키라. 그건 여러모로 사정이 있었어. 지금부터 설명할 테니까, 우선 내 이야기를 들어주지 않을래?"

그리고 시로를 힐끗 본다. 그것은 앙갚음은 이 정도로 끝내겠지만, 지금부터 아키라에게 설명하는 도중에 쓸데없는 말을 했다가는, 아키라와의 관계를 엉망으로 만들겠다는 견제였다.

시로도 그것을 감지했다. 한숨을 쉬고, 알았다고 대답하듯이 작게 고개를 끄덕인다.

그것을 본 레이나는 시선을 아키라에게 되돌렸다. 그리고 흰색 카드를 꺼내 아키라에게 보여준다.

"아키라. 이거 기억나?"

"뭐였더라……?"

"알았어. 거기서부터 이야기할게. 이건 아키라가 미하조노 시가지 유적에서 우리와 함께 구세계의 자동인형을 찾을 때……."

이 카드는 아키라가 의식이 없을 때 올리비아가 아키라에게 남긴 물건이라는 것. 올리비아가 구세계의 리온즈테일 소속인 것. 그 카드를 시오리가 교묘한 말로 아키라에게 받아냈다는 것. 그러한 사실들을, 레이나는 진지한 얼굴로 아키라에게 설명했다.

아키라도 레이나의 이야기를 듣고 그때의 일을 떠올린다.

"아, 생각났다, 생각났어. 그때 그 카드인가? 그래서? 그 카드가 어쨌는데? 아, 혹시 그 카드로 돈을 많이 벌었으니까, 약속대로 나한테도 이익의 일부를 나눠주겠다는 이야기야?"

아키라는 단순히 예상치 못한 임시 수입이 생길 것 같다는 것에 기뻐하고 있었다.

그리고 레이나에게도, 아키라의 그 태도는 예상 밖이었다.

"저기, 아키라. 화 안 나?"

"뭐가?"

"시오리에게 이 카드를 빼앗긴 거 말이야."

"빼앗기다니……. 일단 납득하고 줬을 텐데."

"그, 그럴지도 모르겠지만……."

애초에 그 교섭이 아키라의 무지함을 이용한 사기에 가까운 짓임을 모르진 않을 것이다. 레이나는 그렇게 생각하고, 전혀 신경 쓰지 않는 듯한 아키라의 태도에 당혹스러워하고 있었다.

그때 아키라가 말을 이었다.

"아니, 무슨 말을 하고 싶은진 알거든? 그 카드는 잘 쓰면 엄청나게 돈이 될 만한 물건이고, 시오리가 자신도 모르게 그런 짓을 할 정도의 귀중품이잖아? 그걸 반쯤 속아서 넘겨줬는데 왜 화를 안 내냐는 거지?"

"맞아. 이 카드는……."

"그런데 내가 그 카드를 가지고 있어도 큰돈으로 바꿀 방법은 모르고, 그런 연줄도 없어. 그러니까 그게 가능할 것 같은 사람에게 넘겨서 이익의 일부를 기대하는 건 나쁘지 않은 수라고 생각하는데. 게다가 그게 사기에 해당하는지 아닌지에 대한 이야기는 그때 끝냈어. 이제 와서 이러쿵저러쿵 말할 생각은 없어."

그 이유도 아키라의 본심이다. 하지만 화내지 않는 이유를 더 덧붙인다면, 그 카드에 관해서 또 하나 떠올린 것이 있었기 때문이었다.

아키라가 시오리와 그 교섭을 했을 때, 알파가 그 카드를 주라고 권했다. 즉, 그 카드는 그대로 아키라가 가지고 있으면 귀찮은 일이 생길 수도 있는 물건이었다.

그런 물건을 처분할 수 있는 데다, 이익도 기대할 수 있다. 아키라에게는 화낼 이유가 전혀 없었다.

레이나도 아키라가 숨기고 있는 사정은 모른다. 그러나 아키라가 진짜로 화내지 않는 것은 이해했다. 안도하고 표정을 부드럽게 푼다.

"그래……? 나도 아키라와 트러블을 만들고 싶지 않으니까, 그렇게 말해주니 다행이야. 고마워."

카드에 관해서 아키라가 화나지 않았다. 정말 잘됐다. 레이나는 그걸로 이야기를 끝낼 수도 있었다.

하지만 그것을 알면서도 레이나는 이야기를 계속한다.

"하지만 시오리가 아키라에게 사기성 짙은 짓을 한 것은 사실이야. 그 책임은 내가 질게. 대충 얼버무리고 끝낼 생각도 없어. 뭔가 있다면 말해줘. 뭐든지 한다고는 말 못 하지만, 우선 뭐든지 말해 봐."

레이나는 시오리와 카나에의 주인으로서, 종자의 행위에 책임을 지는 사람으로서, 마음을 굳게 먹고 아키라와 마주했다.

레이나의 진솔한 자세에, 다르게 말하자면, 시오리와 카나에에게 부끄럽지 않은 주인이 되고자 다소 당당해진 그 모습에 오히려 아키라가 허둥댄다.

"그렇게 말해도 말이지……."

레이나는 시오리의 행위를 정면으로 책임지려고 한다. 그런 레이나에게 이 일을 가볍게 여기는 듯한 태도를 보이는 것은, 다시 말해 어설프게 가벼운 요구로 끝내는 짓은, 오히려 실례가 될 것처럼 아키라에게는 느껴졌다.

그렇다면 어떻게 할까. 큰 빚이 생겼다고 치고, 언젠가 갚아 달라고 할까. 레이나도 자신과 트러블을 만들고 싶지 않다고 했으니, 그걸로 괜찮지 않을까. 그렇게 하자.

그렇게 생각한 순간, 아키라가 레이나의 말을 다시 떠올린다. 자신과 트러블을 만들고 싶지 않다. 그 짧은 말을. 그리고 진지한 표정을 지었다.

"뭐든지 말해도 되는 거야?"

갑자기 분위기가 바뀐 아키라를 보고, 레이나도 진지한 태도로 대답한다.

"응. 거기에 응할 수 있을지 없을지는, 듣고 나서야 말할 수 있지만."

"그렇군. 그렇다면 일단 말해 볼게."

무슨 말을 할 것인가. 레이나는 긴장감을 높이며, 이어질 말을 기다렸다.

그리고 아키라가 말한다.

"나와 적대하지 말아 줘."

예상 밖의 부탁에, 이번에는 레이나가 당황했다. 확인하듯이 되묻는다.

"저기, 그런 것으로 괜찮아? 부탁하지 않아도 아키라와 적대할 생각 같은 건 없는데."

"응. 부탁해. 뭐, 부탁한다고 말했지만, 최대한 지켜주면 돼. 무리일 때는 안 지켜도 돼."

그 약속이 지켜질 것을 별로 기대하지 않는다. 굳이 나쁘게 해석하면 그렇게도 받아들일 수 있는 아키라의 말에, 레이나는 자신도 모르게, 아주 조금이지만, 못마땅한 표정을 지었다.

"아키라. 그런 부탁으로 괜찮아?"

"응."

그런 아키라의 태도에, 레이나는 이번 일의 책임을 진심으로 지려고 하고 있었던 탓도 있어 아키라에게 무시당한 것처럼 느끼기까지 했다. 하지만 이어지는 말을 듣고 생각을 바꾼다.

"유미나도, 할 수 없었던 일이니까."

그것은 매우 무거운 말이었다.

레이나는 카츠야의 죽음을 알았을 때, 유미나도 아키라에게 죽은 것을 같이 알았다.

카츠야를 죽인 것은 그나마 이해할 수 있다. 하지만 유미나와는 사이가 좋았을 터였다. 그런데도 아키라는 적대한다면 죽이는 것인가. 헌터란 그런 것인가. 그렇게 생각하며, 레이나는 카츠야의 죽음과는 별개로 복잡한 감정을 품고 있었다.

하지만 아키라의 말로 이해한다.

유미나와 아키라는 확실히 적대했다. 서로 죽이려고 했다. 하지만 그런 일은 두 사람 모두 원하지 않았다. 자신은 자세한 상황을 모른다. 그래도 그것을 회피하기 위해, 두 사람 다 최선을 다했을 것이라고.

그런데도 안 되었던 것이라고.

레이나는 그것을 이해하고, 납득했다. 그리고 그 납득이 레이나의 응어리를 희미하게 만든다.

확실히 아키라는 카츠야도 유미나도 죽였다. 하지만 그것은 정말로 어쩔 수 없는 일이었다. 레이나는 그렇게 생각했다.

그것은 그렇기를 바라는 소망을 포함한 것이긴 했다. 레이나는 그 사실을 알면서도, 그것을 자신의 가슴속에 받아들였다.

그리고 그것이 아키라에게 있어서, 불가능하다고 여길 만큼 곤란하고, 바라는 것이 어리석을 정도로 무거운 소망이라는 것을 안 다음에, 자신의 이름을 걸고 선언한다.

"알았어. 아키라와는 적대하지 않을게. 약속해. 레이나 리랄트 로렌스의 이름으로 맹세할게."

아키라는 그 선언이 레이나에게 얼마나 무거운 의미인지 모른다. 그래도 엄청난 각오로 응해 주었다는 것만은 알았다. 표정을 누그러뜨리고 대답한다.

"그래……? 고마워."

짧은 대답이지만, 그 말에는 진짜 고마움이 있었다. 그것을 감지한 레이나도 분위기를 누그러뜨리고 미소를 지었다.

그런 아키라와 레이나 사이에 어색한 분위기를 느끼고, 시로가 속으로 주춤거린다.

(어? 잠깐. 나는 이 분위기에서, 아키라에게 올리비아를 고용한 경위를 설명해야 하는 거야?)

설명하지 않을 수는 없다. 올리비아가 최고의 타이밍에 아키라 일행을 도운 것은, 아키라가 자신에게 진 빚이다. 잘 설명하지 않으면 그 빚을 레이나에게 빼앗긴다. 시로는 그렇게 생각하면서도, 자신이 이 분위기에 끼어들면 아키라가 분위기 파악 못 하는 녀석이라고 여기는 바람에 호감도가 떨어질 것 같았다.

츠바키에게 자신을 우호적으로 소개받기 위해서라도, 아키라의 인상은 중요하다. 어떻게 할까. 시로가 이번에는 그쪽에 대해 고민하기 시작한다.

그때 아키라가 생각났다는 듯이 시로에게 묻는다.

"아, 시로. 레이나를 반쯤 협박해서 요구를 듣게 했다는 건, 무슨 얘기야?"

"아, 그건……."

조금 험악한 아키라의 얼굴을 보고, 시로는 아키라의 호감도가 떨어지고 있음을 감지했다. 속으로 몹시 초조해한다.

그때 레이나가 도움의 손길을 내민다.

"아키라. 그건 시로가 올리비아 님을 그만큼 서둘러 고용하려고 했다는 것뿐이야. 뭐, 그때는 확실히 조금 짜증이 났지만, 그렇게 서두른 덕분에 아키라를 제때 구했잖아? 나는 신경 안 써. 아키라도 신경 쓰지 마."

"그런가? 뭐 그런 거라면……."

아키라의 표정이 원래대로 돌아온 것을 보고, 시로는 작게 안도의 한숨을 쉬었다. 그리고 레이나의 시선을 감지한다. '하나 빚 진 거야.' 라고 눈빛으로 말하고 있었다. 시로는 마지못해 그 빚을 인정했다.

"그러면 다시 설명할게. 아키라. 나는 레이나에게서 그 카드를 빌렸을 뿐이야. 구세계의 리온즈테일에 연결한 것도, 호위 교섭을 한 것도, 호위 비용을 낸 것도, 나야. 레이나가 아니야."

"하지만 레이나를 호위로 고용했잖아?"

"고용했지. 하지만 그건 올리비아 씨와는 별개야. 그러니 아키라가 올리비아 씨에게 도움받은 빚을 갚아야 할 상대는 올리비아 씨의 고용주인 나야. 레이나가 아니야. 알았지?"

"알았어, 알았다고. 그래서? 어떻게 할 건데? 캐럴의 호위 의뢰가 끝난 후에, 너와 제1심부의 봉쇄 구역에 가면 돼?"

"…………아니, 지금은 빚을 저금해 둘게."

"알았어."

이로써 레이나도 시로도, 아키라에게 당장 해야 할 이야기는 다 마쳤다. 의식을 전환하고 다음 일을 생각한다.

레이나가 흰색 카드에 시선을 보낸다.

(아키라에게서 사기에 가까운 짙은 방법으로 카드를 손에 넣은 건은 해결했어……. 다음은 어떻게 할까……. 상황도 바뀌었고,

우선은 시오리와 상담해야 할까?)

그리고 아키라를 힐끗 본다.

(상황으로 미루어 보아, 아키라는 이 카드를 사용할 수 있을 텐데……. 사용할 수 있다는 것을 모르는 건지, 알고 있으면서도 사용할 수 없는 척하는 건지, 어느 쪽일까?)

단순히 모르는 거라면 알려줘도 될 것이다. 하지만 모르는 척하는 거라면, 그것을 지적하는 것이 아키라에게 적대하는 것이 될 수도 있다. 아키라와는 적대하지 않겠다고 약속한 이상, 후자라면 그럴 수 없다.

(그 부분을 어떻게 할지도 나중에 시오리와 상의해야겠네. 아키라에게 부탁하고 싶은 것도, 이런 상황이라면 바꿔야 할지도 몰라…….)

레이나도 원래는 시로와 마찬가지로 카드를 안전하게 사용하기 위해 아키라에게 협력을 부탁할 생각이었다. 하지만 지금이라면 다른 부탁도 가능하지 않을까 하고 생각한다.

(아키라는 제1심부의 봉쇄 구역을 언급했어. 시로의 목적이 거기에 있다면, 구체적으로 뭘까? 거기에 있는 관리 인격과의 교섭? 그것을 위해 아키라에게 협력을 부탁하는 이유는 뭘까? 아키라에게 중개를 부탁하면 교섭이 성공할 확률이 올라가는 걸까? 통치계 관리 인격을 상대로? 아키라에게는 그러한 무언가가 있는 걸까?)

일반적으로는 그렇게 생각하기 어렵다. 하지만 올리비아가 굳이 아키라 앞으로 카드를 남겼다는 것을 생각하면 있을 수 없는 일이라고 단정할 수 없다.

애초에 원래라면 올리비아가, 구세계의 리온즈테일이, 우연히 그곳에 있던 평범한 헌터에게, 게다가 정신을 잃었던 사람에게, 굳이 카드를 남기고 가는 일 자체가 있을 수 없다.

(그렇게 있을 수 없는 일이 일어났잖아. 그 전제로 다시 생각하는 게 좋아. 아키라에게 협력을 받기 위해서라도, 가능하다면 아키라가 빚을 지게 해서…….)

시로가 아키라를 힐끗 본다.

(쿠가마야마 도시의 방위대가 철저하게 봉쇄하고 있는 장소에, 호위로 따라가겠다고 자기 입으로 말했어. 이 녀석도 채무 관계에는 성실한 거겠지. 이제는 나를 츠바키에게 소개하게 할 정도의 빚을 어떻게 만들지인데…….)

어떻게 할까. 시로는 잠시 생각해 봤지만, 마땅한 방안은 떠오르지 않았다. 하지만 비관적으로 생각하지는 않는다.

(뭐, 어떻게든 되겠지. 이번 일도 그렇지만, 아키라는 이상한 사태에 휘말리기 쉬운 것 같으니까, 큰 빚을 지게 할 기회는 금방 또 생길 거야. 게다가 이 녀석이 계약에 대해서 완전히 신뢰할 수 있는 인물이라면, 딱히 츠바키에 집착할 필요는 없어. 내 목적에 협력하게 하는 수도 있지…….)

시로에게 츠바키와의 교섭은 결국 스가도메에게 관광 명목으로 외출을 인정받기 위한 성과를 버는 수단에 불과하다. 즉, 시로가 목적을 달성하기 위한 수단이지, 목적은 아니다. 아키라의 협력으로 목적 자체를 직접 달성할 수 있다면, 시로에게 츠바키와의 교섭은 아무래도 상관없었다.

(올리비아를 고용했으니 당분간 전력에 문제는 없을 것 같지만, 기본적으로는 호위하는 전력. 게다가 가진 콜론을 다 쓰면 끝이야. 아키라라면 콜론이 아니라 오럼으로 고용할 수 있을 터……. 뭐, 아무리 아키라라도 돈만으로는 움직이지 않을 테니, 큰 빚을 전제로 해야겠지만. 그러기 위해서라도 아키라가 더 빚을 만들게 하고…….)

그때 아키라는 레이나와 시로가 비슷한 눈빛으로 보는 것을 깨달았다.

"뭔데……?"

"아무것도 아니야."

"아무것도 아니야."

"그래?"

추궁할 만큼 알고 싶은 것은 아니다. 하지만 조금 신경이 쓰인다. 그렇게 생각하고, 아키라는 일단 알파에게 물어본다.

『알파. 뭐라고 생각해?』

『아키라가 빚을 지게 할 방법을 생각하고 있었겠지.』

『시로는 그렇다 쳐도, 레이나도?』

『그 빚으로 뭔가 아키라에게 부탁하고 싶은 일이 있겠지. 그런 사정이 아니면 시로가 호위로 고용했다는 이유만으로 여기까지 올 거라고는 생각하기 어려워. 이유도 없이 궁지에 달려와 줄 정도로, 레이나와 친한 건 아닐 테고. 시오리도 말릴 거야.』

『그렇군.』

물어볼까? 아키라는 잠시 그렇게 생각했지만, 다시 생각했다. 지금은 캐럴의 호위 의뢰 중이다. 섣불리 물어본 탓에 귀찮은 일에 휘말리는 것은 좋지 않다. 그렇게 생각하고 더 물어보지 않았다.

그동안 차가 지하 터널의 제1심부와 제2심부의 경계점을 통과한다.

"어? 격벽이 열렸잖아?"

그걸 신기하게 여긴 아키라에게, 시로가 시원스레 말한다.

"응. 내가 열었어."

"저걸 열 수 있는 거였나……."

"엄청 힘들었지만. 닫아둘까."

시로라도 유적의 제어를 돌파해 격벽을 억지로 여는 것은 힘들지만, 닫는 것뿐이라면 비교적 용이하다. 차량 후방에서 격벽이 닫히기 시작한다. 그러자 타츠카와에게서 살짝 당황한 목소리로 통신이 들어온다.

"어이?! 격벽이 닫히고 있잖아?!"

"열어 두면, 몬스터가 유출되어 위험하잖아?"

"네가 닫은 거냐?!"

유적의 시설에 개입할 수 있는 사람이 있다는 것. 격벽이 닫힌 상태에서는 차량이나 인형병기로 통행할 수 없어지므로, 그것들을 이용한 유적 공략을 할 수 없게 된다는 것. 그 두 가지 이유로 타츠카와는 언성을 높였다. 그리고 그 후에 침착한 목소리로 말을 이었다.

"시로라고 했지. 넌 정체가 뭐야?"

"비밀. 묻지 않는 게 좋을 거야."

시로는 평소의 능글맞은 태도로 돌아와 대답했다. 하지만 타츠카와는 그것으로 여러 가지를 짐작한다.

"그런가. 그렇다면 열어 달라고 나중에 부탁할 수 있겠냐?"

"그건 상황과 보수에 달렸지. 연락처는 남겨둘게. 아키라가 빚을 지면 언제든지 연락해."

아키라가 자신도 모르게 말을 꺼낸다.

"야."

"괜찮잖아."

시로는 시원스레 대답했다.

차는 그대로 나아가 유적 외곽부와 제1심부 경계에 도착한다. 그곳의 외벽도 시로에 의해 닫혔다. 여기부터는 몬스터를 걱정할 일도 거의 없으므로, 차 밖에 있던 사람들도 차 안으로 들어간다. 타츠카와도 기체를 자동 조종으로 하고 차에 들어갔다.

차 안에 전원이 모이자, 타츠카와가 차의 행선지를 요구한다.

"슬슬 유적에서 나갈 건데, 이대로 지하 터널로 미하조노 시가지 유적까지 돌아갈 거냐? 내 사정이라서 미안하지만, 근처에 다른 출구가 있다면 그쪽으로 해주면 좋겠어. 동료들에게 합류하라고 재촉받고 있어서."

타츠카와는 이미 동료들과 연락해서 자신이 무사하다는 사실을 알렸다. 상황 설명도 마쳤다. 그때 멜시아가 당장 돌아오라고, 조용하면서도 박력 넘치는 목소리로 통보했다. 연인을 안심시키고, 그 기분을 신속하게 풀기 위해서라도, 타츠카와는 다소 서두르고 있었다.

타츠카와의 요구에 레이나도 동의한다.

"아, 나도 가능하다면 그렇게 해주길 바라는데."

미하조노 시가지 유적에는 파멜라가 있다. 레이나도 올리비아가 있는 상황에서 파멜라와 교전할 위험은 작다고 생각하고 있다. 하지만 그 올리비아는 시로에게 고용되어 있을 뿐이다. 아군은 아니다. 귀찮은 사태는 피하고 싶었다.

그때 캐럴이 의견을 제시한다.

"다른 출구도 찾아보면 나오겠지만, 반드시 있다는 보장은 없으니까 잘못하면 지하를 한없이 헤매게 될 거야. 확실히 지상으로 나가는 거라면, 조금 귀찮더라도 미하조노 시가지 유적까지 돌아가는 게 좋을 것 같은데."

아키라는 캐럴의 의견에 동의하면서도, 피곤했기에 빨리 지상으로 나가고 싶다고도 생각했다. 그리고 근처에 출구가 있는지 알파에게 물어보려고 했지만, 자신이 그것을 아는 것은 이상할지도 모른다고 다시 생각하고, 먼저 시로에게 물어보기로 한다.

"시로. 다른 출구는 몰라? 격벽을 열 수 있다면, 출구도 열 수 있지 않아?"

"격벽 개폐와 출구를 알고 있는지는 별개의 이야기야. 올리비아 씨는 뭔가 아세요?"

이 질문도 자칫하면 올리비아를 이동 수단으로 사용하는 것에 해당할 수도 있다. 추가요금이 발생한다면 물어보지 말자. 시로는 그렇게 생각하면서 일단 물어보았다.

올리비아가 대답한다.

"알고 있습니다. 원하신다면 안내해 드리겠습니다."

"그래요? 그렇다면 부탁드립니다."

타츠카와와 레이나 일행이 안도하는 가운데, 차는 올리비아의 안내로 나아간다.

시로가 올리비아에게 출구에 관해 물어봤을 때 알파가 올리비아를 가만히 보고 있었다는 것을 눈치챈 사람은, 올리비아를 제외하고는 없었다.

◆

쿠즈스하라 시가지 유적 근교, 동부에 얼마든지 있는 잔해 지대에 드래곤 리버의 대부대가 전개하고 있다. 지휘를 맡고 있는 것은 멜시아다. 불쾌함, 이라고 얼굴에 적힌 듯한 표정을 짓고 있다.

인형병기에 탑승하여 주위를 경계하고 있는 남자가 그 멜시아를 보면서 통신으로 동료들과 이야기하고 있다.

"그나저나 아무리 대장님이 조난했다고 해도, 멜시아 씨는 이만한 부대 준비를 그렇게 짧은 시간에 잘 마쳤네. 대장님의 조난을 전제로 사전에 준비한 거 아니냐고 의심하고 싶어질 정도야."

"실제로 하고 있던 거 아니야? 부대장님은 드래곤 리버가 대장님이 무모한 짓을 못하게 하려고 있는 것이라고 공언하고 있으니까. 대장님에게 언제 무슨 일이 생겨도 바로 대응할 수 있도록, 아무 일도 일어나지 않으면 헛수고가 될 준비를 쭉 하고 있겠지.”

“아…… 확실히 그럴지도 모르겠네. 정말 매번 이런 준비를 한다면 힘들다는 말로는 부족한 노력이 들겠지만, 멜시아 씨라면 그러고도 남겠지. 그게 사랑이니까? 이쯤 되면 조금 무섭기도 한데.”

“동감이야……. 어? 반응이 있다.”

기체의 색적 기기가 잔해 지대의 한 장소를 자동으로 주시한다. 그러자 다음 순간, 마치 지하에서 거대한 폭발이라도 일어난 것처럼 대량의 흙먼지와 잔해가 치솟았다.

그것을 한 것은 올리비아였다. 지하 터널의 붕괴 지점에서 매섭게 발차기를 날려 지상까지 연결되는 큰 구멍을 뚫었다.

주위에 떠도는 먼지가 가라앉기 전에, 그 구멍을 통과해 먼저 빨간 기체가 지상으로 나온다. 다음으로 레이나의 차량이 사람이 탄 채로 올리비아에게 운반되었다.

지면에 놓인 차에서 타츠카와가 나오자, 멜시아가 매서운 얼굴로 다가간다.

그와 동시에 멜시아의 지시로 부대의 절반이 큰 구멍을 내려가 지하 터널 제압을 시작한다. 나머지 절반은 이 자리에 드래곤 리버의 간이 거점을 구축하는 것을 겸하여 주위에 방벽 등을 설치해 나간다.

타츠카와는 말없이 다가오는 연인의 분위기에 주춤하면서도, 그 자리에서 멜시아를 기다리고 있었다. 차에서 내린 아키라 일행은 조금 떨어진 곳에서 두 사람을 보고 있다.

그리고 멜시아는 마침내 타츠카와 앞까지 와서는 그대로 껴안았다. 작은 목소리로 말한다.

"걱정시키지 마……."

"미안해……."

연인이 그 속마음을 쥐어짠 듯이 말하는 것을 듣고, 타츠카와도 변명하지 않고 살짝 웃으며 사과했다.

타츠카와도 멜시아도 헌터다. 이것으로 사별했어도 이상하지 않았다. 그곳에는 그렇게 되지 않은 것을 진심으로 기뻐하는 연인들이 있었다.

하지만 그때 멜시아가 말투를 언짢은 느낌으로 바꾼다.

"잘못했다고 인정했지?"

"어?"

다음 순간, 타츠카와가 날아갔다. 밀착한 상태에서 멜시아가 주먹으로 가한 일격이다.

물론 타츠카와도 정통으로 맞은 것은 아니다. 즉각 반응해서 방어는 했다.

"멋대로 돌출하지 말라고, 몇 번이고 몇 번이고 몇 번이고 말했잖아?! 장난해?!"

즉시 거리를 좁혀 이어지는 일격. 멜시아의 긴 다리가 움직여 타츠카와의 머리로 날아간다. 그것을 타츠카와는 몸을 크게 뒤로

젖혀서 회피했다.

"미안하대도! 그래도 그건 어쩔 수 없잖아?! 부대의 안전을 생각하면, 내가 선두에 서는 게 가장 좋았고……!"

"그걸 그만두라고 하는 거잖아! 당신은 항상 그렇게……!"

그대로 연인 사이의 장난이라고 하기에는 너무나도 고도의 기술을 사용한 공방이 계속된다. 그 고속 전투 속에서 멜시아는 타츠카와를 질책하고, 타츠카와는 필사적으로 변명하며 멜시아를 달래고 있었다.

드래곤 리버 사람들은 그동안에도 각자 평범하게 작업하고 있다. 아무도 두 사람을 말리려고 하지 않는다. 모두 익숙해져 있었다.

아키라 일행은 그 모습을 보고 조금 어이없어하거나, 재미있다는 듯한 눈길을 보내거나 했지만, 두 사람이 진정할 때까지 기다리지는 않는다. 우선 시로가 그 자리에서 떠나려고 한다.

"그러면 이것으로 해산이겠네. 아키라. 나중에 연락할게. 꼭 받아. 다음에 보자."

자신의 바이크에 올리비아와 함께 탄 시로는, 아키라에게 그 말만 남기고, 올리비아의 뒤에서 위장 기능을 활성화하여 모습을 감췄다. 그리고 그대로 바이크를 타고 출발한다.

사카시타 중공에서 탈주 중인 탓도 있어 눈에 띄고 싶지 않은 시로지만, 이곳은 동부의 중간쯤 되는 지역이다. 메이드복을 입은 사람이 황야에서 바이크를 타고 달리는 모습은 꽤 시선을 끈다. 그래도 황야를 달리는 무인 바이크 옆을 메이드가 바이크에 타지 않고 나란히 달리고 있는 광경보다는 나았다.

다음은 아키라와 캐럴이 그 자리를 떠나려고 한다.

"우리도 갈게. 레이나. 다음에 보자."

"응. 다음에 봐."

아키라 일행은 그대로 캐럴의 집으로 향했다. 미하조노 시가지 유적에 캐럴의 차를 댔지만, 지금 가지러 돌아갈 기력은 없었다. 한번 졌던 해는 이미 다시 떠오르고 있다. 일단 푹 쉬다가 자고 싶었다.

아키라 일행을 배웅한 시오리가 레이나에게 말한다.

"레이나 님. 우리도 서두르죠. 방벽 안이라면 클로에 님도 쉽게 손대지 못할 것입니다."

"그러네. 서두르자. 토가미. 오랜만에 만났는데 미안하지만, 사정이 좀 있어. 느긋하게 이야기하는 건 다음에 하자."

"그래. 다음에 보자. 그건 그렇고, 레이나도 돌아오자마자 이런 일을 겪어서 힘들었겠네."

"그러게. 하지만 뭐, 아키라가 있었잖아. 이 정도 일이 일어나도 이상하진 않았을지도 몰라."

"정말 그래."

토가미는 레이나와 웃으며 대화하고, 그것을 작별 인사로 삼아 자신의 바이크를 타고 도란캄의 거점을 목표로 한다. 이제부터 보고해야 할 것을 생각하고, 어디까지 보고해도 좋을지도 생각하며, 달리면서 쓴웃음을 짓고 있었다.

레이나 일행도 차로 돌아가 그 장소를 떠난다. 차 안에서 레이나가 흰색 카드를 꺼내며 말한다.

"시오리. 아키라가 협력해 준다고 가정하고, 어디까지 협력받을지, 그리고 그러려면 뭘 어떻게 해야 할지, 다시 한번 생각해 보자. 이대로 원래 계획을 진행하는 것보다, 아마 그쪽이 더 좋을 거야."

"알겠습니다."

상황이 바뀌었다. 아키라라는 요소의 중요성은 자신들의 계획에서 월등하게 커졌다. 그 인식을 공유한 레이나 일행은 앞으로의 일을 생각하며 쿠가마야마 시티를 목표로 했다.

멜시아의 맹공을 막아내면서, 타츠카와가 차례차례 떠나가는 아키라 일행을 보고 호소한다.

"야! 멜시아! 저 녀석들이 돌아가는데?! 뭔가 이야기 안 해도 돼?!"

"한눈을 팔아? 여유가 있네! 나중에 제대로 이야기할 거야!"

멜시아의 일격이 딴 데를 보던 타츠카와의 빈틈에 꽂힌다. 그것은 연인을 달래기 위해 타츠카와가 일부러 만든 틈이고, 멜시아도 그 정도는 간파하고 있었다. 맞은 쪽도, 주먹을 날린 쪽도, 오랜 교제에 의한 동의하에서 타츠카와가 요란하게 날아간다.

그런 두 사람을, 작업 중인 드래곤 리버의 헌터들은 반쯤 어이없다는 눈으로 보고 있었다.

"괴수한테서 도망쳐 온 후인데도, 대장님은 팔팔하네."

"뭐, 무사해서 다행이지."

"그러게."

아무 일도 없었다는 듯이 작업이 계속된다. 이윽고 이 장소에는 드래곤 리버의 간이 거점이 구축되었다. 그리고 지하 터널에서 쿠즈스하라 시가지 유적으로 통하는 부분도 같이 점거되었다.

◆

캐럴의 집으로 돌아온 아키라는, 잠들기 전에 목욕을 하고 있었다. 날아간 집의 욕실을 뛰어넘는 쾌적한 입욕 체험이 아키라의 피로를 물에 녹여 나간다.

얼굴이 흐물흐물해진 아키라를 보고, 함께 들어가 있는 캐럴이 작은 한숨을 쉬었다.

그만한 죽음의 위기에서 탈출해 그 고양감이 남아 있는 상태라면 아키라도 그 흥분에 휩쓸려 여자의 몸을 찾지 않을까. 캐럴은 그렇게 조금 기대하고 있었지만, 물에 영혼을 녹이고 있는 아키라의 눈은, 극상의 알몸이 시야에 들어오는데도 여전히 흥미를 보이지 않고 있었다.

어쩔 수 없으니 캐럴도 의식을 전환했다. 아키라와 함께 입욕을 즐기기로 한다.

"그렇다고 해도……. 힘들었네."

"아……. 정말이지……. 제3심부에 들어가기 전에 돌아올 걸 그랬어. 너무 까불었어……. 캐럴. 미안해."

앞을 알 수 없는 상황에서 판단한 것이다. 결과론이기는 하다. 아무 문제 없이 귀환할 가능성도 있었다. 애초에 알파도 아키라를 말리지 않았다.

그래도 아키라는 자신이 캐럴의 호위를 맡고 있었던 이상 그 자리에서 되돌아가지 않았던 것을 자신의 실수라고 판단하고 있었다.

캐럴이 웃으며 말한다.

"신경 쓰지 마. 더 가고 싶다고 말한 건 나잖아. 게다가 아키라는 나를 잘 지켜줬어. 아키라가 사과할 일은 없어."

"그런가……. 그렇게 말해 주니 다행이야."

죽음의 위기를 함께 극복한 두 사람은 서로를 티끌만큼도 비난하지 않고 웃었다.

그때 캐럴이 굳이 조금 능글맞은 태도로 말을 이었다.

"뭐, 아키라가, 그 부분이 너무 신경 쓰인다면, 그 부분은 호위 비용을 왕창 깎아주는 방향으로 해소해 주면 좋겠어."

그리고 작게 한숨을 쉬고, 조금 진지한 말투로 말한다.

"이제 솔직히 말할게. 괴수에게서 지켜준 보수는 내 지급 능력을 완전히 초과해. 아키라. 정말 미안하지만, 진짜로 낼 수 없어. 어떻게 할래?"

"아…… 음. 어떻게 할까."

아키라가 잠시 생각한다. 필요 없다고는 도저히 말할 수 없다. 아키라에게도 돈이 필요하다. 새 장비 대금도 이나베에게 대신 내 달라고 한 채 갚지 않았다. 괴수에게서 지켜낸 호위 비용의 시세가 얼마가 될지는 모르겠지만, 줄 수 있다면 주길 바란다는 것이 본심이었다.

"뭐, 그 녀석에 대한 것을 잊어 주면, 호위 비용은 확 깎아 준다고 했지. 재촉도 추궁도 안 할 테니, 낼 수 있는 만큼만 내면 돼."

"그래도 돼?"

"응. 다만, 호위 의뢰는 선금 기한까지야. 갱신은 안 해."

"그것만으로도 엄청 도움이 되니까, 어쩔 수 없겠네. 알았어. 아키라. 고마워."

캐럴은 조금 아쉬운 표정을 지었다가, 웃는 얼굴로 아키라에게 고맙다고 했다. 그리고 다시 능글맞게 웃는다.

"뭐, 그렇게 큰돈을 낼 수 없다는 것도 오렴으로 낸다면 그렇다는 이야기고, 다른 방법이라면 나도 낼 자신이 있는데, 어때? 이 기회에 시도해 보지 않을래?"

풍만한 가슴을 가까이 대며 몸을 숙인 캐럴에게 아키라가 시원스레 대답한다.

"안 돼."

"쌀쌀맞네~."

거절할 줄은 알고 있었지만, 캐럴은 즐겁게 웃고 있었다.

입욕을 마친 아키라와 캐럴이 느긋하게 잠든다. 커다란 침대 위, 알몸에 비칠 듯 얇은 시트를 덮은 캐럴 옆에서, 아키라는 졸음을 순순히 받아들이고 잠이 들었다.

◆

해가 저무는 무렵, 아키라 옆에서 자고 있던 캐럴에게 비올라의 알림이 도착했다. 그것으로 잠에서 깬 캐럴은 그 알림이 일반적인 것이 아니었기에 반쯤 잠든 정신을 즉시 깨웠다. 그리고 내용을 확인하자, 곧바로 아키라를 깨웠다.

"아키라. 일어나."

깨어난 아키라가 대답하려고 한다. 하지만 그보다 먼저 캐럴이 말을 이었다.

"당장 이동할 거야. 준비해. 설명은 준비하면서 해."

"알았어……."

캐럴의 태도와 알파의 표정을 본 아키라는 아무것도 묻지 않고 바로 준비를 시작했다. 강화복을 착용하고, 각종 무장이나 백팩 등을 몸에 두른다. 캐럴도 이동 준비를 진행하면서, 아키라에게 상황을 이야기해 준다.

"비올라에게서 알림이 왔어. 당장 그곳에서 벗어나라고 말이야. 긴급으로, 이걸 무시하고 죽어도 책임은 안 진다는 종류의 것으로, 이걸 농담으로 보냈다면, 나는 비올라를 죽일 거야. 그러기로 약속한 거니까 위험도는 확실할 거야. 상세한 내용도 같이 보냈는데, 이동한 다음에 보라고 적혀 있었어. 좋아. 가자."

거기까지 이야기하는 동안 아키라와 캐럴은 준비를 마쳤다. 그대로 캐럴은 현관으로 향하려고 했지만, 아키라가 제지한다.

"캐럴. 이쪽이야."

아키라가 가리킨 곳은 베란다 쪽이었다. 캐럴은 고개를 끄덕이고, 그곳에서 아키라와 함께 바깥으로 뛰쳐나갔다. 그와 동시에 알파가 운전하는 아키라의 바이크가 나타난다. 두 사람은 망설이지 않고 그것에 올라타고 그대로 허공을 달린다.

그때 이번에는 이나베에게서 연락이 들어온다.

"아키라! 지금 어디 있나!"

"이나베야? 미안하지만 지금 바빠서……."

"도시에 있다면 당장 탈출해라! 황야로 나가 몸을 숨겨! 잘 들어라! 지금부터 자네는 현상수배급이 된다! 죄목은 우다지마 살해다!"

너무 뜬금없는 소리를 듣고 놀라, 아키라가 자신도 모르게 큰 소리를 낸다.

"뭐?! 잠깐만! 아직 안 죽였는데?!"

도시 간부를 언젠가 죽일 작정이었다는 것을 캐럴이 옆에 있는 상황에서 입 밖에 내고 말았지만, 지금의 아키라에게는 신경 쓸 여유가 없었다. 게다가 현상수배 속보가 도착한다. 내용은 이나베의 말을 긍정하는 것이었다. 아연실색한 아키라에게, 이나베가 목소리를 높인다.

"그렇겠지! 나도 그렇게 생각하고 있다! 하지만 그 누명이 벗겨진다는 보장은 없다! 방위대 일부가 이미 자네를 체포하려고 움직이고 있지만, 얌전히 투항하는 짓은 절대로 하지 마라! 알겠나! 다시 연락하겠다!"

그것으로 이나베와의 통신은 끊겼다. 그리고 교대하듯 단거리 통신이 들어온다. 그와 동시에 바이크의 색적 기기가 후방에서 고속으로 접근하는 인형병기 부대의 반응을 포착했다.

"아키라인가? 우리는 쿠가마야마 도시 방위대다. 자네에겐 도시 간부 살해 용의가 있다. 얌전히 투항해라. 반복한다. 우리는……."

"아키라! 밟아!"

캐럴의 말에 아키라는 망설이지 않고 바이크의 속도를 높인다.

아키라 혼자였다면 망설일 필요는 없었다. 하지만 지금은 캐럴이 있다.

방위대의 목표는 자신이니 캐럴을 끌어들이지 않으려면 어떻게 대처하는 게 좋을까. 예를 들어 일단 캐럴을 내려주고, 방위대에 캐럴은 관계가 없다고 호소하는 게 좋을까. 하지만 상대가 그것으로 캐럴을 무시하고 자신만을 쫓을까. 어떻게 할지 캐럴에게 물어보는 게 좋을까.

캐럴이 함께 있는 바람에 아키라는 그러한 망설임으로 움직임이 흐트러질 위험이 있었다.

캐럴은 그것을 사전에 간파하고 어쨌든 빨리 가라고, 아키라가 망설이기 전에 말한 것이다. 그 덕분에 아키라는 섣불리 망설이는 것을 피했고, 쓸데없는 생각으로 움직임이 굼떠지지도 않은 채 의식을 방위대로부터 도망치는 것에만 할당할 수 있었다.

하지만 그것만으로 도망칠 수 있는 것은 아니다. 방위대 인형병기의 비행 속도는 아키라의 바이크를 능가한다. 게다가 아키라를 이미 사거리에 두고 있다. 공격하지 않는 것은 방위대 측도 아직 일을 원만하게 처리하고 싶으며, 방벽 바깥이라고 해도 도시 안에서 교전하면 주위 피해가 막대해지기 때문이다.

하지만 그 유예도 아키라 일행이 황야로 나갈 때까지다. 상대에게 투항할 의사가 없고, 주위의 피해를 의식할 필요가 없어지는 시점에서, 무력을 동원한 체포가 이루어질 것이다. 물론 아키라가 먼저 공격하면 그 시점에서 전투 시작이다.

아키라도 그것을 알아서 먼저 공격하진 않았다. 하지만 눈앞에 펼쳐진 풍경이 명확한 황야가 되면 공격받을지, 아니면 슬럼이 된 시점에서 총격을 받을지는 상대에게 달렸다고 생각하고, 그 순간에 즉시 대응할 수 있도록 집중하고 있었다.

그때 이번에는 시로에게서 통신이 들어온다.

“안녕, 아키라! 큰일이 났나 보네! 그 녀석들에게서 도망치고 싶다면 도와줄게. 물론 빚으로 계산할 거지만. 어떻게 할래?”

아키라는 현상수배급이 된 지금의 자신에게 시로가 정말로 협력할지 한순간 고민했다.

함정일지도 모른다는 우려는 완전히 털어낼 수 없다. 하지만 시로는 츠바키에게 자신을 우호적으로 소개해 달라고 하기 위한 빚을 만들려고 하고 있다. 자신을 속여 붙잡아도 그것은 얻을 수 없다. 게다가 현상수배급의 도주에 협력한다는 행위는 시로가 더 위험을 감수하는 만큼, 자신에게 큰 빚이 된다.

그러니 함정은 아닐 것이다. 아키라는 그렇게 판단하고 시로에게 협력을 구한다.

“부탁해!”

“좋아. 이동 경로를 보낼게. 그걸 따라서 가.”

전송된 이동 경로가 아키라의 확장시야에 빛의 곡선으로 표시된다. 아키라가 공중의 선을 따라 바이크를 몰자, 쫓아오던 인형병기 부대는 아키라와 반대 방향의 황야로 사라져 갔다.

"시로. 뭘 한 거야?"

"저 녀석들의 기체에 개입해서 아키라가 저쪽으로 도망친 것처럼 데이터를 변조했어. 뭐, 금방 들키지는 않을 거야. 지금 당장 도시에서 벗어나. 그대로 지시에 따라 이동하면 나와 합류할 수 있을 거야. 자세한 이야기는 그 후에 하자. 빚 이야기도 포함해서. 이만 끊을게."

그것으로 시로와의 통신이 끊겼다.

"이 녀석, 뭐든지 다 되네."

놀라는 아키라의 뒤에서 캐럴이 방위대와의 전투를 회피할 수 있다는 사실에 안도의 한숨을 쉰다.

"그러네. 대단해. 아키라. 지금은 시로가 말한 대로 서두르자."

"그래."

아키라와 캐럴은 서둘러 쿠가마야마 시티에서 멀어져 갔다.

도시에서 충분히 멀리 벗어났다. 추격대의 낌새도 없다. 그렇게 판단한 아키라는 일단 상황을 차분하게 정리하고자 근처 폐허에서 쉬기로 했다. 바이크에서 내려, 캐럴과 함께 숨을 길게 내쉬었다.

"그나저나 대체 뭐가 어떻게 돌아가는 거야……."

"정말이지. 일단 비올라가 보낸 상세 내용부터 확인해 볼까."

이동한 다음에 봐라. 비올라가 그렇게 지시해서 나중에 보기로 미뤘던 데이터의 내용을, 아키라와 캐럴이 드디어 확인한다. 그곳에는 어떤 영상이 포함되어 있었다. 그것은 쿠즈스하라 시가지 유적의 제2심부에 낯익은 괴수가 서 있는 모습이었다.

아키라와 캐럴이 그 영상을 괴이쩍은 얼굴로 보고 있을 때, 그 내용이 괴수의 전체 모습에서 머리 부분의 클로즈업으로 바뀐다. 그곳에는 괴수의 머리 위에서 우다지마의 멱살을 잡은 아키라가 있었다.

"이게 뭐야……."

그 영상을 보고, 캐럴은 무심코 그렇게 중얼거렸다. 그런 캐럴 옆에서, 아키라는 대략적인 사정을 짐작한다.

"또냐……."

아키라는 이전에 자신의 가짜가 사칭하는 바람에 건국주의자의 수괴로 몰린 적이 있었다. 그리고 그 일을 떠올리고, 매우 불쾌한 표정을 짓고 있었다.

영상 속 아키라가 우다지마를 붙잡은 채 큰 소리로 말한다.

"나는 아키라다! 지난번 건국주의자 토벌전의 소동을 잘 아는 녀석이라면, 나를 아는 녀석도 있을 것이다! 그때 건국주의자의 수괴를 자칭한 내 가짜가 나타났다는 것도, 아는 녀석은 있을지도 모른다!"

영상 속 아키라가 얼굴에 증오를 짙게 드러내며 말을 잇는다.

"하지만 이번에는 다르다! 이번에는 진짜다! 나는 건국주의자로 돌아섰다! 말해두지만, 나는 그 녀석들의 이념 따위 아무래도 좋다! 이것은 복수다!"

그때 영상 속 아키라가 높였던 목소리를 낮춘다. 그것은 격정을 참고 있는 것처럼도 느껴졌다.

"나는 그때 다른 헌터들의 표적이 됐다. 건국주의자의 수괴로 몰리는 바람에. 그 탓에 나는…… 소중한 친구와도…… 사투를 벌였다……. 그런 상황이니, 그것만이라면, 어쩔 수 없었다고, 나를 속일 수도 있었다……. 하지만, 아니었다!"

그리고 다시 목소리를 높여 이 영상을 보는 사람들에게 보여주듯이 우다지마를 들어 올린다.

"이 녀석에게 전부 들었다! 도시 놈들은 알고 있었던 거다! 습격당한 내가 진짜라는 것도, 그 녀석이 가짜이고, 내가 건국주의자의 수괴가 아니라는 것도! 그것을 알면서도, 나를 노리는 헌터들을 막지 않았다! 막지 않은 이유도 들었다! 그게 형편에 좋았기 때문이다! 이미 그 싸움은 도시 간부 놈들의 권력 다툼에 이용되고 있었다! 건국주의자 토벌을 구실로 삼아, 적대 파벌에 협력하는 헌터를 죽이게 했던 거다!"

영상 속 아키라가 포효한다. 그 속마음을 토해내고 있다.

"그것은…… 도시 간부 놈들의, 단순한 권력 다툼이었다. 그런 이유로, 나는…… 나는…… 유미나를 죽이고 말았다! 용서할 수 있겠나!"

그 영상에는 복수심에 불타는 사람이 있었다. 증오를 담은 주먹을, 그것을 퍼부을 상대에게, 온 힘을 다해 내리치려는 사람이 있었다.

"내가 유미나를 죽인 것은 너희 탓이다! 죽여 버리겠다! 모조리! 이 녀석이 첫 번째다!"

영상 속 아키라가 우다지마를 내던진다. 그리고 총을 쐈다. 몬스터를 사냥하는 총탄에 맞은 몸은 한순간에 산산조각이 나서 날아갔다. 그 피와 살점을 뒤집어쓴 채, 영상 속 아키라가 선언한다.

"다음은 너희다!"

영상은 거기서 끝났다. 적대자의 피로 얼굴이 붉게 물든 아키라의 모습을 비춘 채 정지했다.

영상을 다 본 캐럴은 비올라가 이것을 나중에 보라고 지시한 이유를 충분히 이해했다. 이런 것을 도망치면서 봤다가는 집중력을 잃는 정도가 아니게 될 테니까. 그리고 아키라를 힐끗 보고, 그 무시무시한 반응에 경직했다.

아키라는 감정이 사라진 표정을 짓고 있었다. 그 얼굴에는 짙고, 어둡고, 깊은, 새까만 의지가 배어 있었다. 그리고 영상 속 상대를 가만히 보고 있었다.

내가 유미나를 죽인 것은, 그 녀석들 탓이다.

영상 속에서 그렇게 말하는 자신에게, 아키라는 색깔조차 보일 듯한 살의를 보내고 있었다.

>Episode
008

上 제3심부

캐릭터 스테이터스
Character Status

아키라의 최신 스테이터스. 도시 간 수송차량 호위 의뢰의 보수에 추가로 엘데 격파에 따른 사카시타 중공의 보수를 헌터 랭크 상승으로 받음으로써 헌터 랭크는 70에 도달.
새로운 강화복 HC31R 로스카덴은 인형병기급 성능을 보유해 단독으로 포스 필드 아머를 전개할 수 있으며, 통합된 정보수집기의 정밀도도 탁월하게 높다. 튼튼하며 고도의 위장 기능을 갖춘 롱 코트와 백팩, 참격성 에너지 방출이 가능한 고성능 블레이드 등, 옵션을 포함한 가격은 100억 오럼이 넘는다.

NAME	이 름
아키라	
SEX	성 별
남자	
HOMETOWN	출 신
동부 쿠가마야마 시티	
JOB	직 업
헌터	
HUNTER RANK	계 급
RANK 70	

EQUIPMENT 장 비

WEAPON 무 기

RL2 복합총 ×4
검정 블레이드 ×2

ARMOR 방어구

HA31R 강화복 로스카덴

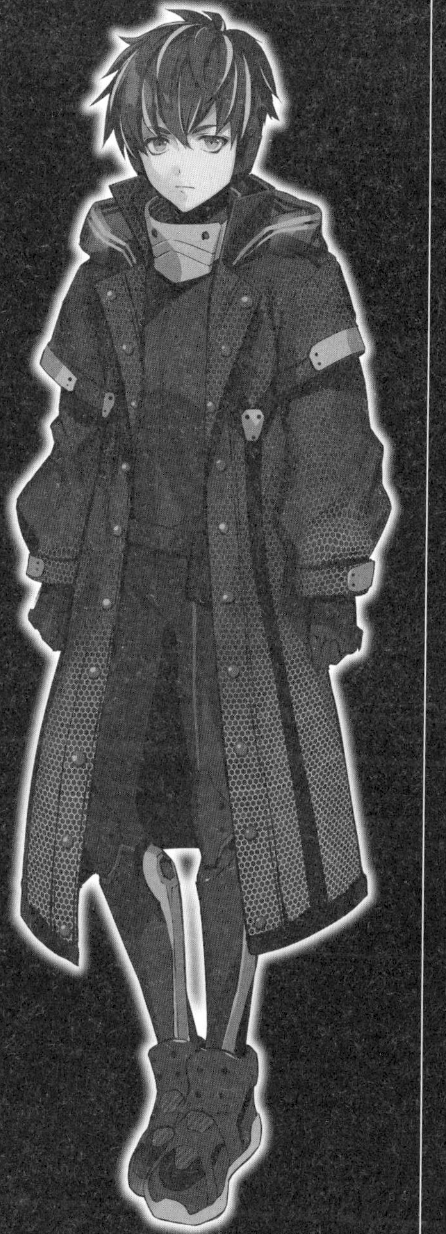

AKIRA

RL2

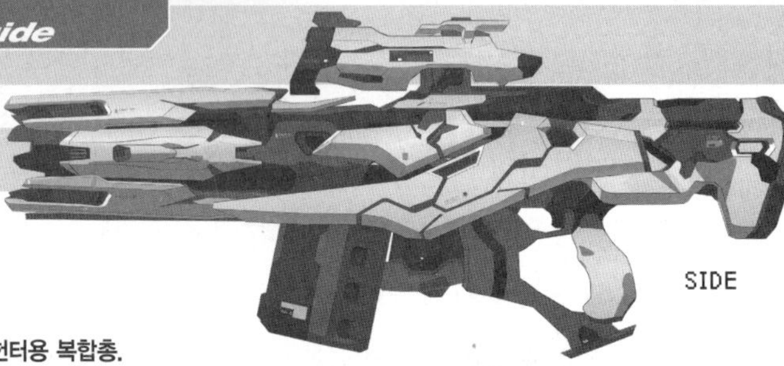

SIDE

RL2 복합총

TOSON제 고랭크 헌터용 복합총.
가변 구조가 있으며, 하나의 총구에서 일반탄, C탄(차지 불릿), 소형 미사일, 레이저, 나아가 대멸탄두를 사용할 수 있는 고급품.
1정 20억 오림.

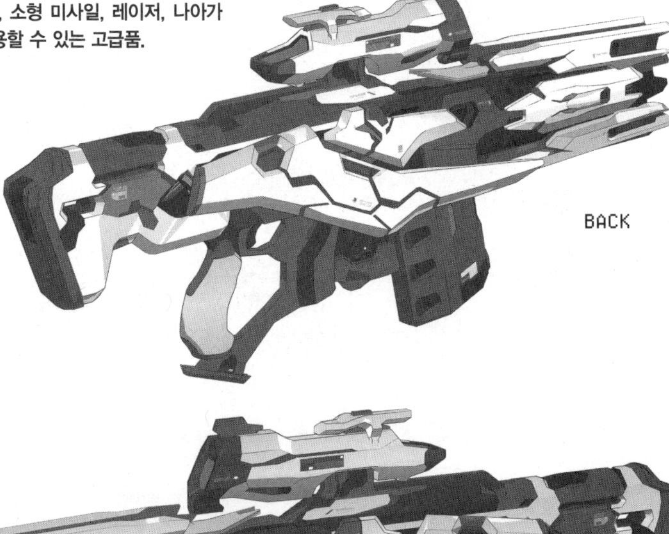

BACK

FRONT

MULTI-FUNCTION GUN

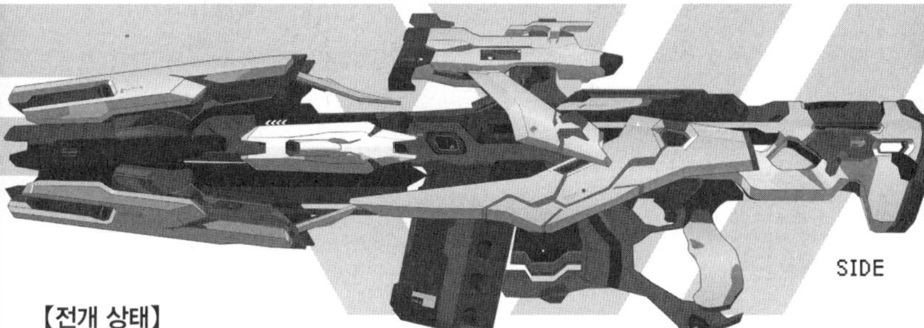

SIDE

【전개 상태】

BACK

FRONT

도시 간부 살해 혐의로
현상금이 걸린
아키라의 운명은——?
글 나후세
일러스트레이션 긴
세계관 일러스트 와잇슈
메카닉 디자인 cell
리빌드 월드
Rebuild World NEXT EPISODE >>>
VII 〈下〉
2026년 출간 예정!!

리빌드 월드 8 〈상〉 제3심부

2025년 12월 10일 제1판 인쇄
2025년 12월 20일 제1판 발행

지음 나후세
일러스트 긴 | **세계관 일러스트** 와잇슈
메카닉 디자인 cell

제작 · 편집 노블엔진 편집부

발행 데이즈엔터(주)
등록번호 제 2023-000035호
주소 07551 서울특별시 강서구 양천로 570 NH서울타워 19층
대표전화 02-2013-5665

ISBN 979-11-380-6379-1
ISBN 979-11-380-0237-0 (세트)

REBUILD WORLD Vol.8 〈JO〉

구매 시 파손된 도서는 구매처에서 교환하실 수 있습니다.
기타 불편사항, 문의사항이 있으신 독자님께서는 노블엔진 홈페이지
[http://novelengine.com] 에서 Q&A 게시판을 이용해 주시기 바랍니다.

정신을 차린 세계는 〈200년이 지난 게임 세계〉?
애니메이션 방영작! 자유로운 몸으로 세계를 누비는 신세계 판타지!

리아데일의 대지에서

1~8

사고로 생명유지 장치 없이는 살 수 없는 소녀 '카가미 케이나'는
VRMMORPG 『리아데일』에서만 자유로울 수 있었다.
그러던 어느 날, 생명유지장치가 멈추고 정신을 잃었다 깨어난 케이나는
자신이 플레이한 게임 세계에서 200년이 지난 곳에 있었다?!

현실이 된 게임 세계, 하이엘프 캐릭터 '케나'가 된 케이나는
200년 동안 무슨 일이 있었는지 알아보면서 새로운 세계를 접해 나가는데――.

Ceez 지음 / 텐마소 일러스트